以欢喜之心，度日常烟火

炕热家就暖

樊海霞

著

中国言实出版社

图书在版编目(CIP)数据

炕热家就暖 / 樊海霞著. -- 北京:中国言实出版
社,2025.3. -- ISBN 978-7-5171-5084-8

Ⅰ. I267

中国国家版本馆CIP数据核字第2025F4A905号

炕热家就暖

责任编辑:曹庆臻　靳嘉筠
责任校对:王建玲

出版发行:中国言实出版社
地　　址:北京市朝阳区北苑路180号加利大厦5号楼105室
邮　　编:100101
编辑部:北京市海淀区花园北路35号院9号楼302室
邮　　编:100083
电　　话:010-64924853(总编室)　010-64924716(发行部)
网　　址:www.zgyscbs.cn　电子邮箱:zgyscbs@263.net

经　　销:新华书店
印　　刷:徐州绪权印刷有限公司
版　　次:2025年3月第1版　2025年3月第1次印刷
规　　格:880毫米×1230毫米　1/32　12.5印张　插页2
字　　数:262千字

定　　价:62.00元
书　　号:ISBN 978-7-5171-5084-8

序

我的慢时光

我很赞同铁凝说的一句话："文学应该有能力温暖世界。"

我在五十一岁那年，拿起笔开始记录生命中的那些美好，感悟生活中的小感悟。两年的时间，我写了一百多万字，那些生命中美好的时刻在我笔下汩汩涌出，不能停止。

当我回看这些文字的时候，我的内心是幸福且温暖的。我曾经认为人生没有意义，人生充满痛苦，当我记录这些美好的时候，我才知道，人生的大部分时间是美好的，美好是大于痛苦的。书里的文字诚不欺我，正如我写下这些温暖的文字，也是真实的经历和感知。正如我在《在路上》一文中所写："当你觉得生命无限长的时候，你纠结的都是鸡毛蒜皮的小事，别人的一句话就能让你动怒；当你知道生命有限时，你突然想揪住生命的尾巴，回想起走过的人生，脑海闪现的竟然全是这世界的美好。"诚然，这世界是美好的、温暖的，不然，我怎能记录下这么多美好？

我把书名取《炕热家就暖》，正是表达对世界感知的美好。我一直觉得，人来到这个世界，就是来体验感情的，亲情、友情、爱情，这是人类不变的主题。如果没有这些情谊，世界该多么荒芜啊！

我生在塞北，寒冷的冬天，再没有比暖炕更能温暖岁月的了。亲人坐在炕上，吃饭、学习、聊天，满满的温情，温暖着整个冬天，也温暖着整个人生。

童年的快乐在每一个瞬间，与奶奶在一起的温情，陪爷爷浇地的时光，父亲的陪读，母亲的呵护，温暖着以后的人生。我的爷爷善良，我的奶奶大度，我的爸爸尽职尽责，我的妈妈是位贤妻良母，这些优秀的品格，我逐一记录，以让孩子们传承这些品质。

童年美好的记忆，是我人生路上前行的动力。《那道老街》承载了多少童年的欢乐，《跟着奶奶去看戏》启蒙了我的文学思想，《童年的乐园——菜地》是儿时放飞快乐的地方，这些快乐温暖着前行的路。

人生到底有什么意义？有人说没有意义，而我觉得人生的意义就在于经历过程，然后感悟人生，从而修正自己的品行，人生的意义就是修心、修行！

从《种花》中感悟，从《房多累主人》中感悟，从《晚风中闪过几帧从前》中感悟，不断悟出道理，从而修正自己，做一个简单快乐且温暖的人。

读万卷书不如行万里路，生在这个世界总要看看这个世界的模样吧！于是，爱读书也爱旅行的我出发了，尽己之力，看看自己想看的世界，走走这世界的路。

生长在北方的我，从小特别向往大海，于是我去了海边；高中地理老师说崇圣寺三塔位于苍山洱海之间，当条件成熟的时候，我穿越祖国西南线，看到了美丽的洱海。

身边的景，远处的景，构成了这个世界。"世界那么大，我想去看看。"不仅要在书本里感知这个世界，也要在现实中去感知这个世界，才不枉来世走一遭。旅行中的阳光、风景还有人们给予我的温暖，让我感动。记录下来，把这些美好和温暖呈现出来，传递于你。

把美好和温暖传递下去，记录一种返璞归真的慢时光，这是我写此书的目的。因为我们现在总是行色匆匆，忘了生活最初的意义。在《生活》一文里，我阐述了生活该有的样子。

有人说看你的文章，发现你是个快乐的人。我笑而不答。没人看到我背后的伤痛、一路的颠簸，而我不愿记起，只想把快乐记录。生活已经很苦，何必渲染？生活其实很美，让我们记住！

　　愿这本书给你带去温暖与力量，让你看后感到轻松！

　　美好就在身边，抬手就可得到！你也可以。

樊海霞

2025 年 2 月

目 录

3

行走在路上 肆

壹 暖风吹过

春天来了，又有暖风吹过……年年如此！

这暖风吹过的时候，我就会想起家的温暖，那如暖风一般的爱啊，永远滋养着我的心灵，无论走多远，都忘不了奶奶的那口米汤，妈妈的那碗猪头肉。

家暖一盘炕

老话说："家暖一盘炕。"在塞北大地上，土炕是严冬暖和一家人的福地，当灶火从炕洞穿过，炕热了，家里就热乎乎的了。炕是温暖和家的象征。

几千年的朔风吹过，这片古老土地上的人们，早已习惯了家有一盘暖炕的温情。

当改革的春风吹过这片土地以后，人们陆续住进了楼房。

那年，母亲搬去楼房的时候，最大的顾虑是没有一盘暖炕，素有胃病的母亲怕适应不了床的温度，于是，父亲在楼房为母亲打了一个木炕，暖气管道布满炕箱。因此，母亲不仅享受了现代化的生活，也依然可以睡在她习惯的暖炕上。

我的二姨一直住在带有小院子的平房里，每日掏灰挖火筛料炭，常常满面尘灰烟火色，两鬓苍苍十指黑。

母亲希望二姨也买个楼房，但是二姨不喜欢楼房。她说，我可不喜欢这"风干楼"，啥时候也是那院子好，冬天一烧热炕，全家就暖和了。炕头起上一盆面，蒸完包子蒸馒头，面在热炕上醒得好，蒸出的馒头包子虚腾腾的，给儿子拿完给女儿拿。坐在热炕上生豆芽，拣豆芽，热乎乎的，舒服；晚上睡觉也舒服。

所以，当清洁取暖踏歌而来时，二姨是抗拒的，面对新生事物，年老的二姨犹如面对洪水猛兽，是拒不接受的，她说："我老了，没这个热炕可不行，我的腰也受不了。"

经过"暖心人"细致入微的多次上门讲解，二姨终于犹疑着接受了，交了一千多元，安了壁挂炉和电暖炕。

自从煤改电之后，二姨去母亲家串门的时间多了，说从灰头土脸火烧火燎的生活里解脱出来了。虽然没住楼房，过的是和楼房一样的生活。闲暇的时间多了，串门的时间也就多了。母亲有了二姨常常的陪伴，也少了些许孤独。

入冬的时候，我回去看望母亲，顺便和姐姐陪母亲一起去二姨家串门。我们到了的时候，二姨还在隔壁家打麻将，我们打电话二姨才回来。

进得屋里，二姨的家干净整洁，温暖如春。

二姨招呼我们上炕，我一摸炕说炕这么凉，能上吗？二姨说："'家暖一盘炕'，我给按着电炕，一会儿就热乎乎的了。"果然，不一会儿炕就热了，二姨说这炕不分炕头和后炕，哪里都是热乎乎的，随便坐。

我们盘腿坐下，二姨拿出瓜子，说都是自己没事干时炒的，我们一边嗑瓜子，一边闲话，二姨则拿起炕上的毛衣织了起来。

"二姨，您还织毛衣？"

"没事干，给孙子、外甥织的。以前就忙着和柴堆、煤堆、灰堆打交道了。入冬就得拉炭，备柴火，天天砍柴生火做饭，光家里的小锅炉一天就得加好几次炭，出门戴上帽子，穿上棉袄，灶火在睡前还得闷好，晚上还担心煤气中毒，家里也整天烟熏火燎的，手掌纹都是黑的。就是每天打扫，家也是黑的，窗台天天早上起来都是一层煤灰，就是去孩子们家住个十天半月回来，自己不生火，家里也是一层黑灰，家家烧煤炭，户户冒黑烟，你家也免不了跟着'沾光'，一家煤灰。冬天睡觉还冷，窗户跑风漏气的，每晚睡前还得把做的棉门帘挂在窗户外面，现在有了保温窗帘，不仅不用晚上出去挂门帘，家里保暖性也好了。如今，是吃了煤改电的好处了，做饭用电磁炉，供暖用空调，家里两个炕，一个闹了电炕，一个闹了水炕，人从家务中解脱了，暖炕还在。这炕啊，匀溜溜得热，比土炕还好，土炕坐炕头热，坐后炕凉，这坐哪儿都舒服。"

是啊，我盘腿坐着，瞬间暖意就传遍了全身，像回到了从前暖炕围坐的情形，一家亲人坐在一起，嗑着瓜子，打着毛衣，唠着家常。窗外，是高远的蓝天。

尽管煤改电了，家里依然有一盘暖炕，享受着现代人的楼房生活，还有一个小院，供亲人们休闲。炭仓没有了，柴房也拆了，二姨的小院比以往显得干净而开阔。

随着北方地区清洁取暖，治理大气污染的重大举措推进，煤改电走进了千家万户，群众由此告别了柴火炭灰的煤炉时代，不仅解决了环保问题，也实现了清洁温暖，舒适过冬的绿色暖冬。既让人们享受了现代化的生活，也没有摒弃从前关于暖炕的情怀。

此刻，窗外寒风瑟瑟，屋内温暖如春，家暖一盘炕，情满一家人。清洁取暖工程如一盘暖炕。爱在初冬，暖在寒冬！

老窑倒了

一

从小一起长大的红梅给我打电话说，"早想告诉你，你家的老窑倒了"！我惊愕了一会儿，迅速把这个消息发在了家族群。哥哥马上开起了视频会议，他急切地问："红梅说的？什么时候倒的？"我说："应该是今年倒的，连下了几场雨倒的吧？！红梅说'不住人的房子倒得快，我家的这土窑还没倒，你家的砖窑就倒了，可惜了，卖给的那家人也不好好住。唉！卖也不卖给个常住的人'。"后面的话我没有细问，我的记忆早就跑回老窑里了——砖窑的历史。

哥哥在和姐姐算，老窑盖好到现在几十年了？姐姐作为家里的长女，迅速清楚地算起来："二女出生后十个月搬进老窑的，妈妈说怀着二女碹的窑，二女五十岁了，老窑就整整五十年了。"

"五十年了！"哥哥感叹，"刚盖起老窑，我四岁，能记住事了，记得在崭新的窑房炕上蹦跳，爸爸问我长大干啥呀？我说长大卖窑呀！逗得爸爸无奈地笑。还没等我卖，老窑就倒了。"

老窑五十年了，它和我同龄，承载了三代人的快乐，为三代人遮风挡雨，完成了它的历史使命。

我说，"哥，你再把它买回来吧"！哥沉思良久，叹了口气说："买回来，谁住？"是啊，买回来谁住？外甥在上海，侄女在海口，我女儿在北京，唯一的侄儿在英国。老窑该倒了，它像一位老人，承载过很多后，默默地倒下了。

我的奶奶为了我爸爸读书，卖了祖宅，从小镇岱岳边的北王庄村搬到了岱岳，租住在北头起的二道巷里，爷爷以卖针头线脑为生。后来，爸爸考入了朔县师范，奶奶生活实在困难，不得不跟随移民在口外的二姑，出口了。

出口以后的奶奶和二姑一家挤在一间二十平方米的小屋里，由于人多，夏天实在热得不行，奶奶就常常走出房间，坐在院里看月亮。爷爷靠打零工贴补家用。

爸爸师范毕业以后，接还没有落下户的爷爷奶奶回来，爸爸说，"我有工作了，每月有固定工资，可以养你们，我们回去吧"！

奶奶不知道读书回来的爸爸竟然会有工作，原本让爸爸读书，只是奶奶看见爸爸实在爱读书，才会倾家荡产地供爸爸读书。根本没有想到会有工作。

回来后的奶奶继续租住在二道巷里一间出头屋里。爷爷依然以靠打零工为生，爸爸则去了离岱岳镇的后所中学教书，认识了妈妈，在当老师、校长期间，姐姐哥哥相继出生。

二

爸爸一直有一个心愿，那就是还奶奶一套房子。可惜，刚开始上班，工资并不多，加上姐姐哥哥相继出生，爸爸心有余而力不足。

在我快要出生的时候，爸爸已经调回县教育局工作多年，由于文章写得好，在给一位乡长写了多年材料后，他给爸爸批了一块地，可以盖房子。

这块地其实并不成气候，它是一块长方形地，不能盖正房，只能盖西房，而且，这块地的南面，还有一眼枯井，要填平这眼枯井，也需要很多土，这些土也是费工费力的。

当地有俗语云："有钱不住东南房。"奶奶租住的就是小东房，除了傍晚阳光可以照进来，其余时间都是阴冷潮湿的。既然不能盖正房，爸爸只能盖西房。

妈妈很节省，存下的钱最多只能盖三间房子。妈妈很高兴，盘算着住进新房的日子。但是，爸爸说，如果盖三间房子，那么，爷爷奶奶就没地方住，他不能让爷爷奶奶租一辈子房子，而且，也不能让他们死后看星星。于是，用仅有的钱决定盖五间土窑，这样爷爷奶奶可以住两间，我们住三间。

理想是丰满的，即使是土窑洞，爸妈的存款也不够，爷爷爸爸亲自上阵，日夜拓泥排：赤脚踩焦泥，赤膊抹泥排。

一日，刚刚拓好泥排，晚上就下起了大雨，爷爷爸爸半夜起来，没有塑料布，就用麻袋盖，盖了这边，那边雨淋了；盖了那边，这边又雨淋了。大雨中，爷爷看着化成泥水的土排，无奈地跌坐在地上，爸爸则号啕大哭。

第二天，重新抹干眼泪拓泥排，没钱给工人吃饭，借了三姑的玉茭；没钱雇小工，爷爷爸爸亲自当小工。妈妈肚里怀着我，吃不好，又给工人做饭劳累，等生下我以后，妈妈就病倒了，浑身发抖，神志不清。当窑洞盖好后，爸爸也病倒了，常患感冒，神经衰弱。从此，我的爸爸妈妈在我的记忆里总是生病，一个躺在炕头，一个躺在后炕，家里总是弥漫着药味。我也被冠以不祥的名号，也再没有父母常常的陪伴，孤独地在窑洞长大。

尽管爸妈因为盖窑洞都生病了，特别是爸爸，再也不能那么强壮地生活了，他几乎终日躺在炕上，见风就感冒。也不能看书写文章了，一看书就脖子发紧，呕吐。生活的重担、写材料的辛苦、盖窑洞的劳累，让爸爸的身体垮了。但是，窑洞带给我们的快乐却是实实在在的。

为了还盖窑洞所欠的债，我长到小学三四年级的时候，我们家还是天天中午玉米窝窝蘸碗，晚上稀饭里煮土豆、黄糕片，然后把土豆捣烂，和上烂腌菜，蘸上糕片吃，但我却不觉得苦，是至今回忆起来的美味。记得我小学的一个老师晚上去我家里找爸爸办事，第二天她问我天天晚上都吃那个吗？我说是的，她龇牙咧嘴地不可思议地摇头，还对其他老师说樊老师家里生活原来那么苦。

但我不觉得，穷人其实是不知道自己是穷人的，穷人和富人的快乐其实是一样的。长大后，在我三十岁以后，回老窑，我才知道那时候的我们在那个小巷子里是穷人，只有我们和前面的红梅一家住西窑，其他人住的都是正房，木结构的大正房。

但小时候不知道我们是穷人，我只知道爸妈都是老师，很光荣的。我们和爷爷奶奶住在一起，是很幸福的。

夏夜，我们兄弟姐妹四人和爷爷奶奶一起坐着乘凉，爷爷给我们讲《牛郎织女》的故事，那个场景我依然记忆犹新。天空蓝得深邃，星星那么明亮地布满蓝色帷幕的天空，爷爷坐着小板凳，我头枕在爷爷膝盖上，和爷爷一起看着星星听故事，哥哥和弟弟在菜园子里摘西红柿吃，姐姐则和奶奶坐在一起聊天。

我家的院子很大，种了很多菜，为了防止我们进菜园子捣乱，爷爷在院里砌了几堵小墙，我们常常沿着墙玩耍。或者在冬天的时候，跳上墙、跑下墙逗小狗玩。

我家养了四条狗，虽然狗天天只能吃泔水，但是它们始终不离开我们，给我们童年留下很多美好的回忆，比如它常常会接我们放学回家，会和我们奔跑玩耍。

我家种了很多韭菜，是爷爷为了给爸爸补身体种的，每年四月八，新韭菜下来了，割上头茬韭菜给我们包包子吃，阳光暖暖地照着，热腾腾的包子一出笼，我们就抢着放碗里，弟弟一次放好几个。这样的场景每到四月八都会想起，炕上热气腾腾的包子，一家人围坐在一起，自己报数吃了几个包子，窗外阳光明媚。

窑洞，更是我们快乐的所在，也是为我们挡风遮雨的地方。

窑洞的炕上，放着一张小红炕桌，爸爸总是和我们围坐在小红炕桌上给我们讲《寓言故事》《古文观止》等，妈妈则在地上拉着风箱哼着歌，在热气腾腾里给我们变着花样做饭菜。

冬天很冷的时候，老窑洞是我们温暖的避风港，妈妈一个也不舍得让我们去其他窑洞睡觉，总是全部挤在一盘炕上，一家六口人，头上下交错睡着。半夜，妈妈还要起几回给我们盖好被子，在黎明早早起来给我们生起炉火，这样我们起床穿衣服的时候就不会感到冷了。

过年的时候，在窑洞的炕上，爸爸妈妈陪我们打扑克，包饺子，开猪头，还要穿上新衣服后跑去奶奶家，让奶奶看看好不好。奶奶总是打量着说好，然后，我们欢喜地跑开，跑出去到其他院子里看垒旺火。

有了窑洞，我的成长就有了更多亲人的陪伴，爸爸妈妈上班后，爷爷奶奶看着我和弟弟。爷爷在院里种菜、浇地，奶奶则在打扫得窗明几净的家里擀豆面，我则和弟弟在炕上玩耍。爸爸妈妈下班后再跑回自己家里，听爸爸讲故事。

五间窑洞还能出租一间，租金归奶奶生活用，我们就和奶奶换了房间，我们住在靠南的两间里，奶奶和租户住在靠北的三间里，奶奶还看了租户的孩子，这个大院就更热闹了。

春去秋来，寒来暑往，窑洞以它一贯的身姿护卫着我们。随着社会的发展，我家买了电视，每次回家看见窑顶上高高的天线杆，我就会激动地跑起来，跑回家看《威尔斯骑鹅旅行记》。有了洗衣机后，每个周日，脱下衣服扔进洗衣机里，洗衣机洗完衣服的水汩汩流到院子里，院子里湿漉漉的，当然，这是夏天，冬天的水是需要接到泔水桶倒出去的，我负责倒水，站在巷子里高高的垃圾堆上，往下倒水。然后再踢着脚上的垃圾走回去，竟然不觉得脏。

院里有水井，哥哥负责摇着辘轳打水，我负责下到院里的地窖取山药。院里的铁丝上挂满洗出的衣服，铁丝下是爷爷种的瓢葫芦，瓢葫芦长得很大，在绿色的菜畦旁浪漫地生长，像一幅图画。

有枯井的地方不能种菜，妈妈种了从姥姥家拿回的黄花菜籽，年年不用管，一到春天就兀自生长了，一到夏天就开出满南墙边的黄花了，虽说它是黄花菜，但是也是如花一般美丽，远远望去，一片花海。妈妈不让我们过去玩，怕踩到枯井，她就一个人每年小心翼翼地去摘黄花，晾在窑洞窗台上，晒干后给我们做酱用。

窑洞的窗台是院子里唯一用水泥做的，干净，舒适。我和弟弟常常会爬上去躺着玩，那里，有时还会晒葵花子，晒奶奶从南瓜里抠出的南瓜子。

窑洞的快乐是童年的快乐！

我十三岁的时候，奶奶病了，她得了糖尿病，那时候的糖尿病无药可治，奶奶在炕上躺了九个月后离开了。爸爸在窑洞里打发了奶奶，奶奶终于在她走后没有看星星，她躺在自己的窑洞里，在老窑洞里接受了儿孙的离别仪式。

那年是一个节点，奶奶走了，姐姐幼师毕业，我上初中，哥哥上高中。窑洞已经十几岁了，它有些风雨飘摇，稍微有点能力的爸爸要重新加固窑洞。他请来了师傅，用青砖包了窑洞，土窑瞬间焕然一新，成了砖窑。

三

我上高中后，哥哥大学快毕业，爸爸要在院子里盖几间房子，以备哥哥结婚用，我们又开始大兴土木。院子是种不成菜了，爷爷每天忙着铲树皮，爸爸忙着规划，妈妈忙着做饭，工人来来往往，房子用了一年多盖起来了，不仅盖起了三间正房，还盖起了一间东房，院子变小了，但是变整齐了。我们搬进了新房子。

但是，住进新房子的妈妈觉得不舒服，她说还是窑洞舒服，冬暖夏凉，我们就又搬回窑洞。新房子摆了新家具，天天打扫干净，称为闲房，准备哥哥娶媳妇用。我和弟弟上高中后会在新房学习。

我高二的时候，常年种地的爷爷因为盖房子一下不能种地，突然就去世了。劳作了一辈子的人是不能突然停止劳作的，爷爷只有一个星期的黑白颠倒，白天睡觉，晚上起来生火，然后突一日就走了。我们哭成泪人，因为爷爷突然离去，没有给我们好好告别孝顺的机会。老窑又一次送走了爷爷，爸爸说他没有让他的父母看星星，这是他们一辈子的愿望。老窑洞替爸爸完成了心愿。

爸爸常说的一句话是雀儿还有窝呢！人咋能没有住的地方呢？穷富也得有个宿处了。老窑就是爸爸这句话的实践。

哥哥大学毕业分了外地，并不能住在老窑里成家，在老窑的院里，爸爸给哥哥办了热闹的婚礼，九间房子，连炕上到地上，一开就是十几桌席。院子的大门口做了灶台，雇了厨师做饭，院子里停满了来祝贺的客人的自行车。姐姐的婚礼、我的婚礼也都在老窑洞举办，宾客盈门，喜气洋洋。老窑洞承办了我们的婚礼。

我结婚以后，弟弟大学毕业也分配在了外地。老窑洞就只有爸爸妈妈两人居住，结婚后的我每次晚上去妈妈家吃饭，走的时候，回头看见只有一间房子亮灯的老窑洞，我就于心不忍，常常是含泪离开，不希望爸爸妈妈还住在这里，我就怂恿妈妈卖了老窑洞，去新城买房子。

爸爸不想走，这里是他一辈子的心血，妈妈就把空余的房子租给两个收垃圾的外地人，每家都有两个孩子，老窑洞的院子又热闹起来了。我每次去，小孩子们都在院里玩耍，如同我的少年时光。大夏天的中午，每家开门做饭，饭香味飘满院子，如同我的童年。老窑洞又有了生气。

不久，这两家人的男主人都在不到四十的年纪突然相继死去了，一个是坐在垃圾车上过桥洞，受伤离开；一个是得了大病，不能收垃圾了。穷苦的人总是那么命运多舛。他们的家人也就相继搬回了老家。老窑洞又只剩下爸爸妈妈了。我再次怂恿卖掉老窑洞，搬离这里。

老窑洞很快卖了，以三万元的价格卖给了一户从村里来县城发展的人家。搬离的时候，爸爸坐着不动，他一直在老窑洞的堂屋坐着抽烟，他在这里坐着抽烟抽了一辈子了。每次上班前，怕感冒的爸爸总是坐在堂屋的大红板凳上抽好长时间烟，等没有汗的时候才会出门。爷爷奶奶去世后，爸爸也是坐在这里抽烟思考怎么办后事，这么坐着看着爷爷奶奶的棺材默默不语。我们办婚礼的时候，爸爸也是在这里坐着思考，指挥人们怎么办宴席。这次，是爸爸最后一次坐在这里抽烟，他没有看我们搬走什么东西，只是望着门口，旁若无人地抽烟，他在想什么？我不得而知。现在想来，爸爸当时想得很多……

我们兴高采烈地搬家，搬完后姐夫去喊爸爸该走了。说着，姐夫去牵那只黑狗，是为了爸妈不寂寞二舅给买的一只黑狗，那只黑狗一直被拴在堂屋门口的虎口的角落里，从未离开过。

所以，怎么拉也不走。爸爸就说先把狗拉走再来拉我。

姐夫把狗费力地抱起，坐在摩托车后面，我的丈夫骑着摩托车把狗送进新院子。再回来接爸爸的时候，当年繁华的老窑洞什么都没有了，只有辘轳一如既往地落寞地停留在那里。一个盖窑洞时候留下的搅拌石灰的特大铁锅停留在井旁，它和辘轳构成一幅水墨画，无言地记录着老窑洞的过往。剩下就是爸爸低头抽烟的剪影，孤零零的、倔强的、不肯离去的剪影。

我说："爸，该走了！"爸爸就突然像个小孩子般小声抽泣起来。我却没有感到伤感，还在催爸爸快走了。爸爸是最后一个走出院门的，走到门口，他回眸看了很久，眼睛扫遍了老窑洞的角角落落。然后，无奈地坐上摩托车，至此，爸爸再也没有回到老窑洞。

弟弟结婚的时候是在新房的院子里举办的仪式，两间房的小院子，不能承办结婚宴席了，弟弟的宴席是在饭店举办的。弟弟每次回来，就想回老窑洞看看，我们和妈妈相跟着去过几次，新主人很热情。我们走时才刚刚结出的杏子，已经满树了，很好吃，院子里也不种菜了，没有生机了。再次踏进老窑洞的时候，我突然眼前一黑，好像一脚踏进了地洞，需要适应一会儿才会看清东西，在想，怎么小时候没有发现老窑洞这么黑呢？但是爸爸一次也没跟着回去，我以为是爸爸懒得去，后来想，是爸爸不忍回去吧，老窑洞是爸爸一生的心血。

弟弟是在老窑洞出生的，他对老窑洞比我们仿佛更有感情，每次回来都想去看看，即使不进去，也会摸摸大门上的铁环，才会依依不舍地离开。

爸爸当年盖房子时说，大儿子将来结婚住窑洞，二儿子结婚住平房，窑洞还是主房，平房盖得不能比窑洞高。可是，后来，哥哥弟弟都没有回来，都在外面成家立业了，老窑洞没有发挥它的余热。

　　爸爸妈妈逐渐老了，为了生活方便，我们又让他们买了120平方米的大楼房，爸爸搬进楼房不到一年就和弟弟去了广州。等十年之后回来，楼房也旧了，妈妈要粉刷房子，爸爸说看着也愁，不粉刷了吧。我们却执意要粉刷，爸爸当时其实已经生病，只是我们不知道，他很虚弱地说房顶有一块儿没粉刷好，他用手指了指，又放下手说，唉，啥也无所谓了，老窑都不是咱们的了。

　　爸爸回来不到一年就走了，他没有享受新楼房的好，也没有再去老窑看看。

　　由于工作很忙的原因，弟弟也很少回来了，我们也渐渐不去窑洞看了。

那些年的花好月圆日

秋风送爽，八月桂花飘香，花好月圆的八月十五就要来临。

每年的八月，是收获的季节，瓜果飘香，花儿盛开。

清冷的月在八月也暖和起来，家人团聚，共庆丰收，举杯邀月，对酒当歌。

记得幼年的花好月圆夜，爸爸把一个月饼，用线比画均匀，然后用裁纸的小刀给我们全家切成八份，在那盏瓦数不高的昏黄的灯下，我们兄弟姐妹四人趴在炕沿边，凝神屏气，盯着爸爸手下的月饼，幻想切开后会是什么样子，当刀切开来，看着里面丰满的绿色红色的馅料，小心用手接过爸爸递过来的一牙月饼，不忘看看其他弟兄手里的月饼，是不是比我的大点。轻轻拿在手里，舍不得吃，细细端详过后，伸出舌头小心舔一下，甜甜的，还混着红糖丝的味道，把一根绿色的糖丝用牙咬出来，细细咀嚼，慢慢品味，再舔一下月饼，用牙轻咬一点，胡麻油和着糖的味道，甜腻美味，从未吃过的味道。心想，这是什么东西？这么好吃！

妈妈说这是月饼，全部是用最好的东西做的，珍贵的胡麻油，稀有的白面，还有平时难买到的绿糖丝和红糖丝，做成八月十五的月饼，有一种庆祝丰收的喜悦。

我们更加珍惜手里的月饼，断不可一口咬下去的，只能捧在手里带着神往一点一点地舔，仿佛这就是全天下最珍贵的美味。

爸爸把一块月饼分成八份，全家连爷爷奶奶每人一份，寓意全家人团团圆圆。

那块一个月饼的八分之一，我吃一天，那种甜腻美味的月饼香味和那年昏黄灯下一家人在一起的情景，是一辈子深刻的记忆了。

幼年，不懂看月亮，只记得吃月饼，花好月圆夜，一块月饼的美味。

少年，月饼更多起来了，花好月圆节，亲戚间会互相送月饼，只能送单数，五个、七个或九个。大气的才会送九个，我们一般会送七个。送月饼就是我的营生了，用纸包了，卷成筒状，放在自行车篮子里，我去大舅二舅家送，他们热情地回我不一样的月饼。从送月饼开始，十五就开始过了。

互送月饼，一般会在十五的下午送，回来就有饺子吃了。妈妈在地下下饺子，爸爸会把各种亲戚拿来的月饼一个一个摆好，放三个苹果，三个梨，切开露着红瓤黑子的西瓜，摆在一个搪瓷盘里，放在院窗台上，供养月亮，感谢月亮公公让我们有了一个丰收年。只有月亮吃过了，我们才能吃。

吃过饺子后，把搪瓷盘端回来，一家人围坐在一起吃西瓜，品月饼。

西瓜切成牙形，吃过后爸爸依然会把一个月饼切成八块，一人一牙月饼，寓意我们全家是一个圆。

花好月圆夜，吃过月饼的全家人搬个小板凳在院里赏月，微风不燥，清凉舒适，我种在井边的大花、扫帚梅、牡丹花，正开得娇艳，大朵大朵地盛开着，在圆月的清辉下，分外妖娆。月亮的光洒下来，地上像结了一层霜，我们兄弟姐妹四人会玩乐打闹，大人会叫我们安静，然后给我们讲《嫦娥奔月》的故事，每次听都不厌倦。

听完故事，安静地看大如玉盘的圆月在云间穿行，一会儿隐没在云里，一会儿又露出来，感觉穿行得很快，好似要赶着吃每家的月饼。我也似乎看到它的笑脸，就是一个有着白胡子老爷爷的形象，慈祥和蔼。

后来，姐姐出嫁，哥哥读大学，花好月圆日，不能团圆，妈妈会念叨。那时，我已长大，物质也极大丰富起来，月饼已经不再稀罕，只是感叹兄弟姐妹不能团圆，不能回到幼年围在一起吃月饼的美好时刻了，也遗憾不能一起赏月了，常常会有"人有悲欢离合，月有阴晴圆缺"的感慨，也有"少年不识愁滋味，爱上层楼。爱上层楼，为赋新词强说愁"的思绪。

日子在指尖滑过，岁月匆匆过，每个花好月圆夜不再如幼年时的期盼，节日和平常是一样的了，团聚也变得稀少。记得最后一次在妈妈家过十五，我已经上班，我从外地的单位回来，弟弟在广州读大学，姐姐哥哥已成家，一样大的院落，只有我和爸爸妈妈三个人，妈妈一个人寂寞地忙碌着，按惯例一样下饺子、摆月饼、切西瓜，而我，躺在炕上竟然睡着了。没想到，那是在妈妈家过的最后一个中秋节。第二年，我结了婚，按乡俗就不能在妈妈家过十五了。

以后的花好月圆夜，在自家团聚，忙碌着下饺子、切西瓜的就是我了，匆匆忙忙，只觉得节日是负累，没有感觉到花好月圆的美好，也很少再去赏月了，只是完成任务一般把月饼和瓜果摆在阳台上，象征性地供养一下月亮。

日子变得只是在过日子了，我们有很多事情要做，赏月看花已经是生活之外的事情了。

今年的花好月圆夜，女儿在外地上班，不回来团聚，我才突然觉得这个节日的珍贵，或许明年女儿结婚，就再也不会回来团聚了，不觉感伤。

曾经拥有的，不珍惜，总是随着时光匆匆过，团圆不再。越发怀念那时的月圆日，花儿开满枝头，月儿落满院落时，一家人在一起，吃的是月饼，品的是亲情。

不觉让我思考，生活是什么？生活不只是眼前的苟且，还有诗和远方，或者，诗和远方就在我们眼前，在一家人围坐在一起吃月饼的温馨时刻，在一抬头间的那轮明月里，在那个《嫦娥奔月》的故事里，在眼前的花开、头顶的明月、一家人的相守。

生活不只是一地鸡毛，还有匆匆忙碌过后的休闲。古人把日子分成几段，隔一段就是一个节日，让我们慢下来赏赏月，看看花，感受一下生活的美好。生活不应该是这样吗？像从前，一家人在一起，赏花，看月，吃月饼。

生活是什么？是有一块月饼吃之后，抬头看看天上的月，赏赏身边的花，叙叙人间的情。

花好月圆日，人无再少年，但愿人长久，千里共婵娟！

入冬的记忆

仲秋已过，冬天即将来临。

爸爸离开我们已经十年之久了，在冬天要来临的时候，看见炭就想起了爸爸，想起了曾经的生活。

每年冬天快来时，爸爸都会提前买炭。也是在这样的深秋，金黄的树叶自树上飘落，秋风瑟瑟之时，爸爸开始联系买炭。好炭不好买，托人从玉井山上用大卡车拉下一大卡车炭，年年都是傍晚时分了才能到家。巷子太窄，大车进不来，就卸在了巷口。爸爸身体不好，他只能指挥我们干。爷爷带领我们用木棍抬着箩筐，一筐一筐往院里倒腾。爷爷用锹把炭给我们铲进箩筐，我和弟弟用一根木棍一前一后抬着，抬回院子，倒在爸爸用红砖头围成的花篮墙里，爸爸指挥倒在哪里我们就倒在哪里，爸爸再一锹一锹地铲好，堆整齐。这样一箩筐一箩筐地从巷口弄回来，往往已经是将近半夜时分了，我们干得一脸黑，互相却还指着笑，一点也不觉得苦累，感觉生活就是这样，热热闹闹的。

我还很喜欢那样的场景，夜色朦胧，看着一卡车炭逐渐被我们抬回家，满满的成就感。太晚了，没有路灯的小巷，奶奶让我拿着手电筒，手电筒打在路上，我们跟着这束光慢慢走，一边抬炭，一边玩手电筒里的光，一会儿照在天上，一会儿照在路旁，这样，难免就摔跤了，手掌就像擦子擦了，也不哭，吹吹疼得火辣辣的伤口继续抬炭。

抬完炭后，看着如黑色的小山隆起的炭堆，有一种自豪感。回去后，妈妈的饭也熟了，在热乎乎的炕上吃上一碗热乎乎的稠粥，拌上烂腌菜，再喝上一碗热乎乎的煮山药（土豆）稀饭，感觉生活幸福的滋味不过于此。

买山药也是必不可少的一项入冬准备工作，冻牛坡的山药好，爸爸会提前联系，马车一平车一平车地送过来，用麻袋装着，送山药的会给我们扛进院里，我们把山药从麻袋里倒出来，有白皮山药，也有紫皮山药；有大山药，也有小山药，在院里拾掇好，大小分开，把大的放进地窖，小的磨了粉面。

哥哥打扫干净地窖，爷爷用绳子一箩筐一箩筐地往下放，哥哥在地窖下接着箩筐倒进地窖，码整齐了，一般也会干到半夜。

小的土豆妈妈会磨成粉面，用削土豆刀把土豆一个一个地削皮后用擦子擦成丝，泡在放满水的大铝盆里，妈妈的双手在冰凉的水里淘来淘去，手被泡得通红。有了粉面，妈妈会用木制的抿面压床压粉儿。锅里滚好开水，把压床放在大铁锅上面，家里热气弥漫，妈妈把和好的粉面放进压床里，我跪在压床的一头，掌握好力度，慢慢压下去，听着笨重的压床"咯吱咯吱"的声音，细粉就从压床里出来了，等掉到水里，妈妈就用筷子从压床上夹断，白色的粉条在热水里翻滚，然后捞出，放在盛有凉水的水桶里，一会儿再盛在碗里，倒点儿调料，吃上一碗调粉条。还可以把煮熟的粉条扎成一把一把的，冻在院窗台上，一冬的粉条也有了。

入冬以后，妈妈单位会分大白菜，单位用车会在妈妈下班的时候送过来，有白色的"抱头白"，有绿色的"青麻叶"，我们一棵一棵从车上抱下来，放在堂屋的地上。虽是初冬，那些白菜上面却已经在傍晚冻了一层薄薄的冰，我抱着它的时候，手都是冰凉的，抱到最后，手会冻到通红麻木。搬大白菜也会搬到很晚，昏暗的灯下，靠着墙把大白菜放半地，家里也有了夏天的绿意，那是我们一冬的蔬菜。

入冬以后，还需要把去年的炉子取出来，擦洗干净，爸爸把烟筒一节一节对好，全家总动员安炉子。爸爸在上面用铁丝固定一些烟筒在房顶，我们在地上护着烟筒，烟筒生铁的冰凉，让手也冻得需要来回倒换。炉子安好以后，妈妈生起炉子，房间顿时就暖和起来了。

我在周日跟着爷爷再去华家岭的豆腐坊做上几桶豆腐，豆腐坊里宽敞却有些黑暗，做好的白色豆腐一排排摆放在白铁皮做的铁板上，用白色的大笼屉布盖着，做豆腐的老爷爷一手小心地拿起豆腐，一手托住豆腐，轻轻地放在我们预备好的桶里，桶里已经装好半桶冷水，好几桶的豆腐放满了爷爷的三轮车，爷爷前面拉，我在后面帮着推。回来后，爷爷把豆腐一桶一桶地放在堂屋冻着，冬天的豆腐也有了。

豆腐渣也不舍得丢弃，用笼屉布包回来，妈妈让我把它们一个个攥在手里，攥成圆形的，再一个一个摆在院窗台上，冻结实了，等冬天的时候，吃豆腐渣饼子，豆腐渣做油糕馅子、豆腐渣稀饭。

萝卜也会买好几麻袋，倒在院里，一家人坐在小板凳上，收拾整理，看着喜人的红萝卜，我们会挑又小又直的，用麻袋擦几下，嘎嘣脆地吃，甜甜的，还有几丝凉意，然后再把锹铲烂的萝卜放出来，把好的用箩筐吊下地窖，等冬天吃。

妈妈还会把夏天的豆角、葫芦切成条，晒在院窗台上，做成干菜，以备冬天吃。

这时，爸爸会说可以过冬了，烧吃都有了！

等大雪小雪的时候，村里杀猪宰羊了，爸爸去村里买的猪肉、羊肉，也是冻在院子窗台上，妈妈在中午做饭时，太阳暖和了，肉边上消融了一些，就去用刀砍一些做菜。

这样，塞北严冬来临的时候，我们就不愁烧吃了，每天出去打炭、生火、做饭，半个月倒一次炉子，隔几天下地窖取几个山药，冬天的饭就是山药白菜，要不就是，猪肉粉条豆腐。

入冬后，倒炉子是最愁的，等火熄灭了，爸爸把烟筒一节一节取下来，我们给抱出院子，用小木棍磕掉里面黑色的烟灰，再一节一节抱回去，爸爸对好安上，用铁丝固定在房顶上。倒炉子的时候，家里会很冷，有一种没有烟火气的清冷，是我不喜欢的，在冬天的院里倒烟灰，手握着冰冷的烟筒也是我不喜欢的，但是等倒完烟灰，重新生起炉子的时候，炉火会很旺，也不会冒黑烟呛人了，家里十分暖和，家具仿佛都变得热烈起来。晚上在擦干净的炉子上烤几片土豆片，或者烤几片玉米窝窝，或者等炉火不太旺的时候，在炉子下面烧几个土豆，也可以在炉子上烧一壶开水，一股温馨的家的味道在屋里弥漫开来，一种灯火可亲、家人闲坐、围炉夜话的幸福情形。

窗外虽然北风呼啸，窗玻璃上有冰花绽开，家里却是一片暖春的舒适，热乎乎的炕上，红色的油布上，我枕着妈妈的腿，吃着土豆片，烤着暖暖的炉火，幸福感就此烙在了心灵深处，可以温暖一生。

有关冬天的美好记忆就是因为有了入冬的这些准备工作，才会在寒冷的冬夜，依然会有幸福温暖的感觉。那时候我虽然还小，只是小学生，但是已经知道生活的乐趣，就在那些劳动中，就在一家人的团结协作里，就在热乎乎的饭菜里。

感觉那个时候的生活是热火朝天的，自己结婚以后，总觉得时间不够，总是很忙，也常想起小时候，妈妈需要打炭生火做饭、洗衣担水，爸爸需要买炭倒炉子购置土豆白菜，但是不觉得时间不够。我们现在不用买炭生火，不用购置入冬以后的生活必需品，却总觉得时间不够。

时间都去哪儿了？

蓦然很怀念从前的时光，总是匆匆忙忙，却又热热闹闹的，满是生活的气息。也怀念我的爸爸，曾经为了这个家，带着虚弱的身体，为我们置办冬天的烧吃，让我们健康成长，感受生活的美好。他如一只老鹰，保护着他的小鹰，直到我们羽翼丰满，可以自己翱翔。我们不曾懂得他的艰辛，如今，为人父母后，才想起来爸爸的伟大。

爸爸也是在深秋离开我们的，他不再陪我们过冬了。我们在他的庇护下已经长成，可以独挡风雨了。

可是，要入冬了，不知道我的爸爸、爷爷、奶奶在另一个世界是否准备好入冬的烧吃？也才明白了寒衣节的意思。再过几天就是寒衣节了，换我来为爸爸准备烧吃。

　　要入冬了，窗外晚秋的风开始扫落叶了，我是什么也不用准备，依然在看书玩手机。冬天暖气会送进来，不用安炉子，出门随时能买上白菜，打着煤气就可以做饭，想吃烧山药可以去饭店。冬天的外面依然很冷，但我不用再出去用冰冷的斧头打炭。在这样安逸的生活里，我却记起了曾经的冬天。想起了那些美好的过往。虽然是不一样的场景，但却是一样的幸福情感。

　　要入冬了！四季轮回，时间消逝得好快，不离开的是那些童年热乎乎的美好的记忆，一家人在一起生活的热热闹闹的温馨。

腊八粥

过了腊八就是年，年是一段时间，从腊八开始有小年、大年、正月。腊八，是一个重要的节日。

腊八要吃腊八粥，这个在我记忆里是最深刻的，因为一年只吃一次红稠粥。

女儿打电话来问我腊八粥怎么做？我以为她永远不会对做饭感兴趣，但是这一年来她总是问我怎么做饭，她是长大了。我说，其实我也不知道腊八粥咋做，小时候对姥姥浸泡大红豆、放碱面之类的觉得很难，有了畏难情绪，所以一直没有亲手做过。但是，现在超市有卖瓶装配好的各种豆子、葡萄干、黑米、红枣之类的，你买了用电饭锅按大米粥的做法熬就行。女儿说她宿舍没有电饭锅，要拿锅怎么做？我说："那就多放点米，像熬稀饭一样，熬到水少的时候，就要站在跟前不停地搅动了，防止煳锅。"

女儿说要不停地搅动吗？我说是的，是要不停地搅动，姥姥就是这样做的。说着这话的时候，我的眼前，就浮现出母亲腊八节的早上，不停地用力搅动腊八粥的情景。

每年腊八节前一个晚上，我们兄弟姐妹四个就很兴奋了，明天要过腊八节了，说谁起得迟就会得红眼病。所以，我着急得早早睡去。炕边，是大铝盆里泡着的大红豆。

早上，睡梦中就闻到了浓浓的米香味，哥哥把湿毛巾放在我脸上，喊我："起床了，肯定你得了红眼病。"我一激灵，赶紧坐起，发现我已经是最后一个起床了。哥哥弟弟都笑我，说我的眼睛红了，我就开始哭，想照照镜子，无奈家里太黑，我看看窗外还是漆黑一片，我觉得我已经比平时起早了，怎么还会得红眼病？我就问妈妈，妈妈说："没有红眼，你哥吓你呢！"可哥哥坚持说我眼睛红了。我便又哭了起来，眼睛真红了，哥哥便哈哈大笑。

哭着哭着，看着母亲说粥要熟了，她揭开锅盖，开始在雾气蒙蒙中用勺子搅动红稠粥，一大锅的红稠粥，母亲很费力地搅动，锅里不断发出"咝咝"的声音。红稠粥从糊状被搅动成稠稠的样子。母亲给一人舀一碗，撒上白糖，让我们吃。

大家围坐在一起开始开心地吃红稠粥，母亲便又讲起为什么吃红稠粥，是为纪念一个和尚，也是豆子丰收了，放在一起吃有营养，在冬天对身体健康有帮助。

我独不喜欢吃这个红稠粥，我向来不喜欢吃豆子。这个红稠粥主要是用大红豆做的。大的豆子我更不喜欢。所以，我只吃几口就不吃了。

小时候，我不喜欢腊八粥，是因为它太单调，食材主要就是大红豆、小红豆，加些小米吧，我记得不太清楚，反正以豆子为主，很单调的几种，最好吃的就是红枣了。但是，红枣很贵，放得也不多，我就挑着吃红枣，还被铲子铲掉了半个。

后来，我却喜欢上了红稠粥。我爱上吃红稠粥是在我三十多岁的时候，我调到古北农行上班，食堂的阿姨每年腊八都会给我们做红稠粥。

这时候的红稠粥食材就丰富了，有葡萄干、黑米、蜜枣、桂圆等，加上这些甜甜的稀罕食材，红稠粥就不是涩涩的单纯红豆的味道了。

那个阿姨爱单位就像爱她家，每个腊八节都会做红稠粥。我因为一直没搞懂大红豆需要怎么提前浸泡，所以结婚后每年就是买八宝粥代替。

重温妈妈的味道是在阿姨手里。我们单位是每天免费给吃早餐的，腊八节的早餐就是红稠粥，大家去了单位就都很兴奋的样子，因为腊八节，有腊八粥吃。

我和同事在寒冷的冬日，围坐一起吃着阿姨做的香甜软糯、热气腾腾的腊八粥，七嘴八舌地说着腊八节，聊着每个妈妈不同的做法。吃完后，阿姨会说："我做了好多，你们谁爱吃，下班过来拿上。"

我变得爱吃了，重要的是母亲爱吃。那时候母亲在广州弟弟家，一定不做腊八粥，过年马上要回来，正好我把阿姨做的腊八粥拿回去。

中午下班后我去食堂取腊八粥，阿姨一直说着多拿点，好多呢。我就多拿点，回家冻在冰箱，母亲回来给母亲拿过去，她也能吃到过年。

今年，当女儿问起咋做腊八粥，我才想起前段时候自己在超市买的那个瓶装的各种腊八粥食材。于是，晚上我把还剩的半瓶食材一股脑倒进电饭锅，加了很多红枣。我仔细看了一下，有大红豆、小红豆、黑米、薏米、桂圆、葡萄干、红枣，等等，食材真是丰富。一会儿的工夫，米香四溢，家里每个角落都充斥着米的香味。我也第一次闻到如此醉人的米香味，那么浓郁，那么沁人心脾，那么纯粹，好想大口吃下去。

夜色里，米香味飘到了后排邻居家。她出来扫院子，说："这么嘹亮啊，晚上都做好腊八粥了。"我打开窗户说："怕明天早上起不早。"她说："明天就得早起呢，不然要得红眼病。"我就笑了，红眼病，我是怕着它长大的。那个时候早上去学校同学们也会看谁是红眼病，都怕看出自己起迟了，捂着眼睛，手缝里看人。但是，红眼的还真不少。觉得有红眼就是睡懒觉了，还觉得怪难为情的。后来长大了我想，是起早了眼睛才会红的吧！不然为什么腊八那天有那么多的红眼病呢？

第二天一早起来，电饭锅的腊八粥还有温热。我一个人慢慢品尝红稠粥的味道，它绵绵的，如这绵长的岁月；它甜甜的，如过往里那些温暖的甜。

扫家过大年

离年越来越近了，又到了过年打扫家的时候了，我的心是慌乱的。每年这个时候，就会慌乱。从成家以后，觉得这是一件非做不可的事情。不论上班多忙，过年打扫家是一项重要的工作。它代表着辞旧迎新，扫去旧的尘土，迎接新的未来。

我家的玻璃还没擦，隔壁人家已经擦完了。看着她窗明几净的家，我更慌了。每次算着日子，安排着打扫的程序。准备今天擦玻璃，洗窗帘，然后是床单，然后是浴室。越想越慌乱。突然想起母亲的话："一响炮子就都安顿住了你。"

是啊，这样想就不慌了，完美主义的我总想在响炮子前把一切地方都打扫得一尘不染，没有一个死角。但是，总是在响炮子前还有没完成的计划项目，所以每年总要用妈妈这句话安慰自己。

住进楼房，过年打扫家比起母亲当年，实在是没什么事可做的。只是受了母亲的影响，感觉过年打扫是个必须做的工作。

当年，一到放寒假，母亲就开始打扫了。那时候我不懂母亲是教师，有寒假，以为每个妈妈都是在孩子一放假的时候就开始打扫家。巷子里的邻居大都不上班，也不关注他们什么时候打扫家，只知道放了寒假，就进入热火朝天地打扫的时候了。

用白土刷房是必需的，这也是第一项巨大的工程。把家具全部搬出来，爷爷和好白土水，母亲用白土刷子开始刷墙。爷爷刷上面，母亲刷下面，五间房子，工程巨大。我喜欢闻白土水的味道。嗅着这个味道故意喊出声音，听房内的回音。这个时候是不用学习的，家具都搬出来了，没地方学习，弟弟早一溜烟跑出去玩了。我喜欢待在这样的地方，闻着白土水的味道，感受年要到来的气味。

墙刷好了，一片亮白，亮得刺眼，亮得让你心亮。这种感觉就是全新开始的感觉。接下来就是我的工作了。爷爷把炕布卷起来，扫干净炕底，再在边上刷上白土。我则是跳上炕开始擦围墙。我喜欢擦围墙的感觉，在我的抹布下，绿色的围墙一下子变得鲜亮。

擦完围墙，我开始里里外外擦家具。那两个大红柜，一擦就鲜红欲滴，尽管母亲每天擦，但是我感觉没有像我这样擦得鲜亮。那个黄色五斗橱，擦得黄澄澄的。五斗橱玻璃上绿色的百褶布也要擦擦，它也绿得鲜亮。

我的书桌，栗色的新式家具，高低柜，我也里里外外、前前后后擦干净，顺便把书也整理一下。这个过程，就是一个重建的过程，特别治愈人，内心跟着自己清洗的动作，逐渐清凉，舒服。

擦完摆好，家里回音声让家变得空旷，安静。有一种清爽安宁的感觉。

下一步，糊窗花。这个在记忆里是清冷的，爷爷用鱼刀把窗户上旧的白麻纸撕干净。冬天的风就吹进来了，很冷。那些像哭花脸的旧白麻纸一堆堆地堆在炕上，需要收拾好倒掉。然后再根据窗户的大小裁好新的白麻纸，用糨糊粘在窗棂上。一会儿的工夫，窗户就全封好了。这也是一个很治愈人的重建的过程。崭新的白麻纸瞬间把窗户的风挡在了外面。白色的看着让人心亮。我把姥姥剪好的窗花一个个贴上去。白的纸，红的花，白的墙，绿的围墙，红色的炕布，温馨过年新家的氛围就出来了。

这是过年的标配。温馨，干净，喜庆，祥和。

那时候的过年打扫家，要比现在复杂，现在擦玻璃就是个大工程了。而在那时候，擦玻璃是个收尾小工程，基本由我负责。只是冬天太冷，记忆中擦玻璃总是和手冻得发红联系在一起。

擦玻璃是我的强项，所以结婚后自己家的玻璃我从不雇人擦，我觉得擦玻璃是轻松的一项工作，因为我有奶功。

小时候，一开始擦玻璃也是擦不干净，总是像画了个六六盘，一圈一圈的黑道道。要不就是水渍明显。因此也很苦恼。一块湿布子，一块干布子，里面擦完跳到外面擦，里面看着干净了，擦完外面发现是里面不干净，再擦干净里面，又发现是外面不干净。如此跳来跳去，还是擦不干净。那就姐姐也上手了，一里一外，她指哪我擦哪，有时还是不干净。后来母亲听说用报纸擦可以擦干净水渍。于是，我有了新方法，沿用至今。

棉布清洗干净，擦一次，待水渍没干，马上用报纸擦一次，玻璃洁净透亮，一步到位。

现在如此，当年也如此，擦完玻璃后，把灯泡也擦擦，家里晚上开灯，玻璃黑亮黑亮的，灯光明亮明亮的，照得家里白色的墙上发出刺眼的亮光，一个清清爽爽的家就出来了。过年打扫家的工作也就全部完成了。

这个工作每年都做，以至于我结婚后一到腊月就心急想打扫家，无奈我的工作没有寒假，这个事情就放在了心上，却总没有时间去实施，成了一种心理的慌乱。以至于每年腊月，条件反射似的心慌。

这不，看着别人打扫我又心慌了。准备中午擦玻璃，明天擦家具，后天擦卫生间的墙。好在不用刷房，糊窗花，比起以前，工作量真是太小了。

以前跟着母亲打扫家是兴奋且快乐的。只动手不动脑。我不知道母亲当年愁不愁，只看到她精神饱满，笑容满面，大约也是开心的，毕竟要过年了，一切都是新气象。

我是有点发愁的，不似小时候快乐。家里大小事自己一个人包揽，劳神费力。主要是劳心，什么时候做什么，光想这些就很累了，动起来，不想反而好些。

现在大多数人都雇人，我觉得雇人反而是杂乱的感觉。一堆人穿着鞋进家，像打仗一样，拿着抹布胡乱抹一气，就算打扫完了，未必真干净，反而让我觉得乱糟糟的，不如自己一点一点去做。仿佛也在打扫自己的心灵。安静地做，安静地想过去一年的事情，什么事情是做好的，什么事情是不该做的，这个安静的过程仿佛也在清理自己的内心，一点点地清扫灰尘的过程，也把慌乱一点点地消除干净。直到最后大功告成，坐在自己打扫干净的家里，有一种成就感，很幸福！

猪头肉记忆

有钱没钱，过年得买个猪头。那是我贫穷的童年时代最奢侈的美食。

年前，烫猪头的燎毛味弥漫在空中，因为猪头肉的香，连燎毛味都觉得是一种香味。

大年三十下午，就开始煮猪头了。随着"咕嘟咕嘟"的沸水声音，猪头肉的香味就袅袅飘出来了，丝丝缕缕地有空就钻。钻进鼻子，钻进嘴巴，我甚至怀疑它也能钻进脑子来，让我整个头脑都热乎乎的，甚至有了猪头肉的香味。

年三十傍晚，猪头肉煮熟了，打开锅盖，一股香气袅袅飘起，瞬间弥漫了整个屋子。母亲用筷子头扎扎猪头肉，看见烂了。再用铲子和筷子把整个猪头挑起放进大铝盆里，放在炕上，开始拆猪头肉。这时候是最兴奋的，我们兄弟姐妹围了一圈，母亲用筷子一挑，猪头肉就整个下来了，我们抢着上手揪着吃，猪头肉煮得很烂，一揪就下来了，软乎乎，香喷喷，放进嘴里，嚼着一年最奢侈的味道，只有这时候的猪头肉是可以尽情吃饱的。剥下的猪头骨架要给弟弟的，骨头上的肉最香，这是一份特殊的待遇，弟弟手捧半个猪头骨架，把嘴凑上去，啃那些骨缝里的肉。猪头肉吃几口就饱了，等到母亲切好摆盘的时候，我们已经没了兴致。猪头肉手抓着吃才最香。

正月，吃压猪头肉是一年唯一的享受，平时是吃不到的。吃不了的猪头肉，母亲把它们切碎，用笼屉布包好，放在铝盆里，放上面板，面板上放上压菜石头，压几天，压瓷实了，把肥油也压出去，这样切着吃味道更好，肥而不腻，有咬头，我更喜欢吃，是好多年后挥之不去的回忆。

后来，过年不煮猪头肉了，也就不压猪头肉了，街上都有卖，但是那个叫冰花肉的压猪头肉没有母亲做得香，所以总是怀念那时候的压猪头肉。

煮完猪头肉的肉汤，也不浪费，也要等冷却了，切开吃的，也是一道年味。黑黑的，滑溜的，一放进嘴里，很快化开，有猪头肉的香味。

过年是必吃猪头肉的，平时街上有卖的，但是很少买，因为那是一笔不小的消费。冬天，晚上放学的路上，街边卖猪头肉的大铝盆里，放着红色的猪头肉，在昏黄的灯下泛着诱人的色泽，让饥饿的我更是垂涎三尺。那个卖猪头肉的妇人围裙上、袖子上都是油腻腻的猪头肉的香味。我觉得她那件围裙都很香。她女儿和我是同学，我常常羡慕她，她坐我前面，上课我会看着她的头发呆，我想她一定能天天吃到猪头肉。

有一年半夜，大约是我没上学的年纪，父亲挣了稿费，给单位人拿去买了猪头肉和酒，他们在办公室里吃完后，父亲把吃剩下的猪头肉用报纸包回来。我睡梦中听到母亲喊我起来，家里停电了，母亲点燃了油灯，我迷迷糊糊看见报纸放在大红柜上，一股猪头肉的香味袅袅飘来。"猪头肉！"我马上心亮了。父亲脱下外衣，把猪头肉抱过来，摊开报纸。切成块的猪头肉躺在报纸上，把报纸也粘得油渍渍的，我们用手抓着吃，肉带起报纸，我吃着香，顾不上撕去粘在肉上的报纸碎屑，连同报纸吃了下去。以至于每每看到报纸，我就想起猪头肉，报纸永远和猪头肉连在一起了。那个煤油灯下吃猪头肉的场景永远留在了脑海，我记住油灯下父亲抽着烟看我们吃的温暖的眼神，记住油灯下母亲微笑的表情，他们像两只鸟儿，一左一右护卫着我们，看我们吃，母亲都没舍得吃一口。

多年以后，我仍然记得，记得那个时刻。有父有母，有兄弟姐妹的团聚时刻。

有一年过庙会，我和弟弟每人得了五毛钱逛庙会，钱快花完的时候，到中午了。十字街头猪头肉的香味吸引了我们，我们坐在百货大楼的栏杆上，看着对面的猪头肉，就馋了。可是我们只有五分钱了，我知道买不了猪头肉了，就怂恿弟弟去买。弟弟比我小，估计对钱还没有概念，跳下栏杆拿着五分钱去了。我屏住呼吸远远地看着，我看弟弟和卖猪头肉的说着什么，那个卖猪头肉的把手在围裙上擦擦，然后弯腰给弟弟撕了一块。

弟弟跑回来，他说五分钱买不了猪头肉，她给撕了一截猪肠子。也好，猪肠子也有猪头肉的味道。我们一人一半，吃着走回去。那个猪肠子肥腻，口齿留香。我还吃出了猪头肉的味道，因为它们是在一个汤里煮的。

在我上了高中以后，猪头肉就可以随便吃了。直到现在，是想吃就买。虽然天天吃肉，但是隔一段时间，就想吃猪头肉了，喜欢那个有咬头的感觉，喜欢曾经的味道。

我的爷爷

　　提笔写下这四个字，却无从落笔，爷爷的生平是那样平凡，平凡到如一粒沙子，任人踩在脚下，亦不叫疼。但是，我却总想写写我的爷爷，那个平凡的普通农民。

　　爷爷是一家富裕农民的长子，家有大车骡马，但是却没有富裕家庭长子的威严和霸气。

　　爷爷长着一双小而精神的眼睛，一生不多言语，只知道种地！他的全部生活好似就是种地。有人甚至怀疑他没有思想。可是，我与爷爷的相处中，却知道爷爷的思想是很丰富的。

　　爷爷娶了落魄地主家的女儿——我的奶奶，奶奶算孤儿。嫁给爷爷后，家里事无巨细全部由奶奶打理。爷爷总是低头种地。即使有事奶奶征求爷爷意见，爷爷亦是闭上眼睛，一言不发。奶奶就生气地说："不和你说也罢。"就自己做了主。

　　爷爷为什么总是不说话？原因不得而知！因为他的言少，我也无从知道他过去的故事。只知道和爷爷在一起的日子里，爷爷给予我的温暖和我对爷爷不同于常人的看法。

　　小时候，每当我生病，爷爷就会从妈妈家里把我背上，头上还盖件衣服，我便在黑暗中辨不清方向，随着爷爷拐着的脚步，一摇一晃地去奶奶家。这是我记忆里最温馨的部分。我喜欢这样的感觉，趴在爷爷厚实的背上，摇摇晃晃，在柔弱与黑暗中，获取一种特有的安全感。

据说，爷爷年轻时卖小杂货，每日必经一条河流，在冬天也要挽起裤腿涉冰水过河，因而腿受寒凉留下了残疾。每到夏天，爷爷就坐在房子前面，晒着太阳揉他的膝盖。我便靠着爷爷，也用小手替他揉腿，虽然揉搓着爷爷膝盖骨的软软的肉感觉很是亲切，却怕揉疼爷爷，不敢用力，就很小心地揉。

在夏日，爷爷坐在房子前面是他特有的意象。想起爷爷时，总是这样一幅场景，爷爷闭着眼，坐在午后三四点日斜的余晖里，沉沉入睡。我在以后的时光里，遇到无以言说的痛苦时，就想象着坐在午后斜着的余晖里，靠在爷爷身边待一会儿，就会又精神饱满了。

爷爷爱坐着睡觉，即使在家里。每天黄昏日暮时分，奶奶早早就吃了晚饭，干净整洁的家里，爷爷坐在炕上，靠着一摞被子开始眯着眼睡觉，奶奶戴着老花镜做针线，我则躺在奶奶的腿上，手里把玩一根猴皮筋。这样的安静温馨时刻一生都治愈着我。

爷爷虽然不多说话，但是他爱我们有他独有的方式。就是当我躺在炕上时，爷爷就会用手摩擦我的头。那手上厚厚的茧，涩涩地摸着我的头，我感受到一种有力的无言的爱。

爷爷不爱说话，不等于他没有感情。在奶奶去世后，我不知道爷爷会不会悲伤。我只知道他在孤独地活着的六年里，每年每个祭祀之日，爷爷都会记着给奶奶印纸钱。于午后的三四点的光景，"嗒嗒"的印纸钱声音，提示我们每一个人，该记起奶奶了。我猜想，爷爷一定是怀念奶奶的，这是对爱情最好的诠释。尽管爷爷一生也不会对奶奶多言，但是那些日常的言听计从，也是爱的表达吧。

在爷爷孤独的晚年中，我才知道爷爷其实很善言谈，且爱好历史，知识面很广。因为我的历史书常常莫名其妙丢失，然后看见爷爷于午后的时光中，在窗前看书，爷爷的视力极好，都不用戴老花镜。我便去要书，爷爷便和我滔滔不绝探讨起历史来了。闯王李自成、吴三桂的故事，朱元璋的事情。爷爷总说书上写得太少。好像他参与过那段历史。后来，我想爷爷讲的可能都是野史，野史不就是民间的一种传说吗？但是这些野史，爷爷讲得绘声绘色，非常有助于我了解那段历史。

晚年的爷爷说话多一些，与他中年时候我对他的印象截然不同。

中年的爷爷整天在院里种菜劳作，很专注的，仿佛这个世界和他无关，早起就摇着辘轳一桶一桶从井里汲水倒在他亲手筑的水泥水道里。他赤着胳膊，青筋暴露在两臂上，每放下一次辘轳，就在手掌上吐口唾沫，然后再去摇起辘轳。我看着很轻松，但是偶然帮爷爷摇一次，才知道是无比费力的事情，而爷爷年复一年，日复一日地重复劳作。把个偌大的六分地的院子种满了各色的菜，尤其多的是韭菜，我对韭菜有一种情节，后来才知道是因为爸爸的阳气不足，爷爷才种了那么多韭菜给爸爸补身体。言语不多的爷爷用韭菜表达着对爸爸、他唯一的儿子的爱。

菜种得很多。"下雨不忘浇园"，是爷爷的口头禅，所以几乎是日日早起浇地。晚了怕太阳烧了菜，下午则是侍弄菜园子。

爷爷是一个非常优秀的农民，这是从妈妈口里得知的。因为爷爷种菜好，所以才让我们落户在这个大队里。大队是个菜队，听闻爷爷种菜一流，才请爷爷过来，我们也才分得了这片地盖了房子，落户这里。妈妈说全大队的菜地就爷爷一个人种，养活一个大队的人，但是爷爷毫无怨言，好像在爷爷的世界里，种菜就是种菜，无所谓给谁种。他就一人低头种菜，忘了日落西山！然而，一家人还是吃不饱。

很多人包括奶奶都说爷爷傻，种了那么多菜地，却不懂得拿一点来养活全家。对于奶奶的指责，爷爷充耳不闻，很多队友就说爷爷是傻子，是个没有思想的人。唯有我知道，爷爷知道很多历史故事，也有自己的看法，并非没有思想，只不过爷爷是个恪守规则的人，是一个忠厚善良的人，是一个朴实的农民而已。用妈妈的话说，爷爷傻到连害人的心都没起过！被一个儿媳妇给予如此高的评价。

尽管爷爷好像很傻，但也是有心的，当年哥哥考上了上海的大学，爷爷虽不言语，却每日早早拿个马扎出去在"排死队"里坐着，逢人就说一句话："我大孙子考上大学了，在大上海，那可是个繁华的地方。"他全然不顾别人听不听。其实，"排死队"是人们对一群七八十岁坐在商场门前晒太阳的一群人的戏称。这些人根本不在乎什么大上海。可见爷爷也是有想法的人，不是平常人们所认为的木讷到没有思想的人。

在爸爸去世后，老家来了很多我不认识的人，说起爷爷，就说没想到他竟然有这么好的后代，怎么也想象不出来。可见，有多少人对爷爷是有误解的。

到底为什么爷爷会给人这样的印象，估计就是因为爷爷是一个过分老实本分、不善言谈的农民吧。

他不善言谈，也就不善于表达，却会把爱付诸行动，爸爸当年想考音乐学院，爷爷竟然卖掉了仅有的房子，出口内蒙古，这样的没思想的人也是父爱如山啊。

再后来我们和爷爷住进偌大个院子，从种菜、扫院、晚上锁大门、淘厕所、筛炭灰都是爷爷的事情，他总是一个人不言不语地忙碌着所有的事情。为爸爸分担着不少家务事。

晚年的爷爷一个人孤独地过了六年，他常常坐在窗户玻璃前看我们上学放学。要不就是坐在午后的阳光中一个人闭眼睡觉，仿佛就是个没有思想的人。

晚年的爷爷虽然老了，但是力气很大，八十岁的时候，还要种菜卖菜，竟然还赶时髦，去很远的地方，推着他的独轮车卖菜。我周末的时候，还喊我前去，和他一起给一个部队大院送菜，许是爷爷的菜好还是态度好，总之是揽了笔大买卖，不顾我已经是妙龄少女。我帮着爷爷推着他的独轮车去送菜，一车菜爷爷口算比部队食堂人的计算器算得还快，令他们惊诧。但我不惊奇，因为我老早就知道爷爷算数是惊人的，尽管他读书不多，但是脑瓜子好使。尽管他有这么多优势，却没能让他成为一个引人注目的人，在周边人眼里，他只是个不起眼的小人物，一个种过地、卖过菜、做过小买卖的平凡的农民，为养活一家几口默默付出的人。

爷爷八十一岁以后，爸爸就不让爷爷种地了。对于一个常年劳作的人，一下子坐下来，骨头都不适应。爷爷整日地坐着，妈妈做熟饭我们给他送过去，这是爷爷一天唯一的期待了。

一日，周末全家去姐姐家吃饭，让我回来给爷爷送饭，姐夫拿回来的高级饭盒，我死活打不开，坐在房前孤独晒太阳的爷爷，抱起来三下两下竟然把本来焊接的部分给打开了。把我吓了一跳，这得有多大劲。

　　爷爷不仅劲大，牙也好。即使在八十二岁高龄，他依然有一嘴好牙，一颗没掉！他坐在房前，我会去逗爷爷，一如幼年和爷爷玩的把戏，我把大豆给爷爷，爷爷一颗一颗把大豆扔得很高，然后一口接住，大豆嘎嘣脆就被爷爷咬烂了。当我五十岁的时候，牙已经掉了四颗，方知爷爷的身体有多健壮。这也许得益于爷爷常年的劳作。

　　爷爷一生辛苦劳作，身体各方面都很好，突然无事可干，反而加速了他的衰老。每天我和弟弟轮流给他送饭，一个星期后，他却不认得我们了，问我："弟弟哪去了？多日不见了！"

　　他会晚上起来生火，竟然黑白天颠倒了。爸爸知道爷爷突然老了，有些后悔阻止他种菜。

　　爸爸怕爷爷半夜还黑白颠倒起来活动，就陪爷爷睡觉，爷爷却怎么也不要，说他可以。爸爸走后两天，我早上上学看见爷爷家的灯在晃动，可是经常迟到的我却没有多想，忙着跑去上学。中午回来，已经看见爷爷闭上了眼睛。

　　那些和我玩闹爱抚的时光还在老屋的每一个角落晃荡，爷爷却安静地躺着，不再说话，任凭我们泪水直流。轻抚爷爷精瘦的脸，他都不为所动了。那双起满老茧的手，青筋暴露的臂膀，还显示着爷爷作为农民的标识。

　　爷爷只迷糊了一个星期，黑白颠倒，认不得人，我们只当笑话取乐，考他那个是哪个人。我们竟然不懂，有一种人，太过壮实，他老去是一刻的时间。

爷爷是老死的，没有病痛。一个平凡的人，一个坚韧的农民，死都不会拖累儿孙一次。

若干年后，我也已然是要老去的光景。一次寻人办事，忐忑不安中见到那个人。没想到那人却非常热情地说："你是谁的孙女吧，你爷爷是我的救命恩人，当年我十四五岁，在队里计工分干活，跟你爷爷后面推铁犁犁地，饿得发昏推不动，每次你爷爷会把自己分的粮食给我拿一些，我才不至于饿死。"

这件事情没人知道，多年后从一个外人嘴里，我才知道爷爷平凡中的伟大，家里人都吃不饱饭，他却愿意偷偷接济一个饿得发昏的少年，让我在多少年以后得以受惠！让我想起"德泽后代"这句话，真实地体会了这句话。爷爷用他的善行德泽后代，荫及子孙！

爷爷的善良、不多言语也不经意地成了我们的家风，一代一代地传承下去。我们兄弟姐妹，包括下一代我的侄儿、我的儿子又是一样的老实、善良，有时甚至保护不了自己。妈妈就说都像我爷爷，骨子里带的东西，改不了。

我却想，傻就傻吧，像爷爷一样，傻有傻福。他一生虽为农民，但是子孙发展都好。他走的时候，没受一点罪，也是上天对善良朴实的爷爷的另一种奖赏。有这样的奖赏，宁可做人傻一些！

我的奶奶

　　常忆起我的奶奶，那个陪伴我走过幼年、童年，对我百般呵护，给我良好品质的人，那个在我少年时突然离去的人，留我在半生中追寻、遗憾、怀想。

　　奶奶十三岁的时候，一家十三口人因病相继离世，只剩下奶奶一个人。

　　有人说奶奶命硬，克死了全家，奶奶也便在内疚中接受，一家人的离去，让奶奶倍感生命的脆弱。于是，奶奶对子孙都分外呵护，关爱有加，也生怕自己的命硬克了儿女，事实上奶奶也有几个女儿夭折，还有爸爸的弟弟也夭折了，尽管那个年代，这不是什么稀罕事情，但是奶奶都归于是自己的命硬。

　　曾记得我小时候一有小疾，奶奶就紧张得往厕所跑，她总是担心不幸再一次降临。这样的担心紧张和辛苦地照顾子孙，让奶奶的生命也在不到七十岁就戛然而止。

　　我从出生就归奶奶看管，家里四个孩子，弟弟小我两岁，由于妈妈还要上班，忙不过来，奶奶就负起了看管我的责任。

　　奶奶是重男轻女的，重男轻女思想来源于奶奶的婆婆，奶奶生了好多女儿，被婆婆嫌弃，终于生下了爸爸，但怀爸爸的时候，由于连年生孩子导致营养不良，爸爸的身体不是很好，奶奶一生就在爱与内疚中度过。

因此，那个从小就无父无母、无兄弟姐妹的奶奶对于亲情特别珍惜，缺爱的奶奶又总是想给予别人很多爱。我们便都在奶奶的爱里长大。

奶奶出生在一个富裕的地主家庭，成为孤儿以后，钱都归奶奶花，因此有大手大脚花钱的习惯，加上对于死亡的恐惧，奶奶对金钱看得很淡。我是在很多年以后，才明白奶奶对金钱看淡是怎样的一种别人无法企及的高度。一个人若能放开金钱，可以不被很多事束缚。

奶奶有"三月不尝鲜，枉活一年"的口头禅。因此，我小的时候，宁愿待在奶奶家里，也不愿意去妈妈家。因为奶奶家总有各种好吃的，尽管奶奶没有妈妈有钱，但是节省的妈妈总是什么也舍不得吃，水果更是不买。奶奶家却有各种好吃的，比如夏天的水缸里泡着的长长的菜瓜，面瓮里伸开五个手指的手掌印下面粉里藏着的西红柿，堂屋的破柜子里放着的铁盒子里的好闻的饼干，都是我可以随时偷着吃的好东西。尽管奶奶在面粉上压了掌印，那是标记，但我亦能从掌印的侧面把西红柿掏出来吃。

后来才知道，那些西红柿是留给爸爸吃的，因为院里种的西红柿总是在还没有红透脸的时候，就被没有零食吃的我们早早摘去了。奶奶才不得已在西红柿刚红了脸的时候就藏在面里养熟。即使我们偷了吃，奶奶也不多言，好像没有发生过这样的事情。

奶奶情商高，总是在我犯错误以后，默默给我讲一个故事，而不直接告诉我错了，错在哪儿。我常常在莫名其妙地听完故事后才恍然大悟，今天我又做错了什么？那种顿悟来自潜意识，所以一生不会再犯。

奶奶这样高明的教育方式，来源于奶奶爱看戏。奶奶常说"唱戏了，比（喻）世（事）了，人间的道理戏里都说尽了。"奶奶也就在看的一场一场戏中，成了一个智慧的人，一个活得通透的人。直到现在我才常常悟出奶奶的话是多么富含哲理。

奶奶说："太阳都从门前过，可要让你吓呢，也可要让你怕呢！"奶奶说这话是因为爸爸体弱多病，每次生病奶奶就吓得一次一次往厕所里跑，爸爸会说奶奶多虑了。因此，奶奶就常说这句话，意思是你也有担心儿女的时候。当我为人母后，每次孩子生病，就想起来奶奶的这句话，真的是让我又吓又怕！

奶奶说："跌倒打了，绊倒洒了，借不上米还丢了半升呢！"于是，奶奶就风风火火为我们一家撑起了一片天，家里大事小事全归奶奶料理，外面的与人交际，家里大小事情的决策。打里照外，忙忙碌碌。奶奶像一只老鹰，护着她的小鸡。奶奶大且美丽的双眼皮眼睛，圆圆的丰满的脸，慈祥得像一尊菩萨，给我们踏实的感觉，高大且微胖的身躯，让我们看见就想依赖。

很多年以后，我才明白这句话是多么随性豁达。长大后我也总是很胆大，敢找人办事，大不了事不成，也丢不了什么，凡事总要试一试，有很多事情竟然还办成了。因为奶奶说"姥爷好见，舅舅难见"。我就爱找大人物办事情，也办成过不少别人认为不可能办成的事情，这就得益于奶奶的言传身教。

就是"跌倒打了，绊倒洒了"，我当年不能理解这句话，在很多年以后，遇事不顺的情况下，才幡然醒悟了奶奶的这句话，

"这世界没什么大不了的事情，跌倒就把手里的东西打了，绊倒了就把手里端着的水洒了，大不了站起来从头再来"。

奶奶有很多这样的口头禅，我好像还是只听奶奶说过，有些话别人就没有说过，这些话真的可以出一本奶奶语录了。这些经典语录我想都是奶奶在艰难困苦的岁月中感悟到的，其实每句话的后面，都是一个痛彻心扉的经历。

奶奶自幼丧母，没有人给缠脚，在那个小脚为美的年代，奶奶受过多少人的诟病。奶奶七岁又丧父，在叔叔婶婶家寄人篱下，唯一的弟弟也离世了，这些经历让奶奶有了这些人生感悟，有了豁达的态度。但是，奶奶从不和我们说这些痛苦。只是每晚睡觉的时候就会说"今日脱了鞋，不知明日穿不穿"。我小时候非常害怕听到这样的话，把头用被子蒙起来，就怕第二天见不到太阳了。直到我也要老去的光景，才明白把生死置之度外，过好当下，唯有今天是实实在在地过完了。

奶奶一生不买房不置办家具，她活着喜欢吃穿和看戏。奶奶也常说："人生在世，吃穿二字，吃一肚，穿一身，其他都是虚的。""鸡不叫（天）也明了，钱不花也穷了。"所以，奶奶吃的东西很好，她一生虽吃素，却能把饭做得满屋子飘起独特的饭香味。

奶奶爱做饭，常于做饭时间头上渗着豆大的汗珠忙碌在灶台边，一碟子烂腌菜，一碟子小葱拌豆腐，一碟子香菜，几碗热腾腾的豆面，或者几张烙得黄脆的饼子，一碗浓浓的小米粥，都是我童年以至于此生吃过的最清淡美味的饭菜。

多年以后，我才明白奶奶的活法，生活不在多么富有才叫幸福，而在于一箪食、一瓢饮的日日满足味蕾的过程中，享受平实的美好才叫幸福。

奶奶在下午戴着老花镜做针线的时候会嘴里哼着戏曲，于干净整洁的房内诠释着生活的幸福。或于早上七点，奶奶家的喇叭响起"东方红，太阳升"的歌声，一天的美好生活从这激情洋溢的歌声中开启。尽管当时喇叭很贵，奶奶家连一件像样的家具都没有，她却先买个喇叭听戏文。

奶奶的家只有一件家具，是一张八仙桌。即使就那一张桌子，奶奶也是擦得油光锃亮，桌子下面围一块小碎花的围布，桌上摆几个玻璃瓶子，插上几朵花，感觉温馨至极！我从小就喜欢在奶奶家感受这种生活气息。长大后一地鸡毛的时候，我也常怀念这样的温馨时刻。

奶奶还是一个土医生，谁有个头疼脑热都来叫奶奶，奶奶便一边给刮痧，一边会说七十二种病，都能用刮痧理疗，头疼刮哪儿，生气刮哪儿，奶奶都有一套方法，也不知道这方法是和谁学的。

奶奶人缘好，不仅在帮助别人上有体现，而且也体现在花钱交际上。奶奶虽然没钱，但是也是要交际的，她常说："人皮难披呢，自己舍不得花的钱，该走礼节的时候也得走呢！自己的袍子盖自己的脚面呢，有钱钱护脸！没钱脸护钱呢！"她这样说着便拿了钱去看望别人。

要说我对奶奶最欣赏的莫过于奶奶的爱子。

奶奶爱子是出了名的，为了让爸爸上学不受欺负，奶奶让爸爸直接上了四年级，为的是让已经上了四年级爸爸的六叔照顾爸爸。爸爸考上师范，奶奶没钱供上学，准备放弃，爸爸一晚上坐着不睡看窗外，奶奶问爸爸就这样想上学吗？爸爸点头，奶奶就出去借钱供爸爸上学。她也许并不知道上学的好处，只是因为爸爸想上，她便在衣襟下面藏半升黍米或者几个鸡蛋，出去四处借钱。

这样的爱是无言的，奶奶的爱是深沉的，为了爱子，可以出去一家一家求人，这是多少中国父母的真实写照。

奶奶的爱在细微之处体现。一家人不管谁生病，都归奶奶照顾。爸妈常年身体不好，奶奶一边照顾爸妈，一边做饭，一边看管我们，嘴里还在说着："不要乱吃乱跑，再生病了，又麻烦你祖奶奶。"

但是，我们四个总是轮流生病，奶奶好似一辈子总是在照顾病人，爷爷不多言语，凡事不管，奶奶不仅管外面的交际，还负责侍候我们。她的生活在我的印象里总是一路小跑，从院里拔根葱，擦擦汗，跑进家里，在灶前弥漫的水汽中忙碌。

还记得我生病躺在奶奶的炕上，昏暗的灯光下，奶奶用小勺喂我金黄的小米粥，入口绵香，在饭后的微弱的火上用平底锅烤上几个土豆片，撒上盐给我吃，说刚病好的人嘴淡。也会在我脚冻了以后，到处给我寻茄子秧苗泡脚，一连泡好几日，让我不留残疾。更会在我感冒发烧的时候静静搂我入怀，盖严实被子，让我出汗。这些土方法都记录着奶奶对我无微不至的照顾和爱。

如果说岁月是一首歌，我记忆中的奶奶便是浅唱低吟地走过，来时太多的苦难使奶奶后面的人生选择平淡知足，于贫穷的生活中汲取新生的养料，虽然粗茶淡饭，但也能听戏养花、与人为善、明白事理、尽己责任、照顾家人、闲事不管、做好自己、过好日子、爱好子女，如此平淡一生，却也是富足的一生。有奶奶的爱，我们的人生更显丰满，奶奶的智慧也让我活得通透。

奶奶的一生平凡得如一粒沙，却有最高的人生境界，在我即将步入晚年的时候，才明白追求虚荣，赚取财富，其实都不如学会奶奶的生活方式，日出而作，日落而息，平平淡淡地享受生活的点滴美好。

有人说奶奶不要强，太软弱。可是，奶奶却对我说："不要太强了，软了软不死人，一厉害就厉害死了。"所以，我也习惯于示弱，不情绪激动地逞强，也不追求高大上的身外之物，常记着奶奶的话，让我的人生顺畅。

奶奶一生悲苦，却依然乐观，懂生活！她的生活态度是我一生的财富。

回忆我的姥姥

我的姥姥一生悲苦。

我姥姥的妈妈是童养媳，因为在圆房后才被允许上炕，之前一直睡在地上的灶旁。冬天河边洗衣，夏天灶旁烧火，落下一身病，只能坐在炕上指挥姥姥做家务，在姥姥七八岁时就离开人世了。

姥姥三十六岁时，我的姥爷从山上摔下来去世了，留下五个孩子，还有一个遗腹子，姥姥忍痛把遗腹子送了人。

姥姥在四十三岁时，后姥爷又因病去世，又留下两个孩子。

人们都说姥姥命硬，姥姥也不敢再嫁，一人便抚养七个孩子。妈妈说姥姥总是背上背个孩子，身边跟着几个孩子，一路小跑地做家务，她的小脚亦能跑得很快。这期间的辛苦我只能臆测，因为妈妈没说过，妈妈没说过是因为她不知道姥姥的难处，因为姥姥从没说过。姥爷刚离去，妈妈作为家里的长女就出嫁了，姥姥怎样艰辛地拉扯孩子，怎样在悲痛中生活，妈妈并不很清楚。

姥姥住在妈妈家的时候，家里就分外温馨起来，亲切的姥姥安静地坐在炕上，就像定海神针，家里一下就聚了人气，我们总喜欢围着姥姥听故事。我记忆中的姥姥总是笑眯眯地、安静地坐在炕上，怀里抱一个孩子，给我们讲村里的趣事，不大的一个村落，故事很多，很新奇，姥姥讲得绘声绘色，笑得我们眼泪都能出来。

记忆中的姥姥常年怀里抱一个孩子，她哄孩子的时候，嘴里唱着古老的当地的摇篮曲。诸如"家巴巴雀，卖豆芽，卖不了豆芽回不了家，回了家，老婆骂，老婆老婆你不要骂，我给你上炕哄娃娃，大的叫个银柜柜，二的叫个瞌睡睡，瞌睡睡的妈会打扮，打扮起来真好看，骑上马，挎上枪，后面还跟着个老妖精"。还很押韵，孩子们往往睁着童真的眼睛，在姥姥轻轻摇着的怀里，听得入神，陷入遐想中，并不能睡着。姥姥就再来一首"狼打柴，狗烧火，猫儿上炕捏窝窝，一捏捏下十八个，狼呢？上了山跑了，山呢？雪盖了，雪呢？化成水了，水呢？结了冰了，冰呢？……""有冰了，那狼下不了山了吧？"外甥会突然问。姥姥只得再继续安顿，她把手拍在外甥的额头，继续说她的儿歌，"一个嘟嘟蒜，四六瓣，爹搬去，娘叫去，个出（满脸皱纹）奶奶上炕盘问去，你家有啥了，箱箱，柜柜，八个莲花九个络络"。外甥终于睡着了，姥姥就可以放下孩子舒展一下了。

这些儿歌也一代一代地传下去。

为何我的记忆中姥姥总是抱个孩子说唱摇篮曲，因为姥姥在晚年看大二舅的两个孩子，三舅的两个孩子，姐姐的一个，七十六岁的时候，还给看大了我的女儿。

我的姥姥从结婚估计一直在哄孩子睡觉中变老，从自己七个孩子到小辈们的孩子，还有那几个夭折的孩子。

姥姥一来我家，家就更有烟火气，寒暄之外就是欢声笑语，姥姥总是慈爱地看着每一个人，微笑着讲故事。关于她那些过往的悲苦故事，她一概不讲，我们也都无从知道姥姥的心路历程和感悟。只是知道姥姥的经历后，我常想，但凡我的人生出现一个，我都不能挺过。就常常如此感慨！

记忆里还有那些去姥姥家的日子里，杏树，家鸡蛋，跟姥姥去地里摘一箩筐豆角，回来做土豆糊豆角，满满一锅，管饱吃，还有那红色的高粱米鱼鱼，很涩很不好吃，但我们也是吃着稀罕。

记得几次去姥姥家的经历。一次是暑假和表姐表妹们一起去，晚上挤在姥姥的热炕上，热闹地嬉戏。有人敲门，说要卖给姥姥猪肉，刚杀的，知道姥姥家里有客人。姥姥背过我们，从柜里掏出布里包的钱，悄悄递给那人，怕我们阻止她为我们花钱。

还记得一次我暑假去了，我一个人突然不想待了，吵着要回去，姥姥的小脚急急地走在满是小石子的山路上，挨家挨户问谁家有车要去城里。终于问得一家，我坐上那个人的摩托车时，姥姥站在村口和我挥手再见，恰好有一个卖香瓜的来到村口吆喝，姥姥忙喊我等一下，她的小脚又急急地在山路上跑，跑回家拿了钱，给我买了香瓜，让我带着路上吃，我不觉心里酸楚。摩托车卷着尘土一路飞扬而去，姥姥娇小的身影渐渐模糊，我心里百感交集，才知道，姥姥也是爱我的，尽管小辈们有二十几个人，她不能一一表达爱意，但是她对每一个孙辈都是爱的。

还有一次，我和先生结婚以后，先生没有见过大山，我带他去姥姥家看看真正的山，瘦骨嶙峋、壁立千仞的山，去了原本不在乎吃什么饭。姥姥知道我们来了，又是急急地跑，挨家挨户去借猪肉，去地里割韭菜。忙着和面，快速地穿梭在房间。我于心不忍，说不要吃饺子了，姥姥说新女婿上门，咋能不好好招待。大大的饱满的韭菜猪肉馅饺子是先生吃过的最纯正美味的饺子，也是我最感动的一次吃饺子。

曾记得一次和姥姥在下雨以后捡地皮菜，捡着捡着，不觉到了一棵树下，姥姥停下来，久久站立，然后席地而坐，她把腿弯曲在一侧，用手捧着黄土一点一点往树下的土堆上堆，我想起那是姥爷睡着的地方。姥姥不言不语，忘了我的存在，那瘦弱的身影孤单得如同一片黑色的树叶，风大一点就能吹走。

姥姥走的时候，是冬天，天还下起了大雪，似在慨叹姥姥悲苦的一生。

关于姥姥的记忆不多，不似奶奶多到绘成一幅画，但是于姥姥的记忆却是点状的，每一个点都清晰，都有感动，都真切地藏在回忆里。

我的爸爸

我的爸爸可以用玉树临风来形容!

爸爸为何生得玉树临风?这要从他的出生说起。

我的奶奶结婚以后,连续几年一直生女儿,被婆婆嫌弃,后来终于生下爸爸。爸爸作为家里的长孙长子被爸爸的爷爷奶奶捧在手心里,更是被我的奶奶视为心肝宝贝,这样的娇惯让爸爸有了一种别人所没有的优越感。

爸爸很聪明,读书很厉害,也非常喜欢读书,还喜欢器乐,所以爸爸的内涵也很丰富。

爸爸没有按规矩从一年级上学,而是直接跟着六叔上了四年级,为的是让六叔照顾爸爸,爸爸就是在大人们这样呵护下长大的!

爸爸学习成绩很好,一路考上高中,但是由于奶奶没钱供爸爸上高中,爸爸只能上了师范。

在师范里,爸爸更是如鱼得水。爸爸天生有语文天赋,这大约是遗传了奶奶,又爱读书,所以文章写得很好,频繁在刊物上发表。爸爸还喜欢音乐,二胡拉得很好,全地区十三个县二胡比赛,爸爸得了第一名。

爸爸的老爷爷个子有两米多高,为此烦恼,就娶了小个子的老奶奶,但是基因的强大还是让爸爸个子长到了近一米八。

而且，爸爸的身材属于宽肩型的，身材很板正，也清瘦一些，穿衣服宽肩撑着，很好看，如玉树临风。

爸爸长得也清秀，单眼皮，戴一副眼镜，文质彬彬，腹有诗书，外有形态，还会各种乐器，所以爸爸在当时就是一个男神的存在。

玉树临风的爸爸在学校里遇到了能歌善舞的妈妈，常在一起排练样板戏，产生了感情，但是我的姥姥不同意这门亲事，当时，姥爷刚刚去世，姥姥想让妈妈嫁在本村，好方便照顾姥爷留下的几个孩子，也嫌爸爸家里穷。爸爸便自己上门，对姥姥承诺将来会帮忙拉扯姥爷留下的这些孩子，这样姥姥才勉强同意。

因为爸爸穷，结婚都雇不起马车，就和妈妈一路从姥姥家走到奶奶家，八十里的路，爸爸和妈妈一边幸福地玩一边走，晚上才到了奶奶家。我想这是世界上最浪漫的婚礼。

晚上到了奶奶家，奶奶给吃了顿擀豆面就算把婚结了。

爸爸是个才子！

结婚以后，爸爸常常在刊物上发表文章，稿费是家里重要的经济来源。各种乐器都会，在学校教书口碑也很好。十六岁就师范毕业的爸爸，十九岁就当了一所城镇中学的校长。因为写文章好，二十一岁又被提拔到教育局管人事。

爸爸有才是当时被县里教育界公认的，因此也常常有其他单位领导叫爸爸去写材料。常年日复一日地伏案疾书，爸爸劳累病了。他一拿起笔就干呕，看书也不能够了，一看书脖子就发紧，于是，只能放弃爱好。他把他的书和乐器都束之高阁了，放了满满一屋子，说等养好身体再看。

爸爸还是个孝子！

奶奶家里穷，爸妈结婚后住在学校的宿舍里。调回教育局后，就租房过日子。要强的妈妈想盖房子，省吃俭用下来也是只够盖三间土窑。可是，爸爸为了奶奶也有地方住，就决定盖五间。

经济的拮据，加上自己亲自动手劳动，土窑盖好了，爸爸却病了。写材料的心累加上盖房子的身累，使得爸爸身体变得很虚。也没有具体的疾病，也就是中医里所说的劳累加营养不良所致的虚证。

新房子盖好后，我作为第三个孩子也出生了。奶奶住三间，我们住两间。奶奶的三间有一间租给别人，挣的房租归奶奶。院里爷爷种菜卖菜，卖菜的钱自然也归奶奶。爸爸在二十七岁时就完成了让父母住上新房的心愿，并且，奶奶的基本生活费也解决了。加上爸爸每个月开支给奶奶十块钱，奶奶的生活也算小富。

爷爷奶奶有爸爸这样的儿子，一生是幸福的，他们天天能见着爸爸，而且儿孙绕膝，晚年也不孤单，大病小灾爸爸都能照顾。

爸爸也是个遵守诺言的人！

爸爸当年承诺姥姥要把小舅子们都拉扯出来，爸爸做到了。我的印象里爸爸常摇着膝盖，手里拿一支烟，蹲坐在炕上，靠着炕上叠起来的一摞被子，眼睛目视前方，若有所思，他在给舅舅们想办法。

大舅岁数大了，爸爸先让去了煤矿，大舅弄成正式工干了一段时间，爸爸又想办法给调到了厂里。二舅三舅先让去当兵，然后转业安排了工作，爸爸又四处求人，给调回县城。

爸爸虽然无权无势，身体也不好，但是他没有忘了自己的承诺。

爸爸对爱情忠贞！

爸爸用一生诠释着车马很慢，一生只爱一个人。

妈妈很小就有胆结石，当时胆结石还不能做手术，妈妈常常动不动就疼得打滚。直到妈妈六十岁时，不得已才动了手术。爸爸一生照顾常常生病的妈妈，煎药是爸爸的拿手绝活，总是能在文火中煎出最有疗效的药。妈妈做手术时，爸爸也陪着，尽管他自己身体也不好，依然坚持陪床，说："你妈妈眼睛看见我就行，她没有主意，我不在她会害怕。"

妈妈和奶奶住在一个院子里二十五年，难免有矛盾，爸爸总是劝奶奶，要让着妈妈，说妈妈不嫌咱家穷，跟过来不容易，要善待！

爸爸用他的行动证明了爱情可以长久。

爸爸很顾家！

从我记事起，爸爸就没有因为喝酒吃饭迟回过家，他除了单位开会加班，总是行色匆匆地骑个自行车，一进门就辅导我们学习。

昏暗的煤油灯下，我们围坐在小红炕桌旁，妈妈在地下忙碌地做饭，爸爸则陪我们读书。

哥哥姐姐语文不好，爸爸就天天给他们辅导语文，读《中国寓言故事》，读《古文观止》。我数学不好，爸爸天天给我辅导数学，什么流水问题、行程问题，爸爸总是不厌其烦地给我讲。

要不爸爸就会坐在炕上和我们打扑克，下象棋、军棋、跳棋，总是不言不语，默默陪我们玩，玩累了，爸爸就会躺下休息，显得很疲惫。

所以，童年的记忆，家就是温馨的港湾。妈妈做饭，爸爸陪读。

尽管他身体不好，但是春天他会带我们去打谷场放风筝，夏天也会和我们打羽毛球。我们的成长一直有爸爸的陪伴。

爸爸爱子更"习"子！

世界上的父亲都是父爱如山，我的爸爸也一样。

由于爸爸身体虚弱的原因，我们不能坐在父亲的肩头，也不能上下学被爸爸接送，但是爸爸用他特有的认知方式来爱我们。

爸爸知道知识的重要性，也知道考上大学对我们一生有多重要。他不仅拖着羸弱的身体，每天辅导我们学习，还拿出微薄的工资的一大部分给我们每人都订阅了书刊。我上一年级，爸爸给我订了《小朋友》，给哥哥订的是《少年文艺》，给姐姐订的是《儿童文学》。每个月新书到的日子，我都是非常激动地跑回家，等爸爸进门，爸爸手里摇一摇还散发着墨香的书刊，说好好去读吧，这里面又有几篇好文章。我迫不及待高兴地抢过去看，看不懂的，爸爸会给我解释，记得我看"三步并作两步"这个词语，不明白意思，爸爸给我讲解了，还做了示范，让我对这个词语有了很深的理解。

我初中看琼瑶小说着迷了，每天中午饭也不吃，趴在炕上一中午看一本。爸爸知道后，什么话也没说，给我订阅了《散文》，告诉我散文有多优美，还和老师取得联系，我的老师也送给我两本书，一本是《中国上下五千年》，一本是《世界上下五千年》。爸爸后来又找了个时间语重心长地对我说，喜欢读书是好事，要读好书，读经典。

是书我就爱读，我不仅从这些书里学到很多知识，并且爱上了散文。直到现在，我最喜欢的依然是散文！

爸爸总怕我们将来没有饭吃。恢复中高考以后，爸爸更是每天辅导姐姐学习，早上五点起，晚上十一点多睡。爸爸披着大红花的被子，坐在小红炕桌前，瘦弱的身体蜷在被子里，给姐姐演习着习题。姐姐终于以全县第一名的成绩考上了师范。

姐姐上学走了，哥哥弟弟学习都好，都是第一名，爸爸不用怎么操心。就是我的数学不好，爸爸每日辅导，我总是听着爸爸讲题就迷糊地睡着了，要不就神游去了。爸爸讲了几遍我还是傻傻得不懂，呆愣着看爸爸，爸爸就说："我脸上有字呢？"他气得打饱嗝，说："我先保命呀，再也不管你了。"不过，第二天，爸爸又坐到我桌前给我讲题了。我的脑子好像不开数学的窍，爸爸就说将来考不上大学，还得卖瓜子，我想卖瓜子怎么了，还有瓜子吃。

爸爸觉得我数学实在不行，决定让我学小提琴，走艺术的路。可是，教了我几天，爸爸就病倒了，好了以后之前教我的我全忘了。爸爸说："看来你也不大喜欢，兴趣是最好的老师，没有兴趣也学不成，还是走正路吧。"爸爸说的正路就是考大学。

爸爸说只要你数学及格，考上高中，咱读文科，兴许还能考个学校。

我中考的时候，是 20 世纪 80 年代末，许多人都想走中专，早点拿到铁饭碗。爸爸则明白我的弱势，数理化不行，补习几年也不能脱颖而出。他果断地让我上了高中，果然，我读文科，还是拿到了铁饭碗。爸爸是我人生的指路明灯！

爸爸的爱就是如此深远。

在我找对象的时候，妈妈提了一堆条件，爸爸却只有一个，"性格好就行"。爸爸说我性格软弱，找个性格好的人是最适合我的，我和先生是相亲认识的，爸爸只是看了一下就说可以了，性格一看就好，其他无所谓。

爸爸的爱子体现在这样的细节里。

爸爸的爱子不仅在辅导我们日常的学习中，还在于不舍得让我们出去受罪。他总是在我们遇到困难时，抽着烟，靠着一摞被子，蹲坐在炕上，目光直视前方，若有所思地给我们想办法，然后告诉我们该怎么做，第一步怎么做，第二步怎么做，遇到事情又告诉我们怎么想问题。

爸爸的处世态度是不争不抢，看淡名利的！

县里的重点中学下滑很厉害，县里让爸爸去当学校的党委书记，爸爸推托了，爸爸说自己身体不行，不能尽心尽力，时间上也保证不了，会害了好几届学生。若不作为，宁可不为，也不沾名钓誉。有人说去了当上一年半载，级别工资就都上去了，何乐而不为？但是爸爸认为不是这样的，总要实至名归。

尽管如此淡泊名利，在爸爸四十六岁的时候，被推举当了副局长。当时爸爸正忙着爷爷的丧事，几天没去单位，去了就接到了升职通知。有爸爸的朋友开玩笑说，"多少人争都争不来，你躺家里就得到了"。也可见爸爸的业务和人缘好。

爸爸是个活出自我的人！等我们都考上学后，爸爸重拾爱好。他拿出尘封多年的二胡、三弦、小提琴，他虽然节俭，但还是买了个便宜电子琴、吉他、手风琴。有一个房间专放他的乐器。

每日早上起来，他就开始自顾自地拨弄他的乐器。爸爸最后选择玩二胡，因为二胡最省劲。

晚年的爸爸是自在快乐的，他最大的任务已经完成，虽然身体不好，但是孩子们都有了工作，吃饭问题解决了，那个从贫穷和困苦中走来的爸爸，终于如释重负一般，他过起了本该属于他的生活！

我的爸爸家，终日丝竹之音不绝于耳。爸爸早上起来第一件事情是拉二胡，晚上睡前最后一件事情也是拉二胡，可见爸爸是多么喜欢乐器，却为我们放弃了几十年。

我女儿两岁的时候，正赶上爸爸退休，爸爸便自制二胡教我女儿拉二胡。只要去了爸爸家，爸爸不是拉住我女儿教二胡，就是追着女儿教电子琴。女儿虽然学得不精，但是也是启蒙很早，基本得到了爸爸的真传。

爸爸还出去教别的小朋友，去深圳给弟弟看孩子的几年里，爸爸总是跑出去免费教别人的小孩拉二胡。

爸爸给弟弟看完孩子回来以后，家里更是聚集了一批二胡爱好者，有乞丐，有赶马车的农民，他们闭着眼拉琴，睁开眼切磋。家里就是一个热闹的场所。

教育系统有活动，也会邀请爸爸上台拉一曲《赛马》。

爸爸的晚年是幸福的。只要过年我们回去，爸爸就一定会开家庭音乐会，我们多少都有点天赋，哥哥捡一个口琴自己就会吹，还在大学登台表演；弟弟是不看谱子，听一首歌就会用二胡拉出来。

因此，开个家庭音乐会是不成问题的。爸爸的三弦，哥哥的口琴，弟弟的二胡，我的手风琴，姐姐的电子琴，女儿的吉他，侄女的古筝，外甥的笛子，还有会唱的表妹夫赶来参加，家里琴音袅袅，丝竹声声，笑语连天，热闹非凡。

爸爸从困苦中走来，一路艰辛，却做到了对得起父母，对得起岳母，对得起妻子，对得起我们，也对得起工作，他心安了，也才能在晚年过上如此舒心的生活。

爸爸是节省的！

爸爸终是因为身体虚弱，六十九岁的时候，爸爸查出来肺癌，这也许和他常年一思考问题就抽烟有关系。

爸爸在重病的时候，痰总是很多，我们买了抽纸，放在他跟前，他微弱地示意要卫生纸，嫌抽纸太贵，我拿了卫生纸给他，他总是每次咳痰就撕一点，常常都包不住那些痰。我给爸爸多撕些卫生纸，爸爸就说浪费、浪费。

他说他吃过树皮，春天的嫩树皮也不好吃；他说他吃过春天的榆钱，那个还好吃一些；他说还是青蛙好吃，和老师夜晚去田里逮青蛙，在食堂的锅里脱皮后，实实的一块肉，很好吃。他说美好的生活来之不易呀，一定不能浪费！

爸爸走了，他自制的谱架还立在他的床头，他那么爱二胡，都不舍得买一个谱架。我们给买，他都说浪费，自己做一个能用就行了。那个谱架歪歪扭扭的总是放不好书，如今依然歪歪扭扭地立在妈妈家爸爸放乐器的房间内。

爸爸走了！爸爸走的前一晚，竟然拉着我的女儿，把弹奏吉他的要领都教给她。

爸爸弥留之际，姐姐坐在爸爸身边给爸爸拉二胡送行，问爸爸是否带上二胡？爸爸突然睁开眼睛，一把抓住了二胡，稍后，他的手慢慢松开了，摇摇头。我想那一刻爸爸才突然想起，要去的地方是不能带二胡的！

爸爸走了，表情安详。他一生为我们付出很多，从来都不麻烦我们，走的时候也没有麻烦我们，从查出病到去世，只有三个月，躺倒不能动也就一个星期。

爸爸走了，走前去医院找中医看病，他站在中医院的门口，六十九岁的爸爸依然玉树临风。但是，那个一生玉树临风的爸爸再也不能像树一样挺立了，他躺在那里，安详且平静。

他的一生无愧自己，无愧父母，无愧子孙。

我们给爸爸烧了纸做的二胡，希望爸爸在另一个世界，有二胡的陪伴不孤单！

想念我的爸爸，泪眼蒙眬！

母亲的缝纫机

母亲是个要强且非常节俭的人，母亲的节俭也许源于她的要强。母亲因为要强，所以我们家很早就买了缝纫机。蜜蜂牌的，上海产的，名牌！花了二百七十元，爸爸一个月工资是三十八元，妈妈一个月工资是二十八元。可以想象，这个缝纫机是母亲怎样从牙缝里省出来的。

母亲结婚时的那个年代，结婚流行要三大件：手表、自行车、缝纫机。可是，母亲一件都没有要到，周围和母亲相识的姑娘们结婚都要了这三大件。母亲心里也是向往的，所以结婚以后的母亲就省吃俭用，买了三大件，其中就有这台蜜蜂牌缝纫机。

母亲要买就要买最好的，那个缝纫机也的确对得起名牌的称号，实至名归，为我们全家付出了几十年。直到现在，它还摆在母亲的家里。

几次搬家，母亲都没舍得扔掉，这台缝纫机，倾注了母亲太多的感情和心血。母亲买回缝纫机的时候，激动得一晚上没睡着，她把缝纫机擦了又擦，看了又看。心爱地端详抚摸，无异于我们现在买一台豪车的感受。

缝纫机买回来了，可是母亲发现自己根本不会用。

母亲的表姐结婚的时候就和婆家要上了缝纫机，而且专门找缝纫师傅学习了四十天！母亲知道后就去她的表姐家学习使用缝纫机。母亲用几张白麻纸当布料学习裁剪衣服，还在一张纸上做了笔记，只一下午的工夫，母亲就学会了。

回家后的母亲开始学习使用缝纫机，那个年月，就是有钱也很难买到衣服。商店一般只卖布料，所以母亲的缝纫机不仅满足的是母亲的虚荣心，更多的是因为生活的需要。节俭的母亲需要这台缝纫机为家里省下一笔不小的开销：解决了一家老小的穿衣问题。

我记得母亲坐在堂屋一进门的地方，那个地方有一扇窗户，非常亮堂，母亲就坐在那里，踩着缝纫机的踏板，从春到夏，不论寒暑，她弯着身子，"嗒嗒嗒"地踩着缝纫机，为一家大小做新衣服，改补旧衣服，还要兼管姥姥一家人缝纫衣服。

爸爸有一次要出差，唯一的一件中山装已经很旧了，母亲怕他出去让人小瞧，妈妈说"远敬衣衫，近敬人"，第一次见面的人多少还是看穿衣打扮的。就连夜把那件旧的中山装翻新，把里子翻在了外面。第二天，父亲出差的时候，穿上了母亲亲手翻新的"新"衣服。

听说大舅结婚的时候，母亲用平车把缝纫机搬回姥姥家，住了几天，每天踩着缝纫机做好了大舅结婚需要的衣服、被褥。

我记事起母亲除了上班，就是回家做饭和缝补衣服。我玩完回来，母亲蹬缝纫机的身影如同一个剪影印在窗户玻璃上，我看见就心安了。母亲在家，就瞬间感到了温暖和踏实。

母亲低头把线仔细地穿进缝纫机的针眼里，脚踩着缝纫机，手不时转一下缝纫机上的转盘，缝纫机台上的布随着母亲有节奏的踩踏，速度很快地滑过台面，密密的针脚就在布的边缘形成均匀整齐的一排。衣服做好了以后，母亲弯腰用牙把线咬断，她会兴奋地拿起缝纫机上的衣服，抖一抖说："看，又做好一件，好看吗？"此刻，我的眼里会放光，一件衣服的成品奇迹般地在母亲手上完成了。

特别是给我做衣服，我就会守在缝纫机边，一边带着兴奋的心情看，一边不时问一句："好了吗？"母亲会说："快好了，快好了。"等我第二天醒来，新衣服真的就好了，它放在我的枕头边，我拿起来爱恋地在身上比画，着急地试穿，兴奋地跑出去炫耀。

母亲是心灵手巧的。她只跟我的表姨姨学了一下午，就没有母亲不会做的衣服了，母亲看一眼别人的衣服，就会给我们做出来。

我记事起，母亲给我做的第一件衣服是一件背带红裙子。

那年，我要上一年级了，秋季开学的时候，我就穿了母亲亲手缝制的那件红裙子。我自信地走在人群里，分外耀眼。

母亲是看见剧团的女孩子表演穿着那种有带子的红裙子，觉得好看，就买了红色的布，用缝纫机给我也做了一件。我穿着就被很多人围观了，问我是不是剧团的演员？不然怎么会有背带红裙子！我说不是，这是我妈妈给我做的，围观的人们就开始竖起大拇指，说："你妈妈真是厉害，心灵手巧！"

还记得母亲给我做的喇叭裤。20世纪80年代流行喇叭裤，母亲买了蓝色的布料，用缝纫机给我做了一条喇叭裤，在裤脚还缝了两个三角形的布条，上面还缀了两颗白色的扣子，我放暑假穿着去姥姥家，又引起村里人的围观，都问这就是城里人流行的喇叭裤吗？在哪买的？我自豪地说是我妈妈亲手做的，他们就又夸我母亲心灵手巧，咋看一眼就会做。

母亲总是紧跟时代的潮流。母亲见到电视上大城市的孩子的书包是双肩包，不是我们挎的一根带的小书包，母亲就又动手给我做了一个。她用黑色的人字呢布头，给我做了一个双肩背包，我背着去上学，又引起围观。大家都问这就是城市流行的书包吗？我背着双肩包，穿着母亲给我做的小碎花裙，行走在街上，总是自信满满。为自己是一道独特的风景，也为自己有个心灵手巧能紧跟时代潮流的母亲。

母亲用缝纫机更多的时候是给我们修改旧衣服。母亲把她穿旧的衣服里子翻在外面，改小给姐姐穿，姐姐的改小给我穿。要不就是把我们烂了的衣服母亲给修补一番，就变成一件好看的"新"衣服了。

记得我有一条裤子，因摔了一跤，膝盖弄破了，母亲买了两朵布做的小红花，给我一个膝盖处缝了一朵，然后就变成一条新裤子了。我欣喜地弯腰抚摸着那两朵小红花，觉得母亲就像魔法师，一条不能穿的裤子一下就变成好看的新裤子了。

母亲做衣服变戏法的地方还很多，比如把姐姐的白衬衫给我改小了，领口处缝一朵黑色的蝴蝶花，就变成了青春亮丽的学生装了。姐姐的旧衣服改小后，在袖口上缀三颗小白扣子，就是一件可爱的童装。

母亲在缝纫机上给我们变换着生活的色彩，再苦的生活有了母亲的付出，都如变戏法般地变得美好。

母亲的缝纫机不只给我们做衣服，还给姥姥做鞋帮鞋底，做鞋里的衬垫。母亲弯腰踩着缝纫机，白色的衬垫在母亲变戏法般的手里快速转圈，一圈一圈的针脚密密地整齐地转了一圈又一圈，白色的衬垫就做好了。

家里各种家电的"衣服"也是母亲用缝纫机做的，电视机罩子、洗衣机罩子、电风扇罩子都是母亲亲手踩着缝纫机做的。姐姐给画好样子，母亲用缝纫机缝好，然后又一针一线地刺绣上姐姐画好的图案。我记得我家电视机罩子上绣的是两只美丽的梅花鹿，洗衣机罩子上是一朵鲜艳盛开的干枝梅，电风扇罩子上则是一个切开的西瓜，红瓤黑瓜子，夏天看着就想吃一口。

沙发罩子也是母亲自己做，用蓝色的厚布做成，姐姐结婚的床笠也是母亲做的。

母亲踩着缝纫机岁岁年年，从年轻挺拔的腰身做到弯腰驼背，做到她戴着老花镜踩缝纫机。做了几十年，那一台蜜蜂牌缝纫机，如蜜蜂一般"嗡嗡嗡，嗡嗡嗡"陪着母亲从年轻走向晚年。那个蜜蜂牌的缝纫机是真的名牌，很少坏，即使坏了，也是母亲自己修理。它陪了母亲几十年，是我们家的大功臣，给我们节约了很多钱，而且带给我们很多欢乐。

母亲就那么日复一日、年复一年地踩着缝纫机，走过岁月的河，那台缝纫机见证了母亲的辛劳，见证了时代的进步。从中山装做到西服，从粗布料做到化纤布料。

我先生和我结婚以后，裤子还是母亲给做，不管流行什么样式，母亲都会做，比买的还要好看，我先生从一开始的抗拒到最后的满意接纳，是证明母亲做衣服的功底的确了得。

我女儿小时候的泡泡小裙子也是母亲做的。后来母亲渐渐不做了。一是因为老了，二是因为不需要了。现在买衣服太方便了。母亲便有些许的落寞，她收藏了她的缝纫机，放在了卧室里，日日擦拭。

母亲踩着她的缝纫机，如同一只辛劳的蜜蜂，从年轻走到老年，印证了时光如梭、岁月无情。那台缝纫机上的白色的贴片已经磨薄快要烂掉，母亲擦拭的时候会说："得小心一点了，不然真会烂掉了，它可是我们家的功臣，你看它给我们做了多少衣服，连铁的贴片都磨得这么薄了，真让人心疼。"可是，母亲何曾心疼过自己的手？

搬过几次家，母亲的老物件一件也舍不得丢。在我们的反对下，母亲不得不丢弃了很多老物件，却留下了这台缝纫机。还有两个大红柜。这些老物件不仅记录着母亲曾经的奋斗史，还记录着母亲曾走在时代前列，它们是历史的见证，凝聚着母亲为家奉献的精神。

梦里每次梦回老屋的时候，我就会梦见堂屋门口玻璃上印出的母亲踩缝纫机的剪影。下午安静的院落传出母亲踩缝纫机的"嗒嗒嗒"声，我在梦里也会感到心安，母亲在，家就是有动感的温馨。

母亲现在已经是快八十岁的高龄了，独居的她拒绝添置新家具，她的缝纫机陪着她，就如同她踩缝纫机的剪影陪着我一样，母亲有缝纫机就心安，那是陪她战斗一生的老朋友！

我的姐姐

我的姐姐长我七岁，小时候，我竟然不认得她，不仅我不认识，连我的弟弟也不认识她。一日，姐姐从幼儿师范放假回来，下了火车，在街上看见放学的弟弟，她喊弟弟的名字，弟弟竟然想这是谁在喊他，这人竟然还知道他的名字，然后就疑惑地走开了。

姐姐在我们家是老大，在恢复中高考以后，姐姐早出晚归学习，在十六岁以全县第一名的成绩考上了幼儿师范。因为父母上班忙，我和弟弟没上小学前在奶奶家，归奶奶看，所以和姐姐碰面的时候很少，自然也就不认识她。

姐姐幼儿师范毕业以后，我们才正式认识姐姐，以前那些模糊的记忆才逐渐清晰。知道原来家里还有这样一个人，她不是外人，而是我的姐姐！

姐姐于我们家功劳很大。姐姐上班以后，家里多了一个人的工资，我们家的生活水平迅速提高了。姐姐帮妈妈做家务，我就不用洗锅了，哥哥不用去井里打水了，弟弟不用下地窖取山药了。我们一下就轻松了，那年，姐姐十九岁，我小学毕业上初中了，彻底放飞自由了。

姐姐毕业以后，本来分配在了城市，爸爸打电话说要姐姐回家乡帮妈妈做家务，正好奶奶刚刚去世，妈妈上班，管我们三个人忙不过来，姐姐就顺从地回到了家乡的小县城，承担起家里的很多家务，解脱了弟妹。

姐姐长得清秀漂亮，说媒的人络绎不绝，很快，我们就有了准姐夫。姐夫大学毕业，在铁路上班，常年在全国各地修铁路，处处为家，一年有时只能回来一次，姐姐就一直搂着外甥，睡在妈妈的炕上，一睡就是八年，帮助妈妈做家务，为我们一家人打毛衣。她总是一边在院子里走着打毛衣，一边唱歌，排遣寂寞思念之情，我当时并不懂，只以为是姐姐爱唱歌！

我们几个孩子都考上大学以后，姐姐的任务也应该完成了，外甥八岁了，姐夫在单位也正好干够十五年了，可以调回总部了。姐姐也可以调到总部的幼儿园工作，外甥也可以在大城市上小学了。姐姐很高兴，分居十年，终于可以有自己的家了，可以全家团聚了。

可是，爸妈身体不好，哥哥弟弟大学毕业分配在了外地，我也分在了外地，爸妈觉得自己这样的身体，老了身边没人不行，要求姐姐留下来，姐姐就又顺从地留下来了，并把姐夫也调回了小县城。

姐姐，以至于外甥，就只能在家乡的小县城生活了。爸妈常有小疾，都是姐姐一人张罗。哥哥弟弟结婚后拖家带口回来，也是姐姐给做饭招待。"去姐姐家"成了我们撒娇的口头语，去了躺着吃躺着喝，一点不拿心。

后来，爸爸去世了，姐姐更是一人管起了妈妈，一管就是十年。过年几大家子人回去，嫌妈妈家冷清，更是都去姐姐家过年了。

那几年家乡的教育滑坡，正赶上外甥高考，受了影响，外甥没有考上心仪的大学，姐姐因此遗憾，后悔当年不该留在这个小县城，本来可以飞得更远，却囿于县城害了外甥。

姐姐很快调整了情绪，继续投入到照顾妈妈的生活中去，不觉几十年过去了，姐姐也老了，她当奶奶了，要去上海看孙子去了，我们突然发现，没人管妈妈了，顿觉惊慌失措，回想起姐姐的好了。

妈妈一人独居，过年哥哥弟弟回来，也觉得没有姐姐冷清得很，总是念叨着姐姐快回来吧！可是，姐姐重任在身，得管孙子了，不能回来。

过去姐姐对这个家的付出，因姐姐的离开而又被大家记起。

还记得那年过年，妈妈突发疾病，姐姐大年夜把妈妈送去医院，守了几天，年也没过成，我们却都不知道，我们依然过着安然的年。

还记得爸爸病危住在北京的医院，是姐姐一个人在北京陪护了整整三个月，我们谁也没想过替换她，都觉得理应那就是姐姐的营生，我们都以上班忙为借口，把照顾爸爸的事情都推给了姐姐。

还记得打发爸爸的七天里，哥哥弟弟从外地回来，两眼一抹黑，一个人都不认得，我以小自居，又是姐姐一人张罗，替爸爸发丧。

还记得那年的大年，几家人都去姐姐家过大年，姐姐煮猪头、牛头，招待我们。洗澡还得轮流洗，太阳能热水器都供不过来，一家人盘腿坐着打麻将，小孩子们绕地跑，姐姐一人在厨房低头忙碌。现在，依然是过大年，几家人聚在一起，却做不出一顿丰盛的饭菜，才想起姐姐这些年的不容易。

姐姐为了这个家，牺牲了自己的青春，牺牲了姐夫的前途，牺牲了外甥在城市的成长环境。她低头劳作，没有怨言，她的手因为当年给我们打毛衣和常年做饭，已经变形。因为整天操心父母的身体和奔波在自己家和父母家，身体一直清瘦，体重一直没超过一百斤。

姐姐有时会和我说起小时候，爸爸身体不好，需要喝牛奶，姐姐很小的年纪就一个人在天没亮的时候去牛奶厂打奶，因为迟了就没牛奶了，她需要躲避牛奶厂的好几只黑狗咬她，也需要克服对黑暗的恐惧，这是她童年的心理阴影。

这几天，听说姐姐要带着孙子回来了，大家顿时像有了精神支柱，沸腾起来，妈妈开心地说，"你姐姐不在，我一直是恐慌的，现在你姐姐回来呀，我就放心了，又有依靠了"。哥哥弟弟高兴地说，"姐姐回来呀，过年又可以回去吃姐姐的饭了"。大家都很高兴，沉浸在姐姐要回来的喜悦中，没有人考虑，姐姐已经为这个家付出了一辈子了，她已经把自己家的一棒交给了儿子，妈妈家的这一棒却还没有交出去。

在大家都欢喜地盼着姐姐回来的时候，是否想过姐姐的想法。

姐姐是否也是欢喜的？

我曾说姐姐做饭就像变戏法，一会儿就做好了。姐姐说："哪里，你们回来前几天我就愁上了，越老越是做不下饭了，得提前安顿好几天，还是丢三落四的。"

是啊，姐姐也不是神。可是，在我们心里，都依靠姐姐，没有一个愿意去成长，去接过姐姐手里的接力棒。直到现在，姐姐已经六十岁了，带着孙子回来，还要当我们的后盾。

还记得姐姐年轻时的样子，是爱跳舞、爱唱歌、爱孩子的幼儿园老师，现在已经是老太太一个了，她从年轻走到老年，一直围绕父母家，没有为自己活过。

每个家都有这样一个姐姐吧！只是因为她是第一个出生的，好像就该负担起所有，就该无怨无悔。长姐如母，约定俗成一般，她好像就不是父母的孩子，只是父母的帮手、弟弟妹妹的依靠，却从来没有了自己。

我们欠姐姐一生，欠她一个说法，欠她一个感谢，欠她一个回报！

我的哥哥

我写过我的姐姐、我的弟弟，因为情真意切都发表在了报刊上，但我没有写过我的哥哥，因为他老骂我，从小就骂！

这不，他又骂我了，尽管我已经五十岁了，我们又不住在一个地方，他却通过视频骂我。刚阳过的我本来气不足，不能大声说话，为了和他吵，我大声说了话，导致再不能大声说话了，感觉气亏得厉害。为了惩治他从小就骂我，我发消息在家族群说我不能说话了，发不出音了，其实我还是能小点声说话的。

大家都以为我不能说话了，视频的时候我就不作声，他们都劝说我去吃中药，我哥哥在沉默了良久说："还是阳完的后遗症。"他如同小时候一样，做错也不承认错。

我的哥哥大我三岁，是家里的长子，又因长得顺眼，脑瓜子聪明，学习好，备受宠爱，因此在我面前是一副飞扬跋扈的形象。

他和我不是一起长大的，我大部分时间是在奶奶家，所以也没有手足情深、情深似海的感觉。

但是，我出去玩被欺负了，别人说回去告诉哥哥，我想我也有哥哥，我也就跑回去告诉哥哥，谁打我了。我哥哥就说："为啥不打别人，就打你呢？是因为你无能！我不管你！"几次之后，我就不找哥哥了，看着别人的哥哥气势汹汹地出来找欺负人的人算账，妹妹站在一边得意扬扬的样子，我很是羡慕。

为了减少被欺负的概率，我就干脆不和小伙伴玩了，我成了一个孤独的看客。

上学后，他常常放学回家，上炕坐在枕头上喊我给他倒水，倒的次数多了，我心里不舒服，我就会说"不"，他就会变本加厉地联合弟弟孤立我，指挥我，当我说"不"的次数多了，他就给我取外号叫"不大姐"。还给我取外号叫"肉母鸡"。每当他说我"不大姐"的时候，我就气得肚子鼓鼓的，他要说我"肉母鸡"的时候，我会直接气哭，不用他骂别的，就一句"肉母鸡"不断重复，我就能哭得哭到眼肿。

当然，我也给他取外号，叫"大舌头"，我也一口气说十个"大舌头"，但还是没他说我"肉母鸡"说得快，尽管他是"大舌头。"

长大了觉得"肉母鸡"就"肉母鸡"吧。然而，小时候，这句"肉母鸡"堪称世上最侮辱人的一句话了。

上初中后，一次学生会组织演讲，我上台演讲的时候，他作为学生会干部在台下听我演讲。回家后，他当着全家人的面说我太丢人了，啥水平还上去演讲，我都羞得想找个地缝钻进去。

一次课间操时间，学校大喇叭通知学习班长去教导处开会，我去迟了，他就又回家说我太丢人了，那么多学习班长，就她迟到，别人说是我妹妹，我都不敢承认。

如此种种，搞得我很自卑。

上初三后，母亲担心下晚自习回家我一个女孩子走夜路害怕，让哥哥下晚自习后等着我一起回去。哥哥说："我才不和她相跟呢，丢人死了，以为我有这么丑一个女朋友。"然后，下了晚自习，我喊他，他就故意骑车飞快逃走。

我考上中专以后，哥哥正好大学毕业了，父亲身体不好，想让哥哥去送我，他说："我才不去送她呢，考了个烂中专，丢人！"

所以，我上班后看见男领导就紧张，感觉就像看到了哥哥，竟会不自觉害怕起来，害怕他们像我哥哥一样说我，很自卑。因此，工作中也老是不能得心应手。

但是，这么多年过去了，"哥哥"这个词在我心里又如一座山一样厚重。在关键时刻，哥哥总是像一个做哥哥的样子，让我感动。

我上中专时，哥哥去太原看我，在杭州给我买了条红色的羊绒裙子，还带我下了高档饭店。那个年代，我们出去吃碗水饺都是奢侈的，更别说去大饭店摆一桌了。还让我带上我的同学们，那是我第一次吃大餐，如今依然记忆犹新！

中专毕业的时候，花销突然多起来，我的生活费不够了。想着是不是写信向妈妈要，又觉得不好意思。正在这时，我收到了汇款单，是哥哥寄来的，令我喜出望外，并且心里涌起了甜蜜的感动！

那年，我在北京住院，举目无亲，哥哥不远万里去北京看望我，又请我和病友一起去大饭店吃饭。临走，又塞给我一笔钱。拿着这些钱，看着风中的哥哥一步三回头地嘱咐我，我突然感动得流出了眼泪。

今年，我们一同去海南过年，刚阳完的我不想动，他却一个电话接一个电话让我出去玩。我知道，他考虑到我在海南没"腿"，他有车，所以要开车带我去周边走走。我考虑两家离得远，来回几小时，说不要出去玩了吧！他却坚持带我出去，每次开车一小时来接我，玩完再开车一小时送我回来。年三十，他一大早给我送来嫂子包好的饺子，又拉着我们全家去海口最大的海鲜自助吃海鲜。

我们离开海南的时候，又是他开车一小时来接我去机场。对于爱睡懒觉的他来说，早早起来送我去机场，实属不易。

好像，他也很爱我，但是他平时又总是在我面前摆出一副飞扬跋扈的样子。一言不合就训我，所以我们之间的吵架就成了常事，常常引得其他家人大笑。但是，我决定要扭转他的这种爱张口闭口训我的习惯，所以我假装失声了，家人视频的时候，我就故意不说话，哥哥也就不说话了，他好像真的良心有所发现了。

哥哥与我，从小习惯性地争吵，而在大的事情上，他又表现出一个哥哥的关心，所以虽然争吵不断，内心却还是暖暖的，这种争吵也变成了一种兄妹情，想起来很温馨！

我的弟弟

　　弟弟打来电话说，他写的书出版了，让我上网看看。我急切地打开电脑，淡蓝色封面上赫然写着弟弟的姓名。看着封面上的这些字，我很激动！又有些不相信，这就是那个和我从小携手长大的弟弟吗？果然是吗？

　　弟弟小我一岁，由于我们兄弟姐妹四人，妈妈忙不过来，我和弟弟几乎由奶奶带大。童年，我每天拉着弟弟的手一同出去玩，充当弟弟的保护人。弟弟常喊我"爱姐"，我也很兴高采烈地应着。妈妈说爱姐就爱姐吧，是爱他的二姐呀！

　　小时候，喜欢给弟弟当马骑，为的是让弟弟高兴。慢慢长大，弟弟成了我的保护人，我老丢三落四，每次上学前总是找不到需要的东西，这时候，弟弟就会把东西放在我面前，也不说什么。考试前，弟弟总会给我的钢笔打满墨水，告诉我有两支笔都已经打好墨水了，还有草稿纸放在了什么地方。高中的时候，和弟弟在一个屋学习，我爱坐在床上看书，看着看着就会睡着，弟弟向来是在书桌前学习，说这样学习不会迷糊。还给我充当哨兵，等到妈妈来了，会喊我一声，看我惊慌失措的样子，他会轻轻地摇头，而不说什么。不会的数学题请教弟弟，他老是说"显然，这一步就推到了下一步。"一听这个"显然"我就哭，妈妈过来骂弟弟不好好给我讲，他会一言不发，而后小声跟妈妈说:"那是公式,不用讲的。"那年,我俩一同高考,弟弟考上了重点大学,去了遥远的广州上大学,他每次放假回来都会给我买衣服,我说:"你不要浪费钱了。"他说:"我看校园女生穿得好看,就想给你买。"而我当时也在省城读书,却从未给弟弟买过什么!

有些爱,错过了表达的时候就很少有机会再去表达。再以后,弟弟留在了广州工作,很少回家。2000年弟弟分了房子,邀请我们一起去,我们四家人浩浩荡荡地都去了,没有考虑到很多,事后妈妈说,弟弟买挂面都买不起了,却没对我们说什么。想想他当时上班没几年,工资也不高,又装修了房子,经济确实很紧张,再以后,听说弟弟跳槽去了深圳。跳槽的原因不清楚,他什么都不会对家里人说。他眼角有伤,是在单位荣立二等功时留下的,这是很久以后才听弟媳说的,他是不对家里人讲的,怕我们担心。他结婚生子后,更是很少回家了,我的这个从小携手长大的弟弟就变成了模糊的记忆,剩下的就只是听说了。听说弟弟读研,听说他又读博,听说弟弟年薪很高,听说他很忙,经常飞全国各地。听说他生了个儿子很聪明,听说他开始写书了,听说他吃胖了……在听说的时候,我的心不知是什么滋味,那个携手一起长大的弟弟变得这么遥远而模糊。于是,我飞往深圳去看他。我想念五年未曾见面的弟弟。我们相见,一开始彼此有些拘束,不知道话从何处说起。弟弟每天下班后开车带我们去各个景点玩,我知道他很累,说不要去了吧,他总会说没事。慢慢地,我们的距离又近了,他和我谈童年的事情,向我打听儿时玩伴的近况,说着说着,他会低头不语了，我知道他是在怀想从前；说着说着，他就说吃不惯南方的米饭，他现在胃不好，他想念家乡的饭。说着说着，我就两眼含泪了，我说弟弟回北方发展吧，弟弟说他有自己的想法，等他写完书，等他读完博，等他……我却不想再听下去了。我对他说："你一直都很忙，一个人漂泊在外，没有故人熟悉的方言，没有家乡可口的饭菜，受伤时没有亲人的抚慰，成功时没有友人的喝彩。尽管你很成功，可二姐却想让你回去做一个普通的人，过一种平常的生活。"他只是笑笑，不说什么。也许这么多年的相隔千里，我们有太多认识上的不同。

尽管我放心不下他，却不得不走，他不得不留。离开那天，我有很多不舍，有很多不忍，可是我不能说，不能表现，怕他难受。也许他早已习惯了这样的分离，这样的聚少离多。我离开时，他送我到广州，正好他重感冒，我说不要送了，他说没关系，他从来都这样！他一直都在咳嗽，还陪我逛了很多商场，他说二姐爱逛，他一定要去最好的饭店请我吃大餐，不听我的劝阻。还陪我看了珠江的夜景，说上次来我没看到珠江的夜。我也很佩服他，这么大的城市，他开着车哪里都能认得路，怎么就不认得了回家的路？

送我上了飞机，已是晚上 11 点，他还得在夜晚开车回深圳。我很心疼，劝他早点回去，可他还是一如既往地笑笑说没事。

上了飞机，我的泪水像决堤的洪水不住地倾泻。弟弟，我不想留下你在陌生的城市，然而我不得不走，你不得不留！我在夜幕中，离你的距离越来越远，越来越远。

听说，又是听说你还要写第二本书，你又要去出差。

　　唉！你又工作，又读书，又写书，你一定很累！累了就不要做了，累了就回家看看，累了就回来享受一下亲情吧！你一定又是笑笑，继续你的理想！你出书了，二姐很为你自豪！只是二姐想让你忙完了就回家看看，再吃家乡的饭，再看看家乡的人，再亲亲家乡的土，再感受一下亲情的温暖，然后再让我看你的第二本书，好吗？

中孚先生

中孚先生是我的小侄儿，今年过年我们去深圳的紫荆城商场，不小心把他弄丢了，着急之下，要求广播找人。我们把名字给了广播台，不一会儿广播里就有了"樊中孚先生，听到广播请到一楼，有人找。"没想到这个两岁多的小家伙真的就跑到了广播台前，还说："我是中孚先生。"中孚先生由此得名。

中孚先生一岁回来，就会造句了。他看到蚂蚁就会说："蚂蚁在地上跑跑跑。"看到广场上的红旗就会蹲下再站起来，慢慢地说："哇！好美的红旗！"他对他不满意的事情会口气坚定地表达，"我不同意"，"我不喜欢"。一副大男孩的样子。中孚先生两岁回来，会歪着头问："广场上飞的马会不会掉下来？水是从哪里出来的？我是从哪里来的呢？"这些问题远不是两岁孩童所要想的。甚至有一天，他午休起来，很安静地坐着，不说话，也不喝水，我以为他生病了，忙摸他的头，他拉开我的手蛮有条理地说："我做了一个梦。"他停了一会儿，仰起头问我："二姑，你说人为什么会做梦？"问得我半天没说话。

中孚先生像诗人，看到什么说什么。一日，我看到了从未见过的荷花就问女儿看到荷花会想到哪首唐诗？他却插嘴道："青蛙打鼓叫呱呱。"他看到水泥就会说："搅拌水泥盖房子。"

然而，中孚先生也有聪明一世、糊涂一时的时候。

中孚先生是我家族的长孙，故起名中孚，所以他的爷爷奶奶对他也是倍加珍视，常对他说"你是个男子汉，所以奶奶喜欢你"，中孚先生就问："什么是男子汉，姐姐不是男子汉吗？"奶奶就自豪地说："就你是男子汉，姐姐不是，奶奶最爱你。"这下说得中孚先生耀武扬威了起来，说"原来就我是男子汉，你们都不是"。在奶奶家横打竖扫好不威风，两个小姐姐吓得四下逃窜，连家中的小猫都躲之不及。中孚先生人缘全无，显得很落寞。一日，中孚先生尿急，着急之下，就去树丛撒尿，恰好旁边有一位小男孩也在撒尿，中孚先生看了对方一眼，尿也不撒了，咚咚咚地跑到奶奶身边，很惊奇地说："奶奶，那个小孩也是男子汉，怎么办？"引得全家人哈哈大笑，中孚先生因此而终于知道世上不是只有他是男子汉了，从此以后不再打姐姐，变得很安静！

写下这篇文字的时候，中孚先生才两岁。一晃眼的工夫，中孚先生长大了。这不，他刚收到了英国爱丁堡大学的录取通知书，就要去这所有着四百年历史的世界名校读书了，愿他鹏程万里，祝他前程似锦！

母亲的饭

母亲七十七岁了，一个人独居，打电话过去，总说在外面和老人们坐着聊天，问吃饭了没有，总说吃了；问吃什么，总说随便吃了点。

母亲竟然不愿做饭了，这是我没有想到的。

吃母亲做的饭是我成长过程中最美好的一件事情。母亲于我们，我认为最大的功劳就是做饭了。

记得小时候，我们过了一段时间的窝窝蘸碗的日子。母亲下班回来，会匆匆把玉米面拍成窝窝头，然后上笼蒸熟。我拿一个空碗，一双筷子就吃了。有时，我玩完回来，进门问今天吃什么，哥哥会说："窝窝蘸碗，还能有什么！"

记得一个六一儿童节，我以为当天是节日，午饭会有改善，玩完蹦蹦跳跳回去，依然看到的是窝窝蘸碗，那个失望啊！问母亲今天是节日，为何还是窝窝蘸碗，母亲说六一节不是传统节日。

我只当是母亲懒，后来，才知道不是母亲懒，而是巧妇难为无米之炊！

窝窝蘸碗吃到我上小学，父母亲工资都涨了，可以吃得起白面的时候，母亲就会割上院里的韭菜，打一个生鸡蛋，给我们包一顿美味的鸡蛋包子。可以用一个土豆，把土豆切丁，再切少许肥肉，做一顿吃得舒服的搁锅面。每天中午，母亲都会做三种主食——糕、花卷、大米饭，还有一锅烩菜，丰盛且吃着舒服。

土豆、豆角、倭瓜烩在一起，俗称"糊山药"，吃得我们大汗淋漓！

土豆、韭菜、少许肉做一顿白面蒸饺。莜面墩墩、莜面窝窝、莜面饺子也是母亲的拿手好饭。母亲最拿手的饭是熬肉了。

姐姐师范毕业挣工资以后，我们家的生活水平就更好了，熬肉是常有的事情了。特别是在我上高中以后，为了给我和弟弟改善生活，保证身体，母亲几乎是天天给我们熬羊骨头，蒸羊肉包子。每天晚自习放学回去，进门就闻到了肉香味，瞬间心情就好了很多。弟弟会一次拿五个肉包子，放在碗里大快朵颐。美味让一天的劳累顿消！

即使我已经结婚成家，去母亲家也是能吃到美味的饭，母亲忙碌的身影总是在厨房，于母亲，一天的工作基本是做饭。我和姐姐两家人去了母亲家也足够吃，母亲蒸的花卷就像面包一样虚。邻居称母亲家是大食堂。

何时母亲就不怠做饭了？我以为，母亲一直是喜欢做饭的，总能做出各种美味。我忘了母亲说过的话："这辈子最大的心愿，就是能坐等吃一顿别人给做的饭！"原来，母亲并不是喜欢做饭，只是不得不做呀。

现在，母亲终于不用做饭了，孩子们都大了，父亲也走了，我和姐姐上班也都不忙了。母亲一人独居，竟然不做饭了，有时自己随便吃点，有时竟然下饭店了。

曾经我下饭店，母亲很是反对，说又浪费钱又吃不好。如今，母亲竟然频繁下饭店了。

　　也许，每一个母亲并不是多么喜欢做饭，而是不得已而为之。

　　母亲的饭我们再很难吃到了！即使我们过年回去，一家人也是下饭店了。也许是一种上天的补偿吧，做了一辈子饭的母亲不想做饭了。母亲年近八十，不做饭了。

　　我怀念母亲做饭的日子，怀念母亲做的饭！那是妈妈的味道！更欣慰母亲也能想开了。人啊，一辈子总要为自己活一次！

一张大饼

　　每当我烙饼的时候，眼前就会晃荡那张大饼以及三姑清晨薄雾里烙饼的身影。

　　那时我还小，应该是没到上学的年纪，奶奶带我去附近的北周庄村——我的三姑家。

　　三姑家虽然在村里，但是通火车，我们从县城出发，坐着火车，十几分钟就到了北周庄，在三姑家住了一段时日。

　　那个有着两棵小果子树的院子，成就了我一段美好的回忆，还有那张烙饼。

　　那天，我们要出发回去了。为了赶火车，天还没亮，奶奶就叫醒了我，我第一次起那么早，迷迷糊糊来到院里，看见在院里的炉子边，三姑在晨曦微露的薄雾里忙碌。我闻到了面香味，走过去，看到炉子上的铁锅里，炕着一张大饼，像铁锅一样大，白面饼，厚厚的。现在想来，应该是起面饼，那饼上，有火烧起来的焦黄色的泡泡。在那个很少能吃到白面的岁月里，我看见了一整张的白面烙饼。

　　奶奶跟三姑说："不要给我拿了，十几分钟就回去了，路上用不着。"三姑没说话，依旧在翻炕烙饼。

　　我们收拾好后，三姑把烙饼给我们装在一个小的白面袋子里，红着眼把我们送出村口。

穿过村口那一片小树林，就是火车站。我拉着奶奶的手走在村口的树林里，看奶奶微红着的眼睛里有泪光闪动，但她没有回头看遥望我们背影的三姑，我回头看见三姑向我们招手，喊："记得把饼子趁热吃了。"

奶奶没有回头，却拿出布袋子里的饼子，给我撕了一块，我吃在嘴里，热乎乎的，一股白面的饼香味。那张饼，厚厚的，很有嚼头，那张饼的形状和香味就一直留在了记忆中，每次看见烙饼，那张锅大的烙饼就会浮现眼前。

我上班后，一次看见工地的工棚外，一个小孩子拿着一张烙饼吃，他的父亲一边在工棚边的灶上炕饼，一边喊他："快点过来，又一张烙饼烙好了。"我就又想起三姑那张大饼，仿佛还吃到了一般。

奶奶喜欢吃烙饼，所以也常常烙饼。习惯似还遗传，爸爸爱吃，我也爱吃；姑姑们和奶奶一样会做烙饼。我小时候是吃着奶奶的各种烙饼长大的。那时，白面不多，白面烙饼是稀少的，一般会给身体不好的爸爸吃，我们大部分时间是吃豆面烙饼，把豆面用水搅拌成糊状，用勺子慢慢倒在铁锅里，我看着炕熟后布满密密麻麻小孔的豆面烙饼，闻着豆面的香味，撕开蘸着醋吃。还有鸡蛋白面烙饼，有发面饼，有葱花饼，有白皮饼，有白糖饼，有黑糖饼。各式各样的饼，各种各样的味道。

妈妈爱吃面，不会做饼，每次妈妈吃面我就坐着不吃，眼泪吧嗒吧嗒掉下，妈妈会赶紧起身给我炕一个馒头。她说她忘了我不爱吃面。

奶奶走后，我们很少能吃到烙饼了。

高考结束后，我和爸妈去包头的二姑家，二姑每天几乎是烙饼，二姑不仅会做奶奶的白皮饼、糖饼、发面饼等，还会做滋油饼（白面里和上猪板油，放上调料），还会做芝麻饼。每天换着花样给我们吃各种烙饼，我和爸爸也吃了各种久违的烙饼。二姑的饼子既汲取了奶奶的真传，又有改进，所以做得很好吃，连不爱吃饼的妈妈也说好吃。只是妈妈奇怪咋天天就吃烙饼。其实，那是二姑表达对爸爸的爱，知道爸爸爱吃各种饼子，妈妈又不会做，一张张饼子里都是二姑对爸爸无言的爱。

我结婚以后，自己学着做饼子，只怪当年太小，没有学会奶奶烙饼的技术，也就会做个发面饼、葱花饼和鸡蛋饼，偶尔会做糖饼，但是做不好。

爸爸生病以后，总想吃烙饼，我就想着给爸爸做一顿，但是每次在妈妈家做饭，妈妈总嫌我笨手笨脚，自卑的我就从不敢在妈妈家做饭。看着因病渐渐消瘦的爸爸，我常常想做又不敢做，直到爸爸永远地离开了我，我为爸爸做一顿烙饼就成了永远的遗憾了。

每次我做烙饼的时候，三姑那张烙饼在眼前晃荡的时候，也会轻轻地叹息一声："爸爸终归没有吃上我炝的一张烙饼。"

西红柿记忆

小时候，最好最多的零食是西红柿，因为自家的院子就能种。

家家户户都有小院子的时代，家家户户都种西红柿。那是我们童年多而免费的零食。

我家的院子很大，有三分之一的地方种了西红柿，但还是不够我们兄弟姐妹四人吃。

爷爷种西红柿的本意是为了给身体欠佳的父亲吃面条用，却被我们盯上了。

每年春天从种下西红柿开始，我们的眼睛就开始关注它的成长了。从给西红柿搭架开始，看着小而绿的西红柿结出来，我们就开始铆足劲争夺第一个红了的西红柿了。

十分盼望下雨，因为下一场雨，西红柿就会奇迹般地长大一圈。几场春雨过后，西红柿就已经是又大又圆的了，青绿得诱人，我们只等它红了一点能偷吃了。

特别是晚上的一场雨过后，青绿的西红柿会从顶端红了一个点，然后辐射一般地红了细细的四条线，这个时候西红柿就可以吃了，不是那样麻了。但是，这样的雨后早晨，等我睁开眼时，哥哥早已钻进湿漉漉的西红柿地里了。那些只有渐变红一点的西红柿早已经被他消灭殆尽。

所以，哥哥偷吃西红柿是最出名的，不仅我们吃不着，连爸爸吃面的时候都不会有一个熟的西红柿了。

奶奶便在夏天的早上，早早起来摘了顶端变红的西红柿，放在面瓮里面，慢慢养熟。这依然避免不了被哥哥偷吃，奶奶常常发现她的面瓮有人动了，找寻时，藏在面里的西红柿已经一个不见了。于是，奶奶又在面上按了伸开五个手指的手掌印，作为记号，警告哥哥她知道哥哥偷吃了。哪知聪明的哥哥会从手掌印的侧面伸进手把奶奶藏好的西红柿都偷出来吃了。等奶奶发现，手掌印还在，西红柿却没有了。

哥哥对此却甚为得意，他常常觉得自己是赢家。那些西红柿我从搭架开始盼起，都没有吃到一个。于是我下决心早起，又往往失败。只能在哥哥吃饱以后，我进去找几个红了顶部的西红柿。

每次找到，欣喜若狂，就藏在西红柿地里，嗅着西红柿叶子的味道吃起来，这个时候的西红柿外面的皮虽然青绿，但是咬起来已经很好吃了，里面基本是红瓤了，特别好吃。

姐姐大了，一般不和我们争抢，弟弟小，也抢不到，偷吃西红柿基本上是我和哥哥的对决。

在这样的对决中，我家的西红柿没有全红的时候，我甚至不知道西红柿全红了有多好吃。

邻居家种的西红柿却常常是红透了的西红柿，挂满枝头，有的已经坠在地里。我很好奇，他们为什么不摘了吃？很多年后，我在梦里还会梦见去邻居家偷看西红柿。

和哥哥争吃西红柿的较量常常是暗流涌动、此起彼伏。有个暑假，表哥来了，西红柿就更不够吃了。

一天，表哥想吃西红柿，就悄悄喊我到厕所旁边的那一块地里偷摘西红柿，我们两个人悄悄趴下身子，在西红柿叶子的掩映下，偷偷从去厕所的路上钻进去，果然那里有红了的西红柿，哥哥一般不来这里，嫌挨着茅厕味道不好。正当我们偷摘了要吃的时候，察觉了的哥哥故意喊我，我吓得不敢出声，表哥是从外地回来的，他用普通话教我，让我喊："我在厕所！"这一喊，哥哥就笑了，他知道我一定是和表哥在一起偷吃西红柿，不然怎么说起来普通话呢。我们的行踪败露。

当年不知道西红柿是外来品，只觉得世界上怎么有这么好吃的水果。没有零食的我是那样地爱吃西红柿。

吃到红透的西红柿，大约在我上初中以后，20世纪80年代末吧，是过庙会的时候，已是夏末，西红柿是整筐整筐卖，都是红透了的，也很便宜。在过完庙会，晚上回来的路上，买一筐抬回去，大快朵颐，我才知道西红柿熟了是这样的好吃。

物质丰富以后，院里种的西红柿终于一夜之间红好多，我们都吃不过来了。这么多熟透的西红柿吃不了，妈妈会做成西红柿酱。把罐头瓶洗干净，开水煮了，消毒，把西红柿也煮熟剥皮，用筷子捅进去。拧紧瓶盖，一瓶一瓶红彤彤的西红柿酱，放在一起，待冬天吃西红柿面。

以后的日子也独爱吃西红柿。到现在，生吃西红柿还是我的最爱，每次咬开，我不免要观察一番红透的瓤子，想着世界上竟然有这么好吃的东西。

有了院子以后，是一定要种西红柿的，尽管人们说搭架麻烦，但是没人知道我对西红柿的情结。

不大的菜园子，只有四畦，我却种了两畦西红柿，总怕儿子不够吃。

等西红柿开始红的时候，一夜红一片，吃都吃不过来。尽管我很爱吃，吃劲也是不如从前了。儿子虽然也爱吃，一次也只能吃一两个，这样下来，天冷的时候，我的西红柿还红红地挂在枝丫。所以，邻居都锄园了，我的还在，他们问我为什么不拔？我会说还有那么多西红柿没吃呢，他们惊奇地看着我，离去，我却觉得自己言之有理。

冬天来了，那些红了的、没红的西红柿已经有点冻蔫了，我才不得不去拔它们，不然土冻了就拔不了了。在我准备拔的时候，地上已经落了一层熟透的西红柿。我摘它们的时候，不小心碰掉熟透的西红柿也有很多。我一边心疼一边捡拾。那些还绿着的西红柿，舍不得遗弃，摘了放在纸箱，养熟了留待日后吃。

当我看着熟透的一层一层的西红柿，我才知道，在儿子眼里，西红柿不是他唯一的零食了。

一个面包的回忆

　　小时候，我是很难吃到面包的，可以说几乎没吃过。记得我们小城的十字路口，有四家商店，卖五金的，卖文具图书的，卖日用品及布料、衣服的，另外一家就是卖好吃的商店，叫"火烧大楼。"据说是因为曾经失过火，因此人们就习惯叫它火烧大楼。

　　火烧大楼名字不好听，却是我耳朵里听了就激动的好地方。那里有各种的好吃的，是我孩提时代的最爱，走过去，还没进门，就能闻到饼干、糖果、榨菜等各种好吃的混合香味，令我垂涎三尺。如今梦里也常常去，那各种好吃的混合在一起的香味，仿佛走进了味觉的森林，让我沉醉，各种好吃的东西琳琅满目，又仿佛走进了视觉的森林，让我目不暇接。这里，就像一个神奇的宫殿，令我向往！

　　记忆中，放在柜台上的圆形塑料桶里有五颜六色的小糖蛋，一分钱十个，榨菜疙瘩，五分钱一块。各种形状的点心，铁盒子里的饼干，还有那大大的虚腾腾的面包。那时，除了小糖蛋儿和小块的榨菜，其他我是买不起的，只有看的份儿。

　　没人陪玩的我们，溜出去就去了火烧大楼，趴在玻璃柜台前，透过玻璃向里看，各色形状的好吃的，在我们让玻璃压得瘪瘪的嘴里，是触摸不到的诱惑。只能满足一下眼睛和鼻子，让美味留在记忆的最深处。

记忆中没有吃过面包，只有闻过那面包的香味。

一次晚上大舅带我去二姨家，好像二姨坐月子了，大舅要在晚上给送什么东西过去，不知为何就带了我去。我坐在大舅自行车前梁上，去了二姨家。进门后二姨父就从柜子里拿了一整个大大的面包给我，我有点不相信自己的眼睛，竟然是一整个面包，不是一口或者一小块。我真是喜出望外，眼睛里发着惊奇的光芒，双手接过姨父手里的大面包，一股面包浓烈的香味，扑鼻而来，望着捧在两只手里都有点大的面包，真想一口咬下去，可转念一想，不如回去和众兄弟们显摆显摆，我有一整个大面包啊！那时，知道二姨父当兵回来，总有稀罕的好吃的，不过从没想到他会给我一整个大面包。我怎么能不回去显摆一下再吃呢？想着他们羡慕的眼光，我就兴奋起来。

揣着兴奋的心情，我在夜色中仍然坐在大舅自行车的前梁上，两只手臂放在车把上，两只手腾出来紧紧抱着面包。大舅说让把面包放在怀里，用手抓住车把，不然遇到路上的坑会把我颠下去，我也害怕摔下，把面包掉地上就不能吃了，所以就把面包从脖子里灌进了衣服里，觉得肚子鼓鼓的。当时，我想我是坐着的，面包不会从衣服下面掉下去。我还不时地用左手摸一下衣服里的面包，心里已经想着回去怎么眼红他们了，谁和我好我可以给他分一点。正想得美时，大舅又说要我一只手把鞋护住，看路上丢了你妈又骂你，我一下想起，我的凉鞋后面那一股塑料带子已经烂了，相当于穿了一只拖鞋，掉了真的会挨骂！那些年的塑料凉鞋总是烂掉，母亲总是用捅炉子的火柱一边烧红了给我粘鞋，一边骂我不小心走路。可是，我已经很小心了，它还是总是烂掉。那些被骂的场景让我心生害怕，于是我下意识地赶紧用左手护住了那只凉鞋，放开了面包，另一只手还得紧紧抓住车把，并且在自行车上迷迷糊糊地就睡着了。

回到家后，大舅把睡着的我抱进家，就走了，我还有点迷糊地在自己家堂屋的地上，看着墙上的镜子，慢慢清醒了，我看了一下我的鞋还在，放心了，突然又想起我的大面包，我马上兴奋起来，对着堂屋墙上的镜子和已经躺在炕上准备睡觉的众兄弟们喊道，看我有什么？我用眼睛看着镜子里的他们，得意地把手伸向衣服下面，一摸，我以为那个面包会像变戏法一样从衣服里面出来，给他们一个震撼，没想到，我什么也没摸到，我奇怪了，两手翻开衣服下襟一看，真的什么也没有了，我的第一反应，一定是我在用手护鞋的时候面包掉下去了。我"哇"的一声哭了，众人不知道我为什么哭，我说："我的面包，姨父给了我一个大面包，不见了啊！"我哭声很亮！哥哥说你骗人，那么大的面包你会弄丢？可是，就是不见了，我说，我真的有一个大面包，一整个，可是他们都不相信，哥哥说："睡觉！骗人精，谁会给你一整个大面包，做梦吧。"可是，我知道我有过一个大面包，人生的第一次的一个面包，我真的有过，我遗憾死了，后悔死了，我连一口都没吃到。我一直哭，站在地上哭！懊恼为了一只鞋丢了人生的第一次的美味。

可是，没有人相信！我拥有过一整个面包！我有过，只是不知道它是什么味道！

那可恶的老是烂掉的塑料凉鞋呀，害我一把！

来电了

　　"来电了。"儿子兴奋地大喊着从卧室跑出来，拖鞋踩地板的"啪啪"声，把正在专注给鱼缸换水的我吓得一激灵，这一声"来电了"，如此熟悉，把我的记忆唤醒，我的思绪回到了久远的从前。

　　我的小时候是在20世纪70年代，那时家里有一盏功率很小的电灯，每天晚上才会来电，每次来电以后，才两岁有些缺钙的弟弟会兴奋地从炕上站起来说"来电了——"，然后又会跌坐在炕上。我们一家就在鹅黄色的灯下围坐在一起吃着晚饭，轮流说着话。不过，电常常会突然又停了，我们又会不自觉地异口同声地发出一声"唉！"失望地放下碗筷，寻找蜡烛。

　　当蜡烛微弱的光燃起来时，家里就被一片光晕照亮，我们继续围着这片光晕吃饭。光照不到的地方黑黢黢的，我都不敢多看，只喜欢在这温暖的光晕里感受家人聚在一起的温馨。

　　吃完饭，我们撩拨着蜡烛的灯芯，听爸爸讲"蜡炬成灰泪始干"的诗句，妈妈会在微弱的光晕里收拾碗筷，爸爸会把蜡烛放在小红炕桌边，陪我们看书，讲故事，我则跪在炕桌前，一边把蜡烛流下的"泪"抠下来，粘在手里把玩，一边听爸爸讲故事，夜的温馨，温暖的灯光，一家人的相守。

　　此期间，我们的心里都在默默期盼着电快点来吧。忽然，电灯又亮了，整个房间瞬间被照亮，弟弟兴奋地又站起来喊："来电了!"然后又跌坐在炕上。我则会用一根手指左右摇着指着灯说："灯亮了!"

灯亮了，家里明亮起来，人心欢快起来，妈妈会开始做针线，给我们纳衬底，爸爸会吹灭蜡烛，继续摊开书给我们讲故事。

每晚如此，小时候的记忆里，电不是常有，我们每天会在"唉"声中迎来黑暗，又在弟弟的一声"来电了"迎来光明。

长大一些的时候，家里有了电视机，就更怕停电了。然而，停电还是常有的事情。记得那年看《聊斋志异》电视连续剧，总是看到紧要处，电就停了，气馁之中，我更多的是害怕，害怕黑暗中的鬼。

最让我们害怕的是过大年的时候停电，过大年停电是很平常的，连续七八年，年年过年的时候停电，因为用电人多了，变压器带不动，所以每年的"年停电"就是最平常的了。

因为全家都喜欢看春节联欢晚会，所以在大年三十的早上，我就在心里默念不要停电，可是有一年春晚即将开始的时候，还是停电了，弟弟首先一溜烟就跑去了大队，我也跟着穿过黑暗的小巷跟去大队，这时大队已经乌压压站了一群人了，他们都在抬头看变压器上站着的修电的电工，大家昂起头急切地等着，忽然大队的院灯亮了，大家兴奋地欢呼，做四散状，跑回家去。弟弟进家上气不接下气地打开电视机，兴奋地坐下看电视，没看十来分钟，电又停了，弟弟早已跑了，我也急切地跟过去，四面八方的人们也陆续赶来，都在着急地喊着："电工呢？"其实，电工早已开始在黑暗中爬电线杆了，估计他一晚上就在大队待命了。

后来，我们的电就不再有停的时候了。停电是不可能的事情了，我们用起了电视机、电冰箱、洗衣机、微波炉、电磁灶、电饭锅、电熨斗、电动车……电的用场无处不在。我们再不会担心有停电的时候，停电的感觉就在记忆的深处了，不曾被挖出过。

为了儿子有个玩乐的地方，我买了一个农家小院，用的是地电，偶尔也会停电。刚刚搬过来第一次停电的时候，我有些不适应，站在黑暗里半天没反应过来是停电了。以为是自己家的线路出了问题，跑出去看见外面也一片漆黑，才知道是停电了。我在黑暗的小区里想起来小时候过年跑去大队的感觉，那份静谧竟有些怀念。我站在小区的大门口，看街上的路灯依然明亮，安静地等待着电来，就如我童年站在大队的院落急切等待来电的感觉。

一个邻居骑着自行车回来了，她进了小区停下，从自行车后座拿下两根蜡烛，说送你两根蜡烛吧！"蜡烛"，久远的记忆，我有点蒙，我接过来问："你是哪里买的蜡烛？"她说小卖部，我骑车找了好几家才找到的，说着，她骑车走了。

我把蜡烛拿回家点燃，那一簇火苗燃起，黄色的光晕照开来，一片亮光的世界呈圆形扩散开来，我坐下，安静地看蜡烛的光，童年与爸爸在一起读书的幸福的时刻在这光晕里就扩散开来。

记得没有蜡烛的时候，我们用煤油灯，爸爸有一个精美的玻璃罩煤油灯，常常在灯光不亮的时候需要剪去半截灯芯，我也喜欢用剪刀剪去软软的灯芯，灯就会忽然亮起来。

后来没电的时候用蜡烛，从煤油灯到蜡烛，也是社会的进步，能用起蜡烛也是一种自豪，我还是喜欢跪在桌子前，剪蜡烛的灯芯，我不知为何很痴迷。痴迷的还有剪完突然灯火亮起来的刹那，也喜欢在蜡烛的温暖的黄色光晕下看书，在灯下穿越时空，博古知今。

随着国家日益发展强大，蜡烛已经很难寻觅了。曾经家里放着一捆一捆的蜡烛，有白的、红的，如今却难寻觅了。电也不会停了。今天早上，我还在睡梦中，就听儿子带着哭腔说没电了，网也没有了，啥也看不上了，我听着外面淅淅沥沥的雨声说估计下雨烧了电了，一会儿雨停了，就有师傅来修了。

儿子百无聊赖地等着，我趁着没电给鱼缸换水的时候，并没有拔电源，清洗鱼缸的时候，感觉一阵"嗡嗡"声，心里寻思莫不是来电了？然后突然听到儿子开心地喊"来电了！"家里一下热闹起来，电冰箱也"嗡嗡"启动了，电视机也开了，鱼缸也开始哗哗抽水，世界顿时鲜活起来，不再沉寂。

那些常常停电的往事只在我的记忆深处了，今天被唤醒，我感叹这世界的变化之快，国家发展之迅速。

也说书房

闺蜜写了她的书房，是我梦想中的书房，我也有如她一样的梦想书房，就是到现在都没有实现。

小时候，爸爸的书房里有一屋子的书，整齐地堆在偏屋的炕上，满满一炕。我要看书，需小心地爬上炕，踩着书堆与书堆的缝隙，坐在低一点的书堆上，靠着高一点的书堆上看书，脚上再踩上一堆书，真可谓在书海漫游。

在爸爸成堆的书中，找自己喜欢的书不是件容易的事情，需趴下身子，看书脊上的书名、作者、出版社，判断此书是不是好看。费了很大劲抽取出来，却发现并不是自己爱看的。

说是书房，只不过是爸爸不舍得把藏书扔掉，找一个地方放起来罢了。是想日后有时间看或者让孩子们看。

除了我，别的孩子们却不怎么看，我独喜欢这份安静，仿佛被全世界遗忘了，又仿佛我在全世界漫游。我的身在世界之外，我的心在书里的世界。

爸爸年轻时是才子，几次搬家，爸爸最不舍得扔掉的东西就是书了，总是说着可惜，又不得不扔掉一些。有几本书页泛黄的上世纪 50 年代出版的书爸爸实在不忍心扔，就让我们各自收藏了。

爸爸的书房不成体统，我一直想有一个像样的书房。

有了自己的小家后，竟然没有买书柜，也没有书房。先生不爱看书，但爱买书，开车去外地整箱整箱往家买书，买回来我竟然把它们整齐地堆放在了衣柜里。

搬了新家后，终于搞了一个书房，黄色实木的一组书柜，把先生整箱买回来的书都摆放进去，却没有看过几本，生活的琐事大过了读书的兴趣，那些书就在书柜里静静躺着。安慰自己说留着让孩子们看吧，而孩子上初中以后，就没有时间看书了，在家的时候都很少，大堆的作业，根本无暇顾及书里的乾坤。那些书如新的一般，一页也没有翻过，静置在书柜里。

书是真好！但是，我过了一段浮躁的日子！周围人多不看书，看书的人被认为是另类，我极力迎合着世俗。

又搬了新家，房间足够多，书房茶室统统都有。还买了高档红木古典书柜、书桌，那一份典雅唯有我能欣赏。摆好后，没放书就有了书香雅韵。

书，还躺在旧家的黄色实木书柜里，因为书没有搬过来，旧房子也迟迟不能卖，新书柜却架上无书。偶然买几本书看，也是放置在床头柜上。

我们总是一路喜欢着，一路放弃着，不觉半生已过。

每一辈人、每一个人都以不同的方式爱书，书是骨子里喜爱的东西，是灵魂的供养，而爱好却败给了现实。从爸爸，到先生，到我，再到我的孩子们，都没有时间看书。我们忙着，生活着，完成一个又一个任务，攀越了一座又一座生活的高峰，物质极大丰富起来，从没有书柜到购置实木书柜，再到购置红木书柜，而书却在架上蒙尘。

我们走得太快，忘了喊上灵魂。

是该好好收拾书房了，但愿晚年能有一个真正意义上的书房，来供养灵魂！

我们需走慢一点，再走慢一点，如我小时候，有大把的时间藏在书房漫游，让心灵得到滋养！

"布衣暖，菜根香，诗书滋味长。"在书里感受这万千世界吧！

我有一个小院

幼年的小院是我一生的情怀，钢筋水泥的城市一度让我窒息，总是对土墙土窑的小院情有独钟。

于是，我买了一个小院，想在繁华的都市外，辟半亩地，扎两道篱，素琴一张，安守一颗无华的心。千帆过尽，心事沉淀。厚重的人生需要采菊东篱下，悠然见南山的释放。

四畦菜地，不多，可种儿子爱吃的黄瓜、我爱吃的西红柿就好，六十盆花栽，姹紫嫣红就好。

随着春风送暖入屠苏，塞北渐渐地热了起来。五月，阳光晴好，正是种地的好时节。刚刚下过一场透雨，我买了黄瓜和西红柿秧苗，已经种起来了，欣喜的是一苗都没有死。儿子想吃西瓜，我还从新疆买了哈密瓜种子，前个晚上也刚刚种上。等着长出藤蔓，期待着绿色的藤蔓爬在地上，结出滚圆的瓜来。

去年种的葡萄树，冬天忘了刨回根放在家里，今年竟然也奇迹般地活了，郁郁葱葱地爬满玻璃房顶，那葡萄的绿叶本就像一朵盛开的花形，绿得好看，如一朵朵珍奇的绿色花儿。不几日已经有一串串的小如米粒的葡萄结上了，只等在我每日的注视下红了脸。

新近种的草莓也已经结上红红的小草莓了，我把它种在我窗户对面的墙根下，在我去年种的一排果树下，阴凉的地方，有树叶的庇护，虽然是在背阴面，它们却长得很喜人，看叶子就知道它们是多么惬意地生活在这里。那叶子舒展得好像还有张力，一直用力往大撑开的样子，展展的，随风笑意盈盈。

那一排树，确切地说应该是五棵，具体种的什么树我已经忘了，只记得那棵最高的是枣树，因为枣树当年结果，去年刚种上就已经给我结了七八颗红枣，脆甜的枣香味让我记忆深刻。今年它却发出的绿叶最迟，我以为它是死了，原来是枣树发芽就迟，它不急着报春，只在蓄积能量，给我铆足劲今年多结红枣。满树红枣已经在我的想象里了。

今年初夏那排树里最抢风头的是那棵开满白色花的山楂树，不是邻居告诉我，我都不知道它就是《山楂树之恋》里的那种山楂树。那一树白色的花抢足了风头，引得邻人纷纷来驻足观赏。生在塞北的我也才第一次看见山楂树。真的很美，怪不得要在山楂树下恋爱呢。这几天白花谢了，那碎掉的如小雪花般的花瓣落在黑色的泥土上，落了一层，让我心生怜惜，才知黛玉为何要葬花，真的不忍那么清美的小白花柔嫩地凋谢在污泥里，任凭风吹雨打，好在山楂的小果子已经半成型，便更对那些花怜惜之外又生了敬畏之心，没有花谢，哪有果香。那花，又何曾不是曾经的我，何曾不是所有的女人，凋谢了如花的容颜，结出来丰硕的果。

其余几棵树我具体记不住了，看叶子也不知道是什么树，只记得应该是苹果树、小果子树等。苹果儿子爱吃，应该种了两棵，遗憾没有买上杏树，不能圆我儿时吃杏儿的梦，可是上天是如此眷顾我，竟然在墙角，树的旁边，挤着长出一棵小杏树。你想砍掉它，它好像也不允许，它的根在墙缝里，它随着我给树浇的水，野蛮地生长着，没几日的光景，竟然长得和我精心培育的树一样高了。它很开心地随风起舞，娇嫩的树枝好像在和我说着感谢。就像那只流浪的橘猫，非要蹭过来吃我的猫粮，大胆地看我，不害怕我赶它，就那样执意地要留下要我养它一样，虽然一个是动物，一个是植物，却给了我一样的感觉。我就心生怜爱地一并收了，精心养了它们。

树边，我种了一排花，买了竹编的花盆，诗意又浪漫，卖花的人给我种了六十盆，连同放在篱笆墙边的龙须和三角梅，让我的小院姹紫嫣红，非洲茉莉、红运当头、康乃馨、牡丹花、大丽花、小丽花，还有那顽强喜人的绣球花，都在不遗余力地开着花，绿着叶子，让我的小院比邻家只种菜的菜园子又多了一份美，一份乐趣。

我种菜，吃是不一定能吃多少，但是每日清晨起来，到我的小院转转，看看微凉的清晨里，那些菜又长高了多少，它们也是好像想让我夸奖似的，一天一个样，天天有变化，天天有长大，让我非常开心，非常有成就感。连同那些苦菜，拔了一茬又一茬还在拼命生长，也让我欢喜。隔壁老人就指着我的苦菜吃了，隔几日拔了调着吃，美其名曰为我除草，说我的菜园子长的草都不一般。我也是觉得它们好可爱！和那棵野生的杏树，和那只赶不走的流浪猫一样，都是要挤进我的生活来，别人出野外挑苦菜，我不出院门就给长满了苦菜，好像是种下的，没有一棵杂草，都是苦菜，绿油油的平铺着生长，让隔壁老人垂涎三尺，隔几日就颤颤巍巍地过来给我除草了。真是上天对我格外眷顾，连草都不用自己除。

傍晚，太阳不炙烤大地的时候，我出去给我的菜啊、花啊浇水，水管子喷出来白色清凉的水，小院也顿时水灵灵的，那些花儿摇着好像在说快点给我喝一点；菜也一样地摇着，好像在说，我好喜欢这些水啊！再给我多来点。

我穿着女儿给我买的种地鞋，没有脚后跟的球鞋，忙乱地穿行在花与菜之间，我的两只小猫慵懒地躺在小院的石板地上，眼睛随着我的身子看来看去。我的小狗蹲在门前的台阶上，它怕水溅起水花湿了它的白色毛发。不一会儿儿子放学回来，背着小书包会叽叽喳喳地转来转去，问这问那！

晚上，我睡前拉窗帘的时候，会透过窗户玻璃再看看我的小院，感觉它们很安心满足地在清凉的夏夜里睡去。我的心里也是一阵清凉舒服。

再过几天，我的菜长起来的时候，我可以去院里乘凉了，我的葡萄架快回来了，夏夜在葡萄架下喝什么？喝茶喝酒都有韵味。葡萄架下的悄悄话我也能听到了。

我的小院，让我想起我童年的小院。那是一方快乐的天地，承载了我人生百分之八十的快乐。这个小院也是儿子童年的快乐之地，也是我晚年的快乐之所。

于城市的喧嚣之外，我有一个小院，可以安放心灵，可以寄托情思，可以放松神经，可以释放压力。

我的小院，我的菜，我的树；我的小院，我的猫，我的狗；我的小院，我的人间烟火！

贰

记忆的味道

小时候，当炊烟四起的时候，就是该回家的时候了。

忘不了，暮色四合下那袅袅的炊烟，那弥漫在空中的烟火味道。那是召唤孩童回家的号角。爱就在炊烟四起处，把快乐的玩耍扔在记忆里，各回各家。

那道老街

　　还记得那道老街，永远记得！在心里，在梦里，在过往岁月的回首里。

　　那道老街是我小时候家乡唯一的一道街，俗称"中商街"。从南到北的一条繁华的街道，是小镇的主街道。南面叫南头起，北面叫北头起，南面小街的尽头有一所小学，叫南街校，北面的尽头也有一所小学，叫北街校。这也是小镇最初的两所小学了。

　　街道中间有一个十字路口，十字路口的四角是四个商店，一个是卖食品的，我小时候叫它卖好吃的商店，镇上的人都叫它"火烧大楼"，因为那个商店失过火。一个是卖五金的商店，我家的电视机、洗衣机都是从那里买的。一个是卖日用品、布料衣服的，我幼年过年的新衣服都要去那里买，那些花花绿绿的小衣服挂在商店柜台的铁丝上，令你眼花缭乱，心驰神往。一个是卖文具图书的，我上一年级的第一个海绵文具盒就是在那里买的，我还记得爸爸要给我买一个当时非常流行的海绵文具盒，让哥哥带我去，我中午吃完饭就吵着去了。那时的商店中午还关门，我就趴在商店的窗户玻璃前，把鼻子压得瘪瘪的，看里面柜台摆放的各种文具盒，我一眼就看上了那个白色的海绵文具盒，白得如奶糖，上面还印着可爱的小兔子，看见就想咬一口，因为会让我联想起大白兔奶糖！

当然，那道老街的四个商店我最喜欢的就是火烧大楼，因为那里有大白兔奶糖，还有桃酥、面包等各种好吃的。即使不买，去那里玩玩也是不错的，闻着各种好吃的混合在一起的味道，就是一种美好的享受。何况柜台半圆形的玻璃罐子里放着各种小糖蛋儿，红的、绿的、粉的、黄的，各色的好看，诱人地向你炫耀，一分钱十个，一般也会买得起。那里还有一种我爱吃的糖干炉，爷爷也爱吃，每次和爷爷出去，爷爷就会给我买一个糖干炉。外面鼓起来烤得黄澄澄的皮，上面有一个小红点，轻轻咬下去，"砰"的一声黄澄澄的皮就破了，里面是空的，但是有黑糖，外面表皮的油香味和里面的黑糖甜味混合着嚼在嘴里，说不出的香味在齿间弥漫。

那道老街其他的地方就是一排低矮的公产房子了，大都住着双职工家庭，我路过的时候，总会羡慕地探头向房子里看几眼，羡慕那些可以住在大街上的人。

大街上多热闹呀！坐在家里就能看到小镇的繁华。

公产房的前面是一条柏油马路，马路两边就是各种小摊贩，卖菜的、卖水果的、卖凉粉的、卖茶水的，熙熙攘攘的人群来回穿插走过，小孩子跑来跑去，川流不息，车水马龙，一派繁华景象。汽车很少，马车很多，自行车最多，白天走在街上，人都是摩肩接踵，挤来挤去的。下班的人、买菜的人、溜达的人、闲逛的人、玩耍的小孩子，叫卖声、高谈阔论声、孩子的玩笑声、路人的寒暄声此起彼伏。

我小学在北街校上学，放学本来可以从顺城巷穿过直接回家的，而我非要从中商街穿过走到火烧大楼然后才会折返向东的一条街回去，为的就是感受小街的繁华。我一路走，一路探头看街边住户窗明几净的家里，一边看小贩们卖的各种东西，一边和路人挤着擦肩而过。

那道老街叫中商街，小时候不懂其意，现在想来应该是中心商业街的意思，中商街最热闹的时候不是平时来往的人群，而是正月十五和六月二十四的庙会。

正月十五元宵节我们有混玩意儿的习俗，是一群人穿着戏服，化着戏妆，在鼓乐声中扭，一群人挤着看。在正月十三、十四、十五这三天里，晚上灯火通明，锣鼓喧天，人挤人，人看人，把一条不宽的小街道挤得水泄不通。我通常是站在街道两边的公产房住户人家的窗台上，趴在大人肩膀上看红火。

六月二十四是我们小镇传统的庙会，外地会有很多人来参会，卖衣服的、卖西瓜的、卖各种小玩意儿的，摆在小街两旁，还有要猴的、玩杂耍的，也在街道两旁，依然是人挤人。挤着看的，挤着买的，渴了，坐在路边卖水的小板凳上，喝一罐头瓶白开水，二分钱一杯，清凉舒服！

从北到南，从南到北的一道街，装了我太多的回忆。还记得夏天的时候，爷爷拿一杆秤，席地而坐，在小街的路边，安静地卖自己院子里种的韭菜。爷爷卖菜不吆喝，每天也就割几把韭菜去卖。我在人群里看到爷爷，也会过去席地而坐看爷爷卖菜，爷爷卖菜也许不是主要目的，看热闹才是爷爷的目的。

小街的繁华持续到我上高中，高中放学的自行车大军如潮水一般在放学的时间点涌进老街道，老街瞬间变得水泄不通。

一道道青春靓丽的身影潇洒地挤在老街道上，自行车铃声"丁零丁零"汇成一片欢乐的海洋。这道老街承载着这一代人的童年记忆，青春回忆。

后来，小镇逐渐发展扩大，商业中心街移到了那道老街的上面，在小街的西面，跨过一个铁道立交桥，修起了一个五层楼的大商场，我们放学还专门骑自行车观看，豪华的商店令我们兴奋，我们逐渐遗忘了那道老街。

老街繁华不再。

商业重心转移，小镇的人们纷纷搬离老街道，在老街道西面形成一个繁华的小城。

老街道的柏油路年久失修，变得坑坑洼洼。道路两旁的路灯早已不亮。老街两边的房屋感觉是那样的低矮，早已人去屋空，那些房子便都已开始坍塌，一副破败之相，我走过去的时候，常常有一种悲凉之情涌上。

曾记得它的繁华！还记得它的热闹！

记得我高二那年，拍电影的人们来小镇拍古装电影，他们把那道老街两旁的公产房粉刷成灰蓝色，为的是呈现古老的街道画面，我当时就觉得有些悲凉，我那热闹的小街被涂抹得不成样子，而今，它真的不成样子了，不是被涂抹的，而是被遗忘得不成样子了。

不想感受失落之情，我就不再去光顾那道老街。

2000年初，县里要改造那道老街，大刀阔斧进行了改造，老街道两旁低矮的公产房推倒了，盖起二层楼房。柏油马路也重新修整了。那道老街焕然一新，呈现出一派新气象！

街道又热闹起来了，我再去的时候，依然是人挤人，人看人。叫卖声、机动车声如当年一样此起彼伏，热闹非凡，我也需要如当年一样挤着才能通过那道老街。

　　只是景同人不同，一样的热闹，却不是一样的心境了。街道两旁丰富的商品我不再稀罕，人挤人却再没有我认识的人，老街道的新住户大都是村里搬迁来的，他们重复着我小时候的光景，让这道老街重现繁华。

　　一样的景，却不一样的情了。一样的繁华，却不一样的感受。时过境迁，沧海桑田，我已不是当初的少年。

　　好久没有走过这条街，因为我怕触碰记忆。这道老街存放了我多少美好记忆，如今走来，再多感慨都化成了无言！

　　听着这首《那条街》的歌，我想起来那道老街！

　　不觉老去，回首岁月已无言！

童年的乐园——菜地

我童年时的家，在一片菜地旁边，菜地被我家和一所中学、一所小学包围住，这块菜地就是我童年的乐园。

每天早上醒来的时候，爸妈已经上班去了，奶奶给我们吃完热气腾腾的早饭，胡乱地给我们擦把脸后，我就像放飞一样跑去七队玩，不论迟早，七队一定是有人玩的！

七队四周全是房子，小朋友自然很多。当然，我去了还是找我们巷里的小朋友玩。

初夏，七队的菜地刚长出幼苗，我家房子背后的电管井抽出来水，水就"哗哗"地经过小巷独一条路上的水道，流向七队的地里。电管井也是我们记忆的快乐之处。玩水估计是每个小孩子都喜欢的吧！

我们顺着水道跑进七队，奶奶已经安顿不能进菜地了。

看菜地的人长得高大魁梧，眼睛炯炯有神，英气威武，走路笔直。

因为他姓田还是方言的缘故，或者是因为他的硬汉形象，大人们叫他老铁，玩伴们都叫他田大爷。

我总是安静地中规中矩地走在绿地纵横的阡陌上，心里还在说"看我好好地走路，没有踩菜地"。以表示对田大爷的敬畏。

但是时间久了，大家发现田大爷并不是很严厉，当然，有的顽皮男孩进菜地里捣蛋的时候，田大爷也会很吓人的！他叉腰站在田埂上，大声喊着："出来！"他那整齐的有棱有角的衣服随风吹起，英姿飒爽，很是威严，也是很有震慑力的。

　　初春，虽然天气还是有些冷，而跑出去就不想回去的我们，一直在外边玩，冷得有点受不了，比我年龄大点的男孩子就会带我们钻进田大爷菜地的瓜棚，里面有被子，一伙男孩子就挤在田大爷的被子上，我们女孩子则挤在门口的小板凳上。这时候的田大爷很亲和，他会给我们讲故事，讲很多故事。

　　田大爷讲的故事很生动。我们屏住呼吸，大气不敢出。而且他的故事好像很多，从不重复。初春去菜地，有时就是直奔田大爷的瓜棚，棚里已经聚集了一群小朋友。听完故事，小伙伴们还会和田大爷玩一会儿捉中指的游戏。就是田大爷把一只中指用其他几个手指包起来，让我们猜哪个是他的中指。大部分我们是猜不对的，所以就会不厌其烦地猜下去，田大爷也会乐此不疲地陪我们玩下去。

　　快入夏的时候，天气已经转暖，菜地旁边的打谷场就是我们放风筝的地方。爸爸会用秸秆和白麻纸做了风筝，用毛笔画上眼睛，把春联的纸弄湿了，用毛笔蘸上弄湿的红水，点缀一下，就是一个很美的风筝了，用小木头和细麻绳做风筝的线，带着我们兄弟姐妹四人到打谷场放风筝。瓦蓝的天空，轻轻柔柔的春风，空旷的原野，干净的打谷场，一起和爸爸放风筝的时光，一生都在回忆。尽管大多数时间是放不起来的，可能是因为做得不标准，但是依然百折不挠，一次次地放，一次次地失败，依然是笑语满天飘。长大后的梦里，这个打谷场依然是清新空旷的存在，感觉身心都是放松的。

夏天的菜地是最美的。这时候的菜地，各色的菜绿茵茵的，夏风吹过，菜叶此起彼伏，又加上，菜地是一块地比一块地高，如梯田，这时候还有波浪涌动的感觉。

风儿拂面，跳着小碎步，穿行在菜地间。小声哼着小曲，一蹦一跳，自己觉得宛若七仙女下凡。

电管井的水哗哗地流，由刚从井里喷涌而出的巨大如云般的白色泡沫到慢慢变成清流，由最初的咆哮变成潺潺细流。我们在电管井口排好队，排在水道两旁等着看电管井的老爷爷一开电闸，我们"啊"地齐声欢呼，电管井的水刚喷出，溅了我们一脸，我们"妈呀"地叫着，往后退去，然后擦去脸上的水珠，开始一路跟着水跑，就看谁能跑得比水快。冲啊，这时候，小女生也是加入的，跑不过男生是必然的，但是也卖力地跑。还有跑掉鞋的，然后返回来找鞋，然后她就落单了，只能看一队人马绝尘而去。

我们终是比不过水流的速度，就会意犹未尽地气喘吁吁地回来。用手溅水玩，这时候，看电管井的老爷爷就会拿起铁锹假装打我们。我们就说不敢了不敢了。然后求饶说，我们玩泥巴呀，不玩水了！玩水是浪费水，玩泥巴用水少，老爷爷就退去了，他坐在向阳的墙根下，拄着他的铁锹在暖洋洋的阳光下，沉沉睡去。我们就会尽兴地玩泥巴了。

在水道里挖一把泥出来，再挖一把，然后揉成一团。再用手按压得扁扁的，像个烙饼，然后一起举起来，用力摔下去，当然此时的动作是蹲着的，要是站起来泥就整个摔成个稀巴烂了！蹲着，用力将泥饼摔在地上，泥饼中间会烂出几个小孔，然后我们比谁的泥孔大，谁的多。输了的，不服，就说"重来重来"。如是几回却不厌其烦，竟玩得不亦乐乎。时光也过得好快，扔下泥饼，把泥饼放在墙根处让太阳晒干，第二天还可以继续玩烙饼，就是用手指一直按，摩擦泥饼，泥饼就会出现异于常态的几个小圆点，就如炕熟了的烙饼，真还有吃的欲望。玩完以后，在电管井洗手回家，洗手时还会再挖点水道的泥当肥皂，还说这样洗得干净。

要不就去菜地看各色菜花开。不认得菜的名字，只看到各色花开得好看。记得最清楚的是黄的高高的菜花，花蕊节节高升，有摘下来的欲望，当然是不敢摘的，田大爷看着呢，他站在他的瓜棚的高地，挂着他的拐杖，像一个不动的稻草人，他傲然站着，威严而吓人。

我们就摘路边的野花，打碗碗花，学名牵牛花，是田埂处最多的；还有狗蹄蹄花，学名薰衣草，有枸杞，小小的红红的，真想吃，但大人已经告诉那个有毒；还有各色无名的小花，低头摘着，不觉时光溜走，手里已是满满一大把了，各色的花凑成一束，风吹得摇曳，然后，举过头顶，和远处的伙伴炫耀，比比谁摘得多。"我的最多！""我的才最多！"大声喊的时候夏天旷野的风吹进我们嘴里，几度说不出话来，风还是会把伙伴们的喊声断断续续送过来。

傍晚，夕阳西下，炊烟四起的时候，奶奶在大门口，喊一声"回家"。我们响应着，一句"各回各家，讨吃（乞丐）没家"，一下就四散而去，跑得飞快！

秋天的菜地更是诱人，麦穗沉甸甸地低下头摇摆，田大爷会捡了掉下来的麦穗给我们烤熟，用双手揉碎皮，用嘴吹一下，然后手里变戏法般就都是熟麦仁了，我们分着吃，最香甜了。玉米也快熟了，不怕踩了，我们穿行在玉米地里玩捉迷藏，玉米的叶子划着我们的脸生疼，我们依然乐此不疲，用手扒开玉米的宽叶子，找个隐蔽的地方，藏好，大气不敢出，等小伙伴来找，找不着就得意地跳出来喊一声："我在这儿。"找着了就失望得好像做了多失败的事情。

还有去黍子地里摘眉眉吃。就是秸秆里黑色的东西，具体学名叫什么，我到现在也不清楚。反正是黍子快熟的时候才有的一种东西，长在黍子的顶端，长长的，摘下来，掰开外面包着的绿叶子，据说是黍子生病的表现，黑黑的眉眉露出来，我一口咬下去，软软的，绵绵的，糊了一嘴，特别好吃！嘴上也完全变成黑的了。

更多的时候，我会去抓菜地里的花大姐。夏天逮一只花大姐，很不容易，就是脱下衣服、用衣服追着逮一只也很不容易逮到，但是秋天就不同了，花大姐不知道为什么会静静地停在菜最外面爆开的叶子上，安安静静，还是一对一对地停着，你都不用很小心蹑手蹑脚地过去，轻轻地一抓就抓住了。然后，捏着它的翅膀，可以仔细地端详花大姐的脸，轻轻地拽，然后又把它放飞，看它在院里飞远。

秋天还有一个乐趣是去菜地边挖甜草苗，还有麻麻。甜草苗不多，我是挖不到的，挖到会用来泡水喝，是一种草药，很值钱的，放在冬天还可以治疗咳嗽。所以，挖的人多，也就轮不到我挖了！我只能挖随处可见的麻麻。麻麻的根和铁钉差不多粗细，用手指在地上画一个圈，就宣示了这块地是你的了。用一根小铁钉，用力刨地，刨到麻麻的白色的根露出差不多一半的时候，就不用挖了，抓住绿色的叶子，轻轻一拽就全出来了。这个锻炼专注力不错，一挖一下午，放满满一罐头瓶。拿回去，洗干净，泡上醋，当零食吃。辣辣的，麻麻的。晚上睡觉的时候，一闭眼，眼睛里全是麻麻！密密麻麻！

冬天的菜地，几乎没什么玩的，就是在没有庄稼的地里疯跑。你追我赶，要不就是奶奶用秸秆和白麻纸、红纸做了风车，拿着使劲跑起来，看风车转动。

冬天的菜地最好玩的莫过于划冰车车玩了。

大舅在机械厂，给我们用废铁焊了个冰车车，两根废铁在下面。上面钉个木板，人坐上去，双手再拿两根铁棍子，用力一划冰面，冰车车就走了，水道不浇地了，下雪后结了冰，就是我们玩冰车车的时候了。一般冰车车归弟弟玩，我走上冰面，小心地用脚前后错开划几下。

菜地的记忆是我一生美好的回忆。

童年美好的快乐记忆治愈着我长大后每一个窘境。当我感到难受时，梦里就会来到菜地，像幼时一样玩耍。醒来后心情就会好很多！

菜地的童年快乐，在潜意识里一直治愈着我。

跟着奶奶去看戏

小时候，还有一种快乐叫跟着奶奶去看戏。

奶奶是个戏迷，也是个文化底蕴深厚的老太太，虽然读书不多，但很有文化，我估计一是源于有文学天赋，二是源于爱看戏！

奶奶常说："唱戏了，比（喻）世（事）了。"的确，戏中演说的都是人生。奶奶因此也有很多人生道理。还常常挂在嘴边。小时候不懂奶奶为什么要常常说这些，长大后，经历了世事变迁，才明白，奶奶那来自戏里的人生感悟都是真理。奶奶也因此一直是一个智慧豁达的老人。

奶奶爱看戏，有戏就看，尽管看戏需要花钱买票，而对奶奶来说，哪怕不干别的，也要看戏。

戏院的戏几乎没有奶奶不看的，常常还是看连本戏，相当于现在的连续剧。

我小时候归奶奶看，爸妈上班忙，还要照顾其他三个孩子，奶奶就责无旁贷地管起来我。白天、晚上，我都归奶奶看管。

我是乐意被奶奶领着去看戏的。在那个没有电视，甚至电灯也很少有电的每天晚上，出去看戏当然要比留在家里热闹。对于一个还没上学的无聊孩子，晚上跟着奶奶看戏我是乐意的。

晚上的时候，天刚刚黑下来，我就和奶奶出发了。我的小手挽着奶奶的胳膊，奶奶走得很慢，我就一边身子依着奶奶，一边也慢悠悠地走。

到了戏院，戏院已经人山人海了，在那个娱乐不多的年代，看戏是为数不多的娱乐项目，更是源于奶奶的一种情结。

奶奶从小就在戏里熏陶，看戏已经是她的人生不可分割的一部分了。

在人山人海的戏院，奶奶和她的老相识们寒暄着，等到演戏时间快开始的时候，大礼堂的门才打开，我和奶奶就随着人流鱼贯而入。等挨个检票完了，我先跑进去帮奶奶迅速找好座位，并且用手按住，招呼奶奶过来。奶奶一边慢吞吞地往我这边移动，一边嘴里还说着："到底是小胳膊小腿跑得快，奶奶带你出来是带对了。"

坐下后，爱出汗的奶奶开始用她随身带的手绢擦去头上、脖子上的汗。一边擦汗一边回头张望，嘴里还嘟哝着："人真多啊！"

戏快开始的时候，礼堂吵吵闹闹的人也安静下来了，都已经各就各位，就等开戏了。

紫红色的厚重幕布随着戏院特有的"恰恰恰恰恰恰"的乐器声徐徐拉开，几个浓妆艳抹的演员陆续登场。

"恰、恰，咚"随着打镲声，主演开始站在舞台中间，字正腔圆地拉长声调唱开来。"咿呀！……"

剧目开始，鸦雀无声。我也被吸引了去，聚精会神地看着。我是看不懂演什么，也是听不懂唱什么，但我就是喜欢看演员们比画着来来去去地绕舞台走来走去，也喜欢看他们表情夸张地摇头晃脑，悲痛欲绝地哭泣，也喜欢看小姐优雅的碎步如行云流水，我好奇她的脚下是踩了什么，只因她的裙子太长，我是死活看不到的，也喜欢看丫鬟的调皮可爱，眼睛来回活灵灵地转动。喜欢看老爷爷摆弄他长长的白胡子咬文嚼字，也喜欢看当官的坐在中间，一拍惊堂木的威严，往往我也被那个惊堂木吓得一震。我也喜欢看英俊的书生款款走来。

看着看着，我就睡意袭来，在"咿咿呀呀"的唱腔中，伴随着"恰恰恰恰恰恰"声，靠在椅背上，沉沉睡去，这戏院的唱戏声比催眠曲更管用。

唱戏一结束，我就顿时清醒了，也是奇怪。然后，看到人们在一片疲惫声中走出戏院。我睡眼蒙眬地懒洋洋地趴在椅子上看人挨个出去。奶奶也不急，自己擦了汗，再帮我擦汗，一边还说着"醒醒再走。"走时拉起我的手还不忘叫着我的名字，怕我把魂儿丢下了。

出了戏院，不论冬夏，我总会第一时间打一个冷战，可能是热身子突然遇冷的缘故吧！

此时，戏院的人已经走得差不多了。我挽着奶奶的胳膊，从一个小巷穿过回自己家。慢慢地走回去，越走人越少，这黑乎乎的夜晚，我每次都害怕。前后左右地看，希望不远处的几个看完戏的人能和我们同行一段，可不一会儿，他们就都到家了，就剩我和奶奶两个人了，我希望奶奶走快点，赶快逃离这黑暗的无人的小巷，无奈奶奶走不快，总是慢吞吞，我又不敢放开奶奶的胳膊，就这样一路紧张地四顾，一路心里埋怨，爸爸把房子盖得那么远，一路害怕地走回去，进门逃也似的，赶快甩掉奶奶的胳膊，一蹦一跳进家去。

虽然害怕是真害怕，但不影响第二天还去，因为戏院的热闹还是更诱人。

也有不用晚上看戏的时候，那就是庙会的时候，我们的庙会在夏天开，白天也演戏。在广场，搭一个戏台，一天三场，奶奶场场必去，带个小板凳，拉着我，早早去了占前台。前台是占了，等戏开的时间就久了，我就开心地在人群中穿梭玩耍，奶奶会不时地喊我不要跑远了，偶尔还会给我买根冰棍，或者一包五香瓜子，所以跟奶奶去看戏也有奔着零食去的原因。

跟着奶奶看戏的时候是很多的，但记住的不多。印象最深的是《窦娥冤》，当时不懂剧情，只是就奇怪为什么这个戏，演员穿的戏服和以前看到的都不一样。而且，六月飞雪的时候，那个机器在戏台的房顶上有两个人给转动，飘下来雪花，我当时觉得，原来都是骗人的，这个下雪的鬼把戏让我发现了。

长大后读历史，才明白小时候看的《窦娥冤》是元朝的，戏服自然和其他戏不一样。其实，看戏对我学习历史还是很有帮助的，至少我在学习这段历史的时候，当时一下就记住《窦娥冤》的作者关汉卿是元朝的。不用死记硬背了。

而且，在读《窦娥冤》的时候，我就会有画面感，那些官员的服饰，窦娥悲戚戚的神态，都浮现在我眼前，让我更深刻地理解了《窦娥冤》。

记忆深刻的还有《西厢记》戏里崔莺莺的故事，奶奶爱看《西厢记》，带我看了好几次。回来奶奶还买了一张崔莺莺的画。奶奶做完饭洗完锅以后，会躺在炕上，照着画上的崔莺莺比画兰花指，说这个动作好看。我直接的受益，也是后来看《西厢记》小说时有画面感，有情感带入，便于体会人物形象。

看戏多了，有感觉了，一个人玩的时候，我就会玩唱戏。

找一块纱巾，围在头上，找一个被单披在身上，找一些乱七八糟的东西戴到头上，比如一根狗尾巴草插头上当装饰，一串彩色小珠子戴头上，假装线帘，耳朵上用线挂两个小辣椒作耳环，学演员的台步，故意摇头，让线帘和耳环动起来，自己嘴里唱着，手里比画着，一会儿扮小姐，一会儿扮丫鬟，自我陶醉，忘了时间。

后来还学了几句，给爸妈唱："嘿嘿……"然后，就忘了后面的词了。架势摆起来了，唱词忘了，逗得他们哈哈大笑！也成了后来哥哥取笑我的说辞。不论我和他说什么，他都说"嘿嘿，弹琴"，具体是叹气还是弹琴，其实我根本从一开始就不知道。

童年看戏，培养了我的爱好，我爱好读书，喜欢幻想，都源于奶奶带我看戏，包括对一切美好事物的向往。

奶奶的戏里人生，对我日后的成长也有帮助，奶奶对戏里故事的感悟也就颇多。够出一本奶奶语录了！

奶奶说："唱戏了，比（喻）世（事）了，人可不能干坏事，以后都会遭报应的。"

奶奶说："唱戏了，比世了，太阳都从门前过，可要让你吓呢，也可要让你怕呢，还是要一步一个脚印过日子的好！"

奶奶说："唱戏了，比世了，今日脱了鞋，不知明日穿不穿，过好自己的每一天，不计较不抱怨。"

奶奶说:"唱戏了,比世了,盖棺方可定论,不要看现在的一时风光,看最后的结局好才是真的好!"

奶奶说:"唱戏了,比世了,财不可外露,人不可貌相。"

奶奶说:"唱戏了,比世了,多做善事,不定哪天就收获一点福报了。"

奶奶说:"唱戏了,比世了,过头的话不能说,过头的事不能做。"

奶奶说:"唱戏了,比世了,能帮人时就帮人,山不转水转,不定哪天就又转一块了。"

奶奶说:"花无百日红,人无千日好,谨慎着活,不要招摇!"

奶奶说:"活到世上啥也遇见,跌倒打了,绊倒洒了,借不上米还丢了半升呢,没有什么事是过不去的!"

奶奶说:"三月不尝鲜,枉活一年。"

……

奶奶语录,是她的经历和戏里的故事结合总结出来的,当我越长大越觉得奶奶这些智慧的语录是金玉良言,甚至可以说是人生秘籍,学会了,可以指导我的人生顺畅而豁达,顺势而为,不瞻前顾后。也许就是一种"从心所欲而不逾矩"的人生哲理。

感谢奶奶,感谢奶奶带我看戏,让我很早就明白人生的真谛,在我人生的最初,给我播下一颗美好的种子,让我在前行的道路上,总相信未来是美好的,困难是暂时的,如戏里所演,好人终有好报!结局都是美好的!

后来，家里有电视了，不用出去看戏了，奶奶却已经病重了，记得有一次电视里唱戏，我们把奶奶抱在我家的炕上，奶奶坐在炕头，偎依着我看了一场戏。然而，奶奶没有了在戏院看戏的激动了。我想，她是遗憾吧！有电视了，不用出去看戏了，却没有身体了。

戏如人生，那如戏的人生是从看戏开始悟的，那些看戏的儿时记忆，也是对奶奶的怀念。总是在有戏的时候，在打镲声响起的时候，想起奶奶，而且越上了年纪，我也越喜欢看戏了。喜欢躺在沙发上，看着唯美的画面，听慢悠悠的"咿呀"声，是一种享受，也喜欢这样的慢生活。

静静看戏，慢慢品味人生，细细体会唱词，这古老文化的传承，流传这么久，自有她妙的地方。

又是一年杏儿黄

这几天去旧小区陪儿子玩。昨天，他兴奋地跑过来说："妈妈你看！"我低头看到他摊开的小手心里有一颗又圆又黄的杏儿。我两眼放光，问他哪儿来的？他指了指不远处的一棵杏树。一群孩童正在打杏儿，三四个大一些的孩子趴在树上摇晃树枝，几个小一点的孩童用长树枝打杏儿，更小的孩子蹲在树下忙乱地捡杏儿。原来，又到一年杏儿黄的时候了。

时间真快，我还没有好好享受夏天，不觉夏天就要过去！竟然又是杏儿熟了的季节了。想起我的小时候，一到暑假，就能去姥姥家吃杏儿了。

姥姥家在南山，有三棵杏树，算不上杏园，但是三棵杏树已经种植了十几个年头了。树不高，树盖很大，像一把大伞，撑起一片静谧的空间，下面凉爽宜人！

姥姥在树下铺了大大的旧油布，我们坐在树下，等着熟透的杏儿"扑啦扑啦"掉下来。杏儿在七月已经熟透，掉下的杏儿是接二连三，让你应接不暇。随手捡起来，掰开，把杏核抠出来，一口一半吃起来，也不洗。有的杏儿是干腻的甜，有的是水很大的甜，有的则是小而酸的，它们就是变红了脸也是酸的。姐姐爱吃酸的，专捡那个小的杏儿吃，我看着就牙痒痒，我专挑水大的吃，呲溜一口就吃进去了。

树下掉的杏儿是吃不完的，但我也会玩性大发，上树去摘杏儿。杏儿树长在半山腰，上到半山坡就能直接爬到树顶，主要是为探险，不是为摘杏儿。一步踩一个树杈，如猿猴一般，半蹲着身子，小心攀爬，爬到树顶的一个大枝丫上，双手抓住树干，双脚踩紧树杈，手脚配合，有规律地晃动身子，树枝就摇起来了，成熟的大黄杏儿就"扑啦扑啦"掉下来。摇一会儿树枝，就不想摇了，找一个粗壮的树枝，平躺着睡觉。因为杏儿树本身不高，不害怕掉下去，微闭着眼睛，轻轻摇晃着身子，树枝也就轻微地晃动起来，就如坐轿一般。树盖如伞，挡住了夏日炙烤大地的太阳，山风习习，轻柔拂面，是避暑的胜地。

　　杏儿吃起来就没饱，虽然姥姥一再说"桃儿饱人杏儿伤人"，一定要少吃，可根本就管不住我们。吃得肚子发胀的时候，把树下吃不完的杏儿掰开，晾晒在饺子帘上，放在房顶上，晒成杏儿干，冬天收回来就是我们一冬的零食。干软的杏干，看着干，咬下去果肉还是湿的，因为酸，需一点一点地吃，酸味过后是甜味。生病好了，嘴淡的时候吃最好了。

　　夏天的晚上，姥姥要去房顶看杏儿，我和姥姥、表姐一起睡在房顶，姥姥睡在中间，我和表姐一边一个，夜风清凉，看着月亮在白莲花般的云朵里穿行，听姥姥讲过去的故事，听着树叶飒飒，迷迷糊糊睡去，一觉醒来，已是艳阳高照，绿得青翠的树叶间缀满黄色诱人的杏儿，阳光的金色在树梢间跳舞，就如一幅美丽的油画映入眼帘。姥姥早已不见了踪影，我慵懒地躺着看树叶之间随风摇曳的黄杏儿，吃的欲望又来了，坐起来，往前探探身子，就能摘到伸在房顶的枝丫上的杏儿，吃几个就饱了。

后来姥姥卖了房子，我们幼年乃至童年的免费的零食就没有了。

带回家吃的杏儿吐出的杏核，埋在土里，竟然长出三棵杏树，从小苗盼到长成树顶如盖的大树，我年年夏天盼着结杏儿，却年年盼望落空。

树是绿油油的好看，就是不见结杏儿。后来才知道是一直没有专业人士给修剪枝叶的缘故。

一年夏天，来了个走街串巷吆喝着给树修剪枝叶的老者，我高兴地把他请进院里，他只"咔嚓"几十下，就把三棵树修剪好了。果然，来年夏天，就结杏儿了，虽然不多，但是已经令我很欣喜了！

第二年就结了满树的杏儿了，这下，不用去姥姥家，就能吃到杏儿了。但是，杏树没有依山，不好爬上去摘杏儿。只能举头探手摘几颗低一点的杏儿，在树旁放置好梯子，爬上去摘杏儿。遗憾的是，这样的享受只存在了一个夏末。

就在那年秋天，我们竟然也把房子卖了，连同那三棵杏树。盼了十几年，眼看着可以年年吃杏儿了，却被卖了。

以后的日子，就和杏儿无缘了。

有车以后，人们开始远足，杏儿黄的季节有意去到附近的村里摘杏儿，我也被诱惑着去了。我去，不是为远足，而是为了摘杏儿！

村里的杏园，可以自己进去采摘。树不高，好攀爬，我这个年纪了，也还有兴趣爬上去摘杏，我还会把儿子抱上树，让他体会一下我小时候探险的快乐，他却吓得"哇哇"大哭，我不得不把他抱下来。每个人童年的乐趣原来是不一样的，我还是自己亲手上树摘杏儿为好。

摘杏儿的过程是可以免费吃的，我却顾不上吃，偌大个杏儿园，忙得我应接不暇，不一会儿就摘到一大袋子杏儿了。

不过，还是怀念小时候姥姥家的杏儿，那里吃的不仅是杏儿，还是一种童年快乐新奇的摘杏记忆；是免费好吃的零食的记忆；是放假去姥姥家彻底放松的快乐玩耍的记忆；是与亲爱的姥姥相守的美好时光的记忆！

姥姥家已经不是姥姥的家了，我却愈来愈怀念童年在姥姥家吃杏儿的时光。

多年后的那个夏天，我突然抑制不住地想去姥姥家所在的村子。于是，驱车前往。还没进村，我就闻到山风吹来的杏儿香味。我下车去看看，除了杏儿味的亲切，还有羊粪味的亲切！

我踩着羊粪一边走一边寻觅从前温馨快乐的记忆，沿着山石砌好的院子，漫步前行，一棵棵杏树从各家各户的小院伸出枝丫，枝丫上挂着喜人的红杏儿，这里的人家还是家家户户都有杏树。

走至一处院落，一条黑狗窜出来咬我们，主人正开了大门出来倒洗衣服的水，呵斥住了她的大黑狗。我于是和她攀谈，说杏儿还是结得这么好！我问她卖吗？她说自家产的，卖什么卖！她回身进院就给我摘杏儿，手脚麻利的农人，不一会儿就摘了一衣襟，她用衣襟包着给我们拿出来送给我儿子，我赶紧也用衣襟接着。"扑棱棱"一堆杏儿就滚到我的怀里来。我说放几个钱吧！她匆忙摆手，连连说着不必，就进去关上了大门。朴实的农人啊！这杏儿我还吃出了感动。

如今，城市的公园、小区的空地都种了杏树，只是每年还没到熟了的时候，就被摘去了，总是等不到熟透就没有了。

我看着小区打杏儿的孩子们，我想他们现在物质丰富，零食不断，打杏儿不是为了吃杏儿了！何况这杏儿正是刚黄了的时候，根本就没有熟透，他们更多的是体验打杏儿的快乐，和我的童年一样，体验的是爬树的探险刺激。

我儿子早已又跑去和小朋友们打杏儿去了，我捂着他给我的一颗大黄杏，想着，下个周末，儿子正好放假了，杏儿也正好熟透，我带他去我姥姥家的村里摘杏儿，去附近村里的杏园摘杏儿，看一路的风景，摘一份童年的记忆！

曾经骑单车

你可记得那年的单车吗?

我上小学时,家里若有一辆单车,那就是有钱人的象征。

父亲有一辆大的单车,我太小,不好骑,姐姐上班了,父亲给她买了一辆二八自行车,她舍不得让我骑。我刚学骑自行车,她怕我摔坏她的自行车。她每天下班就小心地擦拭她的自行车,擦得锃光瓦亮,我想试试都不能,要是摔倒了,稍微磕点漆,估计姐姐能骂死我。

眼看着别的小朋友都开始学骑自行车了,我也想学。

好在大舅有一辆不大的自行车,大舅个子低,车座也调得低,正适合我练习骑车。大舅每天晚上下班都会来我家坐坐,吃了晚饭才走。我便十分开心,兴奋地推着大舅的自行车去学骑自行车。那时,我的家门口没有柏油路,水泥路也没有,就是一条泥土路。

当时,我才上二年级,个子还没长起来,只能掏空儿骑,就是把脚放在单车中间的三角空隙里,双手紧握两个车把,小心翼翼地蹬几下,然后跳下来,再试着蹬几下,再跳下来,双手的手心里全是汗,如是几回,姑且可以骑一段路了,激动得骑上,却不知何故,会突然摔倒,连人带车全部倒在了地上,膝盖、手臂、手掌全都渗出了血,那些皮肤就如被擦子擦了几下，也不敢哭，因为是自找的。小心地站起来，一拐一拐地把车子悄悄推回去，检查一下车子有没有受损，总怕被大舅骂。

后来发现大舅就是发现了有损坏，他也不会骂我，我就放心大胆起来，这样每天练下来，一年之后，终于可以骑了。

学会骑了，就心痒痒，总想骑。大舅不来的时候，就想骑姐姐的，也不顾姐姐反对了，偷着就骑出去了，还上了大路。大路的柏油马路就是好骑，有时和小伙伴相约去骑车，有一次还做好人好事，从火车站带了一个老奶奶，送她回家去。现在想起来都后怕，没有把人家摔到！

姐姐的车子旧了，也不在乎我骑了。我上初中的时候，她买了新单车，这辆旧单车就归我了，我每天上下学都可以骑了。

每天早上上学，门口"丁零丁零"的车铃声一响，我就知道是隔壁邻居家的闺蜜来喊我一起去上学了，我推着我的二八自行车，和闺蜜汇入上学的单车车流中。

上学时间，路上人很多，大家都骑得很慢，有些高中男生会连成一排，一只手握车把，一只手搭在另一个骑车人的肩上，他们一路说笑一路耍酷，我必须小心地跟在后面，不能骑，还得偶然蹬一下，保持单车车速匀速前进，一旦停下，后面的自行车大军就会全体摔倒，这是考验真正技术的时候了，我庆幸自己车龄长，技术高，才可以经受起这种考验。当然，那些车技不好的就只能推着车在马路边的土路上行走。

蹬到了学校，进入学校的大门就分成两条路了，大家才可以分头快速骑走，我也舒一口气，暗暗得意自己的车技了得。

周末，和同学们相约骑车去小镇之外的村庄玩，那是一大乐趣，不像小学时候的玩耍，这个更冒险和刺激，也是不敢和家长说的。

门口的车铃声"丁零"一响，我就知道该出发了，迅速推着车子，猫着腰，躲避大人那句"不学习干啥去呀"，悄悄出去。

一出院门，心就放飞了。三月的天气正好，衣服也换成单的了，和几个同学一边说一边笑，很快就驶出了小县城的马路，来到了小城之外的乡村道路上。一路的水泥路也很好骑，虽然是女孩子也要比比谁骑得快。银铃般的笑声和自行车在凹凸不平的乡间水泥路上颠簸而起的车铃声，随着春风在乡间路上飘荡，让我不由得哼起了"走在乡间的小路上，暮归的老牛是我同伴"，不觉真的到了黄昏，我们竟然走了好远，走到了晚霞漫天的时候，走到了桑干河畔！桑干河清清浅浅流淌的水，在傍晚的余晖里金光闪闪，我们看附近村庄的农民在河边放羊，在牧牛。没有牧童，只有老爷爷，那些黑白花的奶牛发出"哞哞"的叫声，我们在春风里感受乡间生活的气息。在阳光的照耀下，自豪感油然升起，我们是靠自己骑单车走这么远，看到这乡村的美景。

骑回去的时候，会觉得累，大家都不说话了，腿也变得沉重起来，小腿肚酸痛，蹬不动了，单车变得好沉。

我们尝到了骑车远足的甜头，八月放假以后，相约去旅行，就成了不成文的规定了，加入的人也会多起来，依然沿着乡间的这条公路，一路向东。两边地里的庄稼已经成熟，有的已经收割，农民把马路当成了打谷场，软软的谷穗隔一段路就铺一些，铺了一路。我们骑过去的时候好费劲，但是就喜欢那种费劲骑过去的感觉，软绵绵地骑过去犹如过了一道坎又一道坎。

越玩胆子越大。我们过了桑干河，看了太阳照在桑干河的美景；又去了更远的北盐池，看了从未见过的寸草不生的盐碱地；还去了大的村庄，古时候的县城所在地，凝眸回望古老的城墙，爬上去吹着风感受烽火戏诸侯；去村里摘了杏儿，去地里捡了胡萝卜，用衣服的下襟擦擦，分了吃，甜甜脆脆的。这快乐，若没有单车，我们是万万做不到的，即使和大人出来，也没有这份同学在一起的快乐。

当然是不可以告诉大人的，回来悄悄放下单车。一脸的土藏不住秘密，还是会被大人发现的。父亲就会说长了腿了，哪儿也能去了，要小心骑车，注意安全。

冬天骑单车去上学，黑脸冰是考验我们车技的最佳时候，我们总是一路小心骑，一路看前面的人"啪"一下摔倒，听着众人的哄笑之余，也担心自己会摔倒出丑，如果能顺利骑到学校，吊着的心就会放下了。

我也有摔倒的时候。一次，我一个人上完晚自习出来，在出学校的门口，那是个下坡路，还有黑脸冰，本想要个酷，"呲溜"一下骑着下去，以为自己可以骑过去，没想到竟然莫名其妙滑倒了。重重地摔了下去，手掌火辣辣地疼，不一会儿就肿胀发木，赶紧站起来四顾一下，觉得好险啊，幸好没人，不然好丢人啊，脸得红到哪里去。

上高中以后，人也长大了，不骑单车出去疯玩了，学业也重了。下了晚自习，走在黑漆漆的小路上的时候，单车可以让我快速驶过黑暗!

再大了,骑单车出去买菜、逛街、上班,总是风风火火,我可以在拥挤的人流中快速穿行,还撞不到人。

再以后有了摩托车了,我买了却不想骑,放在家里,依然骑单车上班,可以不受红灯约束,可以不担心没油,可以自在穿行在菜市场狭小的过道,可以快速穿过人流回家做饭。我独喜欢单车,直到买了汽车。

随着汽车的普及,电动车的畅销,单车逐渐退出了人们的视野,共享单车的出现,又让城市多了单车的风景,也让单车恢复了往日的风采。

虽然有了汽车,在夏天,我还是会骑单车出行。为了家里有放单车的地方,我还专门买了一个小院子,我把单车放在院子里,要出门的时候,一抬腿就骑上去了。我横行在大街小巷,菜市场里,风吹起我的头发,我仿佛又回到了年少时期,一点也不觉得我已老去!

单车啊,你记载了我半生的快乐,承载了我多少欢乐记忆,你是我于繁忙生活之外的快乐回忆!

那年高考

打上小学我就被认定是考不上大学的，因为我爸爸认为我三年级的时候，高烧烧坏了脑子，学不会数学了。"学不会数学，考不上大学"是当时流行的一句话。尽管我的小学语文老师兼班主任坚信我将来一定是个文科大学生，可我心里的天平还是偏向了爸爸这一边。

我的中小学生涯便在一种被动的状态下前进，没事干就学习，学好学坏都不关注了。

高二的时候，作为当时非农户的我，爸爸已经给我安排了工作。是一个商场的售货员。我站在那个县城第一豪华的商场，看着华丽的吊灯垂下五层楼的壮观，幻想自己将是这里的管理层，着一身西服霸气地行走在商场的角角落落，然后一声叹息。

我的梦想还是想上文科大学，想当作家、记者，最低标准是想当个语文老师。

我的梦想院系是北师大中文系，不行就山西师大中文系，最切实际的目标是大同师专中文系。那时候，同学们宁可读中专也不会读师专，师专就是最好考的学校了。我幻想我站在讲台上，博古论今、神采飞扬讲课的情景，我想我当语文老师一定要结合历史、地理、人性、道理，一定让学生们在学习语文的时候，懂得很多。然后又一声叹息。

我喜欢坐在一中校园的东墙外，看绿油油的庄稼随风摇动，然后把所有的低落情绪慢慢送到远方。然后，一声叹息回到教室。

　　高考报志愿的时候，我爸说反正也考不上大学，想报啥报啥，中专好报就行。我用心工整地在报考志愿书的第一志愿写下北京师范大学中文系，第二志愿写下山西师范大学中文系。

　　高考的时候，我竟然迟到了，因为我的考点在三中，我好奇三中是个什么样子，转了一圈就迟到三分钟了。进了教室，我自己都不好意思，心想参加这么神圣的高考竟然会迟到，诚惶诚恐。

　　高考成绩出来后，爸爸疑惑地看看成绩单，又看看我说："你这个成绩还挺好，能补习，你是补习呀？还是上班呀？"

　　我靠在炕角，说："补习。"

　　声音很低，语气很坚定。

　　我补习的时候，弟弟正好上高三。弟弟每天回家一扔自行车说："妈，我又闹凶了。"妈妈便笑逐颜开，我则抬头看天。

　　补习这一年我的学习效果不太理想。高考的时候，竟然还有正班生要想照抄我的，认完考场，他就一路紧随，拦住我的自行车，约定第二天考试怎么抄我的。我没有理他。

　　高考答卷子的时候，那个男孩子一直揪我的衣服，搞得我惊恐万分，监考老师一直站在我左右，搞得我很紧张。

　　高考成绩出来的那天，哥哥带弟弟去查成绩，我没有去，我在傍晚的霞光里抬头看天，脑子里什么也没想。

　　夜幕降临，哥哥弟弟的车铃声带着兴奋的节奏一路响着就从巷子的土路上颠簸进来了。弟弟一进门就喊："妈，我闹凶了！"姐姐和妈妈出来笑容堆满了脸庞，她们和哥哥簇拥着弟弟进入灯光明亮的家里。他们的兴奋溢满了屋子，那个家真是充满了欢乐。我在屋外，旁若无人地看着月亮。

欢乐停止的时候，哥哥喊我进去，说："你也考得不错，但中专分数线没有划下来，不知道你考住没，依去年的分数线，你应该考上了。"

分数线没下来，补习班就又开始招生了。爸爸问我："你补习呀、上班呀，还是上成人大学呀？"

我靠在后炕的墙上，声音很低，但语气坚定地说："补习。"

这个成绩补习是不用花补习费的，我去补习了。高考后的天气很热，考住的同学开始满大街骑着自行车玩耍，我却又骑着自行车混入补习的大军。

弟弟去上大学的皮箱已经准备好了，在我下午上学出门的时候，我无意间看见立在门口的皮箱，忍不住抚摸起来，忽然号啕大哭，胸口积聚的一团东西汹涌而出，泪流不止。

妈妈在院里看见我哭，她拄着种菜的锹，抹起了眼泪。

然后，妈妈说："我好好管你一年，明年咱一定考上。"

在补习班，我是明年一定能考上的人，老师们都很关心我，上课不断提问我，生命仿佛重启。那时候，我的心突然打开：勇气、希望、未来、美好、自尊……一切的一切，都瞬间回到了我身上，我十年的压抑在那段时间全部释放。我想，我就要实现自己的大学梦了！

弟弟上大学报到了，而有些学校的录取分数线还没下来。

老师天天在班里说，分数线又降了，咱们班谁谁谁又走了税务学校，谁又走了警察学校。我前面第一排的两个同学都接到了通知书，她们把复习资料一股脑丢给我，微笑着鼓励我加油。我看着一堆的复习资料，不知是什么滋味。

一天放晚自习，红梅的哥哥来接我和红梅，他看见我就说，"你好像接到通知书了，我路过你家，听见你妈很开心地说，'是银行学校'。银行工作很好的，你这个学校很好"。

什么？我都没听过银行学校，也不知道银行工作是好工作，我的失落是录取的不是师专。

那年，同学们已经认识到师专比中专学历高，都抢着上师专了。

我一进门妈妈就喊："二毛女，你录取通知书来了，明天不用上学了。"

灯光明亮的家里一片喜气洋洋，我趴在炕上，拿起炕上那张薄薄的录取通知书，却高兴不起来。

才三岁的外甥说："你那不好，不如二舅的，二舅的红红的、大大的、硬硬的，你的就一张纸。"

一张纸的通知书却让我犯难了，我没有开口说话。爸爸说："不想走？可是，早一年是一年的机会。"

我说我想读中文系。

爸爸说："你今年不是还考了成人大学，全县第二名，要不走成人大学中文系。"

哥哥说："那也好，又是中文系，又是大学学历。"

我觉得成人大学不光彩。我心里这样想。

我说我还补习。

"补习明年一定能考上吗？万一闪失了，咋办？你那数学，补了一年才答了四十分，今年你要是数学及格了，大学中文系就考上了，万一明年数学题难了，你又考不上还不如今年就走了。"爸爸一边思考一边自言自语。

我那数学，唉！我一声叹息。

第二天，我一觉睡到大天亮，却没有感到舒展。上午去学校找老师说明情况，我在教室外听老师讲课，亲切又遥远。我站在阳光明媚的操场，感觉和教室里是两个世界。

接下来等待入学的日子，妈妈教我刺绣，在大门口的阴凉里，我一针一线刺绣梅花，安静而恬淡；姐姐教我打毛衣，我一针一针笨拙地打着毛衣，安静而恬淡。我一个梦做了十几年，最后破了。我接到了大家羡慕的银行学校通知书，却没有喜悦。

校园的快乐时光

一切美好的情愫就在那个时候有了，一切美好的情愫就在走出校门以后结束了。几度梦回，百般思念，我的校园时光啊，如在这俗世中开出的一朵大花。

只要想起在银校的时光，那朵花便溢满心间，冲出胸口，绽开一大朵，撞出身体，把一切生活的琐事和阴霾撞翻。

只要想起那段时光，就如不小心惊起的惊涛骇浪，万千俗事压不住心底荡起来的浪花。

那是回不到的从前，不敢翻开的快乐记忆。

那年，是 1992 年，我记得真切，我进入了山西银行学校读书。

在送我的爸爸离开校门的刹那，初出茅庐的欣喜开始绽放，掩饰不住内心的喜悦，和闺蜜心花怒放地开怀大笑。一只飞离家的小鸟，激动地拍打着翅膀就要展翅高飞。

在热闹的新华街，我和闺蜜漫步街头，带着欣喜与好奇，沿着路边看着地摊上的各种货品。从小县城封闭学习的校园，走进都市繁华的一角，我们与世界初次接轨！

开学没有上课的一周里，同学们开始串宿舍，认老乡。那份激动与忐忑、渴望与害羞，从不知如何开口介绍自己到马上打成一片无拘无束，我们仅用了一周。

很快，每个宿舍都是老乡的聚集地，你来我往，说着熟悉的家乡话，释放着十八年寒窗苦读的压抑。

新生开学介绍会上，我作为主持人，见识了来自各地同学的才华。一首首流行歌曲，是我曾在高中偶然听到过的，却从他们嘴里唱出，感慨中多了一份现场聆听的沉迷。

开始学打算盘的时候，为自己不灵巧的双手愤怒不已，中午不吃饭，坐在宿舍"噼里啪啦"地打算盘，直到五个手指可以随心所欲地在算盘上运动。

点钞练习的时候，每个人不管走着还是坐着，哪怕是上街，也是手不离"钞"，我们把点钞券时刻拿在手里，不时地练习，直到五种点钞方法都熟悉得不能再熟悉了，做到了不仅快而且准确。

记得每次打饭的时候，食堂里人群涌动，挤进去打出自己喜欢的饭菜。回到宿舍，舍友们一边聊天，一边吃饭。

吃过饭后，到走廊的水房把自己的餐盒一洗，回去躺在床上开始侃大山！

晚上下了晚自习，回到宿舍开始天南地北地瞎聊，灯一熄灭的时候，我们才着急拿起洗脚盆去水房打水，踢踢踏踏的脚步声引来其他宿舍准备睡觉同学的抱怨。

洗了脚，点一根蜡烛，在用花布围起来的床铺上，拿出在图书馆借的小说，趴在枕头上，细心读起来，往往不知道深夜已近，迷糊了就头挨着书睡着了。

每到去图书馆还书的日子，我就惴惴不安，总担心那些看书睡着了沾在书上的口水，还有书页压皱的地方被图书管理员责问，小心翼翼地把书递过去，紧张地注视管理员认真检查书的表情。在蒙混过关的那一刻欣喜若狂，再借一本自己喜欢的世界名著，下决心不再弄皱或沾上口水，可是下次依然难以幸免。

上课看小说看得入迷，老师的粉笔头打过来的时候，我都没反应过来这是什么东西从我的头上滚落到我的课桌上，直到老师严厉的声音问我："樊同学，你看什么那么入迷？"我才知道自己看小说太入迷已经被发现了，一脸的羞愧，不好意思，不敢抬头看老师，匆匆收拾起小说，假装正襟危坐地拿起课本压在小说上。

平日看小说多了，期中考试的时候，担心过不了。考前一周，随着全体同学集体大战，晚上也点着蜡烛奋战，趴在自己的床上默念着，写画着，周六日也不出去玩了，一天里，宿舍安静得只听见翻书写字的声音。我有时会受不了这份压抑，总想逃出去在街上走走。可是，考试当前，不得不忍耐一二，只等考试结束了，放飞一般，出去走走，坐着 36 路或者 37 路公交车，去市里的天龙大厦，看看昂贵的衣服，买一个雪山面包回来。有很多次，去了只是为了买一个雪山面包，因为别的也买不起。

有时我晕车，回来的路上，闺蜜陪我步行，在城市的街头，一边漫步一边旁若无人地吃着雪山面包，一路说笑一路走。

成绩快下来的时候，总怕自己不及格，晚上藏在老师宿舍的外面，细细听老师和班长的对话。在班长出来告诉我过了的那一刻，激动的心撞在了喉咙，开心地转一大圈，低头窃笑。

考试过后的日子又回复了美好的平淡。下课了，悠闲地去路边的小摊上吃一碗面皮，或者来一碗水饺，再无所事事地逛逛迎新街。看看街边迎风飞起的衣服、地摊上各色好吃的，要不进调料店转一圈，看着柜台里那个腌菜都香得直流口水。

晚上出去走走，看看老年秧歌队扭秧歌，或者被老乡拉进饭店聚餐，欢笑间时间已经很晚了，学校的保安开始沿路搜寻学生回校，敲敲小饭店的玻璃，命令我们必须马上回去。于是，意犹未尽地撤离。

午夜的月亮挂在宿舍窗前，宿舍楼门已关，睡不着的时候，不能出去，只能趴在窗台上对月轻唱一首《最真的梦》。

最喜欢周末了，学校有舞会。没等晚自习下课，我就探头探脑看向窗外，等大厅的霓虹灯旋转，心就飞出去了。下课铃声一响，舞伴已经走到了教室门口，把头一点，示意我快点。我跑出去来到大厅，同学们已经挤满了，一首《晚秋》响起，缓缓步入舞池，沉醉不知归路。

多少年后，只要听到《晚秋》，我的心就能瞬间飞回那里，那是一段少有的可以为爱好放飞的时光。

跳舞要得益于体育老师，每次体育课，老师都教我们怎么跳交谊舞。他胖胖的身体跳起舞来却特别轻盈，他不仅教我们跳舞，还教我们滑冰。

学校的对面，有一个滑冰场，整天放着悠扬的歌曲，我们站在教室门口的前面，就能看见那一片晶莹的白。

上体育课老师带我们去滑冰，租了带着冰刀的滑冰鞋，讲解要领，然后我们慢慢滑开。一不小心摔倒，我就懒得起来，坐在光洁的冰上，看太阳的光射在冰面上泛起的光晕，看冰上来来回回滑冰的人们，看他们突然跌倒的窘态，感受冰上的清凉舒爽！

新年到了的时候，我们用啤酒瓶作擀面杖，在食堂大厅包饺子，运城同学包的是元宝饺子，我们包的是掬了的饺子，还有的人包的是长条饺子。晚饭的时候，食堂下好饺子，一人一饭盆，尽管已经是片汤了，吃的也是感觉很美味的饺子。

晚饭后开新年联欢晚会。晚会结束，一众人在教室熬通宵，欢笑过后，安静地坐在桌子上，看着窗外的月亮，讲每个人放在心底的故事，或者在女生宿舍打一晚上的扑克，纸条贴满了脸颊，不知疲倦地叫嚣，不顾夜已深沉。

冬去春来又一年，年年月月有跑操。跑操是我最愁的，每天天不亮就要起来，咬牙起来，出去到晨雾中跑操，挣一张跑票。从学校门出去左拐，绕着城市边缘跑一圈，经过商店，经过庄稼地，从学校门的右边回来，从学生会同学们手里接过一张跑票，任务完成。

在夏天里，星星亮了的时候，去看看太原的夜市。安静地吹吹晚风，听一首街头播放着的港台歌曲。

一个月学校给包一场电影，青春飞扬的年纪，在新华街的电影院里叽叽喳喳，热热闹闹，在一起，看一场同学们拥在一起的电影。

偶尔再去其他学校找曾经的老同学玩玩，再邀请他们来我们学校坐坐，破费地打一桌子好菜。

有同学生病住院，集体筹款，去医院看望，每一个片段都是温馨美好的记忆。

不觉两年已过，毕业临近的时候，珠算和点钞过了三级就可以毕业了，我们不满足，想去山西省珠算鉴定中心过一级，那个戴着眼镜胖胖的老师从眼睛上面看我们是否作弊。我们一目十行紧张地打下来，焦急地等在门外，拿到通过一级的成绩单，高兴得蹦起来。

当我还沉浸在毕业欢送会的快乐中时，离校的日子来临了。我好像还没有理解毕业的意义，等我送走宿舍所有人的时候，走在校园里，往日的热闹已不见，操场上曾经看运动会的热闹场面不见了，我眼见的只是一个空寂的操场。我回宿舍，上楼梯脚步声的回音在楼道里显得孤寂，打开宿舍门看着人去楼空的宿舍，往日满满的记忆瞬间涌出。我上床的三儿坐在床边吃着苹果说着话的神态啊，老五每晚放着的收音机的声音啊，老俊趴在床上写日记的情景啊，老胡搓着手说好凉的形象啊，都不见了，只剩下光木板的床和我的行李。我不由得扑到床上放声大哭，眼泪哗哗地流出。

所有的快乐时光一幕幕浮现。去年的春游，同学们一起在车上唱欢快的歌曲，去爬卦山，我拍了好多照片。回来的路上，车坏了，我们在车里睡了半晚，只等修好才踏着晨雾回来。记得那年的春游，在晋祠公园的湖上，我们荡起双桨，微风不燥，岁月静好。

那年出板报，我作为舍长喊她们，她们都蒙头睡觉，我气得一个人去教室后，她们嘻嘻哈哈追过来，说故意逗我，我们一起在黑板上肆意涂画。

记得那年开学季我们在宿舍里打闹，老师来查看宿舍，差点儿被我们的板凳砸到了头，令老师哭笑不得。

每周宿舍卫生检查，我们就把该收拾的东西藏起来，被学生会的干部批宿舍干净得如病房，不合格。我们于是在宿舍里养起了花，成了独树一帜的好宿舍。

曾经的点点滴滴汇成一幅幅温暖的画面。在我的心里留存。

快乐总是那样短暂，在我踏上回乡的路后，生活的宏大画卷在我面前打开。我顾不上，顾不上回忆从前，我把人生最美好的记忆留在了时光深处，常常在午夜梦回。我在梦里，走到银校的门口，想起曾经在这里拍了多少照片，我走在教室通往宿舍的路上，一寸一寸抚摸光阴；在每一段路上，每一个角落，想起曾经的欢乐。我如孩子回到母亲的怀抱，忘了现实的忧愁。多少次，多少回，我在梦中来到银校，感受温暖快乐的时光，治愈着我千疮百孔的心。

曾有几次去太原培训，总是匆匆去，匆匆回。曾经那么多时光我把身心安放在那里，如今三十年竟然不曾去过一次，看看我的母校。

我只在梦里一次次地亲近她，我才知道，为什么叫母校，它真的如母亲一般包容过我们，呵护过我们，是象牙塔，塔里的世界安详美好，我们在里面孕育生长，长出梦想，长出翅膀。当我们飞离她的时候，她依然在我们身后，用那段快乐时光记忆托起我们。每当我在生活中累了、烦了的时候，在梦里，我的灵魂又飞回到这里，安静地和她对话，感受母校的柔光，让我恢复元气，再次踏上征程。

我的母校啊，我的银校，曾几何时，我们是一体的。如今，我和你分离得太久，时光匆匆过，我已是知天命的年纪，一切皆已看淡，唯有你，我还是看得那么美好，如童话的乐园，你承载了我太多的快乐记忆。

　　听说你还在，校门变得威严，我从照片中看到过你。几经学校整合，你依然不倒，成为一所知名的专科学校，这是让我欣慰的。我的母校还在，因为你一直传承着好的教育理念，带给年轻的学子们以快乐和美好。

　　多想回去看看你的容颜，只是总是很忙，总是不能成行！

乘东风放纸鸢

    三月春来，四月风起，晴空万里，纸鸢翻飞。想起幼时，随父在打谷场放风筝，虽记不真切详细过程，但蓝天白云，春风浩荡，宽阔的打谷场，还有翻飞的风筝，这些点滴记忆构成温馨的存在。每每伤心失落之时，梦里就会回到那个打谷场，灵魂在那里徜徉。干净平整的打谷场，高远的蓝天，蓝天上的风筝，父亲伟岸的身躯，兄弟姐妹的笑声，以一种舒服的幸福感包围着我的周身，治愈着我的人生。

    一个风起的日子，我望着天上的风筝，回想起曾经的美好。我想，生命于开始之初，不就是父母给予我们陪伴的美好，给我们一生以力量。我想，我作为母亲，是要去陪儿子放风筝的。

    飞马广场，地势平阔，满天风筝，风格各异。九岁的儿子高兴地大叫，说那个黑鱼真丑，那个巫婆太吓人，那条金鱼的眼睛鼓鼓的，那条龙的尾巴太长了……

    广场边上，有卖风筝的，不似从前，父亲要自己为我们做风筝，颇费时费力，白麻纸、毛笔、秸秆、线绳，做不好还飞不起来，一次次试飞，一次次改进。时代在变化，品种繁多的风筝任你挑选，儿子选了一款海绵宝宝，大大的眼睛，咧开的嘴巴，飘动的尾巴，还没放，就感觉到它要急切飞上天的欲望膨胀，催我们快放。

好学的儿子很快就学会了放风筝。今年的东风给力，不费吹灰之力，风筝就飞上天了。儿子喊，"我的飞得很高，已经是第二名了"。我抬头看时，天上似一个新的世界，各种动物在飞翔起舞，它们争前恐后，想飞上更高的蓝天，白云微笑般地看着它们，天上成了一个五彩斑斓的世界。这些风筝仿佛都有生命，表情逼真，神态婀娜，随风呼呼啦啦，栩栩如生，令人遐想无限。

这时的天上也是一个世界吧，一个欢乐的世界；这时的地上也是一个世界，一个欢乐的世界。孩童们指指点点，争争吵吵；大人们安静放风筝，凝视蓝天，放空思想，遥寄情思。

耳边的风呼呼，吹起衣袂；阳光正好，暖暖地照着；路上车水马龙，绿意盎然。我想，这一幅美好的人间图画一定也会留在儿子的心间吧，如同当年父亲陪我放风筝的画面，永远是那么美好，如在天堂。

放了一会儿儿子累了，他收起风筝，说要去图书馆。我们驱车去了图书馆，洗了手，安静地看了一会儿书，儿子说："我又元气满满了，我们在图书馆边上的人民公园广场再放一会儿风筝吧！"

出去看见，高远的蓝天早已布满风筝，呼啦啦一片。儿子早已跑远，随着他跑远，海绵宝宝已经飞上了天。这个广场更大，大风筝更多，小小的海绵宝宝似不服气，瞪着眼睛，张着嘴巴，铆足劲往上飞，想要与大风筝一比高下。无奈，线短情长，纵有冲天志，挣不脱儿子手中的线。儿子说："我放开，让它尽情地飞吧。"手放开的瞬间，海绵宝宝就乘着东风，扶摇直上，瞬间与一个大风筝缠绕在一起，被绊住了脚似的在风中摇摇晃晃。

大风筝的主人只得收了风筝，用心去解开。海绵宝宝的线太细，就那一刹那就缠绕了个乱七八糟，好在大风筝的女主人细心，纤纤细指轻轻绕开一圈又一圈。终于，两个风筝解开了。感谢素不相识的美女，儿子的风筝又能飞了。

风筝飞满天的时候，夕阳已经无限好了。广场音乐响起的时候，喷泉平地飞出来了，似水蛇，似蛟龙，似白莲，似云雾，缥缥缈缈，洋洋洒洒，似白雾蒙蒙，似细雨绵绵。广场上人头攒动，奔向喷泉，琵琶声声，响彻云霄，孩童们围着喷泉尖叫，奔跑，嬉戏。这一派人间美好。

借东风，放纸鸢，放飞美好的生活，从从前，到未来。

生　活

　　早晨，挂在奶奶家窗户上边的小喇叭响起了"东方红，太阳升"。歌声嘹亮高亢，奶奶起床，叠好被子，一层一层地整齐地码在后炕的一角，盖好白色碎花的的确良被单，开始用小扫帚扫炕，"欻欻"几下就把有着大花的红油布扫干净了。

　　奶奶下炕，在一个红色的洗脸盆里洗脸，顺便给我抹一把，然后把头发用梳子梳得精光，绾成一个髻，开始扫地，用手撩拨洗脸盆里的水，地上马上湿漉漉的，奶奶用扫帚清扫了地，用簸箕把土倒出去。开始擦家具，一个不大的柜子奶奶几下就擦得锃光瓦亮。把家里都打扫干净后，奶奶从左到右打量全家，确定没有漏掉的地方，又从上到下打量自己的衣服有没有不整齐的地方。看着干净整洁的家、梳洗干净自己，奶奶满意了。

　　听着院里爷爷浇地的水声，奶奶开始做饭，灶火里的火焰充满了温暖的颜色，小米下锅，烧开的水里，小米"咕嘟咕嘟"冒起泡，米香味四溢。奶奶用勺子在灶火里烧热素油，放几粒葱花，"呲"的一声浇在小瓷盆的烂腌菜上，油香味弥漫。

　　红色的油布上，摆好红色陶瓷盘，陶瓷盘里五颜六色的烂腌菜，出锅的稠粥奶奶舀在碗里，一碗一碗放在炕上，喊爷爷回来吃饭。爷爷回来，站在地上拍拍拍拍身上的土，脱鞋上炕，长出一口气，把碗里的稠粥颠几下，颠成球状，拌上烂腌菜，就着吃起来，吃完一碗再来一碗。奶奶坐在炕头边上，一边给爷爷捯稠粥，一边自己吃饭。清晨的阳光照射进家里，红色的油布泛着喜庆的光，喇叭里唱着戏曲。

吃罢饭，奶奶开始"哗啦哗啦"洗碗，收拾好后，看着窗明几净的房间，满意地拉着我出门，去邻居家串门。

邻居老奶奶热情招呼我们进门，盘腿坐在铺着大红油布的炕上，开始聊天。邻居老奶奶坐在炕头上一边拣豆芽，一边和奶奶聊天。我躺在奶奶的腿上，手里玩弄着橡皮筋，任太阳的光照进窗户，照在我头上，感到阳光的温暖。

快要中午时分，奶奶带着我回家，开始劈柴烧火，一阵黑色的烟雾散去后，红彤彤的火燃烧起来了。锅里烧上水，水汽弥漫，奶奶开始和豆面、擀豆面，一根粗大的擀面杖"嗒嗒嗒"，不一会儿豆面就擀成。

我跪坐在炕上看奶奶擀豆面，奶奶站在地上，用力地有规律地擀，豆大的汗珠挂满脸颊，奶奶往大擀一圈，我就往后退一点，奶奶再擀大一点，我就再往后退一点，直到我退到窗台跟前。奶奶的豆面皮占据了炕的中心部位。

奶奶把豆面皮再一层层地叠起来，刀子飞快地把叠起来的面皮切成条，撒上薄面粉，两手抖开，下进开水锅里，用筷子搅动几下。几分钟后，豆面出锅，一人捞一碗，喊爷爷回家吃饭。

爷爷照例在地下站着拍拍身上的土，上炕长出一口气，端起一碗豆面，拌上奶奶用勺子在不太旺的灶火上烧熟的素油里搅拌着的大黄酱、生葱花、生芫荽。大口地吃起来。正午的阳光暖暖的，洒一炕。

饭毕，爷爷拉个枕头休息，奶奶收拾碗筷。我在炕上玩耍，等奶奶收拾好了，搂着我午休。

一觉醒来，已经是下午的光景。奶奶对着墙上的画比画着唱戏的动作，我则出神地看着画里的人，想象一个故事。

午休后的慵懒过后，奶奶带着我上街去。我拉着奶奶的衣襟，穿过小巷，穿过人流，去商店买了需要的东西。奶奶顺便给我买一个糖饼，我一边吃一边走回家。

晚饭时分，昏黄的灯下，爷爷靠着被子在打盹，我躺着无聊地玩手指，奶奶在地下忙活。熬好的稀饭凉在炕上，蒸好的莜面饺子再在火盖上炕好，就着烂腌菜，喝一碗山药稀饭，吃几个莜面炕饺饺。

吃过晚饭，奶奶又拉着我匆匆去看戏。穿过幽暗的小巷，去了灯火通明的剧院，看一场"咿咿呀呀"的戏，再打着手电筒回去，在月亮高挂天上的时候我们沉沉入睡。

我是怎样怀念那样的生活啊！那就是真正的生活，安静，祥和，不急不躁，满满的生活情调。

愈老愈怀念，愈老愈明白，那样活着才叫生活！

看 天

我没有上学的时候，父母上班，我归奶奶爷爷看。奶奶有很多家务要做，爷爷在院里种菜，我就躺在院里的水泥水道里，看天。

上午或下午的阳光都不刺眼，我平躺在水泥水道里，眯着眼睛，安静地看天，能看上好几个小时。

春天的风不燥，夏天的风柔柔，微微吹在脸上，如有一只温柔的手在轻轻抚摸我，凉丝丝的，透着暖意，让我沉醉，越发专注地看天。天是瓦蓝瓦蓝的，有些高远，有些虚无缥缈，又如一池湖水，没有风的吹动，安静得没有一点涟漪。我努力往上看，想穿过天空一直看到天空最高最远的地方，感觉思想也跟着进入了无边无际的蓝天里，在无限高远的蓝天里，一直延伸着我的想象，仿佛已经去了琼楼玉宇。

我收回无边想象的时候，看见白云悠悠地飘在蓝色的天上，悠然自得，不紧不慢，仿佛还在向我和蔼地微笑。我喜欢它们的悠然自得。

那白云，有各种形状。有的如棉絮，有的大如房子，有的如羽毛，有的如一叶小舟，有的似长着胡子的老爷爷，有的又像有着鼓鼓脸蛋的小娃娃，有的如仙女在飞衣袂飘飘，有的似将士手握刀剑、怒视前方。

我就想：那个仙女是不是织女？那些仙女是不是要去散花？那个老爷爷是不是太上老君？那个将军是不是托塔李天王？那个娃娃又是不是哪吒？

　　我的眼睛是迷离的，我的想象是无边无际游弋的，我的状态是完全放松的。天地仿佛只有我一个人，地为床，天为被，风如母亲的手，我被幸福包围着。蓝天的空远，水泥水道的干净，风儿的轻柔，大自然的怀抱，我无忧无虑，无所事事，有大把的时间一直在躺着看天。不觉昏昏睡去，意识里只有微风轻轻地抚摸我的脸颊，柔柔的，如在撩拨，又如在安抚我，它也会钻进我的衣服里，一丝温柔，一丝清凉。

　　我是常常这样看天的，看似是一个孤寂的人，我却在看天的时候，进入遐思，进入无边无际的想象。我的思绪此时是极为丰富的，把所有的幻想都给了天空，给了高远和蔚蓝。

　　那高远，可以任你的思想驰骋，天马行空，如脱缰的野马；那宽阔，又如无边的草地，任你自由奔腾；那蔚蓝，无边无际，蓝得直抵你的心灵，蓝色是那样静谧，那样荡涤心灵。我喜欢蓝色，也许就是从看天开始的，那蓝色是怎样的宁静，无边，永恒。它是天空不变的颜色，被这一池的蓝包围，整个人都是放松的。

　　那云，不断变化着形状，一会儿像老人，一会儿又变成仙女；一会儿像小猫，一会儿又像一只猛兽。它慢慢游走，慢慢变化。你可以盯着它一直看，看它消融的边界，看它慢慢伸出一只脚，看它着急地迅速变换出一双脚，看它慢慢扭捏着变出一双翅膀，看它凌空起舞，看它慢慢飘移，看它婀娜多姿，看它风情万种。天上飘着很多云，你只盯着一朵看就好，你的思绪跟着它走，跟着它变化，是一种自由的、彻底放松的姿态。

小时候看云，常常看到母亲下班回来，我知道母亲进门，却顾不上看母亲一眼，我已经沉浸在天空无边的想象中、无边的温柔中、无边的美感里。

幸好母亲不会打断我看天，她很多时候会认为我是个孤僻的怪人，她所不知道的是没人陪玩的我，思想在无边的天空玩耍，玩得很尽兴。

好在爷爷并不多言，他常常低头种他的地，不觉日已中天，或者日已西落。我安静地看天，耳边听着爷爷用锹碰击土坷垃的轻微的声音，或者爷爷在手掌上"呸呸"啐唾液的声音，或者轻微移动的窸窣的脚步声，都像一种伴奏，在我无边的想象里感知生活的气息。

天空静谧，风儿轻柔，阳光刺眼的时候，闭上眼睛迷迷糊糊睡去。这种惬意，一生再难寻觅。

曾记得上小学的时候，暑假去姥姥家，走在山野里，看前面的高山，那云环绕在山顶，云雾缭绕，那天空如我幼时看到的一样碧蓝。我突然心有悸动，想上山去摸摸云，被母亲笑："云，你还能摸到吗？"

我当时并不知道，云只是水汽和尘埃的结合，它是无形的，我以为它是有形的，如棉花，握在手里是绵绵软软的，敷在脸上也是绵绵软软。

现在，偶然会看天，是在开车的路上。我需要一直注视前方，前方便是高远的蓝天，有白云朵朵，也有山峰美丽的曲线。

虽在开车，我也会用眼睛瞟着蓝天，想象那里是宫殿，有仙女出入，总想着到了目的地好好看看。

目的地到了，我的眼睛看见的是赶紧处理的生活琐事，忘了看天了，或者天空已经暗下来了，我看不到它的蓝了。

好怀念幼年看天，家里人都知道我幼年喜欢看天，呆呆傻傻的，没人知道我看到了什么，为什么我那么沉迷于看天。他们不知道那蓝天，曾经怎样治愈我孤独的幼年。他们也不知道长大后的我一遇到烦恼，就想安静地坐在田野看天。虽然我人未动，思绪却一定会飞回小时候的院子，在水道里，我平躺下看天，看着看着，仿佛周身都放松了，一切烦恼烟消云散。

他们也不知道，我在极为痛苦无助的时候，想象着让自己的身体一直往上冲，冲入蓝天，融入蓝天白云，慢慢地飞。被风儿包围，被蓝天裹挟，温暖和幸福重新包围着我，我仿佛在天空遨游。

天，就在我头顶，我以后的日子却很少看天，有时会躺在床上，慵懒地看向窗外的那一方蓝天，几朵白云，但是再也没有无边无际、高远清澈的感觉。即使在城市的街道，也只看见一方天空，还有高楼入了我的眼帘，小时候那样高远清澈、无边无际的蓝天离我太久远了！

我想，在不忙的时候，开车去一个空旷的地方，躺下被风吹着，没有任何一点遮挡物，安静地看一整天的天，看蓝天如大海的颜色，看白云朵朵飘。

酱的记忆

酱是用麦子、黍子、麸皮发酵、磨碎，加到炒熟去皮再煮熟的豆子里加盐后做成的调味品。每年从三月三开始做，要在房顶晒一个夏天才能做成。那是我幼年最美味的"零食"。

酱的记忆可以追溯到我有记忆起。去姥姥家吃酱，是一件美好的事情，不亚于去姥姥家吃杏儿的快乐。

若说两样选一样，我毫不犹豫地选择酱。此时，写着写着我的脑子已经出现了那一坛黑乎乎的酱了。黑乎乎的坛里黑乎乎的酱，我的哈喇子已经流出来了！

我小时候小姐弟们流行着一句话："姥姥干啥呢，姥姥搬酱呢！"可见，姥姥搬酱是常事。

姥姥，瘦小的身子抱一坛酱蹬着木梯子上到房顶上，晒酱去。我就有了偷吃酱的最好时机了。说是偷，其实是可以尽情吃，只是房顶上的酱还没有晒好，姥姥不让我们去吃，我却喜欢上房顶吃没怎么晒好的绵软的酱。

我可以随时蹬着梯子，爬上房顶，蹲在坛子旁。打开盖酱的玻璃板子，看着黑乎乎的黑豆酱，就开始流口水。直接用指头掏一块出来，放在舌尖上，舔一下，酱香味弥漫，打个冷战，口水就流出来了。

酱的香味，盐的颗粒，一起在嘴里渗透舌尖，一点一点吃，吃完再掏一块，直到吃了不再打冷战了，舌头已经麻木了，就可以大口大口吃下去，越吃还越觉得饿了，不知是本来就饿了的缘故，还是吃酱勾起了馋虫，总之肚子就"咕咕"叫起来。

下房跑到水缸前，舀起一大瓢水，"咕咚咕咚"一口气喝半瓢，肚子也就饱了。

姥姥的酱有的晒在房顶上，有的放在家里，应该是晒好的酱会放到家里了。家里的酱比房顶的酱要干一些，直接用指头掏一块出来，一边出去玩，一边掏一小块放在嘴里含着，就是最好的零食了。

不知为何，那么爱吃酱。比姥姥家的杏儿、三姨打的榛子，还有乔瓜瓜更好吃。

从姥姥家回来，姥姥也会给我们带酱。妈妈把酱放在玻璃瓶里，做饭时用，我想吃的时候就去掏了吃。

下午饿了的时候，吃冷食是小孩子的习惯。家里的笼屉里，有中午吃剩下的黄糕，奶奶用刀给切一片，抹上黑乎乎的酱，两面都抹匀了，我一口咬下去，黄糕的黏性和着酱的咸香味，我想起就流口水。

夏天的时候，有时饿了，奶奶也不在家，舀一瓢冷水，在院子里拔几根韭菜，撕成小段，扔进水里，自己谓之吃面，挖一块儿酱出来，放进去，谓之调料，然后稀里呼噜地喝下去，肚子也就饱饱的了。

去邻居家偷酱吃，也是一大爱好。邻居家的酱是发黄色的，比我姥姥家黑乎乎的酱要好吃得多。邻居家的酱晒在院里，上面盖着玻璃板，我去玩的时候就会揭开玻璃板用指头掏一块出来，怕被发现，就一口放进嘴里。那个黄酱不太咸，在嘴里可以慢慢融化，吃完趁着和小朋友玩的空隙，再去掏一块儿，再迅速放进嘴里。自认为很聪明，做得天衣无缝，其实，邻居早就从窗玻璃看见了。然后，她会给奶奶送一大碗过来。

我就知道自己偷吃的事情败露了，很遗憾，不能再去偷吃了。可是，老是想着玻璃板下的酱，送给奶奶的黄酱也早让我偷吃完了。我还是想，就问妈妈为什么邻居的酱好吃，为什么姥姥不做黄酱。妈妈说姥姥做的是黑豆酱，邻居做的是黄豆酱，黄豆比黑豆贵，姥姥做不起黄豆酱。

黄豆酱不是常常有，偷是不敢再去偷了，就只能吃自己家足够多的黑豆酱了。姥姥好像每年都做好多，舅舅们来时，不拿别的也一定会拿酱。

妈妈做饭的时候，调料放在碗里，红的辣椒，绿的葱，白的盐，黑的酱，我却独喜欢那黑的酱，看着流口水。

晚饭煮一锅山药蛋，熟了剥皮，放碗里用筷子弄碎，拌上烂腌菜，再弄点酱进去，搅拌均匀，蘸上黄糕片子。美味得无法形容。

吃豆面的时候，奶奶擀豆面能擀一炕，细条条的豆面煮熟后，豆面香味扑鼻而来，把酱用胡麻油炒炒，放在一个碟子里。吃豆面的时候，放少许酱，几粒葱花，几个香菜叶子，一滴纯正的山西陈醋，一碗色香味俱全的豆面就好吃了。豆面要素吃才好吃。

可惜，后来姥姥走了，就没有人给做酱了。再后来都改吃酱油了。但是，那酱独一份的美味依然留在唇齿间，让我一生回味！

糕

黍子，单子叶禾本科作物，一年生草本植物，生长在北方，耐干旱，籽实也叫黍子，淡黄色，籽粒脱壳即成黍米，呈金黄色，具有黏性，又称黄米、软米。营养价值高，含有丰富的蛋白质、淀粉、脂肪以及人体必需的八种氨基酸、微量元素和矿物质元素。可做油炸糕和酿米酒。百度如是说。

我家在塞北，糕是主要的吃食，小时候，天天中午也会吃糕。

糕是黍子磨碎做的，不去皮磨碎叫黍子糕，发黑，不大好吃，吃在嘴里是涩的，但是挂汤水。记得小时候爷爷爱吃黍子糕，奶奶给炒一个鸡蛋，爷爷就能用这一个炒鸡蛋蘸着吃二斤黍子糕。

条件好了，就把黍子去皮以后在磨上磨成面，就变成黄米面了，黄米面做成的糕叫黄糕，比黍子糕吃起来光滑一些了。

黄糕里面包上馅子，再用胡麻油炸了，炸起金黄色的泡泡，就叫油糕，油糕寓意高升旺长，一般是节日和生日必定吃糕。过生日吃糕寓意未来的日子高升旺长，过年吃糕寓意来年的生活高升旺长，结婚吃糕寓意婚后日子高升旺长。

"搬家不吃糕，一年搬三次。"搬家必须炸油糕，让油烟味飘满屋子，寓意生活有烟火气息，搬新家的日子会红红火火。

包豆沙馅的叫豆沙糕，一般包成圆形的；包鸡蛋韭菜馅的糕叫菜糕，一般包成长形的；包红糖、白糖馅的叫糖糕，一般包成三角形的。

过节吃油糕是乡俗了，包的馅子必须至少是两种，这个有讲究。

过大年必定要吃糕，年三十中午就是吃糕的日子，小年也吃糕，年糕、年糕就是这样来的。吃油糕的时候一定要配上凉菜，土豆丝、土豆粉、豆芽、海带丝煮熟拌在一起，用胡麻油炸了调料搅拌进来，就是一道美味的凉菜。

只要闻到油糕味，就是闻到过节的味道了。

平时一般就吃素糕，就是用手掌把糕面搓成大小不等的块状，上笼蒸熟，在还发烫的时候，手上蘸上少许冷水，迅速几下把糕面拆（和）好，拆成一个大块状，就可以吃了。

黄糕鸡肉粉条菜是非常好吃的，"故人具鸡黍，邀我至田家"，说的就是黍子糕，或者就是黄糕。鸡肉熬熟，配上土豆粉条，蘸上黄糕，一块咬下去，放进嘴里，象征性地嚼几下，囫囵吞枣地咽下去，黄糕的黏性蘸上鸡肉汤水的香味，喉咙鼻子里就都是香味了。

吃黄糕是个技术活，是从小练就的本事，外地人死活吃不下去。记得我哥一个上海的同学来家里做客，一口黄糕吃了一顿饭的时间也没咽下去。他越咽不下去越嚼，越嚼越是咽不下去。粘在牙上、嗓子上，反而让他恶心了，他理解不了我们怎么就一下咽下去了。

这个吃糕的本领怎么学会的，也不知道，好像会说话起就吃糕，忘了怎么学着咽下去的，好像也有大人教过，说不要用力嚼，随便嚼两下就要咽下去。

糕是整个一口囫囵吞枣咽下去的，自然也不好消化，但是走远路前吃块糕，一日能多走二三里。

平时很少有鸡肉，日常就是炒点菜也能蘸糕吃，猪肉粉条菜蘸糕也是绝配，熬羊肉蘸糕也不错，我的奶奶用熟豆面也能蘸糕吃。总之，什么菜都可以蘸糕吃。

我小时候，莜面不一定常有，但是糕是一定会常吃的，几乎顿顿都有黄糕。中午吃剩下，下午饿了，就把黄糕切成片，抹上黑豆酱，冷着吃也好吃。

晚上，煮一锅土豆，煮熟后剥皮，用筷子捣碎，拌上烂腌菜，再弄点黑豆酱，小米稀饭里煮几个糕片，煮熟后蘸上用腌菜拌好的土豆泥，是非常美味的，和蘸肉汤吃是两种风格的美味。

自己成家后，糕面不好买，上班忙也顾不上做，即使过节也不怠做了。每年过生日会去饭店点油糕吃，那些刚出锅的油糕非常脆，泡泡虚空着，一口咬下去，虚空着的泡泡脆脆的，糕的脆、黏，豆沙的甜，一起在嘴里混合成一股曾经节日美好的味道，让我怀念起从前火热的日子。

太阳高高照，夏天如火的天气，奶奶满头大汗在忙碌炸油糕，门帘也得掀开来，以备走油烟，这样整个院子就都是炸糕的味道了。家里则是油烟和蒸糕的蒸汽弥漫得犹如仙境一般，在这样的云里雾里，奶奶朦胧的身影在滚烫的油锅前炸糕，糕放入油锅发出"呲呲"声，筷子夹出来放在大铝盆里，如一座金山，黄脆脆、金灿灿，十分诱人。油糕就要现吃，刚炸出就吃是最好的，冷了就不好吃了。

最喜欢参加村里的婚礼吃糕了。院子里摆了酒席，搭了帐篷，支上一口大铁锅，胡麻油烧起油烟，把包好的糕放进去、炸熟，猪肉炖粉条一大碗，下面是粉条，上面披几块红白相间的猪肉，一盆凉菜，一盘白面和上山药的花馍馍，就是一顿丰盛的酒席了。其他什么四喜丸子、小烧肉就成了可有可无的配菜了。吃的是糕，品的是热闹。也只有糕才能配上这喜庆的热闹。

后来结婚生子，素糕一般是吃不到了，糕面不好买了，也没有时间做，就是做了，孩子们也不爱吃。他们皱着眉头问我怎么可以吃下去，那么难吃。

他们哪里知道，在那个吃不饱的年代，糕是奢侈品，上讲究的好东西。

为了照顾孩子们的情绪，糕便成了我童年的美味，只能停留在从前的记忆里了。

小　米

儿子说好久没喝稀饭了，我才想起忘买小米多日了。

南瓜买了一箱，就是忘买小米了。今日买了小米，熬了南瓜稀饭，看着锅里翻滚着的诱人的金黄色的小米南瓜稀饭，我的记忆也回到了从前。

小时候，我生病了，奶奶就会喂我小米稀饭，虚弱的我靠在奶奶怀里，奶奶舀起一勺子黄色的小米稀饭，送入我的口中，绵绵的，不用咀嚼就能咽下去，喝完后感到胃里暖烘烘的，舒服。奶奶一边喂一边还会说："小米稀饭最有营养，古时候要是产妇没奶，只有小米稀饭能把人养大，其他都不行，这么有营养的稀饭，你喝了就能有力气和病对抗了。"

小时候的家里，每晚都会有小米稀饭，吃完干硬的，喝碗小米稀饭，晚上睡觉都舒服。

奶奶老了的时候，晚上只喝口稀饭就行了。

小米稀饭有多种吃法，在小米稀饭里加南瓜，叫小米南瓜稀饭；小米稀饭里加绿豆，夏天喝下火，叫小米绿豆稀饭；小米稀饭里煮土豆，土豆熟了用筷子捣碎，拌上烂腌菜，连吃带喝；小米稀饭弄上调料，叫打勾稀饭，喝着有味。

曾经哥哥的一个上海同学来家里做客，妈妈端上了小米稀饭，那个同学问："这是什么汤？"我恍然大悟，其实，稀饭就是我们黄土高原人的汤，是上天赐予这片土地上的人们高营养的汤。

每每生病了，只想喝小米稀饭，入口即化，清香有味。

我们黄土高原生长的人都知道，小米的营养价值有多高。小米稀饭里放红枣，更能补气养血。坐月子的女人，月子里必须顿顿喝小米稀饭，补养气血，恢复元气。

小米不仅可以熬稀饭，还可以吃稠粥。小时候，妈妈用铁锅里加水焖稠粥，里面放上切碎的小土豆块，熟了以后，用勺子背捣成糊糊状，配上烂腌菜，特别是早上，要是能吃一碗稠粥，一天肚里也是舒服的。

小米还可以做小米凉糕，现在饭店里也是一道招牌凉菜。

我记得小时候，妈妈还会把小米放在鸡蛋壳里蒸熟吃，味道清香，很好吃。

妈妈还会用小米炕黄儿吃，有营养，好消化。

记忆中，每年腊月，过年前，妈妈在蒸完花馍以后，会把磨碎的小米用水化成糊状，在火盖上用萝卜头蘸上少许胡麻油，等油热了，用勺子舀一勺小米糊均匀地倒在火盖上，一面熟了，用铲子叠一下铲出来，一个小米炕黄儿就炕好了。一下午，妈妈会炕很多，每天晚上稀饭就着黄儿吃。

小米还能蒸小米窝窝，好消化，味道还清香。小米还能和玉米面和在一起熬成小米玉米面糊糊。

小米的皮，俗称糠，是喂鸡喂猪的上好饲料，人们吃不饱饭的时候，也用小米皮做成窝窝头，俗称糠窝窝。

在黄土高原这片土地上，农民可以不种别的，一定会种谷子，剥壳去皮后就是小米。因为这片土地的人们都离不开小米。

我们走亲访友，会带些小米，别的土特产其他地方的人不一定稀罕，小米是一定会被稀罕的，因为它的营养价值高，喝几顿就会让你一辈子爱上它，想念它，喝进肚里，不仅是舒服，而且会让你感到身体愈来愈好。"小米养人"，是我们这里的口头禅。

每年新下来的小米好吃。这个时候，会有农民拿着它们到处送人，是上讲究的好礼。

现在的小米很多厂家经过精致包装，已经销往全国。小米稀饭是一些离家游子的牵挂，是游子的怀念，是游子家乡的饭，妈妈的味道。

即使我小时候物质贫乏的年代，小米也是常常有的，不吃别的，也得有小米稀饭喝。

常喝小米稀饭、吃稠粥的我，长在县城却很少见到谷穗。这个周末，带儿子去爬山，才近距离地观察了谷子，谷子已经快要成熟，弯着的沉甸甸的谷穗随风摇摆，那密密的如青虫子聚在一起的谷穗里，都是饱满的谷子。

小米熬成的稀饭喝着喝着人就长大了，变老了。小米稀饭从未离开我左右，总是带着那股清香，在记忆里，在现实里。

"晚上吃什么，喝点稀饭算了！"吃不吃别的，小米稀饭是必需的，又解渴又有营养。小米质朴如农人，小小的米粒，微小不起眼，却滋养了世代乡人！这是一种博大的胸怀，我心怀感恩地热爱着它。

那翻滚着的小米稀饭熟了，热乎乎地喝一口吧！

麻　糖

　　塞北冬天街边特有的风景：卖麻糖、烤红薯和糖葫芦的小摊。这样的风景，自我从小到大都有，卖麻糖、烤红薯的人，形象没变，但已经不是同一个人了。

　　童年最好吃的零食就是糖果，冬天多了一道好吃的——麻糖。

　　爷爷带我上街的时候，会给我买麻糖，买得最多的是圆球状的，叫"个蛋儿"麻糖。因为长的，爷爷还买不起。

　　卖麻糖的人好像统一装束似的，黑棉袄，抄着手，木盘子里放着一排排的白色麻糖，和着冬日的寒风，大声地叫卖，声音能传好远。

　　中午，暖和的时候，十字街卖麻糖的跟前会聚集一堆人，他们在玩打麻糖游戏。打麻糖是那个时候一项消遣时光的休闲娱乐游戏。冬天冻得干蹦蹦的麻糖，两个放在一起，轻轻一碰就断开了，数里面的空心多少，决一胜负，赢了的就可以白拿麻糖。

　　我不关注打麻糖人的哄笑，我的眼睛只盯着白色的麻糖——那每年冬天特有的美味，我期待已久。

　　爷爷买了几块个蛋儿麻糖，递给我，他慢慢在前面走，我跟在后面把麻糖放在嘴里一咬，嘎嘣脆的麻糖就散开来，落了一嘴，也有崩落到衣服上的，用手捡起来，一点不浪费放进嘴里。麻糖一边粘牙一边把它的甜腻美味融入味蕾，融入记忆。

这个甜味，就如奶奶在家用铁锅熬制的糖心菜，甜得香甜，甜得香糯，甜得粘牙，甜得整个嘴里都是美好的甜了。

平时吃麻糖的时候不多，是那时的奢侈品，但到了腊月二十三，过小年的时候，吃麻糖变得理所当然起来。这一天，相传要吃麻糖，这样就可以粘住灶王爷的嘴，让他年三十上天汇报工作的时候，好话多说，坏话少说。

小年的早上，前一天买好的麻糖就放在院窗台上冻着，早上拿回来，硬邦邦的，凉凉的，每个人至少可以分到一根，也可以蘸上熟豆面吃。蘸上熟豆面吃，更有味道，熟豆面的豆香味伴着麻糖的甜味，也是一道年味。

上小学的时候，每到冬天，校门口就有一个卖黑麻糖的阿姨。她很美丽，不苟言笑，她的身影是我放学后努力追寻的对象，如若哪天看不到，就会失望一整天。

每天上学拿几分钱，最多是五分钱。放学后直奔卖麻糖的阿姨，她放在自行车上白色的木箱旁围满了买麻糖的学生，一个个黑黑的小手递过去亮晶晶的硬币，阿姨熟练地接过硬币，"叮当"一声放在木箱旁边的小铁盒里，看看钱多少，估算着掰一块差不多等值的黑麻糖递过去。五分钱可以买很大一块，差不多有半个手掌大，我能一直吃回家。要是二分钱的话，就掰一小块，大约两个指头大，我需要舔着走回去，这样放学路上才会一直有甜味滋润，上学也便成了一件愉快的事情了。

冬日暖阳下，边走边吃麻糖的我，连同那条曲里拐弯的小土路，是童年放学路上的唯美剪影。要是哪天阿姨不来，回家的路就会变得漫长，脚步也会变得沉重。

春去秋来，长大的我冬天不再吃麻糖了，偶有看见卖麻糖的大爷不动心了，我的心被另一些东西引领，它早跟着跑了。

小年早上吃麻糖的习俗我也忘了，好久便不与麻糖亲近了。

一天，我给汽车打气，等师傅等得久了，天已经黑下来了。我开车回家的时候，经过小区门口的一个幼儿园，门口挤满了小贩：有卖气球的，有卖玩具的，有推销课程的，有卖糖葫芦的，有卖烤红薯的，还有卖麻糖的。

这样的气氛渲染到位，我童年的记忆被唤起，突然嘴就馋起来了，我想吃麻糖了。

匆匆把车停好，我跑回来对卖麻糖的男子说买五根麻糖。"五根啊，能吃了吗？回家一会儿就化了。"他嘴里说着手里已经给了我五根麻糖，白色的小塑料袋子里躺着的五根麻糖都归我了。

多么奢侈呀，这都是一整根的麻糖！

晚饭后把麻糖细细品味，还是那个味道，甜到满口，甜到记忆里的味道。爷爷一摇一摆走路的形象闯入了脑海，小时候十字街热闹的画面也闯入了脑海，我幼年小小的身影也就闯入了脑海，我的眼睛湿润了。"爷爷"，我轻轻叫出了声，多少年了，再没有喊过这个词了。爷爷，走了多少年了，尘封的记忆被一口麻糖带出，我想起时光已过去了很久。

匆忙中，时光就走了，我也是老之将至了，麻糖的生命力依然顽强，在校门口又托起一代人的记忆。九岁的儿子放学回来，一进门我就激动地指着麻糖说:"看,什么好吃的?"他看了一眼,说不认得,然后拿起吃了一口说:"太甜,粘牙,不好吃。"

是的,暖气太热,麻糖已经化了,没有嘎嘣脆和冷香味了。麻糖,需跟在爷爷身后,就着冷风吃才有味道;麻糖,需只能买一小块在放学路上吃才有味道。

儿子说他还是吃巧克力吧,他拿了几块圆形黑色巧克力做作业去了。

麻糖不该是每个孩子童年的记忆吗?也许,这些年我过得太匆匆,忽略了路边的麻糖,忘记了给儿子买麻糖,让他童年的味蕾里没有了麻糖的记忆。

但是,我有,感谢爷爷对我的宠爱,让我有一个美好的童年记忆。我依然坐着,咀嚼着我的麻糖,它变软了,不是嘎嘣脆了,一咬就拉很长的丝,我的脖子不得不跟着它的长度伸长,我满口地嚼着,它粘牙,我来回在嘴里倒腾,它的甜香味就在满嘴弥漫,我的脑海翻出童年美好的味道。此刻,我是幸福的,整个身心都回到了童年时光。只是我发现吃完后牙疼,原来,我已老到不能吃甜东西的时候了。

晚上,我开窗把剩下的麻糖放在外面,等冻了再吃,再咀嚼一下美好的童年时光,也是一种治愈。

那一碗盆片儿

前天，看了秋若愚写的《冬至，这一碗盆片儿》，想起自己好像吃过，问了若愚，她说是的，就是那个东西，玉米面做的，有时会拍在瓮上。

我想起来了，就是在夏季，母亲会把它拍在瓮上，轻轻揭下来，薄薄的，筋道的，黄灿灿的。母亲说，快来吃吧，这是好东西，凉爽，下火。母亲把它切成条状，拌上调料、黄瓜丝，给我吃。我却不觉得这是好吃的，我认为不是肉的，就不叫好吃的，何况它还是玉米面做的。我记得母亲叫它米粉，很多人认为它是个好吃的。

每年暑假，我都会去姥姥家。姥姥村里，有一个本家舅舅，他总是请我吃好吃的。有一年，记得他非要拉我吃牛肉，说从山上摔下一头牛，炖了一锅牛肉。他去姥姥家没有找到我，在山坡上找到了我。我一听说吃牛肉，我的眼前就浮现出温厚的牛眼睛哀怨地看着我，我怎么能吃勤恳的老牛的肉呢？何况还是摔死的，太可怜了！所以，我说什么也不去。小时候的我不会沟通，我死活就是不去。他就用劲拉我，我弓着马步，他也弓着马步，把我的手臂都拉红了，我还是坚持不去。我终是挣脱了他，快速跑上了山顶，留下不解的舅舅大声喊着："是不是不爱吃牛肉啊？"

第二年，这个舅舅又请我吃饭了，所以我叫他"二候舅舅"，他说："今天请你吃稀罕东西，不是牛肉了。"我就去了。

当时的二候舅舅在村里算好光景，五间大正房窗明几净，红油漆的门窗，大红衣柜和黄色的五斗橱，炕上红色的油布上放着好几个自编的饺子帘，上面全是米粉，我一看就愁了，扭头就走。二候舅舅一把拉住我说："又跑，今天不能走，这可是稀罕饭，你妈妈也不一定会做，这大热天吃上一碗特别舒服。"他死死地拽着我，把我推到了炕上，表姐顺势脱下了我的鞋，把鞋藏起来了。我也只好坐下，我想起妈妈教导我说，去别人家吃饭，不要吃满碗，要半碗就行。我寻思咬牙吃上半碗我就走。

当妗子递给我满满一碗时，我忙说："我要半碗就好。"妗子说："吃一碗吧，半碗哪够？"

盛情难却，我不得不吃，好不容易吃完一碗，妗子就又添满了。我常听母亲教导说去别人家吃饭，不能剩下，所以又硬着头皮吃完了，这一碗我吃出了窝头的味道。

好不容易又吃到看见碗底了，我正兴奋着，一勺又倒进来了，然后又一勺倒进来了。我看着满满一碗，心生痛苦。但我不善于表达，我的心情不说出来就以为他们知道了。可是，他们不知道，还一个劲地说："来舅舅家，别拿心，一定要吃饱，吃饱不想家。"可我吃饱了，很想家，我想回家！可按礼节，我还得把这一碗吃完，我咬着牙想囫囵吞枣地吃下去。其实，我一直在囫囵吞枣地吃，可是这次吃不下去了，我感到喉咙卡住了，肚子也胀起来，吃撑了。我吃了半碗，放下碗就说我吃不了了。

二候舅舅看见我剩下半碗，终于心满意足地说："吃饱就行，没少吃，看来爱吃，下次还让你妗子给你做。"

　　我嘴上答应着，表现得很感激，很乖巧。终于表姐给我拿过鞋，我才离开热情洋溢的二候舅舅家。

　　我走在山路上，感觉肚子像个皮球，鼓鼓的，风拉着我往前走。

　　那以后，我去姥姥家就躲着二候舅舅了，母亲也不大做米粉了，我也就没再吃了。

　　现在，看到若愚描写的薄生生、凉盈盈、筋颤颤的盆片儿，却没有同感，倒是忆起了这段往事，想起了二候舅舅的热情与关爱，心里倒是荡起了幸福的涟漪。我还记得有一年冬天的晚上，二候舅舅推着自行车到我家，还把自行车推到了堂屋，他车后面有个笼子，里面装着一只老鹰。他说怕放外面冻死。那是我第一次见老鹰，也是唯一的一次见老鹰。我从笼子的缝隙看见老鹰自带凶狠的眼睛。他说我要是喜欢，就给我留下，这是一只幼鹰，可以养的。我却因为鹰凶狠的眼睛，拒绝了。二候舅舅知道我不喜欢老鹰，但他一直不知道我不喜欢吃米粉。

　　我喜欢二候舅舅，喜欢他对我独一份的宠爱，喜欢他的热情，温暖着曾经的岁月。

　　听说二候舅舅还健在，我是应该去看看他了。

还是喜欢烂腌菜

又一个秋天来了，各家各户开始腌制咸菜，二舅给我拿来了腌黄瓜、腌芥菜，小饭桌的老板给我拿了腌木瓜丝。每日的餐桌上，便多了稀罕的腌菜。

想起父亲一生，每顿饭必要咸菜，若没有，就会食无味，所以母亲每年秋天都会腌菜，不会腌别的，就会腌烂腌菜。把各种秋收的菜放在一起腌，胡萝卜、茴子白是主角，再配些青菜、红辣椒，腌制出满满一瓮烂腌菜，红、白、绿各种颜色的菜配在一起，煞是好看。等腌好后，便是一个冬天必有的菜品。只要有烂腌菜，什么饭都会吃得有滋有味。

深秋的早市上，热闹非凡，人头攒动。人们在挤来挤去，低头寻找着自己需要的蔬菜。这是一个不一样的早市，因为秋天是收获的季节，便多了很多小三轮车拉着的蔬菜，大白菜、茴子白、胡萝卜、土豆、南瓜，一车又一车，满满当当，供人挑选。还有一车一车的鲜姜、蒜、大葱、辣椒、青菜，这都是腌菜必须配制的调料，自然还有调料摊上新进回来的花椒、大料等调料。

人们一捆一捆地买葱，一袋一袋地买茴子白，搬上自家小汽车的后备厢，连后座都放满了各种蔬菜。在秋天略有寒意的清晨里，人声鼎沸地温暖着这个早市。

总有熟人和我擦肩而过时问我:"也买菜? 今年腌什么菜?"我笑笑不说话,其实,我除了会腌地铃儿、黄瓜,其他都不会腌。我逛早市,完全是因为想找回曾经的记忆,那些年秋天的味道,腌菜的味道。

　　那时候的深秋,仿佛比现在要冷,妈妈在院子里摆好大铝盆,把胡萝卜洗干净,把苘子白剥皮切成丝,把翠绿的青菜切成段,把红红的辣椒切开,按在瓮里,按一层,撒一层大粒盐,然后再用手按压实了,再放一层,放满后,用姥姥家山上捡来的大石头压紧,盖上盖子,挪到阴凉的堂屋门口,就算大功告成。说起来,我就流口水了,想起那种酸爽,带着凉意的酸爽。

　　腌制好后,在那个冬天没有新鲜蔬菜的时光里,烂腌菜就是冬天补充维生素的蔬菜了,每顿吃饭前必定先上一盆烂腌菜。隔几天还得用高粱穗子搅拌几下,防止白醭生成。这样可以保持一个冬天都有酸爽的烂腌菜吃了。

　　吃烂腌菜时,勺子里倒点素油,在灶火里加热,等油熟了,把葱花、花椒丢进去,"呲"的一声,葱花瞬间从绿色变成焦黄色,然后再"呲"的一声浇在烂腌菜上,拌起来,于是家里就有了香喷喷饭的味道了。不管当天吃什么,热乎乎的油炝烂腌菜已经散发出浓郁的香味了,吃饭时就一口烂腌菜,饭菜便更有味道。如果吃馒头,只配烂腌菜也是一顿美味;如果吃稠粥,烂腌菜便是绝配;如果吃煮糕,糕蘸烂腌菜也是美味的吃法。在烂腌菜里拌一点家酿酱,味道更是美极了。

　　吃完饭喝热水时,碗里夹一筷子烂腌菜,登时热水里漂起了油花儿,水也变得有味好喝起来,喝完水肚里那叫一个舒畅。

烂腌菜是过去热辣生活的写照，也是陪伴我长大的一道最长久的家常菜，可以从这个秋天吃到下一个秋天。

如今人们依然热衷于腌菜，不是因为物质缺乏，而是因为那是生活的一部分。在秋收的季节，腌制一种小菜，给生活调个味儿，吃完大鱼大肉，再配点小菜，可以减减油腻。

那晚去小饭桌接孩子迟了，本来已经是吃完饭洗完锅的时候，但是小饭桌却大盆小盆，人们忙得不亦乐乎。在暖暖的灯光下，一群妇女有说有笑，挽起衣袖，露出白白的小胳膊，切菜的，搅拌菜的，剥蒜的，切葱的，原来大家在腌菜，腌制的是我没见过的木瓜丝，满满几大盆白色的木瓜丝，红色的辣椒丝，黑色的酱油汁，看着就有食欲。

二舅会腌各种菜，便每次腌制了，给我拿过来，有腌黄瓜、腌白萝卜丝、腌芥菜、腌豆角，还有腌白菜。辣辣的白菜，酸酸的黄瓜，咸咸的芥菜，酸甜的白萝卜丝，脆脆的豆角，还有红红的心里美，每日餐桌上摆上这些菜，食欲就大增。即使天天吃肉，也需要咸菜解腻，即使不怠做饭，也能咸菜就馒头。

只是这么多腌菜，我却更偏爱烂腌菜，因为烂腌菜是各种菜的混合，最原始淳朴。可以直接当菜吃，比如吃稠粥时，比如吃糕时，比如用羊油炒了吃，比如夹一筷子就有五颜六色的各种菜生吃，脆嫩酸爽。还有烂腌菜带着记忆的温度，令我怀念。

小板凳

　　周日，去商场看见有做手工陶艺的摊位，儿子要玩，于是，就陪着儿子去玩。他坐下后，我也坐在另一只小板凳上陪他，等着他。我习惯性地小心翼翼坐下去，发现板凳很宽，坐上去很踏实，它很有力地支撑着我，这种感觉似曾相识。我不觉低头看去，发现原来是一个木制的小板凳，不是塑料小板凳，不必担心滑倒或者压烂，不需要提着身子提着心去坐，而是你可以很放心地坐下去，下面可以踏实地承受你，让你放心休息。

　　好多年没有见到这样的木制小板凳了。我问老板哪里弄来的小板凳，老板说专门找木匠做的，榫卯结构，一个才二十元。我说这个好，坐着踏实。

　　看着这个厚实的小板凳我不觉就想起了我小时候的小板凳。那个时候家家都有小板凳，叫拉风箱板凳。坐上它，在灶间生火做饭，拉动风箱让火旺起来。我家的小板凳是一个红色的，由于用的年头久了，四面已经磨圆了，红色的漆也有些掉了。那时，木头紧缺，那个小板凳很小，不似商场的这个宽大，但却是我童年的伙伴。

　　小板凳不仅拉风箱用，平时奶奶喂我吃饭我也坐在小板凳上；夏天夜晚去院里乘凉，我也拿着小板凳；出去看戏看电影，也需要拿着我的小板凳；妈妈上班不在，爷爷在院里一边种菜一边看我，我也需要拿着小板凳坐在房檐下的窗台前看爷爷种菜；出去玩也拿着小板凳，和小朋友坐着玩"拉勾勾，一百年不许变"的游戏，或者玩解勾勾的游戏，就是用毛线打个结套在五个手指上让对方小朋友解出各种图案的游戏，或者两个小朋友面对面坐在小板凳上玩"拉锯扯锯，姥姥门前唱大戏"的游戏。

小板凳还可以当马骑，也可以把小板凳翻过来放倒，坐进去玩划船的游戏，还可以把小板凳立起来，站上去玩杂技。总之，小板凳不仅有功用，而且在那个缺乏玩具的年代还可以当玩具，是我童年最好的伙伴。

家里只有那一只小板凳，在物质贫乏的年代，估计我家的那只小板凳是用零星木头做的，不大的一只小板凳。

我对那只小板凳有特殊的情结。在爸妈都上班，没父母陪伴的童年，它就是我的玩具、伙伴，形影不离的好朋友。

记得我上一年级的时候，学校还没有木制桌椅板凳，就是一个水泥板搭成的一长条的水泥桌子，需要自己带小板凳去学校上学，我就把家里唯一的小板凳拿上了。我心里自是欢喜的，上学的时候也能与我的小板凳在一起，当然高兴，感觉有一个踏实的朋友一直陪在我身边。初去学校的孤独和恐惧，因为有小板凳的陪伴，减轻了不少。

中午放学，我想拿着我的小板凳回去，老师不允许，她让我放下。当我不情愿地放下小板凳，排好队准备离开教室的时候，我回头看着教室里我的小板凳，孤零零的，我就于心不忍，眼泪吧嗒吧嗒地掉下来了……

后来，那只小板凳一直陪着我，大约我上初中的时候，我的生活内容扩展了，它才渐渐退出了我的视线，直至遗忘了它！

后来的后来，我们不用拉风箱了，也就不用小板凳了。结婚以后，有了女儿，总需要小板凳的，比如孩子在茶几前吃个饭，或者玩玩具；比如我拣韭菜的时候也需要一个小板凳，坐着拣舒服。我就去买了个塑料小板凳，可是它不是把女儿滑倒碰了牙，就是让我压烂了，于是小板凳就退出我的生活。

有了儿子以后，小板凳又被需要了。我就在网上买了好几种小板凳，每次儿子坐的时候我不是替他按着小板凳，就是提醒他要小心坐上去，这个板凳需要你去考虑它的感受，而不是它承担你。就这样，还是不到一个月就烂掉一个，要不就是把儿子滑倒碰了头。许是上了年纪的缘故，做家务的时候比如剥个蒜什么的，总还喜欢坐个小板凳。烂一个就再买，不觉一年买了七八个。

我突然觉得自己就是傻，我只是觉得这款不耐实就换那一款，忘了不管换成哪款都是塑料的，总都不结实。

周日看到木制的小板凳，我才想，为什么不自己做一个木制小板凳呢？

现在商场和烧烤摊位多是塑料小板凳，让我忘了我们曾经有过木制的小板凳。有一个木制的小板凳多好，它可以用十年二十年之久，是小孩子的玩具和伙伴，它可以让小朋友放心地坐，而不是他每次坐时，你需要喊一句："小心。"

那些离我们远去的物件何止是小板凳！远去的还有大板凳，

还有木制小炕桌、木制圆桌、木制书柜、木制大红柜、木制五斗橱，哪怕它们是用最不好的柳木做的，也是结实耐用的，能用几十年。现在，妈妈的家里还有这样的老物件，即使住在楼房里，妈妈也不忘搬着她的大红柜、五斗橱、圆桌。关键它们都不曾烂过，越用还越亮，透着时代的光芒。

其实，我童年的那个小板凳从未离我远去，它一直是我记忆里温馨的存在。只要看到木制小板凳，它便从我的记忆里呼啸而出，带着童年美好的记忆。

我仿佛又看到了它，红色的，四个角磨圆的小板凳。

火柴头儿

我在读茨威格的小说的时候，当读到"火柴棍上的小火苗熄灭了"，我的眼前就出现了燃烧过后的火柴头儿，它慢慢地掉下去，伴随着"咯咯"的笑声，一个小姑娘被蜡烛映红的幸福美丽的脸庞出现了：她梳着齐耳的短发，沉浸在一片红晕的幸福中。

我的眼睛看着书，思绪飘回到我的童年时代，那个没有电的夜晚，红色的炕桌上点着红色的蜡烛，我和弟弟围在一起玩火柴。

把火柴点着，"呲"的一声，火柴瞬间亮起温暖的黄色火苗，然后又慢慢暗下来，变成淡黄色的光晕。我盯着它，整个人沉浸在这片光晕中，与周身的黑暗对比，我仿佛置身于另一个世界，我只感觉到我的存在，是世界唯一的存在。

然后，我是安静的，看着火柴慢慢燃尽，火柴头轻轻掉落，仿佛一个人慢慢倒下。那个时候，不懂什么是失去，不懂悲喜，只是觉得好玩。然后就"咯咯"地笑。还会把两根火柴放在一起燃烧，看它们慢慢燃尽，火柴头抱在一起掉落。

这个时候，我只在我的世界，一个燃烧完掉落的火柴头就能让我开心乐坏好久。即使在几十年之后，会突然想起，并且幸福地笑着，让自己回到从前的美好。

这也许就是记忆的意义！

说到记忆，它从来就是一片。就如我想起火柴头，就会想起红蜡烛；想起红蜡烛，就会想起红炕桌；想起红炕桌，就会想到那个年代，想到团圆的家人，想到每一个完美的瞬间。

那时候亲人都在，灯火可亲，岁月静美！

火柴只是个引子，让我回忆起的是曾经的美好。

蜡烛、炕桌伴随父亲教我们读书的时光。我现在坐在这里能敲打文字，是得益于父亲当年的启蒙。此刻，夜晚，整洁干净的家里，我在读书、写作，儿子在听《孙子兵法与三十六计》。这在儿子心中，也是一个像火柴头一样的美好记忆。现在他所听的故事也可能会为他打开一扇大门。

我对儿子说，我在你这么大的时候，一百本书已经看了，因为我的父亲为我们收藏了很多书。

童年是一棵幼芽，父亲是那个施肥浇水的人。

我玩火柴头的时候，我是一棵幼苗，那时候常常停电，父亲就为我们点亮一支蜡烛，在小红桌上为我们读书。幼小的我和弟弟因为听不懂给姐姐哥哥讲的文章，就会偷懒玩火柴头儿，父亲并不责怪还没有上学的我们，他继续讲他的，我们玩我们的，学习的氛围却已经根植于心了。

每个父亲都像火柴一样，燃烧自己，直到燃烧尽，倒下去。光虽然微弱，却照亮孩子们的一生。给我们留下了美好的童年和学习的能力。

红个蛋

　　我的家乡山西朔州山阴县，有个红个蛋，说起红个蛋，山阴人没有不知道的。

　　红个蛋是个啥？就是山阴县在 20 世纪 80 年代盖起来的一个运动场，因为是用红色的砖砌成的圆形的一个运动场，所以家乡的人都叫它"红个蛋"。

　　红个蛋当年可是远近闻名的地方，正式的名字好像没有人知道。最初的红个蛋就是篮球比赛的场地，在县城的西面。篮球比赛本来咱也看不懂，20 世纪 80 年代初，电视也没有，晚饭后去红个蛋看篮球比赛就是一项娱乐活动。

　　每有篮球比赛，一家人早早吃完饭后，就去红个蛋看篮球比赛了。

　　红个蛋每次都座无虚席，四面围起来的一层比一层高的红砖头砌成的座台上，密密麻麻全是人，看对面的人小得就像蚂蚁，我需要觑着眼睛，才能看清对面是否有我认识的熟人。

　　比赛开始了，熙熙攘攘的人们开始安静下来，随着裁判的哨声，场上的两队运动员开始抢篮球，到底怎么个抢法，并不能看懂，纯粹就是看个红火热闹。每次中场休息，看看记分牌，也知道是红队赢了，还是蓝队赢了。看的次数多了，也就差不多知道比赛规则了，也就迷恋上了看篮球比赛，也不知道那个年代是重视体育运动，还是什么原因，那个篮球比赛是常常有的，成了我们消夏的娱乐活动。

篮球比赛开场前，卖瓜子的、卖雪糕的、找座位的、喊人的，来来往往，热热闹闹。比小时候看电影更热闹，因为红个蛋很大，容纳的人很多，座台又高，还是圆形的，彼此都能看见。所以，尤显得热闹，比赛结束后人们挤得水泄不通，从南北开的两个门出去。丢了鞋的，被踩住衣服的，大家嘻嘻哈哈，欢欢笑笑。

红个蛋的功能很多，不只打篮球，我们的六一儿童节会演也在那里举行。早上起来，从学校列队走进红个蛋，全县的六所小学，还有三所初中，齐聚于此，欢聚一堂，欢庆六一儿童节。

因为红个蛋场子大，能来回地跑，好几个小学的学生会聚于此。曾经的发小闺蜜，难得相聚在这里，彼此跑来跑去打招呼。

后来篮球比赛少了，六月二十四我们的庙会有了新的项目，就是所谓的走穴，会有名演员来小县城演出，就在红个蛋。

依然是熙熙攘攘，座无虚席，多的是镁光灯如柱子一般打在每个人的脸上，霓虹灯旋转出梦幻的世界，高音喇叭响彻场子的歌声，互动的氛围。从内看，红个蛋歌舞升平，蔚为壮观，从外看，红个蛋场上流光溢彩，夜色撩人。那场面，就是我们现场版的追星会。

散场以后，人潮涌动，挤着和明星拍照的，稀罕观摩设备的，着急离场的，走散了的，一派电影散场后繁华要退去的场景。

红个蛋什么时候退出了历史舞台，我竟然不得而知，在忙碌中不觉过去了人生大半，蓦然回首记忆里的繁华，想起红个蛋，曾经带给我美好的享受。

大约是从有了手机开始，从有了汽车开始，我们可以上网娱乐，可以开车远足，红个蛋就不被需要了，它孤独地矗立在那里，守候着小县城。远远望去，它似火一般红，把它曾经的辉煌诉说。

我们一边忘却着，一边前行着，前面总有最好的，留在身后的，是承载过一定历史任务的实物，它被记录在记忆里的一格，总是被遗忘，总能被偶然想起。

后来县城改造，红个蛋就被拆了，一起拆除的还有那些年的记忆、娱乐方式、无拘无束的年华。

岁月更迭，物换星移，红个蛋退出历史舞台。我们继续奔赴前行，前面总有最好的，可是何为最好？

叹息声中，回首岁月，留在记忆里美好的东西才是最好的，红个蛋承载了一代人的快乐，那快乐是如此简单！

立 冬

我还未来得及去看晚秋的景，冬天已经来临。

今日立冬，标志着我们进入了又一个季节——冬天。

秋尽冬生，光阴荏苒，一年又一年，时光飞逝，多少立冬的记忆如海水漫过，汇成一幅幅温暖的画面。

尽管冬天是寒冷的，记忆中却都是温暖的记忆。小时候的每个节令都是节日，母亲总会满怀喜悦地做着各种节日的美食。

立冬，按照北方的乡俗是要吃饺子的。饺子，在中国人的眼里，那是最好的美食，象征节日和富有，团圆和喜庆。

小时候虽然过年才能吃水饺，平日几乎是吃不到的，但是立冬是个例外，是个吃饺子的节日，饺子是一定要吃的。因为水饺外形似人的耳朵，人们认为吃了它，就不会冻耳朵。又因饺子谐音"交子"，意指立冬是秋冬季节之交。

幼时母亲舍不得做白面猪肉馅水饺，会在立冬做莜面蒸饺，土豆丝做馅儿，熟了蘸上醋和辣椒油吃。当热气腾腾的蒸饺端上来后，一家人围坐在温暖的炕上，吃得大汗淋漓，是一顿丰盛的午餐。

后来生活好了，会吃白面蒸饺，少许猪肉、土豆块做馅儿。我最喜欢的是，立冬这天吃羊肉水饺。

再后来，生活更好了，立冬吃羊肉水饺便是家常便饭。秋收回来的胡萝卜，八月十五杀了羊的羊肉，做成羊肉馅水饺。我喜欢母亲包的大肚水饺，在锅里翻腾如羊儿游泳。也喜欢外面秋风渐冷，家里炉火正旺，温暖如春，兄弟姐妹四人挤在一起抢着吃水饺。姥姥给做的笨重的新棉服刚刚穿上，盘腿都不方便，侧坐或者跪坐在一起，一边吃一边嘴里还说着我已经吃了第几个了。最后比比谁吃的水饺多，往往因此而吃得肚子鼓鼓，有些发胀才罢。

谚语："立冬补冬，补嘴空。"在立冬之日，母亲有时会杀一只鸡，为全家人补身体。人们相信，秋日丰收过后，补好身体才能更好迎接新的一年。虽然立冬预示着寒冷的季节要来临，但是我依然有着过节般的开心，因为这一天能吃好吃的，还开启了看雪花飞舞、滑冰车、打雪仗、堆雪人、踢毽子的玩乐。如吃饭一样，人总是追求不同的东西，看久了夏花烂漫，也想体味冬天晶莹的冰雪浪漫。

小时候的冬天是真冷，冷得戴羊毛手套都会感觉手指头疼，冷得戴棉帽都会觉得冻耳朵，所以才有立冬吃了饺子就不怕冻耳朵的美好愿望。尽管如此，冷也不影响我对冬天的怀想。

看过春天的花开，听过夏日的蝉鸣，赏过秋时的叶落，大地迎来肃穆的冬天。北风潜入，秋尽冬来，四时又到了终尾。

四季轮回，我最喜冬季，因为我是个安静的人，我喜欢冬天的肃穆与安静。从立冬开始，躁动了一个夏天的我，经过秋天的清冷，慢慢进入冬天的安静。在安静下思考，养心，养身。

节令是把时间切割成点，记录一段美好时间的开启和结束。

我们过的是节日，记住的是美好。

一岁终，一岁始。今日立冬，我中午做了莜面饺子，煮了虾，蒸了螃蟹，晚上准备吃羊肉水饺。尽管在静默下的朔州，我依然整出一桌子好菜，愿它们留在孩子的记忆中，如同我怀念的立冬。生活一年比一年美好，物质一年比一年丰富，习惯要一代一代传下去。

万物蛰伏的冬日里，藏着来年春的消息。

立冬了，愿这个冬天，时光能缓，故人不散，你我无恙，喜乐长安！

正月十五闹元宵

正月十五闹元宵，重在热闹，重在热热闹闹过元宵。

童年时过元宵节，真正体会到了闹——热闹，打闹，大闹。一年绷紧的神经也在元宵节的"闹"里，得到完全的放松。

元宵节闹三天，正月十四、十五、十六。为什么定了三天？估计一天是不够闹的！

闹元宵各地风俗不一样。我们那里的闹元宵主要是混玩意儿。玩意儿就是一队人打扮成戏里的人物，穿上戏装，浓墨重彩，在街道中间扭。看的人们在街道两旁看，演员和看客没有明显的分割线，是混在一起的，所以就叫混玩意儿。

这玩意儿一队和一队是不一样的，有踩高跷、扛个人、舞龙灯、大头人、花车，等等。

高跷是人踩在高高的木棒上扭，足有两米高。这是个技术活，难度很大，一般人闹不了。

扛个人是大人腰上缠个铁架子，小孩子绑在铁架上面扭，这个有风险，一般是爸爸扛着自己的孩子，打仗父子兵嘛。让别人扛自己的孩子，家长不放心，孩子在上面还得翻跟头！

舞龙灯估计全国都有，就是四个人扮一个狮子，前面一个人扛着一个纸糊的龙灯，在"起步隆冬恰咚咚"的锣鼓声中引狮子追。

大头人就是人戴着一个大大的假头，一般是十几岁的孩子扮演。头的画像是猪八戒、大头娃娃、沙僧等。

　　花车比较普遍了，几个人推一个花车扭，后面跟一堆人扭。这扮相就丰富了，有孙悟空，有媒婆，有邋遢老婆，裤子还吊着，引得人们哈哈笑。最多的应该是美女，打扮得花枝招展，涂着大红脸蛋，头上插满花，随着音乐重复着扭秧歌。

　　闹元宵主要体现在闹上，演员的无厘头表演，比如媒婆的扮相，脸上点一个黑瘩子，表情木讷，动作夸张地扭。邋遢老婆一般由男人们扮演，常常是扭着扭着就把裤子掉了，也有看客故意给脱掉裤子。体现的不是表演，而是闹意！

　　就这样尽情地释放，释放着人性的另一面。平时庄重惯了，戴面具久了。只有在元宵节这几天，人们才能假扮闹元宵，释放本性。这也是古人释放压力的一种方法吧！

　　闹元宵体现在演员的闹上，混玩意儿则体现在看客的混上。

　　看客和演员是混在一起的，挤在一起的，不用看台，人挤人才是最热闹的。这人挤人不仅是挤出热闹，还挤出了人情。互相挤得紧紧，感受着人与人之间的亲密。感受着人与人之间的温暖。那种挤在一起，混在一起，体现着人与人之间的亲密！是平时不能够的！

　　那时的闹元宵是锣鼓喧天，是鞭炮齐鸣，是人挤人地混，是肆无忌惮地闹。

　　正月十五闹元宵，还有一个闹的重要项目就是观灯。如果说混玩意儿表现了动的一面，那么观灯就表现了静的一面。如果混玩意儿表现了粗俗的一面，那么观灯则体现了文明的一面。

观灯是在闹玩意儿之后。演员散去，人们意犹未尽，会三三两两相跟着去观灯。

观灯的时候，已经没有锣鼓喧天的热闹了。人们可以在闹之后平复一下激动的心情，要不晚上会睡不着。

灯，有很多文化内涵，不仅观赏了白菜灯、柿子灯的造型美，还能观赏转转灯里《西厢记》的故事。

这一动一静的正月十五闹元宵，包含了多少古人的智慧。

新年日历

又一个新年的钟声就要敲响，2024 年迈着蹒跚的脚步姗姗来迟。这一场冬雪证明着冬季到来，新的一年又要开启！

儿子每天盼着放假，让我看看还有几天。我翻开手机日历的时候，脑子里却想起曾经的日历。我鼻子里嗅着新年的味道，记忆回到小时候的家里。有着炉火燃烧的屋里，父亲每年都会拿回单位发的日历，那是我们开心的时刻。新的日历散发着油印的味道，崭新的纸张"欻啦啦"地在指尖划过，每一张日历都代表着新年的新期许。

开始拿回的是小的月份牌，书一般大小，纸张薄如蝉翼，只有大大的红字日期。父亲把它钉在家里显眼的位置。母亲每天早上起来的第一件事就是撕日历，随着"嘶"的一声，母亲会说，又过去了一天，已经是二月份了，春天要来了；又过去了一天，已经是五月份了，快过端午了；又过去了一天，这一年就快结束了。我在睡梦中听着母亲呓语般的话，迷迷糊糊跟着时光在走，走着走着就长大了。日子也便在每天母亲撕日历中缓缓度过，一个又一个的节日在月份牌上轻轻走过。

那个月份牌还会作为记事的工具。父亲、母亲会轮番在上面记下家里的大事，比如我们的生日，定期存单到期的日子，家里买面的日子。那时候，到粮食局买面是有固定时间的。

过新年的时候每家每户不买别的，也都要买个新的月份牌，那是代表新年新气象的新东西。大队五保户那间黑暗的屋子里，最亮眼的就是月份牌，他一个人孤独地走过四季，月份牌记录着他数过的日子。

后来，流行起挂历，厚厚一本，拿回来挂在墙上，顿时蓬荜生辉。挂历上有大大的美女相片，她们时尚貌美，眉目含情，我那时认识的明星多是从挂历上认识的。挂历，还有的是山水画，我看到山水画还会觉得失望。那时候是我追星的年纪，不懂山水。但是，不管什么画面的挂历，我们总是抢着把一本挂历的美女和山水都看完，然后把那些挂历挂在墙上，带着新年新气象，开启新的人生。

在年尾的时候，我们摘下来旧挂历，把它做包书的书皮，或者贴在爷爷炕上的围墙上，让爷爷的家也充满了时代的气息。在新年到来时，新的挂历又挂起来，那是家里唯一的新年标志。总觉得挂上了挂历，眼前就一亮，新年就到了。心情是激动的，感觉每个新年都会有新希望，未来总是最好的。

在我上高中的时候，有了台历。把台历放在书桌上，我翻着台历，数着日子，看离高考还有几天。台历放在书桌上，有时候会成为我的验算纸，有时候会成为记单词的备忘录，有时候会即兴写上一首诗。台历不会撕掉，一张张都在记录着一年里我与它的故事。

如今，那些纸质的挂历少见了，看日子在手机上查看。看着手机上的日历，我觉得它冰冷没有生气。

一次，商场搞活动送挂历，大家已经不稀罕了，楼房的墙壁不舍得钉钉子，挂历也就没有地方挂了，渐渐地挂历退出了我们的生活。挂历好像只是和土墙土屋相伴了一段岁月。

有一次，我去北京，在酒店电梯里，一位女士提着一捆挂历，说发给与会人员作为纪念品。另一位女士问怎么发挂历？现在谁还稀罕这个。那个女士说没啥发的，领导让找个便宜有纪念意义的东西发，她就找了这个挂历。另一位女士不屑地撇撇嘴说："你也有本事，现在还能搞到挂历。"我却有了想上去摸摸它的冲动。

那些挂历纸厚实有光泽，就像过去的日子，那么厚重且有光泽。虽然只是几张印了符号的纸，却带着日子的温度，一次次靠近我，在我成长的记忆里年年相守，成了新年到来的标志。

新年的钟声就要敲响了，没有了期待挂历到来的欣喜，也只有期待来年幸福安康了！

叁 生活的感悟

『明了黑了又一天』，奶奶常这样说。

晨起暮落间，日子一天天过去，这就是生活。

种花，养狗，摘杏儿，柴米油盐，家长里短，

见众生，见自己。

种 花

风有约，花不误，春风来，花自开。最是一年春好处，我要种花了。

我说要写种花，他们说要写成花事，我觉得种花就是种花，我不去咬文嚼字了。

我要种花了，是因为我家的几盆花都死了，其中原因很多，有被猫抓死的，有被狗撞翻花盆死掉的，有被儿子打倒花盆死掉的，有我疏于管理干死的，也有儿子逮着一株他喜欢的花天天浇水浇死的，总之都死了。

有一种说法说家里有空花盆不好，会聚阴气，看着红红的花盆里一堆堆枯黄的残枝败叶，我也觉得心里不爽，所以春来了，我想去买几盆花再种起来。

开车一小时去花圃买花。进去就看见姹紫嫣红的各色好看的花，拥挤着排满花圃，我突然就想到一句诗："乱花渐欲迷人眼。"我是有点目不暇接了，高大的绿植，低矮的小花，大朵的大丽花，招摇的蝴蝶兰，我不知该买哪盆好。

我在花间穿行，来来去去，拿起这盆，又放下那盆，总都爱不释手。看见喜欢的，还要考虑是否好养，如此这般下来，我就挑了十几盆花了。

放了满满一车回来，一进门，顾不得身体的疲乏，我就急切地想种花，刨去旧土，扔掉烂根，新鲜的花带着春天的气息，翠绿欲滴，娇艳欲滴，一盆盆在我眼前晃悠，家里顿时有了生气。

红掌最大，种在大花盆里，放在客厅；一帆风顺寓意好，种在小一点的花盆里，放在书房。这两盆花都不喜强光，有明亮的散光就行。一盆不知名的像勿忘我的小碎花放在诗意的竹篮花盆里，放在床头；两盆蝴蝶兰放在窗台上，它们喜欢充足的阳光；一盆水竹放在餐桌上；几棵仙人掌种在竹筐里，放在儿子的书桌上，希望他像仙人掌一样，学会适应环境，坚韧顽强；一盆文竹种在"永固宅基"的瓷花盆里，放在茶桌上；三盆小的仙人球种在一个小花架上，由高到低，层次错落，摆放在强光照射的阳台上，让它们沐浴阳光，充分生长。

还有几盆花没有花盆了，种不下了。进了花圃，成了花痴，一不小心买多了。娇艳的玫瑰花，翠绿的发财树，红艳艳的大丽花，娇嫩的金盏花，有着细碎叶子的含羞草，还有紫色的勿忘我，都在安静地等我栽种。我只能遗憾地把它们放在阳台的一角，等明天，或者后天，再买一些花盆来种。

不管放在哪里，它们都是生机的代名词，拥挤着为阳台增添了春天的气息。

花都摆好后，家里一派生机勃勃。我累得腰酸背痛，看着这些花，心里就生出欢喜来。

望着这满家的花，我想起来我曾经是爱花的，何时，种花只变成了消遣？

我上小学的时候，同学们会在春天拿来花的种子，送与我一些，我便在井沿边种下各色的花。因为其他的地方爷爷都种菜了，唯有井沿边的一块地方因为不够种菜用，留下来一小片空地，这片空地便是我的花园。

春天，小心地播下种子，一日看三回，等它们破土，发芽，顶起黄土，露出小小的几片嫩绿。那些带着鹅黄色的绿，两瓣，三瓣，五瓣，慢慢长出绿色的细秆，见风就长，没几日的工夫，就长高了。特别是大花，长得比我都高，扫帚梅也能高过我的身躯了。春雨润泽，春风吹拂，夏天到来的时候，这里已是一片郁郁葱葱的花海了。

我的小花园是院里的亮点。一进大门，就会看见一簇簇摇曳的花朵。各种土话叫的花名，外人可能费解，比如臭花，其实我也不知道它学名叫什么，它长得不太高，开着传统的花形，五颜六色的。比如扫帚梅，现在才知道它有一个美丽的名字叫格桑花。

我种的花以格桑花和大花居多，大花学名是什么？至今也不知道，总之它就是长得很高，开着很大的红花、黄花、粉花，有满瓣的，有单边的，各有各的好看，而且还能蓄根，第一年种下后，第二年不用再种，每年都会如期发芽、生长、开花。

这些格桑花和大花都长得高，花儿很美，连同旁边的野生的打碗碗花，挤在一起，也是花团锦簇的模样。

我每天早上醒来，第一眼就是从窗户向外看看我的小花园，不必费心打理，它们自顾自地生长得也很好，放学我也走近看看我的花，凑近闻闻花香，尽管臭花很臭，我也是乐此不疲。

不用专门浇水，它们在井沿边上，爷爷浇菜园的时候，把用辘轳从井里打上来的水倒在水泥水道里的时候，任性溅出来的水就够它们喝了，这也叫近水楼台先得月。

每次看见那些花，我就会想到一句诗："黄四娘家花满蹊，千朵万朵压枝低。"尽管我的花没有种满院子，但是那种感觉是一样的。土墙，小院，摇曳的花朵，我想象自己就是那个黄四娘。

年年岁岁花相似，岁岁年年人不同，尽管小院里的租客来了又去，换了一批又一批，我的花儿却年年如期开放，是一样的花、一样的景。

有一年夏末，我早上起来向窗外看时，我的花没有映入眼帘。我诧异了，看见爷爷在井边摇着辘轳浇地，我想一定是爷爷把花给砍了。我跑出去，问爷爷我的花哪去了？爷爷说长得太高太多太碍眼了，他给砍了。我听了就开始哭，失望地哭，就如痛失一件宝贝，一个珍爱的玩具，永远回不来了。爷爷说有什么哭的，不就是花吗？明年就又长出来了。

是啊，明年它们就又长出来了，蓄根的大花，还有自己长出来的格桑花，那些花籽随风而落，落入地里，不用再种花籽就自己长出来了。那一片地方好像就是它们的专属地，年年生长，子子孙孙无穷匮也。后来，爷爷不再砍我的花了，任由它们从春到秋，自然开放，自然花谢。直到我结婚生子，我精心培育的小花园还成了女儿的小乐园。

后来，我家的老院子卖掉了。偶尔回去看时，那一片地方还有花，还是一个小花园，因为年年落下的花籽估计新主人也铲除不了，它们就那样带着我的记忆一直生长着。

结婚以后住楼房，花也养过，就是日常好养的万年青，栽一片叶子就能长出一盆。还有仙人掌，也是栽一片就能长一盆。买过一盆米兰，开着米黄色的小花，都没有精心养过。阳台上放了那么几盆，偶尔想起来浇浇水，它们竟然也活得很好。

　　工作、成家之后，我很忙，家务很多，我忘了童年种花的事情，忘了少年花开的模样，忘了青年花前的留恋。二十几岁的年纪我曾在花前留下很多照片，如今翻看那些照片，才知道那些花儿有多美。

　　前几年生病在家，很少出门，憋在家里，感觉很闷，于是，爱人建议养一些鱼，再养一些花。鱼买回来了，花也买回来了，家里有了潺潺的流水声，有了姹紫嫣红的花朵，还有阳台养的一对鸟雀整日叽叽喳喳，我的生活重心转移到了这里，心情舒畅了许多。

　　我看着百度研究花的习性，把吊兰挂在了背阴面，它长得郁郁葱葱；把红掌放在有散光的地方，它焕发出它应有的生机；把玫瑰花放在阳台上，接受充分的光照；发财树放在向阳的地方，它长得高大茂盛。摆好方位，还得研究浇水，有的喜水，多浇几次；有的喜欢干燥，隔几天浇一次，一般情况是花土干透再一次性浇透。了解了花的习性，我养起花来就得心应手了。花儿开满房间，一棵万两黄金开出小花，结出黄色的小果子；仙人球开出白色的花朵；玫瑰花紫嫣嫣开了满盆；连发财树也竟然开出了花来。

　　有人说我的家就像一个花房。冬季暖气好，因为养鱼，家里的湿度也够，我的花在这样温暖湿润的环境中恣意生长，它们仿佛很开心的模样，水灵灵地透着喜气，我的心情好了许多。我每日听着鱼缸的流水声，听着阳台鸟儿的叫声，看着满屋子的花儿，感觉生活在仙境中一般，不出门就感受了大自然的滋养。

我搬到新家后，没有搬那些花儿，只是隔段时间去浇水。每次去了，都看到它们虽然蔫了却依旧在挣扎着等我浇水。我把水浇上去，我能感觉到它们的欣喜，叶子激灵一般地舒展了一下，它们虽不如以前长得好，但还一直活着。

新家我又种了花，主要是因为猫狗抓咬都死了，爱人说养花就不要养猫养狗。是啊，鱼和熊掌不可兼得，我把猫狗放在院子里养，重新买了花种了起来，每日便有事可做，有花可看！

你看，家里的花真好看，生活不只是忙碌的脚步，也可以休闲一下，比如种种花，看看花，就如我小时候种的花，它不只种在院子里，也种在了我记忆里。蓦然回首那片花海，连同曾经美好的时光一同涌出来，也洇染了当下的时光，给予些许温暖！现在种的花也一定在我的心里，在小儿子的记忆里，是一种美好的存在，也会洇染以后的时光。

今天，是花朝节，一个被现代人遗忘的花的节日，我竟然巧合写下了这篇文字。

聊表墙角一盆花

　　每年的夏天，我都会在小院的篱笆墙边种一些盆花，各色花都有，姹紫嫣红。这些花里，我也最想表一表这盆有顽强生命力的洋绣球。

　　整个夏天，洋绣球是开得最火的一簇花，而且花期最长，总是能在万朵花中让我一眼看见，顿生爱恋。

　　每年因为各种原因，到秋季的时候，死去好多花，但洋绣球总是不会死掉的那一种，那一簇火红总是在萧瑟的秋风里艳压群芳。

　　入冬的时候，我把院里仅剩的几盆还活着的花放到车库里。由于车库还是库房和猫狗的家，所以那些花儿就堆砌在墙角。大的盆花放在地上，小的盆花放在墙角的桌子上，洋绣球被放在了靠墙最高处的角落里，成了墙角的一盆花。

　　冬天我几乎每天都会打开车库的门去喂猫狗，顺便让阳光照进来，但是洋绣球也只能得到一些散光。

　　喂猫狗的时候，我会偶然浇浇花，洋绣球被一堆花挡着，也太高，我一般很少去浇它，我想这些花常常被猫狗残害，不一定都能活过冬天。

　　的确如此，那些花上满是尘土，花盆的土也被猫儿刨得差不多了，枝叶有被咬掉的，枝干有被拽掉的，总之七零八落，一副破败之相。偶有绿色盎然的，也撑不起花房的美誉。

春天来临了，我进车库的时候，发现墙角一抹新绿分外惹眼，总是在进车库的一瞬间被吸引。它高高在上，没有尘土，圆形花瓣一样的形状，绿得羞涩，绿得稚嫩，绿得耀眼，绿得与众不同。其他花儿的绿叶子是深绿，而它是鹅黄色的嫩绿，似春天的颜色，就那几片，仿佛把整个春天都带进了车库。我看着的时候，总是心花怒放，一些快乐的情绪会在心间荡漾。

气温逐渐回升，车库里有些闷热，我都能感知到那些花儿想要出去晒晒太阳、吹吹风的诉求，小心地把它们搬出，摆到院子。

花儿好像都很高兴，随风轻轻摇动，其他花儿虽然叶子绿着，只是证明它们还活着，而洋绣球则是深绿叶子上长满新绿，一层层、圆圆的如黄瓜叶子撑满花盆，证明它重获了新生，我看着煞是喜爱。

我记得我刚记事的时候，妈妈在院窗台上养了几盆花，其中就有洋绣球，花开成一堆，犹如美丽的绣球，圆圆的很好看。我记住了它的美丽。有一年夏天，我家的狗吃了老鼠药，难受得到处跳，它跳上窗台，打翻了花盆，花儿的枝丫都断了，花瓣、叶子散落一地，妈妈扶起花盆说估计都死了。可是，后来，只有洋绣球奇迹般地活了，在仅剩的两个枝丫上继续开花。妈妈欣喜地说怪不得说洋绣球好养呢，真是如此！从此，我也记住了这个生命力顽强的花儿——洋绣球。

一盆有着顽强生命力的花，不管不顾地生长，哪怕没有阳光，没有雨露，我自开放。不抱怨环境的恶劣，不感叹自己的渺小，总是让自己的生命以最美的姿态绽放。这不也是我吗？这不也是这天下很多默默无闻的人吗？这不也是就算在尘埃里被遗忘、被漠视，依然能不断调整心态，默默活着的我们吗？

不是名花，却比名花好看。绣球花，它经过怎样的涅槃和磨砺，最终跨寒冬，奔春天而来。不必让外人知道，你看它摇曳的新绿、花团锦簇的模样，让自己盛开；不必费心，只把最美的自己展现，展现不是为了博取掌声，不需要引起关注，它只活成自己最美的模样。

这花于我，于众生，何其相似。

生命就是一次次地磨砺，一次次地跨越，一次次地蜕变，一次次地绽放！

杏子黄时日日晴

小时候，每到暑假，就是回姥姥家吃杏儿的日子，欢喜，雀跃，伴随着夏日的凉风。杏儿的味道，成了记忆里不可或缺的一道美味，总在夏风吹起时，阳光炽烈时想起。

在这个炎热的夏季，早市的水果摊前，杏儿又一次上市了，黄黄的，大大的，说是大接杏。我走走看看，虽然记忆里杏儿的味道让我垂涎三尺，但对于眼前的杏儿是迟迟不敢下手，因为没有一点儿时杏儿的味道。

每次去早市，看见就犹豫买不买，终有一天，抱着试试的心态，下狠心买了。回家一吃，就知上当了，它不是我记忆中杏儿的味道，吃一个，扔半个。失望中，忽然记起家乡本地的杏儿快要熟了，想起去年采风吃到的黄花梁杏儿的味道。

去年到山阴采风黄花梁。下午，我搭乘小妖的车回朔州，由于晕车，我在刚到朔州的地方就下来了，以为很快就到家了。没想到，步走离家是很远的，我提了一盒杏儿，在烈日炎炎下走啊走，不见熟悉的小巷。手机也没有电了，车也不能打了。想着怎么才能走回去的时候，过来一个摩的，停在我跟前。骑手问我干啥去，还提了一个沉重的纸盒子。我说采风去了。他说，采到风了吗？我说采到了。他说要回到哪里去？我说要回市法院那里，我家在那里住。他突然警觉地看看我说："那你慢慢走吧。"我就被他莫名其妙地拒载了。我只好拖着沉重的脚步，提着沉重的纸盒，一路前行。腿像灌了铅，头上顶着大太阳，口干舌燥，又在前不着村后不着店的大马路上，也没钱买水，坐在马路牙子上突然想起我手里提的是杏儿，望梅尚且止渴，何况我举手就能吃到。于是，一阵欣喜，打开盒子，拿出一个黄黄的杏儿，掰开来，黄色的果肉带着杏儿的清香扑面而来，吃一口，汁水溢满齿间，软糯甜腻的杏肉似一股清泉滋润了干渴的喉咙，突然感觉杏儿是最美好的食物，它比小时候吃的杏儿水分更大、更美味。

吃了几个便有了精神，继续走，继续吃，一路走，一路吃，像个小孩子旁若无人地吃起来。吃一个想两个，到后来不只是为了解渴，而单纯是因为好吃，而停不下来了。就这样，一路吃着走回小区，看见小区邻居，送她们几颗，她们掰开吃一口说："这杏儿好吃，有杏儿味，很久没吃到过这么好吃的杏儿了，哪里的？"我说山阴黄花梁的富硒杏儿，今年没有了，想吃明年吧！

我去年说的明年很快来临，夏至这一天，是阳气最旺的一天，黄花梁的杏园开园了，而且只开二十天就完了。

美好的东西总是伴随着短暂，今天正好孩子休息，去摘杏去，不仅是为了吃到美味无农药的杏儿，更是为了让孩子去田野奔跑，在树上采摘，体味不一样的生活。

我的童年，上树掏雀儿，下河摸鱼，是假期的常态，而儿子的假期是在书桌前做了三天作业。何不出去兜风、奔跑、摘杏儿？

在这个酷夏，路两旁的树木茂密、绿得发亮。这是个挤满夏意的日子，天空异常晴朗。我想起南宋诗人曾几"梅子黄时日日晴"的诗句。我不知道江南梅子黄时是否真的天气会日日晴，而我家乡塞北的杏子黄时天气是日日晴的。这么晴好的天气，这么美好的七月，中高考刚刚结束，放飞快乐的年纪，采摘变得有意义起来。

随着生活水平的提高，采摘成了夏日的话题，采摘成了一种生活，一种对待生活的态度，一种时尚，一种休闲。采摘季仿佛是从杏子成熟开始的，因为有了车，采摘变得可行且诗意起来。你看路旁层次有序的树木，你看绿如地毯一望无际绿色的田野，你看盛开的花朵，还有远处的池塘，不时飞过的各种黑鸟。车载音乐欢快地伴随着汽车疾驰的节奏，风儿也变得动感十足，从车窗外闯进我的耳朵，呼呼呼地欢笑。前方新修的柏油马路在我眼前延展，一种逼仄的情绪从胸口荡出，飞散开去，心情就好起来。跟着音乐的节奏，眼前突然闯进红红的果实，哇！那是杏儿，再看，绿得溢满田野的杏树叶里挨挨挤挤地透出红色的圆圆的杏儿。

我的心再次激动起来，迫不及待地停车，打开车门，直奔杏园。

今年的杏园不是去年那般原始的杏园了，白色的架子，草扉木篱，红色的黄花梁大舞台，白色的帐篷，还有轮胎铺就的林间小路，花环的门楣，以及心形的小水池，浑水摸鱼的长方形大水塘，以及那穿越田野的风四散开来的烧烤味。这是什么？世外桃源、人间仙境，还是人间的至味清欢。突然想起一句诗：

"藤蔓穿篱碍草扉，与僮扶起绕松围。"对，就是这种意境。

走进林间，大颗大颗的杏儿挂满翠绿的枝头，举手可摘，弯腰可摘，上树亦可摘。一排排，一行行，各色大小，各种颜色的杏儿不知该摘哪个好。儿子说："尝尝哪个好吃再摘。"他掰开一个大大的、圆圆的杏儿，一吃，一股汁水溢出来，他说："妈妈，这个好吃，你尝尝。"说着便不由分说喂给我。"嗯，好吃，那就摘这个树上的。"我说。他走过长过膝盖的草攀爬上树，给我摘了好几个。看着满树的大黄杏儿，肥肥的，不禁想起"杏子压枝黄半熟"的词句。

再往前走，是一树红了脸的小青杏，摘一颗放在嘴里，有点酸，我不爱吃酸的，想起姐姐爱吃，给她打电话，问是否给她摘一些送过去？她说："我昨天也摘杏了，还准备给你送，不用你摘了，我专门去同学的杏园摘的青杏儿。明天同事约我又去摘杏儿呀！这几天山阴人民都在摘杏。"姐姐的口气透着幸福和开心。感觉生活真美好！这样的季节，这样晴好的日子，杏儿率先成熟，唤起人们采摘的热情，接下来芝麻蜜香瓜、西瓜都会陆续成熟。整个夏天，我们会在采摘中感受大自然的美好，感受夏天的美好，感受丰收的喜悦。

那就不摘这棵树的小杏儿了，走开时回头看，那一树小杏儿红着脸像未长大的孩童，羞涩地看着我。突然又想起："花褪残红青杏小。"它们是那么可爱，如未成熟的青杏，小小的，紧紧的，还红着脸。是爱吃酸甜杏儿的人的最爱。

树林深深，杏儿密密，从这一棵到那一棵，全是黄色的杏儿，让你不知道该摘哪个好。贪婪心起，手指所到处，杏儿落入袋中，目不暇接间，满满三袋子杏儿在不一会儿的时间里采摘完成。

慢慢走出树林，听见不远处有孩童嬉戏，但看不见。不远处传来大人招呼，也看不见人影。只感觉晴好的天气里，一股恬淡的韵味在此荡漾。

人间有味是清欢，大约也就是这样一种景致吧。

偶遇党老师一家，邀请我们吃烧烤，正宗的羊肉串在田野风的吹拂下，很快就烤好了。坐在白色的椅子上，或站在杏树下，吃着羊肉串，看着远山，目之所及，全是美好。

据说还有烤鱼、烤羊，但我吃不下了。带着满满的收获，开车沿着乡村小路回去的时候，看见党老师的小女儿在开心地奔跑，风吹乱了她的头发，把她的欢乐吹开来，吹到我的车上，我也快乐起来。

杏子黄时日日晴，在这美丽的季节，在这安居的国家，每天都是晴好的天气。

房多累主人

我离开海南家的前一晚，感觉心在疼，我又要把它放下了。

第二天，我整理行李，把被子放在防潮袋里，把洗衣机套上洗衣机罩，把阳台门关好，把床单铺好。做这一切的时候，我的心里很不是滋味，像要放下自己的孩子一般，心中是那样不忍。

我拿起行李出门，准备关门的时候，我看见我的家干净整洁、安静冷清，孤零零的，它似有不舍，无言地看着我，我就落泪了。

想起我在家的那几日，电视机的声音，孩子们的嬉笑声，油烟机的嗡嗡声，做饭的锅碗瓢盆声，一派热闹的景象。可是，今天，它变得安静冷清了，我又要把它锁住了，它又成了一套孤零零的房子了。

头也不回，泪眼婆娑，我关上门，匆匆离去。

心有酸楚地走在路上，想起妈妈常说的一句话："房多累主人！"

是啊！经历了才知道，房子是给人住的，不是用来放的。

在海南买房是跟风，是想要一套面朝大海、春暖花开的房子，于是，就买了这套房子。每年只在过年的时候，过来住几日，进门就打扫家，等都安顿好了，就又要走了。年年如此。

今年刚阳完的我没有力气，但是三年疫情没回来的家早已灰尘满家，不得不打起精神打扫，然后扔掉之前买的调料米面，再买新的调料米面。如此费力安顿好一个家以后，又到该启程回去的时候了。

回到北方的家里，又是一顿打扫，累得腰酸背痛，真正体会到了"房多累主人"的俗语了。

何止是身累，更有心累。回家后，又总是担心海南的房子发潮没有？夏季台风来了会不会吹烂玻璃？阳台的下水口是否清理干净？会不会让雨水进去淹了阳台？有时会在半夜突然醒来，想起海南的家。

我还有一套旧房子要卖，但是好多东西没有搬出来，搬出来也不知道放在哪里？为此，常常半夜醒来，内心突然惆怅，着急想卖掉凑钱给外地的孩子结婚用，但是又没有收拾旧房子的精力，于是一拖再拖，成了负担。

前天晚上，旧房子的邻居给我打电话，说三楼卫生间的水渗到我家里了，外面的墙都湿了一大片，家里肯定全是水，进都进不去了。一语惊得我出了一头汗，脑海马上浮现出家里地上满是水的画面，着急得想过去，无奈天色已晚，孩子还要吃饭，心焦了一晚上，不曾睡得踏实。第二天一早直奔旧房，打开房门的时候，看到家里并无进水，才放下心来。但是，两年没回来看的房子满是尘土，厨房的顶子竟然掉了下来。想起在这个房子住了十年之久的欢乐情景，历历在目，看着眼前布满灰尘的家，死去的花，不禁潸然泪下。

住这房子久了是有感情的，如同自己的亲人，放下是心有不舍的。

想起小时候，我出生的那孔窑洞，我的女儿又在那里度过美好的童年时代，爸爸妈妈整整在那里住了三十年。

而我，从结婚开始，一直不停地在买房卖房，因此心力交瘁，身体不好。不说买房卖房过程的烦琐，就说装修、搬家也够我劳累的了。

这些年，我一直像陀螺一样地转，原因是我一直不满足现状，而且容易不假思考地跟风。

那几年，人们热衷于买房子，一套两套三套，在这个正在发展的五线小城市房子又是全国倒数第二大的便宜，所以周围的人都贷款买几套房子，等着升值。十几年过去了，这些房子不仅没有升值，而且贬值得厉害，竟然都卖不出去，变成了累心的存在。

每次从这个家到那个家的时候，我总是惆怅。从旧房子搬到这个家的前一晚，我躺在床上，想起在这套房子住了十几年，明天就要搬走了，今晚是最后一晚睡在这个熟悉的床上了，心竟然一阵疼。果然，搬走后再没有回去睡过一晚，那些熟悉而亲切的家具蒙上了尘土，那些水灵灵的花儿，变得干枯。我每次去打扫，心里就有种说不出的滋味。

不知何时，我们热衷于买房子。弟弟全国各地买了好多房子，哥哥也买了几套，回过头来发现，这些房子都没人住。

弟弟说海边的房子好，妈妈去住吧，可是妈妈老了，哪儿也不想去了，只想在自己的老屋住着。晚辈想着用房子孝顺母亲，而母亲已经老得哪儿也不能去了。自己住吧，工作太忙，没时间去住；出租吧，又怕被破坏，又得管理房子。那些美丽风景里的房子，就变成了房主人的牵挂。其间，何止是心累，还有身累，弟媳总是飞来飞去隔段时间就要去关照一下她的房子们。

侄儿说，我不要那么多房子，我管理不了。他要去英国读书了。他希望他的父母卖掉那些房子，但是如今的房子还不好卖，成了死宝。

我看着万家灯火，就想着房子是让人住的；我看着海南小区的房子，没有几家亮灯的，就会感觉房子的可怜。

因此，想起"房多累主人"的俗语，才知道人生需要简单过。

父母那个年代，房子是用来住一辈子的。一辈子在一套房子里住，灵魂会和这个房子融为一体，只关心这个房子的问题，不会考虑这个房子以外的问题。

一套房子住久了，会有故事，会有回忆，会有很多美好的过往被房子记载。每次我们回到小时候住的那孔窑洞的时候，一草一木都有回忆，一砖一瓦都有记忆，每一个角落都能想起发生过什么。我记得我们要让父亲搬走的时候，父亲死活不同意，他坐在老屋一直抽烟，沉思，默默地到处打量，我们热火朝天地把家具搬上车的时候，父亲始终没有帮忙，他不似从前搬家的时候那样热情地指挥，直到都搬完了，我们才拉着父亲上车，他一直沉默不语。

要父亲搬家，是我们的想法，并未征求父亲的同意，我们只是觉得，他老了，该享受住楼房了。父亲只是说有个住的地方就行了，为啥非要"楼上楼下，电灯电话"。最后，他还是被我们自作主张地拉走搬家了。搬走的时候，遵父母愿望，大红柜也拉过去了，缝纫机也拉过去了，五斗橱也拉过去了，还在房里做了一个炕，仿佛把老窑洞也搬过来了，新楼房都没有亮色。当时，我们不理解，现在，我也是老之将至的年纪，突然明白了父亲不想搬离的原因。旧房子有太多的回忆，也没有精力去整饬新房子，也不愿浪费钱财置办新家具。

我此刻看着我现在住的房子，家具没有几件，花也没买，因为，我老了，没有精力去置办，也不想去打扫，那些空着的地方，我反而看着舒服，想起人生需要留白！

不必让欲望填满人生，拥有一套属于自己的房子，安心过日子。简单的才是最好的，让生活留白，让思想留白，让人生留白，留出的那些白，供我们沉思，徜徉，舒展！

女儿在北京工作，到了结婚的年纪，遇上了一个合适的人，他在大学当教授，他说他的学校给分房子，只能住，没产权，先生说很好呀，房子，有住的就行了，何必花钱去买。我也改变了以前没房不嫁的观念。

我看着我现在住的房子，自言自语地说："再也不换了，我要在这里安静养老，极简生活。"

晚风中闪过几帧从前

夏日的傍晚，夕阳染红了天际，我们坐着聊天，晚风拂过。

这样的夏夜，小时候的情景重现，一家人在一起，爷爷奶奶在院里的葫芦架下，坐在小板凳上，摇着蒲扇。天上的星星很亮，一颗一颗，我们兄弟姐妹四人在如水的夜晚玩耍。爸爸妈妈在家里聊天，声音时大时小，聊着他们工作的事情，窗玻璃透出橘黄的灯光。

今天，我们四人也在这夏夜里聊天，说着天南地北的事情，通过微信聊天。

我坐在露天体育馆高高的座台上，头上是耀眼的灯光，眼前是体育场上奔跑的儿子。

突然，姐姐说，一晃就都老了，从前的事情都模糊了，就有几帧从前，记忆特别清晰。"关于你哥哥，记忆清晰的是你哥哥有了女儿后，我和妈妈去看他。冬天下着鹅毛大雪，哥哥送我们去火车站，火车开走的时候，看着他单薄的身影，在内蒙古寒冷的大雪中，我突然内心涌出不舍，顿时眼泪夺眶而出，把他一个人丢在内蒙古，孤零零的。"

"关于你弟弟，是在广州，他有了好的工作，单位给分了大房子，邀我们去玩。那时候冬天的广州，天空分外蓝，阳光分外明媚，天气分外暖和，我们仿佛到了天堂，从塞北的寒风中来到了四季如春的广州。我记得和你大早上就带着你三岁多的女儿去美丽如花园的小区玩，一扭头看见阳光下的弟弟，他穿着制服，一边倒垃圾，一边意气风发精神抖擞地去上班，仿佛全世界都是他的。那年，他大学刚毕业。"

"对你最清晰的记忆是，我从小东巷一出来，你穿着你嫂子给你买的红色的无袖羊绒连衣裙，配着黑色高领羊毛衫，齐耳的短发，骑着自行车从秋风里驶过来，我心里想，多美啊，青春的少女。唉，突然就都老了，现在视频里看你，胖得脸上的肉都是一块一块的。"

听着姐姐说的话，我突然也就无语凝噎了。尽管眼前是欢乐的人的海洋，响亮的广场舞曲，我却陷入悲伤的沉思中。

此刻，哥哥弟弟也都没有说话，我想他们也陷入岁月如梭的思索中了。

此时的姐姐在上海看孙子，儿子一家三口去旅游，姐姐不想动了，没有随去，难得的空闲时间，上来和我们聊天。哥哥在内蒙古的单位值班，弟弟在北戴河上班，而我在家乡。

岁月匆匆，不觉已经都是知天命的年纪了，几帧从前的画面代表着姐姐对弟弟妹妹分散在各地的思念，代表着曾经的情感永远留在了心间。那些从前，是哥哥一人在内蒙古立足打拼的经历，是我青春逝去的见证，是弟弟在广州奋斗的美好。一切都逝去了，我们都走到老年。其实，我们的人生都是平淡如水，没有什么大的作为，也没有被岁月摧垮，我们这一路走来，其间经历了什么，都在每个人的心中，酸甜苦辣自己品味。

人生最好的年纪大约就是姐姐记忆中的几帧从前，都是我们刚刚上班时的样子。哥哥代表了人生的打拼，我代表了人生美好的开始，弟弟代表了踌躇满志的开始。三十年过去了，我们终于有时间坐在一起聊天了，就如当年的爷爷奶奶。

今年弟弟的儿子考上了大学，代表着我们四人的孩子大都已经长大成人了，也代表着我们的事业走向落幕，也证明人生不管如何开始，其实平淡平安落地才是最美的人生。

母亲曾编织过很多美好的梦，我们以为那就是真理，我们向着梦的前方激情前进，冲刺。

爷爷为了父亲读书，从村里来到县城，背井离乡，举目无亲；爸爸带我们来到市里，背井离乡，举目无亲；弟弟去北广深打拼，背井离乡，举目无亲；现在轮到侄儿去英国打拼，背井离乡，举目无亲。

这是家族的进步吧，一代比一代强，每一辈都在做下一辈的肩膀，奋斗前行。

那几帧从前啊，把我也带回到最美好的岁月。我们大学毕业，分配了好的工作，意气风发前行，普普通通、平平常常一路走来，最后再把下一辈托起。这大概就是普通人的人生吧！

如今，我们四个都老了，常常视频聊天，如同奶奶爷爷健在的那时候。

沙漠有冰

　　沙漠，一望无际的沙，漫天漫地；风，吹起沙，卷起沙粒，吹打我身，阳光不见，却炙热难挨。

　　我的人生，一度走进漫漫大漠，走不出尽头，有时没风，阳光刺眼，我艰难行进，想找到一片绿洲，却不得。

　　无边的沙漠，一眼望不到头。久渴的心灵，没有一丝雨露滋润。

　　我久渴难挨，倒在了地上，我想，生命不如就此终止。

　　我发着高烧，昏昏欲睡，灵魂飞啊飞，飞不出大漠的四角。我的舌尖火辣辣的疼，感觉要被烧死。

　　"妈妈，我饿。"儿子稚嫩的声音把我飞升的灵魂喊住，我的心吹进一丝清凉，我回头看看，世界虽已荒芜，但是有个小可人儿在孤独地等我。我不能弃他而去，即使沙漠要烧死我，我也得护他周全。

　　他因我而来，我怎能弃他而去！

　　他在天上选中了我做妈妈，我岂能自私地离他而去。我的灵魂被弱弱的一声"我饿"带回人间。

　　我咬牙为他做饭，看见他稚嫩的眼睛里透着殷切的希望，大口吃着饭菜，说："妈妈，我爱你。"

　　如一丝清风、一轮明月、一滴水，入我心房，瞬间如冰，把我烧得快要开裂的心冷却，降温，透进心窍！我感到了清凉，感到了一丝舒适。

我咬牙爬起，带着他走，我要尽我所能，让他感受到世界的美好，我眼里都是沙漠，他的眼里必须是绿洲。

我带他看世界，看海看山看都市的繁华，他走不动了，趴在我背上，我艰难前行，他扬起小脸，说："妈妈，你累不累，我来背你吧！"

稚嫩的童音，懂事的话语，如一股清泉，又如在沙漠的冰，瞬间清凉了我的心，我有了走出沙漠的力量。

我又带他去看沙漠，他饥渴难耐，我鼓励他，只要一步一步地走，再大的沙漠也能走出。

当我们走出沙漠的时候，残阳如血，儿子晒黑的脸上汗珠直流，成功的喜悦挂在他脸上，不忘过来给我擦擦额头的汗。那小手，温柔，如沙漠的冰，令我舒服。

在爱与被爱中，在鼓励和被鼓励中，我忘记了我身在沙漠，我去感受生活，感受爱，感受儿子的感受，感受生活的美好，不觉发现我已经走出人生的沙漠。

沙漠曾经有水，沧海桑田，最大的沙漠曾经就是最大的海。

沙漠有水，骆驼不会渴死，沙柳能够生存。

可是，沙漠的水亦不能治沙漠的干热。

我是去过沙漠，那是距包头约 50 公里的响沙湾，有人说沙漠很热，我不信。果然，太阳的热，沙粒的热，感觉可以烘干一个人。仅一天时间，我的脸就黑了，我脖子上的皮就掉了。好在有水，也不过是解了一时的难挨！我当时想，若有冰，把它放在我的脚底，或者脸上，那会是自下而上由外而内的清凉。

沙漠的确有冰，人工制冷的沙冰汽水，喝着，清凉舒服，火热顿消。

人生也有沙漠，我曾一度走进了人生的沙漠，四野无边的沙漠，一眼望不到头。也不管我曾多么努力，多么挣扎，我就看不到出口，我只有被沙漠炙烤，蔫蔫地倒下。

我想我已经没有力气挣扎了，不如归去。

可是，儿子出生了，他可爱的脸，纯净的眼，鼓鼓的脸，甜甜的声音，如一瓶冰沙，浇在了我久渴的心田。我的心身感受到了清凉，我有了目标和力气向前爬行。

沙漠有冰，冰就是人工制冷的冰沙，人生的沙漠也有冰，是你，我的儿子，你由我来，也将由我带你走向绿色葱茏的未来。

你的爱是冰，沙漠上的冰，带我一步步走出人生的沙漠！

如今，我站在绿意盎然里，带着你，感受人世间一切的美好！

沙漠有冰，人生有希望。

在路上

一

当你觉得生命无限长的时候，你纠结的都是鸡毛蒜皮的小事，别人的一句话就能让你动怒；当你知道生命有限时，你突然想揪住生命的尾巴，回想起走过的人生，脑海闪现的竟然全是这世界的美好。

我躺在病床上沉沉睡了一晚，今早醒来，阳光已经明媚地照进来，世界不会因为我的生病而有所改变，太阳照常升起，阳光一如既往的明媚。只是我看阳光的心情变了，总感觉它被早晨的尘雾笼罩得不如小时候看到的温暖与刺眼。我想起小时候的太阳，刺眼的阳光一泻千里，给幼时的小院镀上温暖的金色，珍藏了我童年玩乐的休闲时光。明天我就要做手术了，心情总是好不起来，总是不自觉地想到小时候那段无忧无虑的日子。

吃完早餐，我出去和隔壁病房的病人聊天，她一回头，我惊讶于她的脸咋那么黑，让黑煤浸润过一样的脸上，没有一点弹性和温润，更没有脸所该有的红润与细腻，对于她，生命已接近尾声。我回来后不觉庆幸自己只是做个小手术。

坐在病床上，我低头看见自己身上的病号服，想起昨天下午入院后，我是多么不情愿地穿它在身上，几次拿起又放下，后来碍于医院的规矩，我不情愿地脱掉了身上的花裙子，穿它在身上，可最后又倔强地换上了我的花裙子，在夜幕降临的时候，我想再出去看看繁华的北京夜景。当我走到一楼门口的时候，保安低头看见我手上的腕带，他拦住了我说没有医生的允许，我不能出去。

外面是熙熙攘攘的人群，自由是属于他们的，我被关在了里面，一道铁栏杆，我像是失去了自由的人，一根神奇的腕带像一副手铐，让我和健康人遥遥相望。

我悻悻返回，在电梯口我等待电梯，电梯口聚集了密密麻麻的人们，八个电梯上上下下，他们如同来来往往的火车，却接不完来来往往的人们。人群不断地拥入电梯，我见缝插针地站在人群中，寻找可以让我挤上去的电梯。我发现不远处的第一个电梯人少，我挤过去，等电梯门打开的时候，推出来的是一辆手术车，医生和护士簇拥着病人匆匆而过，病人惨白的脸也一闪而过。电梯关闭，我才知道这个电梯只给做手术的病人用。

我不得不挪回到后面几个电梯口，却有人推着一张病床过来了，它停在了我的身边，一个中年男人无助地躺在床上，他的眼睛像羊眼睛一样，默默看着我。我突然心生感慨，这样一个约一米八的中年男人，若在平时，我一定会对他敬而远之，而现在，我觉得我要制服他，就是举手之劳。我突然不敢想下去，也不敢看下去，生病对每个人来说，都是一场袭击，是自己把自己打败的结果。

终于在拥挤中回到病房，夜幕彻底降临，我丢弃了最后的倔强，穿上了我的病号服躺在床上。夜很深了，我都没有睡意。我和衣躺在病床上，单人病房里很安静，我不想拉窗帘，我觉得拉住窗帘我就像被关在了密闭的空间一样感到窒息。我透过窗户看向天空，雾蒙蒙的，仿佛一眼看不到头。

那深邃的苍穹藏着什么，仿佛你穷尽想象也无法想出。童年时，看夜空，想的是牛郎织女的神话故事；少年时看夜空，想的是繁星点点里的浪漫情怀；现在看夜空，想的是人到底是从哪儿来的？

走廊尽头传来剧烈的咳嗽声，把我从昨晚的回忆里拉出来，有个女孩的声音在痛苦地喊着："妈呀，难受死了。"然后又是剧烈的呕吐，仿佛要把心吐出来的样子，我急忙开门出去查看，我看到开着的房门里，一个二十出头的女孩，跪在地上，手扒在床上剧烈地呕吐，护士过来轻描淡写地问了一句："没事吧？"女孩抬起头，脸色苍白地对着护士回答没事。我看见一个大眼睛的美丽女孩，她戴着一顶花布帽子。

"你怎么了？"我问。

"没事。"她说。

"你为什么戴帽子？"我想问这句话的时候，突然止住了口，我似乎明白她为什么呕吐了。

能来这大医院住院的病人还能是什么病呢？

我默默地退出，转头遇到隔壁病房我昨天和她聊过天的病人，她微笑着和我说她明天要做手术了，早上八点就做，她的表情透露出期待与欣喜，没有害怕，而是对手术的期待，对生的渴望。她邀我进她的病房坐坐，她说她已经住进来半个月了，一直在做检查，终于可以手术了。

我说明天我也手术，我感到有些害怕，她说其实她也害怕，可是长痛不如短痛，咬紧牙关，想想痊愈后的生活，就不怕了。

她问我是什么病？我没有直接回答。她热情地送我出门，我回以她热情的微笑。回到病房，心情却不能平静。晚上，我总是会突然醒来，我不得不打开手机，放着歌曲才渐渐睡着。

早上我洗漱好、吃过饭，一个人在走廊踱步。尽管是个小手术，我依然有强大的心理压力。从昨天开始，我就已经不想说话了，今天也是，一句话也不想说，爱说话的我突然没话了，虽然几次安慰自己，但就是高兴不起来。

我一个人在踱步，缓解焦虑。一个三十出头的女人留着光头，穿着宽大的病号服，在走廊里绕圈走路。她面带微笑，脚步匆匆，仿佛就是一次在城市广场上的晨练，是什么让她面对病痛还有这样的心态，她一只脚步重，一只脚步轻，走得飞快，她的光头在安静的走廊里分外耀眼。

一边的走廊尽头，一个二十多岁的女人被一个男人搀扶出来，她腰上挂着渗血袋，那滴答着的鲜红血液和她艰难行走的步伐，让我不忍直视，我假装没有看她，余光却还看着她的蓬头垢面，龇牙咧嘴。

对面的病房，一位秃顶的男士几次焦虑地出来，喊护士，回去给躺在床上的女人擦洗、翻身。他的焦虑现在脸上，仿佛一个焦虑的陀螺，一会儿出来找护士，一会儿回去照顾病人。

有护士喊我要做术前检查了，因为我是小手术，又是院长做，就排在中午了。我毫无尊严地一次次躺在处置室的床上，被实习生围观，我想此刻，除了手足无措地配合医生，我别无他法，一切所谓的尊严在生命面前荡然无存。

焦虑在上午的时钟嘀嗒声中慢慢加剧。我做过一次剖宫产手术，那时没有这么恐慌，因为我觉得只要让肚子里的孩子不难受，我什么疼痛都能承受，那时有孩子的支撑，有母爱的力量，我如战场上的英雄。而今，好像没有什么支撑我，我是空的，只有恐惧填满我的身体。

这个上午是如此漫长，一台台病人被推出，一台台病人又被推进去。我站在走廊，看他们如僵尸般躺着被推进推出，但我隔壁的女人还没有被推出来。

已经过了十二点了，护士也去吃饭了，我也走不动了，累了也就焦虑不动了，我反而想躺下来休息。

时间又一分一秒地过去，我的身体感觉到沉重，想要睡过去。突然有人喊我的名字，我赶紧跳起来，跑出病房，是来拉我的年轻医生，他穿着拖鞋和白大褂，反复确认我的名字，然后对站在病房门口的我说脱鞋上来吧。

那个手术车不知是给谁设计的，太高，我一米五几的个子需很费力才能爬上去躺下。他问我做标识了没有，我说没有，其实，我的脑子已经一片空白，如待宰的羔羊，根本不知道什么是标识。他急匆匆地去护士站，一位护士拿着一支笔跑过来，她看了一下我的肚子说已经做标识了，这不是吗？我才看见我的肚子上不知什么时候被画上一个蓝色的圆圈，我看见那个圆圈，更感觉自己像只待宰的羔羊，我突然浑身战抖起来，手术车"呼啦啦"声在走廊响起，推我的男医生说是不是冷，他把被子又给我盖好一些。

出了专用电梯，我看到密密麻麻的人，推我的男医生喊：

"家属呢？"我的二十六岁的女儿着急地跑过来，焦急且心疼地看着我，慌乱的眼睛里有泪光闪动，这本不该是她这个年纪要承受的。而我的不善待自己的身体让她过早地承担她不该承受的，我忽然内疚自责起来，忘记了恐惧，我想以后一定要好好爱护自己的身体。

几分钟后，我被推进手术室，有人在门口三番五次确认我的名字，问我做什么手术？问我手腕上的玉镯子摘下来吗？我说我今年胖了三十斤，已经摘不下来了。推我的年轻男医生就说："给好好保护一下，别碎了，这个镯子那么粗，比我命都值钱。"我却想笑，年轻人，知道命有多值钱吗？在医院看惯了生死，难道不知道再好的玉也没有命值钱？有个壮实的妇女说："多给她盖点儿，她发冷。"我打着战，感觉空旷的手术室更冷，她们一层一层地给我盖衣服、盖被单，有两个大学生模样的人让我弯腰屈膝，说要给我打腰麻。我剖宫产后看过网上介绍的腰麻需要多长的钢针，我更害怕了，我咬紧牙关准备承受。人这一生，有些事情必须自己去承受，无人能替代，这也是成长的必修课，越活得久，越能体会这种无奈，心灵的，身体的。

二

有人轻拍我的脸，让我醒醒，我费力地睁开眼，看见一群人关切地围着我，他们说手术做完了，醒醒。我却睁不开眼，他们说必须睁眼，我说我只要一闭眼就能睡着，为什么要让我睁眼？我想睡觉。他们说不睁眼我有可能会心跳停止。我好难受，我只想闭眼，我第一次感到醒着是这么痛苦的一件事。

到了病房，我想我可以睡觉了，他们依然说不能，等四五个小时后，心跳恢复到六十下才可以。这漫长的四五个小时啊，我受不了了，我感到心不跳了，一阵阵发紧，然后我开始呕吐。呕吐过后，我努力睁眼看着绑在我身上的一些管子。人群散去以后，我拉着女儿的手，说着不着边际的话，以便让自己清醒。

　　终于心跳六十下了，女儿说可以睡觉了，我却不迷糊了，我清醒了，我感知自己的刀口，竟然不疼，我以为今晚是个疼痛难忍不眠之夜，但是却毫无痛感，这也许就是院长做手术的好处，我不禁一阵窃喜，我再移动我的腿，发现没有知觉。

　　我平躺着，等待身体恢复。安静的单人病房，亲人的守候，阳光明媚的白天，一切都是那么安详美好，这是一段康复的路，从可以下床走路，到可以自由翻身，我在恢复的路上。一切正常，是我听到的最好的消息。平常的一天，可以毫无作用，现在的一天，身体会有这么大的变化，你知道身体有多么爱我们吗？它是怎样竭尽全力在帮我们恢复到最初的样子。

　　我第二天早上出走廊遛弯的时候，仿佛没有做过手术的样子。我看向隔壁的房间，依然窗帘紧闭，死气沉沉，听护工说她的手术做了八个小时，傍晚才推回来，需要好几天才能坐起来。

　　万事趁早，对不起自己身体的人也会对不起自己的家人。她的爱人整天陪伴在侧，昼夜不眠，都不见出来，她的女儿被一个人留在家乡。我想之前她的所有对事业的奋斗与努力都不及健康重要，风光一时不如健康一世。

　　手术后第二天傍晚，医生就通知我明天出院，惊喜来得太突然。他说有人等病房，让我早点收拾。

明天的太阳照常升起，阳光在大早上就明媚地照进来，我的女儿和我嫂子来接我了，她们明显也很高兴，嫂子一直在讲笑话，逗得我笑得肚疼，我说你是不是故意要让我的伤口开裂，但是这笑是发自内心的。

我还在等医生给我做出院检查，下一个病人已经提着大包小包进来了，她说她已经等了一个月了，今天说有病房了，马上请假跑过来。她说明天就要做手术，好紧张呀！我突然笑容就凝固了，我体会到她的紧张。

"谁陪你呀？"我关切地问，我想一个人恐慌的时候有亲人的关爱是最大的支撑。

她说她一个人来，三十二了，还没有男朋友，不想让父母操心，就没让父母知道，领导给她签的字。

我突然就心疼起她来，年纪不大却要一人面对疾病的折磨。这人生的路上，她还没找到一路陪伴她走下去的人就已经病了。好在是小病，不危及生命，这个手术就当是人生战场的一次演练吧！我安慰她一点不疼，不必害怕，睡一觉就好了。

医生给我检查完说一切都好，先出院吧，最好别离开北京，等一下病理报告。

下一句我没大关注，我只听见让我出院了，我换上了新买的酒红色半袖，领口有一个大大的纱质蝴蝶结，换了黑色的真丝裤子，九月的北京还是很热的。我把那身病号服扔进了走廊的一个桶里，像扔掉这一段历程一样，我在亲人的簇拥下开心地走向电梯，都忘了和隔壁的病友说一句相互鼓励的话。

电梯口依然人满为患，我想我挤过去这一次，就不会再有下一次了，这个地方我再也不会来了。

兴奋之余突然又想，我可能还得回来，因为病理报告还没出来，一刹那我的心跌回谷底。嫂子说不来了，这个地方永远都不会来了，要往好处想。

三

回医院附近的酒店吃过饭收拾好东西，傍晚女儿带我回她单位招待所住，这样能方便照顾我。躺在女儿开着的汽车后座，我想人年轻时候生孩子是对的，爱人在家陪小儿子，因为我不想让他小小年纪就经受父母同时离开他的孤独，于是，我自己独立坚强地来北京做手术，我本来想谁也不依靠的，但是人被打倒的时候，你是说不起那样的话的，比如我现在，大小也是手术，避免伤口裂开，我必须平躺，女儿开车小心翼翼，生怕有一点颠簸震到我。这份体谅与爱心，除了至亲的人，谁能做到？

我在内心体会着这种关爱，感受自己虚弱的同时感受着永恒的亲情。

深秋，夜晚的雨下得很大，大到豆大的雨点"噼噼啪啪"地打在车窗上，看不清外面的景物。北京的夜晚分外堵车，女儿瘦弱的双手紧紧握着方向盘，她很用力的样子让我心疼，但是这也是人生无奈的时刻。

汽车用久，还需要修修补补，何况人呢？人到了五十岁，是到了该修补的年纪了，这次修补也许会让我精神焕发地走上很长一段的人生路，还能尽一些母亲的责任，帮她解决一些生活上的困难。

汽车在风雨中走了两个小时才到了女儿的单位，就如人生的路我们需要在风雨飘摇中前行，好在终于有到达目的地的时候。这样的夜晚行进，想起小时候下雨上学的路上，撑不住的时候，就到了教室；生活中有苦累的时候，感觉撑不住的时候，问题就解决了。同样，这样的雨夜让我在车里躺着憋闷不舒服的时候，我们的目的地也到了，我住进了女儿单位的招待所。

风雨之后的安逸在进入招待所我就感受到了，之后的日子是一段风轻云淡、岁月静好的疗养时光。

我过上一段结婚前的日子，不，比结婚前更舒服的日子，不用担心作业和考试，有大把的时光属于我，我不用早起，不用做家务，不用担心明天的早餐在哪里，过上了睡觉睡到自然醒的日子。有人会给打扫房间，吃饭时间，女儿送来可口的饭菜，作为一个主妇，把家抛开是怎样的一种舒心。

早上醒来，放上音乐洗漱，白天躺在床上刷视频，看书，时间在不紧不慢中走过，这是人生路上一段久违了的好时光。

唯一担心的是病理报告，总是在祥和温馨中突然想起这个病理报告，导致我一次次地在手机上查看，十天过去了依然没有病理报告。在等病理报告的路上我越来越焦虑，我甚至暗自神伤，想象自己要回到医院继续手术的日子。

突然有一天想起上网了解一下，才知道病理报告涉及隐私，是不在手机上公布的。于是，着急忙慌让女儿开车去医院看看。

女儿请假匆忙开车去了医院，病理报告早已出来，显示正常。得到这个消息，我的神经彻底放松了，我感谢上天，感谢我的身体，感谢一切，万物此时是那样的美好。

我曾在失意的时候想过放弃生命，觉得人生路上，都是荆棘密布，总也走不出来，而当真正病了，无力命运的时候，回首人生，想起的都是人生的美好：小时候玩土坷垃，阳光暖暖照着的美好；和爷爷奶奶依偎的美好；和小朋友玩解勾勾过家家的美好；上学路上听着朝气蓬勃歌曲的美好；得到老师表扬的美好；和爱人散步的美好；有了孩子的美好。世界原来如此美好，那些痛苦仿佛不值一提，甚至淹没在这些美好之下。

当我得知病理报告结果正常的时候，这些美好又全都涌上来了。我要好好生活，用余生感受生命的美好，我要把那些诗人的哀怨、小女子的愁绪、不知足的抱怨通通抛掉，我要感受生活细碎的美好。

心情好的时候，脚步也会轻快，我给自己换了个发型，准备启程回家。人生路上，总有各种事情发生，你看似不好的事情，你的负面情绪出来，其实是在保护你，不要放大它，要思考为什么会有这样的事情出现，它一定在告诉你什么。当你走过以后发现，一切发生的都是好事情，没有坏事情，就如我的这次手术，经历过后才让我更珍惜我的身体，更珍惜我的生命，让我不再怨天尤人，让我认识到人生是美好的。

父亲走的时候，我只体会到痛失亲人的痛苦，没有体悟到我的生命也会消逝。只要不发生在自己身上，都不会有深刻的领悟。只有真正经历，才会懂得，才会顿悟，才会改变。

开往家的动车是那么干净温馨，乘务员是那么细心体贴，这生命中的一切都是那么美好。

这列车飞奔向前，像极了我们的人生，经过的地方有鲜花怒放，也有荒草萋萋，但是我们总会到站，停靠在一个烟火人间温暖的地方。

　　看着动车飞速前进，窗外的风景快速掠过，晚秋的景色变换着各种颜色，世界万物皆美。我们的人生一直在路上，在求学的路上，在颓废的路上，在追逐的路上，在等待的路上，在疗愈的路上，但我们总要到达终点。终点是既定的，每个人的终点都一样，不急着去奔向终点，要感受人生路上的美好，哪怕当下看起来不美好的事情，其实也是美好的，即使等待的路上，也可以放平心态，体会身边的美好。生命是一段旅程，经历是人生的财富，成长是一门必修课，在经历中得到成长。回头看，人生就是由一连串美好的结果穿成的珍珠项链，每一段路都如珍珠般熠熠生辉。

回到老家

　　大家都饱含深情地写《我的故乡》，其中的深情和酸楚，夹杂着淡淡的忧伤，优美的文字，让我羡慕。

　　有个人说，写写你的老家吧！那是一个出文化人的地方，值得去写写。

　　可是，我虽然和我的老家相离不远，但从小到大，我只回过两次，怎么去写我的老家？

　　我想趁着这个机缘，回老家去看看。

　　周末，我带着儿子回到了我的老家。

　　驱车一路前行，路旁的树影婆娑，乡间小路清幽，我的心情一路上是渴望而忐忑的。导航直接就把我带到了我的老家——山阴县北王庄村。

　　车停在村口的石头大门前，我踌躇着要不要进去，陌生而熟悉的地方，陌生是我很少来过这里，熟悉是这里有我的根，有我的魂。

　　我下车在村口，想看看我的老家的村门。

　　高大威武的石头村门上书一副对联："桑干河畔仁义庄，洪涛山下幸福村。"

　　背面是"同心共筑中国梦，携手奋进小康路；横批是：强村富民。"

这个石门对联把我的老家北王庄的地理位置与家国情怀写在了一起。

看着这副对联，想起爸爸咬文嚼字地推敲我家院门的对联，我想这副对联也是我老家亲人们集体推敲的结果，从这副对联可见是个文化村。而且，听说支书就是个文化人，姐姐让我进去找他，听他讲讲我们村的历史、故事、人物。

于是，我开车进村，走在干净的水泥路上，两旁的房屋整齐排列，难以寻得当初的踪迹。记得三十年前，和我的爸爸来过一次，村口有一处破院子，爸爸说那是他爷爷的院子，他一处处地看，一段段地回忆从前的快乐时光，我跟在后面，并未有什么感觉。今日进村，最想寻的就是这处院落，却已不见，都被新的砖瓦结构的房子所替代。我没有下车，伤感那处院落已不在，好在我的根、我的魂还在那里。

走在这条水泥路上，突然有一种自己被温柔包围的感觉，这是我的老家，有我的血脉流淌，仿佛离开母亲的婴孩重新回到了母亲的怀抱，仿佛离了蛋壳的小鸡重新回到壳里。一路的漂泊风尘，风霜雪剑终于回归的安宁，一种被空气都温柔以待的愉悦，一种徜徉其中的静谧，一种无法言喻的踏实。这是一种奇特的感觉，像一片树叶在枝头站得太久，风吹雨淋，最后落入了树根的泥土里，安详沉稳，像一叶漂泊的扁舟，万里惊涛骇浪，终于回到港湾的风平浪静。

没有老家的人终究是个无根的人，没有归属感！不管多么光鲜亮丽，飞黄腾达，终究是背后无山的感觉。

我在这路上、这村里，体会着这种放松与亲密，想象七十年前，爷爷推着他的独轮车，带着妻子，在这条路上举家搬迁，为了爸爸读书，车轮卷起的尘土淹没了历史，爷爷从此成了一个背井离乡的人，我们成了漂泊的小舟。想着就泪眼蒙眬了。

儿子和我想的不一样，他把头探出窗外惊奇地观察，问我："这个村里为啥这么有钱？盖了这么多漂亮的房子。"其实，我也想知道。

我把村里的路走完，在路的尽头，我看到了一伙乡人坐在路边的大石头上闲聊，我停下车，想问一下支书的家在哪里，却羞涩得不知该如何张口。

我站在他们面前，犹如归来的游子，局促地面对长辈，不知该如何开口，面对他们狐疑的目光，我突然无头无脑地脱口而出："我是樊生福的孙女。"唯有爷爷的名号才是在老家打响的旗号。

"哦，樊生福啊，很早就搬出去了。你爸爸有时会回来。"乡人里一位长者想了一会儿回答。

哦，他们还知道，我的根的确在这里。

乡音乡情，和爷爷一样的声情，依稀可见当年爷爷的影子。他们热情地告诉我支书去太原了，一位长辈模样的人拨通了支书的电话，支书听完我介绍，热情地说他不在不要紧，可以找本家一位叔叔聊聊。

一位同辈带我来到了本家叔叔的家，偌大的院落里，红砖青瓦的五间大正房，令我耳目一新，宽阔的院落，种植的绿色菜园，让我心旷神怡，如同回到我小时候的院子。重回故里，梦回我的童年。

这位叔叔带我进了他的偏屋，让我觉得新奇和震惊。这里摆放着前辈用过的碗筷、簸箕、农具、纸瓮，几家人的全家福，写着一家人的介绍，让我感叹的是他们不忘先辈，不忘自己的根的精神。

我以为，大家都很忙，没有人会记得根，在乎根，而这个家族，竟然以这样的方式记住自己的亲人，记得自己的根在哪里。

坐在小板凳上，听听老家的故事。

传说，一切都是传说了，因为当年没有文字记载。

我们的先人，在明朝初期，从山西定襄县出发来到这里，给一个王姓的地主看菜园子，然后在此生根发芽，滋生出这样一个大的家族。以前，这里就是一个菜园子，现在依然以种菜为主，因为离县城近，所以菜也卖得好，这是乡人的主要经济来源，说起北王庄的菜，是远近闻名的好。

这些传说都是曾经村里的一个高中生在走街串巷的卖菜中，一边询问人们，一边一点一点用烟盒记录下来，后来又经过村人走访，回到山西定襄寻根问祖后做了家谱，让每个人都有了归属感。

我们的人可以走遍千山万水，我们的根不动，我们的魂有归属，我们的情不离。

记得那年奶奶去世，半夜里身为独子的爸爸手足无措，不得不出去找了一位本家的叔叔帮忙。第二天，在妈妈觉得势单力薄，没有主意的时候，院里突然站满了人，都是从北王庄村里来的，听说奶奶去世，乡人一呼百应，一人拿一把铁锹，骑着自行车，大老远赶来帮忙。妈妈的心一下便放下了，爸爸的眼里满是泪花。

众人拾柴火焰高，七天里，这些乡人不曾离开，很多人妈妈爸爸都不认识，只是因为我们是同根的人，他们便过来帮忙！

我们可以不曾相识，但是因为是一个姓氏，就知道你是我必须帮助的人。

我才知道什么是大家族，总有人说你们樊家那可是大家族！在那一刻我懂了，这个家族真的很大，不仅是人多，而且是团结，在乎亲情。

记得爸爸去世后，在北京的哥哥弟弟回来，两眼一抹黑，只知道悲痛，不知该如何办理爸爸的后事。几位叔叔守在跟前，一呼百应，分别行动，村里的乡人们又来了一百多号人，哥哥弟弟才有了主心骨。

还记得叔叔们每天早早就来了，整天地守着，放下手里的私活。那一刻，又让我明白什么是族人——在你有事的时候，不论条件出手相帮的人。

女儿在北京工作，办入职手续的时候，一位办事人员看见她写的母亲姓樊，就说"我们是一家的，我也姓樊，我们是本家亲戚"。从此，女儿在单位有了一个照顾她的表哥。

族人情感，就是这么奇怪，走过千山万水，只为一个姓氏，骤然变得亲切，两个从小生活在两地的孩子，因为一个姓氏，紧紧地团结在了一起，相互帮助。这是一种奇妙的情，因为根，因为魂！

日落西山，我告别老家，第一次谋面的本家叔叔送我出村，倍感亲切，车子驶出村口的时候，竟然有些依依不舍。我那很少谋面的老家，竟然给我这般亲切的善待和温暖。

回来的路上，心情是极好的，犹如找到家的孩子、找到母亲的游子。我庆幸有个老家，这里有爷爷、爸爸生活过的轨迹，有祖辈的传说故事，有我基因里的东西。

远在北京的弟弟总想回村买一所院子，安度晚年，虽然他从未在此生活过，却有这样的心愿。我觉得可以实行，落叶归根不是没有道理的。根，像一条线，牵着走远的孩子归来！

我的老家啊！我的根，我离你又渐行渐远了。夕阳里，我越走越远，我在赶回我的家，但是我的心灵深处会常常梦回这里。

愿你被这个世界温柔以待

这个世界，阳光灿烂，鸟语花香，上天为我们备足了瓜果蔬菜，琼浆玉液。我们生而为人，接受着大自然的馈赠，同时也享受着人间真情。

前年过年前后，由于打扫家的劳累，我三次重感冒，导致身体乏力。去年七月，我去北京做了个体检，体检报告正常。但是在做体检的时候，那个做 B 超的小姑娘美丽的眼睛一直盯着屏幕，自语般地说："阿姨，你这块有血斑，不该有血斑，你还是专门查一下吧！"我不当回事。在我要走的时候，她还是一直说："你要再专门去医院做个检查，一定要去做啊！"

我开始半信半疑，回来和爱人说，他说体检报告没事就没事。可是，那个小姑娘看屏幕专注疑惑的眼神和善意的提醒，让我觉得我应该去看看。

去年的夏日骄阳似火，我开车把儿子和爱人送到水立方玩水，我一个人来到附近的医院做了个检查。果然查出了毛病，子宫有病变，需要手术，把病变部位做个切除，防止癌变。

我感谢那个负责任的小姑娘，虽然不知道她叫什么名字，但是她认真负责的态度让我感到温暖。我庆幸遇到这样一个美丽的姑娘。她不仅美在她的眼睛，也美在了她的心灵。

第二次，我去了专科医院，准备进行手术，当时挂了医院最有名的大夫，王建六。

网上挂的号，两分钟就挂没了的号，我手忙脚乱点击手机屏幕，最后也才挂到十七号。

那天早上，我在医院的走廊，心急地等待着叫我的名字。一位气质优雅的妇人坐在我旁边。她满脸愁容，因为心里有话，就想找答案，我和她攀谈起来。

她说："她是癌，是来复查的，你找王大夫找对了，这个人太好了，对病人很用心。"我说："我这是小手术，但是想让他做，不知道他给不给做。"

她说："你只要提出来，他就会给做，这个人太好了！"

我抱着将信将疑的态度，姑且有了一丝安慰。来的时候，亲戚朋友都要我带上钱送医生，不然连医院都住不了。也问过黄牛，要一万元还得等一个月。孩子马上就要开学了，我等不了一个月，于是，自己带着厚厚的一沓钱，准备送给大夫。

没有干过这个事，心神不定。我在医院的走廊里来回踱步，我想这么多人，怎么送？去哪儿送？送不下怎么办？被拒了多难为情。如此种种的想法搞得我更焦虑不安了。

正在我焦虑地踱步在诊室门口时，有穿白大褂的助手开门出来喊我的名字。我忙说在。

进去以后，我看见一个儒雅的医生，他戴着口罩，抬头看了我一眼，他的眼睛是微笑着的，就像天生带笑的人那样的眼睛，我一下不紧张了。

他说："你这个小包挺可爱呀。"我看了看自己带的儿子的卡通小包笑了。这个包小，布包，好清洗，好携带，别人可能都笑话我不背个名牌包，他却说可爱。这样的亲和感让我更放松了，瞬间感觉全世界都温柔了。

他说："怎么想起挂我的号？"我说，同学推荐的。他点点头说："做个检查吧。"

检查过后，他很肯定地说："没问题，小手术，三天后出院。"我的心彻底地放松了。

我说你可以给我做手术吗？他抬眼看了我一眼说："你要想让我做，我就给你做。"我很激动，得寸进尺，说："能尽快给我做吗？我还有个上小学的儿子。"

"那就下周吧！"他很痛快地说。

"这周不行吗？"我又问。

他说："明天就周五了，想这周住院，那我得看能不能腾出床位。"

我才知道自己唐突了，今天已经是周四了。

我很开心，焦虑全无，忘了放钱的事了。我出来手碰到裤兜鼓鼓的钱才想起，但是想，他的诊室助理就好几个，怎么能放下？那就等做手术的时候再放吧！

开心地回酒店，下午和嫂子逛街。嫂子说："他答应你也不一定能住上院，现在住个院，有关系也得等一个月。咱先玩两天，不行先回吧，做手术时候再来。"

我想也许是这样的。逛到四点钟，有人给我打电话了，我不经意地接起来。对方是一个男的，他说明天就可以住院，上午就过去。

"好的，好的。"我高兴地回答。放下手机，我兴奋地和嫂子说，明天就可以住院。嫂子一脸的不相信，"这么快？你这是遇上好人了。都说住院很难的。那我就陪你做完手术再走，我先和校长请个假"。

第二天，我们办理了住院手续。还是单人病房。嫂子说，"你这是中了彩票了哇"。

通知我周二做手术，周一做检查。周一早上，王大夫来查房，他戴着口罩，我只能看到他笑眯眯如水含情的温柔的眼睛。"怎么样啊！不要紧张啊，你这小手术，排在明天中午，今天配合把各种检查做了。"那一刻，他俯身微笑的样子使我仿佛看到了我的父亲，那样亲和地安慰我。虽然，王大夫比我大不了几岁。

在王大夫查房完毕，我就想着跟踪他。嫂子已经进不来了，只有我自己去送钱。我按着衣服口袋里厚厚的钱，准备以迅雷不及掩耳之势掏出，放下。一切都已经演练好了，我在住院部的走廊探头探脑，观察着王大夫的一举一动。他健步如飞，英姿飒爽，一点也看不出他已近六旬的年纪。他一会儿招呼大夫，一会儿开会，一会儿进办公室和他带的研究生探讨问题。他脚步匆匆，走到这里又走到那里。我的目光跟着他，一刻也不闲着。后来，我看他身边一直有人，没有机会送钱。我就上前拦住他说："我有问题要问，能进一下我的病房吗？"他似乎明白我的用意，说："我还有一个会议。小敏，来给她看看。"一个女医生答应着。

说完，他匆匆走出了住院部，上了电梯。

我戚戚然回到病房，想："送不下，没办法，明天上战场吧！"

第二天，我做完手术回来。一个护工问，"谁给你做的"，我说王大夫、王院长啊！她说"不可能，王院长太忙了，大手术每天也有好多，你这是小手术"。

我也不知道了，但是我做完手术是王大夫在我身边一直送我到病房的。

她说："可能是他的助理做的，助理也不错。"

我想起门诊室里王大夫坚定的口气，直觉也告诉我，他不会言而无信。

果然，我的管房医生来了。她问我有什么不适的地方吗？我说没有，我都没感觉到疼痛。她说，"当然了，是王院长亲手做的"。

那一刻，我突然眼睛就湿润了。

我想，滴水之恩要涌泉相报，何况，他先敬我，我一定要表示感谢。我让陪床的女儿去给王大夫把钱送了。女儿跟着查完房的王大夫去了他的办公室。一会儿她回来了。她说："妈妈，我才知道啥叫真不要，他把我的手腕都抓红了，然后把我推出来，锁上门了。这真是一个好人，世界原来有这么多好人。"

是啊，我多么幸运，遇到这么多好人，被温柔以待！

出院的时候，很想和王大夫说声再见。但是，那是下午，他不在住院部。他应该在忙他的院长工作。

我热泪盈眶地和这个医院告别，因为有王大夫春风化雨的行为，这座医院也在我生命中饱含深情地存在了。它像一座佛塔，散发出慈悲的光芒。

看着医院来来往往的人群，我明白了为什么这么一座老医院会有这么多人来看病。

我出医院大门的时候，有护士小姐姐一边走一边说："快点，拔河比赛开始了，有王院长助阵，好好拔一场。"这也是一个有爱的团体吧！

因为王大夫，我原谅了检查时遇到的小不愉快；因为王大夫，我相信了医生的职业操守；因为王大夫，打破了社会上流传的那些谣言。王大夫用他的行动让那些谣言不攻自破。

出院后的生命是勃勃向上的，这个世界我被温柔以待过。王大夫微笑的眼睛似一缕春风，时刻温暖着我。真想再见他一面，当面说声谢谢！可是，远隔千山万水，即使去复查，也只看到他匆匆走过的背影。我喊王大夫，他回头微笑点头，又和病人说着什么，脚步匆匆地走过我身边。也许，他早已忘了我，而我却一生铭记他。

愿我们被这个世界温柔以待，这份温柔能温暖一生。

这个医院是北大人民医院，这个大夫叫王建六。回来一查互联网，好评如潮！我真幸运！

愿你也被这个世界温柔以待，愿我也温柔以待这个世界。

垄上行

"我从垄上走过，垄上一片秋色。"田里涌动的那些谷穗，低垂着如狼尾巴一样的头，随风飒飒摇动，它仿佛在对我说："对不起，我不能抬起头和你打声招呼。"风吹着饱满的谷穗，沉甸甸的，好像拽不动的大脑袋，费力地随风摇动。

那谷穗，在这个季节，还泛着些青绿，稍微发青黄。近看，像一串串的毛毛虫聚集在一起；远看，又像一串串的绿葡萄挂满青青的谷苗。它们都低着头，快要低到湿润的泥土里。旁边的狗尾巴草也不示弱地随风摇，无奈它轻飘飘的，如小狗的尾巴昂着头在摇。那些艾草，与谷苗比着实力，夸张地随秋风摇摆，铺满路边，长势喜人。

抬眼望去，刚刚下过的一场透雨，让远处的山格外青翠，天上也如洗过一般，高远蔚蓝，丝云如剪羽，片片飘在天空，微微移动着，又如一叶小船，在一碧如洗的静海漂浮。翠绿的谷苗弯成花环的样子，弓着背，整齐划一地列队在这蓝天丝云下，如绿浪涌动，"哗哗"吹向一边。风还吹起我的衣服，吹来阵阵沁人心脾的谷穗快要成熟的味道。我嗅嗅，想起来幼年的麦穗的味道。麦熟的时候，秋风送来的正是这样的味道，带着草的清香，扑鼻而来。摘下麦穗，烤熟，用手搓去麦皮，饱满的麦仁诱人，一口倒在嘴里，满嘴便是新鲜麦香味。我想，这个谷穗也应该好吃，只是没吃过。现在，它还青绿着，即使还没到彻底成熟的时候，这股清香已经让我陶醉。

"我从垄上走过，总有不少收获。"这低头的谷穗谦逊如此，我虽比它高，却自愧不如它，它越饱满越低头。我该向它学习，要学这丰收成熟的谷穗，内敛自己，沉淀自己，不做自以为是的人。

这谷穗头低得这样厉害，是因为今年是个丰收年。雨水充足，谷穗才会饱满，沉甸甸地低下头去，就等熟透呈金黄色，打下诱人的小米，熬成黄澄澄的稀饭。

这里有一句俗语："春旱收，秋旱丢。"今年的秋雨一场接一场，都是透雨，在这里，朔州山阴的后所乡水峪口村的沙地上，一定是丰收年。

不用看别的，你行走在垄上，看身边的谷穗沉甸甸，再看前边的玉米地，绿油油的好似青纱帐，叶子都宽阔舒展，绿得葱茏。玉米棒子饱满肥胖，犹如围着绿被的胖娃娃，只露出尖尖的头和一缕玉米须，贴着头皮一般委顿着，绿色泛着黄的玉米棒子皮仿佛就要被撑破。挺拔的玉米秆整齐地直立在田里，每株头上像顶个避雷针一样，风吹过来，叶子"沙沙"作响，却摇动不了身子，它们挂了太多的玉米棒子，让它们不能随风"沙沙"摇动，只能让头顶的玉米须随风轻摇。让我不觉哑然失笑，这就如满怀希冀自豪的孕妇，又如负重的人，因为承担，所以不能随意飘摇。

"我从垄上走过，心中装满秋色。"蓝天上白云朵朵，白云下却一片红色，我走过去看到的是一片像燃烧着火的高粱地。

那些高粱穗子如醉酒的大汉，胖头胖脑，涨红着脸，笨拙地随风摇动，又像一支支火把，密密地挺立着。风一阵阵吹来，它笨拙地顶着个大脑袋随风摆动，宽阔的绿叶像要滴出水般绿得透亮。想走进去感受一下《红高粱》的意趣，却发现没有下脚的地方，密密的叶子挡住了我蠢蠢欲动的心。

　　沿着阡陌小路，垄上行走，看到一片青青草，也泛着黄。我想这里竟然有一片草地，走近才发现，这就是黍子，小时候爷爷种过，我认得，看似像草，其实是黍子。谷穗是紧密的，而黍子穗是分散着的，风吹来，黍子穗随风起舞，洋洋洒洒，可爱洒脱。因黍子自由的精神，不觉喜爱，摸起一把黍子穗，绵绵的，凉凉的，捋一下，饱满的颗粒滑过掌心，这颗粒饱满的黍米，让我仿佛已经看到了金黄的黄米，也仿佛看到了黄澄澄的黄糕。

　　"我从垄上走过，垄上一片秋色。枝头树叶金黄，风来声瑟瑟，仿佛为季节讴歌"！

那些感动过你的陌生人

你的生命中是否出现过那些感动过你的陌生人，虽然素不相识，却伸手帮了你一把，而后消失于茫茫人海，再也不见。可是，那份温暖却一直存于心中，不时想起，在心中默念："感谢你，陌生人！"

我的生命中就出现过几次被陌生人帮助的幸运，一直感怀！今天，终于有机会可以写下来！

一次，我坐火车去北京。因为是临时起意，只穿了一条裙子，手机都没拿。

晚上的火车很冷，我冻得无处可藏，想起六个月的儿子还在家中，我就止不住地流眼泪。

对面座位的一个阿姨说："你把我的衣服穿上吧，我洗干净的。"她从包里给我拿了一身她的工作服。我忙说着谢谢，赶紧接过来穿了衣服，暖和多了！瞬间浑身都热乎起来。

她接着说，"世界上没有什么事是过不去的，一切都会好起来"。这话也让我感到了温暖。她不问你具体原因，只告诉你，没有过不去的事情！

和她分别时，我脱下她的工作服，双手递给她，说着谢谢和她在拥挤的人流中分手，而那份温暖却一直留在了我身上，让我总是想起。虽然未问她的姓名，但来自一个陌生人的感动却一直温暖着我，让我也想去温暖别人！

还有一次，我去北京某医院想住院治疗，去了已经是下午，医院没有病房了。我不知该如何是好，和先生在医院的小路上一边走一边商量该怎么办。

一个陌生人走过来问是遇到了什么困难了吗？

我说没有病房，住不下了。

他说："大老远过来，暂时先不要回去，我给想想办法，你们先去我的办公室坐坐。"

我们在他的办公室坐下，才发现他是医院的工作人员。

不一会儿，他带了一个很绅士的人进来，那个人说"你们的情况我了解了。加了一张床，你们先住下。两天后有出院的，你们就住那个病床"。

我非常感动，热泪盈眶，说着感谢的话退出来。心中的暖意却没退去！一直温暖在心，陪伴了我很多年。

那些陌生人，出现在你生命里，帮助你，不图你的回报，不贪你的利益，只是出于一份爱心，源于一份善良，这般情谊，何等珍贵！

在我的人生中，这样的感动还有很多。比如，在拥挤的火车上，没有座位的我站得脚趾都溢出血来，一位年轻人站起来让我坐下，还始终说他不累，让我一路坐下去。比如，我在海南的街上，我的电动自行车没电了，我拉着儿子推着电车费劲地走，想着离家还很遥远，该怎么回去？一位年轻的小姑娘微笑着问我需不需要充点电再回去。她带我去了她的药店，我充了电一路轻松地骑回去。

诸如此类，点点滴滴，构成我人生温暖的每个瞬间。在我低谷的时候，在我心情抑郁的时候，这些温暖的瞬间，如同一道道光，照亮我前行的路！让我有力量有勇气相信这世界是美好的，一切困难都能过去！有那么多素不相识的陌生人给我感动，助我前行，让我始终相信人生是美好的，人间是值得的！

　　你是否也有过如此的感动？

　　我有时也会力所能及地帮助别人，这成了我人生的信条！并且告诉我的孩子们一定要在能帮人的情况下帮助别人，你只是一个小小的举动，而对他人就是一个大大的温暖。

　　赠人玫瑰，手有余香。人生因此而更精彩！

做事的人

黄花梁是个好地方，古代的"层松饰岩，列柏绮望"的绿色之地，如今的富硒小米产地。2022年山阴县第五届中国农民丰收节主会场就设在这里——我的家乡黄花梁上的合盛堡乡东双山村。

和惠牧源合作社的陈永和总经理联系好，我驱车前往，赶上修路，堵了很久，到达的时候快中午时分了。

我到达会场，却不见陈经理，只有三个人在会场上。问了在烈日下布置会场的一个人，陈经理在哪里？他说那就是陈经理，我顺着他指的方向看去，土路上一个农民模样的人骑着一辆电动车风尘仆仆地过来了。让我有些不相信我的眼睛，我从未见过陈经理，第一次见红了四十几年大名鼎鼎的陈经理，竟然依然是农民的模样。把他放在农民队伍里，你不会想到他就是二十四岁当支书，又当了二十年惠牧源合作社的陈经理，白衬衣的前面还烂着一个口子，蓝色的裤子上都是土，鞋就像烂板鞋。我问今天不是还有刘宇乡长参加吗？那个人指着地上坐着的一个灰头土脸的年轻人，说他就是刘乡长。

乡长依旧坐在地上和我微笑打招呼，这和我想象的不一样，颠覆了我以前的认知。

陈经理当支书的时候，一手抓教育，一手抓水利，当年职业中学这些孩子都考上了学校，成为有知识的人，在他办合作社的时候没少帮忙。他曾把得奖的五千元拿来打井，又取得县水利局的支持，打井队来打了很多口井，灌溉才会不成问题，合作社才能越办越红火。

我佩服陈经理的思路和战略思想，要想办好合作社，没有知识不行，没有水利不行。陈经理在那么年轻的时候，就能把这些事情想在了前头。

从小就知道坡上的米好吃，但不知何故，今天才知道这个富硒小米就是坡上的米，因为坡上不蓄水，小米属于旱作，水越少越长得好。

对于小米，北方土生土长的我是很有感情的。我问陈经理这个米为啥好喝？不仅色泽金黄，而且米油很多，味道可口。

说起他的富硒小米，陈经理就有话了，他说："以前并不知道咱们这里的小米是富硒小米，只是知道我们黄花梁的小米好，却不知道为何好。我二十四岁高中毕业当支书，带领全村人致富，后来发现，只有一个村富不算富，黄花梁上全体的农民富才算富，就辞职搞起了惠牧源农业合作社。既然我们的小米好，那就联合黄花梁上的农民们一起合作种黄小米。"为此，他还去中国农业大学读了两年书，认识了一些专家，并且在回来以后也有联系，他们过来通过科学检测，发现黄花梁的小米富含硒，因为黄花梁曾经是火山口，火山爆发后大量的火山灰里有各种的矿物质，因此我才知道黄花梁的小米为什么好喝。富硒小米，这在北方都是很少有的，专家说黄花梁守着一座金山，使陈经理更有信心发展合作社的小米产业了。

我说："你不觉得累吗？这么多年了。"他说："好狗护三邻，好汉护三村。我觉得自己有这个精力，愿意带领大家干。现在年轻人为了孩子读书，都去城里陪读了，村里的地荒芜，我看着也不忍心，就把他们的土地承包，做集约化管理，这样也方便机械化。"

"还有机械化？"他说："有啊！我们还有飞机作业。"我听了，不得不佩服眼前这位一米八的塞外汉子。

黄花梁，在大同南百里怀仁、应县、山阴之间，东西南北皆二十多里。战国称黄华，北魏、北齐名黄瓜堆，隋唐以后称黄花堆、黄花岭，今称黄花梁。古代的绿色森林，后来成了狼烟四起的地方，也是近代山西人走西口必经之地，这里曾经有"站在黄花梁，两眼泪汪汪"的悲情故事。如今这里旧貌换新颜，不仅摆脱历史上狼烟古战场的凄凉，也摆脱了关于黄花梁凄苦走西口的无奈，而且黄花梁这棵梧桐树，还引来了中国农民丰收节。

这要得益于陈永和经理四十年坚持不懈的奋斗。如今已经近七十岁高龄的陈永和，脸色黝黑，看不出他年轻时的样子。脸上手上脖子上的皮肤黝黑得就像油画里打铁的汉子，这是多少年日晒风吹的烙印。听说他糖尿病近三十年，每顿饭前都要打了胰岛素才能吃饭。是什么让他一生坚守农业，是什么让他还冲在第一线？我想是一种信念吧！

正如一个孩子他学会跑就不会只限于走路，陈永和二十四岁当支书，锻炼出的能力，使他具备了跑的能力，他就不限于仅仅是走路，不限于仅仅带动一个村致富，而是立志带领全部黄花梁的农民走向富裕。他做到了！

我来时误走到村里，那里的青石砖墙的瓦房一排排，干净的水泥路，让我不相信我是穿行在农村。这变化，让我改变了对农村的认知。

下午一点多，一伙学生戴着草帽进来。陈经理介绍，"这是山西农大的研究生，在我给开辟的试验田里做试验，孩子们需要站在大太阳下记录数据，每天吃午饭都很迟"。

我不禁为今天所看到的一幕幕而感叹。这个社会，不是每个人都在追剧，刷视频，而是有一些人，他们是真正做事的人，如陈经理，如那位在烈日下坐在地上的刘乡长，如眼前的这些研究生，他们可以做事做到废寝忘食。还有那些我从高速出口下来的防疫点的同志们，有医院的工作人员，有交警，有志愿者，他们伫立在路口，风吹日晒坚守在自己的岗位上，默默无闻地付出。

学生要吃饭了，我们移步去了旁边的办公室。这里放着一排排的电脑，是学生们写论文的地方。

这里曾经是乡里一个废弃的养老院，乡政府给了陈经理，他建起这个山西农科院有机旱作晋北工作站，山西农大和他合作，在这里设点，专门研究旱作物。

陈经理栽了梧桐树，才会引来这金凤凰。农业不再是传统种植，已经走向了科学种植，产业化、集约化、科技化、标准化和生态化为一体，发展绿色有机农业。

陈经理是一个做事的人，他不计回报，认真做了一辈子的事情。

他说："大河有水，小河就有水了，自己一辈子能花多少？大家富裕了，我就开心，这本来都是来自社会，我只是带头做事的人。"

多么朴实、豁达、明智的思想，做事的人，他永远考虑的是大局，他只顾踏实做事，计划一个接一个，竟然不觉得苦累！

陈经理说："我老了，但不能后继无人，很多项目才开展，村里的年轻人为了孩子上学又都在城里陪读，我就把儿子叫回来了。"

原来，在场地我问话的年轻人是陈经理的儿子，我并没有看出来，他依然是黝黑的皮肤，如农民的形象。

这是一个有着良好家风的人家，一般年轻人都不愿回来种地，而陈永和经理的儿子并没有躺在父亲的功劳簿上享受成果，而且毅然决然回村帮着父亲继续伟大的事业。他是新一代的农民，他也是一个做事的人，他带领的团队成员已经都是大学生了，比他的父亲更上一层楼。

"在我儿子以后，还有年轻人会回来种地吗？"这是陈经理所担心的事情。他说，"我可以把儿子叫回来，孙子会听我的吗？全村的年轻人都会听我的吗"？

他的担心不无道理。我想的是，这个社会里总会有一些愿意踏实做事的人，正如当年同样是年轻人的陈永和总经理，正如从二十四岁就在乡里干了十六年的刘宇乡长，正如陈永和的儿子，正如高速路口的那些人们，每个时代都有追梦的人，每个时代都有愿意低头做事的人。我想未来可期，总有人愿意为了大家去牺牲小家，去干一些实实在在的事情。

世界有这样一些人，他们不计回报，不怕付出，只想做好一件事情，对自己有一个交代。

我感恩这些做事的人。有他们，我们不惧风雨，总有他们在后面默默付出，让我们食无忧，穿不愁。

也希望有更多的人加入安静做事的行列，不浮躁，如陈永和一般，四十年如一日地做一件事；如刘宇乡长，十六年坚守在农村做好乡长的事情；如那些在各个岗位默默付出的人。

虽然我们可能看不到他们，但是他们和我们近在咫尺，当你吃着富硒小米的时候，陈永和就在你身边；当你看到满目葱茏的绿色的时候，刘宇就在你身边；当你可以自由出入在公共场所的时候，那些防疫战线辛苦工作的人员就在你身边……是这些做事的人护你我周全，让我们平安健康快乐地生活。

今日，我走近这些人，感叹社会因为有他们的付出而呈现的一派祥和。

我想，有他们日复一日、年复一年的付出，明日的丰收节里的"丰收节"一定会圆满成功！

感谢陈永和总经理，因为一个人，红了一个村；因为一群人，让古代遍地是黄花松的美丽的黄花梁几经烽火狼烟，重又再现辉煌！

城市的黄玫瑰

在阳光明媚的早晨，美丽的"北欧城市朔州"，阳光洒满大地，路边绿树红花，街道干净整洁，路上车水马龙。上学的孩子银铃般的笑声、上班人匆忙的脚步声、汽车的嘀嘀声汇成一幅热闹的画面，一幅岁月静好、烟火人间的景象！

而在干净城市的背后，活跃着这么一群人，他们在城市的背后，在人们看不见的黎明前的黑暗里，挥洒汗水，默默无闻，晴天一身灰，雨天一身泥，一年三百六十五天不休息地为你我的生活保驾护航。

《朱子家训》有："黎明即起，洒扫庭除，要内外整洁。"于一个家如此，于一个城市也是如此。

我每天黎明即起，洒扫庭除，总是力不从心，弄不干净一个小家。看着干净整洁的街道，我就想知道，一个偌大的城市，如何能保持这么干净？如何让我们的朔州，获得美丽的"大北欧"的称号？这美丽的"北欧城市"不仅因为有绿树成荫，也因为环境干净。

我想了解干净城市背后的故事。于是，我联系了曾经的朔州市环卫处主任——柳恒。柳恒的事迹我早有耳闻，听说他是一位有才的人，也多次获得市里和部委的表彰。

已经退休十年的柳恒，精神矍铄，他迈着矫健的步伐向我走来，让我不相信他已经是七十岁高龄的人了。

一阵寒暄过后，柳主任说："不要写我，要写就写写环卫工人吧，他们才辛苦呢！每天早上四点半就起床，五点出去，不管刮风下雨，不论春夏秋冬，几十年如一日地坚守，才有了朔州美丽干净的今天，而且这些人工作认真，思想觉悟高。"他说到激动处，竟然拍手，情绪激昂。他说："我们有个环卫工人，叫刘旺，是个垃圾装卸工，老婆去世了，正遇上大检查，他依然坚持上班，这精神谁有？有位工人名叫王育才，儿子出车祸走了，当年没手机，他和我请假，我在开会，等我两小时，这对纪律的自觉性谁有？我说这就不用和我请假了，何必等我两小时？！我就不知道他们这些人是不懂还是就这么朴实！"

我想是骨子里的朴实吧！他们是没有被世俗洇染过的一群人，保持着最朴素的原则、规矩！我也对眼前的柳恒老主任肃然起敬，一位领导，不摆谱儿，而是首先想到的是那些一线的工人，此等情怀怎能不让我刮目相看！

他说，"我给你叫一个人吧。她叫刘冬梅，是市环卫处的队长，也是环卫工人出身，她比我更了解这些人的辛苦"。

刘冬梅接起电话说就在附近街上，很快就能过来。

刘冬梅，一个身材微胖个头适中、健康匀称的妇女，有着亲和的圆脸。她进门就问老主任，有什么事？

当听说让她说说环卫工的辛苦时，她却脱口而出："要说辛苦，我们老主任最辛苦，我要说就说实话，老主任每天天不亮就要赶在我们前面起来，天天步行在人行道上，指导我们哪里应该怎么打扫。你看吧，要是哪天他骑自行车出来了，那就是他走不动了。我1991年上班，跟着老主任干起，到现在已经干了三十年了，老主任就像家长，一手把我带出来的。就像孩子们一样，没个好家长，娃们也是那炭铲了；有个好家长，我们就能做到自觉自愿，主要是不想给老主任丢脸。人家到那么早，你能不早点出来？现在的新主任张志伟也是每天早上和我们一起出来，他说你几点起来就给我打电话，我也出去。我们在哪干，他就去哪看！"

原来，有这样一群人，每天在黎明的时候，这么热烈地工作着。我们看不到，不等于没有，他们背后的故事，我想知道！

刘冬梅说："我们的工人每天早上四点半起床，五点就都出来了，我要在他们之前就得出来，因为我是队长，得起个带头作用。"

工人们正常情况是四点半起床，五点打扫，七点多回去吃早饭，八点出来做保洁，一直到十一点回家吃中午饭，留下值班人。下午两点出来，值班人回去，他们一直干到晚上天黑才回家。遇上下雪，他们三点半就得起床，四点出来，要赶在八点前人们上班之前把人行道清理出来，特别是暴雪天气，积雪很厚，他们的鞋冻了，中午的时候，鞋上的雪消了，他们的脚就泡在雪水里。到傍晚天冷了，鞋又冻了，晚上回去烤又烤不干，早上就又穿着湿鞋出来了。除非是大雪封路，一般是天上下雪，地上他们扫，为的是趁雪不厚好扫。他们扫过去，雪又下下来，就这样他们默默无言地重复着清扫的动作，只为让早上出行的人们有一个滑不倒的路面。

要是遇上雨天，特别是暴雨天气，所有的清洁工也都必须出动，要是不出来，下水道被垃圾堵死，街道的水就上了人行道，一是有安全隐患，二是堵死了，水漫在小腿上也不好清理，所以大家披个雨披或者就披个塑料袋，在雨水淤积的下水道口清理，要是工具清理不了，就直接上手，用双手抓、掏，为的是赶紧让积水下去。

"他们戴手套吗？"我问。

哪里有手套，就是徒手掏，根本顾不上脏不脏，就怕雨水堵住了。天上一直下着大雨，他们的额头下着小雨，雨水灌进鞋里，两裤腿都是雨水，他们拖着沉重的双腿在雨里清扫垃圾。不下雨的时候，又是骄阳似火，他们头顶大太阳，一头一头地出汗，汗水流在了眼里，用袖子擦一下继续干活。

他们每年最难的是秋天，树叶飘落的时候，工人们几乎一天不停地扫，连休息的空当也没有，树叶一层一层地落下，他们一次一次反复地清扫，累得筋疲力尽也还在坚持，因为一旦不扫，树叶聚得多了，秋风一吹，满大街地飘，影响市容也有安全隐患，飘到骑电动车自行车人的脸上就不好了。

我听着，眼前突然就出现了一幕幕画面：在恼人的秋风中，一个个环卫工人，就像一朵朵盛开的黄玫瑰在风里摇摆；在大雪纷飞的凌晨，一朵朵黄玫瑰在洁白的雪中绽放；在瓢泼大雨中，一朵朵黄玫瑰在雨中被豆大的雨点噼里啪啦地暴击。是的，他们是城市的黄玫瑰，如一朵朵黄色的玫瑰花盛开在这城市的春夏秋冬，盛开在城市的大街小巷，默默开放，默默奉献。在我们看不见的地方，与风雪、与雷雨搏击，与秋风、与烈日共舞！

"他们在一天最冷的时段开始工作，在黎明前的黑暗里开始工作，在黑夜降临的时候才收工回家，一天工作十二个小时，一天一个人来回走路超过两万步！"柳恒主任说，"我计算过，就这么大的工作量，他们一干就是几十年。"

柳恒主任从1990年干到2013年，整整干了二十三年。本来是教师出身的他，写得一手好文章，也写得一手好字，给城区领导写过材料，一个这样有才的人，竟然和环卫工作结缘，一干就是二十几年。

我因此不解，问："干了几十年，直到退休，您没想过调换工作吗？"

他说："已经是惯性了，没有往那方面想。"

也许，他爱上这个工作已经忘了离开；也许，他有干一行爱一行的精神。我加柳恒主任微信的时候，豁然出来"净化"一词，令我耳目一新。他的微信名是"净化"。他爱自己的工作爱到哪个地步，才会把微信名也设置成"净化"？这是爱到骨子里的一种表现吧！一个退休了十年的人依然返聘在环卫处工作，发挥自己的余热，为环卫工作尽自己的绵薄之力；一个退休十年的人，微信名还在用"净化"！

净化空气，净化环境，净化心灵，我想，他们干着最脏的工作，却是心灵最干净的人，他们在清扫垃圾的时候，也在清扫着自己的心灵吧！他们是近在咫尺，又远在天边的一群人，我们每天都能看到他们，却并不知道他们背后的故事，不了解他们。

当我每天早上起来上班的时候，我看见的是干净的街道；当下大雪的时候，我家门口积雪很厚，担心路滑不能开车的时候，出去看见的是干净无雪的街道；当雨后我出去的时候，我看见路上没有积水；当大风肆虐过后，我依然看到的是干净整洁的街道！但是，我从未想过，街道如此干净，是有人在背后默默付出。

我以为，街道永远是这么干净的！但是，他们说，当春天来临的时候，狂风大作，一晚上刮得天昏地暗，把二级路上李家窑那里的树枝、塑料袋都刮到市里面了。早上起来，那街道乱得就不能看，一片狼藉，连个下脚处都没有，工人们必须提前半小时，四点起床，四点半出来清理。他们自己忙不过来，都会带上自己的家属，少则一人，多则好几人，因为一个人干不完了，在四点半到七点，大体先收拾出来，让出行的人先能顺利出行，吃过饭后，再细细打扫。

我想象不出，狂风怒吼过后的街道是这样的！当我躺在家里热乎乎的床上睡觉的时候，街道原来是一片狼藉，有一群人拖家带口在奋战清扫。

他们说，雪厚的时候，马路中间有环卫车和融雪剂，但是人行道就得靠人工清理了。工人们三点半就起床了，四点出来，也是拖家带口清扫人行道上的积雪，因为工作量太大，家人也不忍心他一个人清扫，中午也不回家了，就在街上吃碗面，一直干到晚上八点多，再大的雪也要保证一天通路，最多是两天保证通路。现在有机器清扫马路了，工人只扫人行道，还好一些，以前没有机器的时候，全是工人用扫帚一扫帚一扫帚扫，大冬天背上的汗水也能湿透棉衣，渗出来，等扫完以后，又在寒风中冻成硬块！

我突然就泪眼蒙眬了，这是怎样的情景，堪比战场，与风霜雨雪搏斗的他们，却拿着最低的工资，干着最脏的活儿，做着最苦的工作，有着最长的工时！

他们年龄都在六十岁左右，本该到了颐养天年的时候，却在无人的夜晚，伴着星星月亮，吹着一天里最冷的风，穿着单薄衣服，风里来，雨里去，带着一身的尘埃！

他们完全可以躺平，靠儿女，或者靠社会，但是他们为什么不呢？

他们说自己有手有脚，干自己力所能及的事情，有个零花钱，不拖累儿女，还能帮衬儿女。这是怎样一群有着高尚情操的老人啊！

有时候，有些人，真的很伟大，他们配得上"伟大"这两个字。

他们中很多人都是一干几十年，没有想过休息，他们有农民最朴实的思想，恪尽职守，干一行守一行。

刘冬梅干了三十年了，三十年的人生啊，都在清洁的路上。每天天不亮就起床，天黑了才回去，骑着她的小电动三轮车，每天都要把市区的各个大街小巷跑遍。她的电动车因此不堪重负，她需要携带两个电瓶，否则跑不完全市的街道。日日如此，岁岁年年，从青丝到白发，从青年到老年，已经六十四岁的她说还有四年就能退休了。她说："人都有惰性，你跑不到的地方，工人就做不干净，做不干净对上对下都没办法交代。主任们都天不亮就起来了，你有什么理由偷懒？！"

多么朴素的思想，没有渲染，只讲实话。

我问："有什么感人的事迹和人物吗？"

她说："要说辛苦，大家都很辛苦！都很感人。干清洁工的工人往往都是一干几十年，一干还是一家人干？"

"不会吧？！"我有点惊讶！这么苦的工作，除了刘冬梅能干三十年，还会有别人？

她说："有啊！而且很普遍，我家老头也是干环卫工的，我大儿子大儿媳都是干环卫工的，在孙女两岁的时候，小儿子看孙女，大媳妇就出来干环卫工了，也干了二十几年了！现在孙女都大学毕业保研了，还是985。"说起这个，刘队长爽朗地笑起来，这是她最开心也是最值得骄傲的事情，这也是我今年听到的最好的消息。我仿佛看见一朵在尘埃里开出的美丽花朵，她积极、向上、美丽、好学，她生在这样的环境，依然能攀缘而上，成为最高学府里一朵娇美的花儿，她是这个家族的骄傲。

我想，刘队长一切的辛苦都是值得了！

刘冬梅说她家老头已经七十一了，已经退休了，儿子开垃圾车，儿媳和她一样干环卫工，是个片长！

片长？我不懂了。

她说，片长是管一片的小领导，管三条路或者五条路，管三四十个人，队长管片长，管全市四五百号人，还有装卸车队，清扫队。现在很多路面都是机器清扫了，工人轻松多了，以前都是拉煤的大车，一路黑煤灰，都是人工清扫，那才累呢，手上都是黑煤灰，洗都洗不起来。

和她一样干了几十年的人很多，都是从最艰难的时候一路走过来的！

杨富莲，干了二十多年，也是个片长，很辛苦，很敬业，聘女儿都不请假，女儿生孩子，她也只是去毛（看）了一眼，都是婆婆和女婿管。工作相当认真！往小了说，是怕误了那一天工资；往大了说，自己清扫的区域推给别人不好，也是形成惯性了。

韩玉萍，爱人得了糖尿病，儿子住院，她在家里任劳任怨，还把婆婆接到自己家照顾，真孝顺呢！工作还得坚持上，操劳得一头头发全白了，没有听过她抱怨，年年被评为"十佳"。

梁秀，做手术才休息了两三个月，身上有三个伤口，依然坚持上班。

罗秀梅，她得的是甲亢，身上疲软无力，还是坚持上班，还供养两个大学生。对公婆比个做女儿的都孝顺，爱人也有病，常年吃药，也是坚持在环卫队上班。

刘冬梅说，"这样的人太多了，我说都说不完，要我说，每个环卫工人都很辛苦敬业，都有良好的品质"。

是啊！他们身上都有如此良好的品质，这是我这些年听到的最感动的故事了。他们身在尘埃中，却做了别人的太阳，用微薄的收入托起一个大家，用单薄的身体托起亲人的起居。一个平凡而伟大的群体，不被外人知道。他们身在底层，却有着人性善良的光辉，此刻，瞬间照亮了我的内心！

他们离喧嚣太远，只在静处安然听从内心的声音、良知的召唤，安静地守护一方天地，带着病痛的身体、伤痛的过往，努力地生活着。他们还很乐观!

"您一天这么辛苦,应该能挣很多吧!"我想是这样的。她说是三千。"不多呀!"我脱口而出。她却语气里带着自豪和开心,哈哈一笑说:"我觉得很多了,一般工人一个月平均才一千八。"

一千八、十二个小时、两万步,撑起一个家。

我问刘冬梅,你中午回去怎么吃饭?有什么娱乐活动,比如逛街呀,看电影呀!

她哈哈一笑说,"哪有什么娱乐,衣服几乎不买,逛啥商场,女儿有时给网上买点,要不就穿旧衣服,干我们这行的,有好衣服也穿不成,每天环卫工服一穿,啥也顾不上了,更别说看电影了,吃饭现在也是糊弄,就老两口了,大部分时间是挂面,跑了一上午,累得回去随便吃点就想睡觉,连电视也不看,早点睡觉,第二天又得早点起来。年轻的时候,可真是苦了孩子们了。我们的一天,不是在去清扫的路上,就是在清扫,这就是我们的生活"。

柳恒主任说:"她们也是女人啊!"

是啊!环卫工大部分是妇女,她们也是女人啊!她们也都爱美,可是她们的工作性质决定了她们不能爱美,她们压制了女性爱美的天性,满身尘土,行走在大街小巷,为了给市民一个干净整洁的居住环境,她们牺牲了自己。这么多年下来,她们也许早已忘了自己是女人了。

当我们在为买不起名牌包包而苦恼的时候,当我们在为用什么化妆品烦恼的时候,可否想起她们,在城市的一角,有这样一群女人，她们忘了自己是女人。

有善良的人们给他们取名"城市的黄玫瑰"，连同那些忘了帅气和潇洒的男工人们，他们都是城市里最美的黄玫瑰！那黄色的工作服犹如美丽的黄玫瑰，在城市绽放，是城市移动的风景线。

黄玫瑰的花语是"幸运"，我希望他们的人生，像黄玫瑰一样美丽而幸运！

离开他们以后，我的心情久久不能平静。我不承想过，美丽城市背后的故事，这样感人肺腑，不知道一座城市背后默默无闻的一群人，有着怎么样的生活和工作境况。

晚上，夜已深了，"净化"柳恒主任给我发过来一堆视频和照片。

秋风瑟瑟，发出"呜呜"的声音，光秃的树木，清冷的早晨，"欻欻"的扫地声，几名环卫工人弯腰拿着大扫帚把街上金黄的落叶扫在一起，树叶又被风吹起，打着旋儿飞走，他们又默默地去追着扫回来。

冬日的拂晓，5:47，朔州市朔城区自然资源局门前，枯黄的树旁，一辆垃圾清扫车在孤独地前行，路灯发出刺眼的光，暖暖地、温柔地打在它的身上。

5:54，朔州市日福隆北小区，蓝色的夜幕下，一辆垃圾清理车在工作，同样是温暖的路灯陪伴着它，街上空无一人。

5:58，北环路，一辆白色的扫地车在风中行进，一束强光打在车身上，如同舞台上的光束，那应该也是夜晚的路灯，照亮它前行的路。

6：04，朔州市张家河，一位老人在泛着鱼肚白的天空下孤寂地弯腰清扫，他的身边是冷寂的街道。

6：05，朔州市体育广场，夜晚的天空如蓝色的幕布，透过斑驳的树影，一位上了年纪的老人吃力地在清扫，如一幅定格的油画。

未名道路上，蓝色的天幕美得像童话故事里的丝绒窗帘，在这样唯美的夜空下，两位老人在背对背清扫，少了些许孤单。

夜幕下，一轮圆月照下来，斑驳的树影下看着有些恐惧，一位老妇人在低头认真清扫，不知道她是否会感到害怕？

夜幕下，一堆垃圾旁，一位戴着绒线帽的老妇人在低头清扫，月亮如舞台上的灯光，打在她身上，她犹如舞台上的演员，在镁光灯下独舞在清冷的天际下。

路灯一排排照下来，灰白的天空下，干枯的大树旁，一位老妇人在低头清扫。

雾气蒙蒙的街道，白雪皑皑的街道，沙尘肆虐里，风起云涌时，黄色的衣服分外刺眼，如美丽的黄玫瑰。有趴在垃圾车上用绿色的纱网盖垃圾的，有弯腰费力搅动垃圾车机械臂的，有把绿色垃圾桶翻倒在垃圾清理车上的，有奔跑着捡起绕地打转的垃圾的。

如此种种，看得我热泪盈眶，心潮起伏，这美丽城市背后的故事，每天在上演。这些人，他们的工作是从凌晨开始，不知道他们是否有需要照看的病人、放不下的啼哭的婴儿？是否有不想离开暖炕的眷恋、对寒冷早晨的害怕？背后的故事无人知晓，我只从图片看到他们凌晨默默清扫的身影。

于平时，我都看不到他们，只看到他们一个个在维护着路面的清洁，别人随手丢弃的垃圾袋，他们默默过去捡起，没有抱怨和斥责。他们默默地行走在街上，这个热闹的城市仿佛和他们无关。

我只看到，我家门口小公司的工作人员，不想走很远把垃圾倒在垃圾桶里，只放在路边的台阶上，不一会儿就有清洁工骑着三轮车默默地收走了。

我的老母亲七十多岁，她有一个好朋友，是位垃圾清洁工，干了十几年了，老伴也是垃圾清洁工。她和我的母亲说，她的父亲是个老师，也曾教她琴棋书画，后面的话她不说了。世事沧桑，这欲言又止的话里，又藏着怎样的故事？怎样的无奈？

我因而开始关注起这些人。我在买菜的路上，看见一位和蔼且面容姣好的老人，她穿着环卫工作服疲惫地坐在了一张椅子上，我向她微笑，她回以诚挚的诚惶诚恐的笑容。我和她攀谈起来，累吗？她说累！上了年纪了，不说这大扫帚本身就沉，就是来回走路也累！我说您可以不干呀！她说也能不干，就是一来花钱受节制了，二来出来惯了，家里坐不住，也不想给儿女添麻烦，也想给儿女帮衬一点。

没有豪言壮语，只有真情流露！

她说没有文化，也只能干个这。我要说，这个世界不仅要有有文化的人发展我们的城市，也要有这样勤劳朴实的人来美容我们的城市，他们是城市的美容师，我们的城市发展也是离不开他们的。

曾经几个北京朋友来我居住的城市，开车转了一圈说，这个城市咋这么干净？像北欧安静美丽的小城。我说他说对了，我们的城市就叫"美丽的大北欧"。

有投资的人过来说，这么干净的城市，一定有发展前途，见微知著。一个正衣冠的人一定有博大的胸怀和对生活的热爱，一个注重城市形象的城市一定在方方面面都能做到很好。

他们，城市的天使，城市的美容师，城市的黄玫瑰，做着细微的事情，却能推动一个城市的发展。

环卫是城市的一张脸，反映着城市的精神面貌！

有几个定格的画面总是不时在我脑海闪现，然后我鼻子一酸，就会流出热泪。

柳恒老主任说，有一天，他看见一位垃圾清洁工在大路边趴在垃圾清理车上睡着了，他没有去打扰，轻轻地走开了。他心里默念，睡一会儿吧，再睡一会儿吧！这么大的年纪了，那么早起床，哪有不困的道理。

他说，有人反映说垃圾清洁工在公共卫生间吃饭。狂风大作的时候，不能回家吃饭的他们，只能躲在公共厕所吃饭，一边是便池，一边吃饭，世上还有几人能做到。

这个画面定格在我脑海里，挥之不去！

啊！"黄玫瑰，别落泪，所有花儿你最美！受了伤，别伤悲，别让泪珠湿花蕊。"

在这样不懈的坚持中，朔州环卫屡屡获奖。

他们的坚持，他们的辛苦，有人能看得到，有人给他们鼓励和支持。尽管有些人不理解他们的工作，会给他们白眼，但是他们的付出，祖国不会忘记，社会不会漠视，他们一次次获奖，就是最好的证明。我看到一张张奖状，有"授予柳恒同志全国建设系统先进工作者称号"；有"柳恒同志，在全面建成小康社会的伟大实践中，成绩显著，荣获先进个人二等功"；有"柳恒同志，2004年全市建设工作先进个人"；有"刘冬梅同志，全国建设系统劳动模范"；有"刘冬梅同志，在2019年中联环境杯劳动竞赛活动中，被评为优秀城市美容师"；有"授予张志伟同志劳动模范"；有"授予张志伟山西省劳动模范荣誉称号"；有"张志伟同志，入选2018年度山西省三晋英才支持计划青年优秀人才"；还有很多奖励，还有很多人获得如此殊荣，只是我不能一一亲见，不一而足，只是记录点滴，以观全貌。

如果写他们的一天，不足以写出他们寒来暑往的艰辛；如果写四季轮回的艰辛，又不足以表现他们一天从早到晚十二小时的奔忙。从长度到厚度，几十年，多少人，他们的辛苦与艰辛我不能全面表达，只以点滴记录，管窥见豹地略见他们的平凡和伟大。那些故事，每一个都能拍成电影，被永远记录和鼓励迷茫的人们，踏实地做一件事情，坚守一个岗位，为建设我们的国家、我们的城市添砖加瓦！

这样的故事每天都在上演，有重复的内容，有不同的内容。这样的城市环境维护需要几代人一棒一棒地接力，柳恒主任前面有别人，后面有张志伟同志。他们前赴后继，继承着前辈们的优良传统，并且保持和发扬下去。清洁工人也是一棒一棒地接力，发扬不怕苦不怕累的精神。我写的故事里的人有的已经去世，有的儿子又在这个岗位上工作。当然，也有在这样的苦累中开出美丽花朵的后代，比如刘冬梅的孙女！当然还有很多这样的花朵，只是我的脚不能丈量到这座城市的每个角落，我的眼不能看到每个美好的瞬间，唯愿他们如此辛苦之后，能得到更多人的支持和理解，能在辛苦中开出更多的花朵！

我唯愿路人少在街道上扔一些垃圾，减少他们的辛苦，我唯愿天公作美，少刮一次狂风，让他们能减少苦累。我也希望这个美丽城市的背后的故事，有更多的人看到，理解他们、支持他们，伸出友谊的手，给他们买一杯水，给他们添一件衣；我也希望大家共同加入环卫志愿者工作中，去体会他们的艰辛，减少他们的工作量！

他们，城市的黄玫瑰，是一群普通的人、平凡的人，在城市醒来之前，发着光和热，在城市的背后，上演着清洁城市的故事，没有人知道。

我们看到的永远是他们清洁过后光鲜亮丽的城市。

当阳光洒满七里河的时候，我站在七里河桥上，看着波光粼粼的河水，看着澄净的蓝天，看着干净桥上的车水马龙，看着嬉笑着从桥上走过的学生，生活是这般美好，我的城市是这样美丽！我抬起头，看见远处，几名环卫清洁工弯腰低头清扫，就如阳光下、河岸边盛开的黄玫瑰，我对他们肃然起敬，我仰视他们！

因为喜欢，所以热爱

2023 年正月十五，山西省朔州市山阴县文化馆马馆长的一场元宵节直播牵动了全国各地的山阴游子和外地看客，他们都说山阴今年的元宵节办得真好！

远在海南的哥哥，把直播不仅发给离家久远的包头姑姑们一家，让近九十岁高龄的姑姑回想起曾经的热闹而泪眼蒙眬。他自己也一边观看一边叨叨，大头人，高跷，大桥沟，北头起。他越说越兴奋，好像这一场直播撩拨起哥哥童年元宵节的快乐。母亲说哥哥老了，竟然说起这些了。

是啊，一晃的工夫，我们都老了，故乡是回不去的地方，满满的乡愁；故乡是心灵的归宿，永远藏着曾经的最美好的东西。一场元宵节的直播，让多少游子湿了眼眶，润了心田。

直播已不再新鲜，大部分人是为了带货，而马馆长的直播为了把家乡的文化宣传出去。直播间人数上万人，微信群里频繁转发，一场被大家遗忘了很久的元宵节被重新记起，直到元宵晚会结束，直播间的人们还是久久不愿散去，依旧有几千人在等候，他们等候的是一场久违的快乐，一场久别的重逢。他们说哪怕再看看家乡的灯，家乡的街道也行，马馆长便在凌晨的街上带领大家观看我们曾经共同的家园，寒风把马馆长的鼻子都冻红了。很多人感激地说，"您辛苦了！快回去吧！"而我知道马馆长不觉得辛苦，他因为喜欢，所以愿意！

马馆长名叫马建中，出生在20世纪70年代末，他的父亲在他上小学的时候给他买了一台录音机。那时候的录音机还是稀缺货，大家都为它的神奇而爱上了它，别人不过是录音玩玩或者随便听听歌，而马建中却因此爱上了唱歌。

他对爸爸买回的这台录音机爱不释手，买了很多音乐磁带，有邓丽君、张明敏、朱明瑛、奚秀兰等人的，还有黄梅戏《天仙配》，他不像别人只听听而已，而是不厌其烦地学习，快进、倒退，翻来覆去地听，一首首地学。任何付出总有回报，马建中高考后，到部队当兵，部队浓郁的艺术氛围让他的爱好重新迸发。在各类活动中他崭露头角，部队的官兵都说喜欢听马建中唱的歌，不喜欢听别人"喊"的歌。是的，马建中因为喜欢，所以用心学过，虽然不专业，但是比起单纯因为爱好就吼一嗓子的人来说，确实唱得分外好听，而且，马建中天生有一副好嗓子，音色饱满，音域宽阔。听着让人舒服。

部队转业以后，马建中先后去了土地局和财政局工作。山阴县文化馆举办唱歌比赛，马建中就报名参加了，虽没有赢得比赛名次，但却引起一个人的注意，那就是文化馆馆长——韩卫华老师。

韩卫华向马建中发出邀请，让他主持一档文化馆举办的节目，马建中没有主持过节目，又是第一次，很是忐忑不安，犹疑着拒绝了。韩老师肯定地说他可以，他的音质非常好，而且普通话很标准。就这样，在韩老师的鼓励下，马建中走上了舞台，主持了第一场节目。从此，马建中便走上了主持节目的道路，并且开始在他喜欢的领域发展。从 2012 年开始，马建中就在文化馆兼职了。

"千里马常有，伯乐不常有。"有时，我们只是因为喜欢，并不知道自己的潜力，但是一个伯乐就可以发现你，并把你带到你喜欢的领域上，从而发挥你的专长，发展你的爱好。

有人说何必去文化馆帮忙，那是个没油水的地方，可马建中眼睛看的不是油水，而是一场场让他激动的活动。

马建中因为喜欢，所以愿意。马建中太喜欢音乐了，妻舅舅喜欢拉二胡，马建中只要一有空就去妻舅舅家里唱歌，即使下班很晚了，也要过去唱几首，有时还带着自己曾经会拉手风琴的战友，在一间灯光暖暖的屋里，马建中在伴奏下唱得热情而忘我，而且几十年如一日地坚持。这和油水没有关系，只是因为爱好。

对于文化馆，马建中也是从小就有情缘的。20 世纪 80 年代的文化馆，那是大人小孩都喜欢去的地方，张贴电影海报，县里六一儿童节活动的摄影照片都在文化馆展出，正月十五的会演，最初的跳舞，都在文化馆举办。马建中小时候就曾在文化馆里学过画画，那个安静的院落，静若处子的静物，让马建中沉浸进去，一颗热爱艺术的种子在幼小的心灵萌发。

所以，去文化馆帮忙，马建中是愿意的，这里有他的爱好。

苏东坡说："写文章本身使人感到快乐的力量，就是文学本身的报酬。"苏东坡最快乐的就是写作之时。苏东坡曾写信给朋友说："我一生之至乐在执笔为文之时，心中错综复杂之情思，我笔皆可畅达之，我自谓人生之乐，未有过于此者也。"我深有同感，每一个有爱好的人也深有同感，马建中亦是如此。

爱好音乐的人本身就是快乐的人，情绪平和的人，音乐带给人不可言喻的愉悦，马建中乐在其中。而且，他的确是一个情绪平和、快乐简单的人，每次见他，他都是脸上洋溢着幸福的笑容，带着平和的情绪，有着谦和的态度，这一切都在感染着你，如一只暖炉，微微地散发着热气，慢慢地将你包围，令你也身心舒畅在这场盛大的热爱中。马建中取得了一系列的荣誉：2014年荣获朔州市总工会"我与改革创新"演讲比赛三等奖；2017年荣获山阴县"喜迎党的十九大"演讲比赛一等奖，还荣获市总工会"劳动美"演讲比赛二等奖；2018年荣获朔州市委组织部"维护核心，见诸行动"演讲比赛优秀奖等奖项。

马建中深得周围人的喜欢。2018年，韩老师退休的时候，建议马建中过来当文化馆馆长，他知道文化馆虽然只是个开展群众文化活动和为人民群众文娱活动提供场所的机构，但是做不好也是不行的，他觉得马建中因为喜欢，所以热爱这份工作，可以做好。

马建中犹豫过，因为朋友们都说，在财政局预算会计这么好的岗位，去文化馆干什么？但是，心中那份热爱激荡在胸，冲出胸腔，他的心指引他去做出正确的决定，他和财政局领导要求调去文化馆，领导也很支持。

马建中说很感谢这些领导的认可和支持。我觉得任何事情都是双向的，马建中因为爱好艺术，性格很好，这也是能得到领导认可和支持的原因吧。

马建中去了文化馆。有人说他呆愣着呢，他微微一笑，他知道这份工作对于他是重要的，因为他喜欢，所以他愿意！

2019 年，马建中正式担任文化馆馆长。他热情地投入工作，每年组织大的文化活动至少五十场，他乐在其中。这样的快乐只有他自己知道。

他的快乐不在于物质而在于精神，每一个有爱好的人都懂得，做自己喜欢的事情，是多么身心愉悦的一件事啊！

每次活动的跟拍照片几百张，马建中一人去编辑，配文字；贴在哪个位置，自己思忖、试验，常常一个人干到深夜。在此刻，他的身心是愉悦的，不知道何为苦。有时为了工作，甚至自己掏腰包，只是因为喜欢这份工作，就想做好，所以他愿意。

就如这场正月十五的直播活动，对工作而言，他是尽职完成本职工作，把自己的家乡宣传出去；对他自己而言，是充满活力的一段经历。他喜欢着，热爱着，他无意间就把文化馆突破保守与陈旧观念落在了实处。这场直播唤醒了多少人儿时的记忆，唤醒了多少人对生活的热情。那些曾经热火朝天的元宵节是深藏于心的快乐，被这场直播点燃。让我们想起了来时的路，想起了初心的美好。生活于我们，就是一场盛大的热爱，而不是奔波的脚步。

这场直播最后收尾的蹦迪，是马建中团队想到的，更是把晚会推向了高潮，把传统文化与现代元素结合，点燃了老中青三代人的激情。

马建中是一个平凡得不能再平凡的人，他就是我们身边的一个路人，旁边的一个邻人，他不需要豪言壮语，不需要振臂高呼，他只因为一份喜欢，所以愿意做好一件事情。

兴趣是最好的老师，干自己喜欢的事是一生最应该做的工作。这样，你不仅身心愉悦，情绪平和，而且你很容易就能做出成绩，因为你喜欢，你热爱，所以你轻松就能做好。

世上的路千万条，每个人都是独一无二的自己，都有自己的喜欢，自己的特长，只要你做你爱好的事情，你的人生就是圆满的。

当然，这个喜欢的范围是：随心所欲而不逾矩！

生活的本质是什么

——看《隐入尘烟》有感

生活的本质是什么？是你在看清生活的真相以后，依然能热爱生活。这也是我看《隐入尘烟》最大的感受。

《隐入尘烟》是很火的一部国产电影，影片讲述了两个来自社会底层的人抱团取暖的故事。男女主人公马有铁和曹贵英都来自底层，经人说媒，组合在一起，过上了彼此关照、互相依偎的生活，他们坚韧自立，一步步建设起来自己的小家庭，看着生活一步步好起来的时候，女主人公却撒手人寰，给人猝不及防的悲剧效果，男主人公对生活也没有了信心，放走了他唯一的驴，推倒了两个人辛苦盖起来的房子。结尾一束麦子寓意深刻，秋天的麦子是死了还是来年的重生呢？

尽管他们来自底层，认清生活的真相，却依然热爱生活，不抱怨，懂生活，知道一箪食一瓢饮的快乐；知道日出而作，日落而息的平实，他们一直在默默奋斗。

生活以痛吻我，我却报之以歌。马有铁不抱怨，因为他知道"麦子理论"，啥人有啥人的命数了，到了夏天一样被割掉，对镰刀，麦子能说个啥；对啄它的麻雀，麦子能说个啥；对磨，麦子又能说个啥；被当成种子，麦子又能说个啥。他理解了生活的本质，我们都无力自然，唯一的选择是像麦子一样，在认清生活的本质以后，依然热爱生活，坚强地活着，以它的绿意和丰收回馈这个社会。马有铁也做到了，他最终保住了承包商的命，为全村人换来了钱。尽管生活艰难，他依然热爱生活，保有善良和本真，让一只燕儿有窝，让小蝌蚪回家，护一棵小麦苗回归泥土，重新生长。

一个"喜"字，不管走到哪里，都要细心地贴在墙上，是对生活的热爱。

道路艰难，他们依然有梦想。曹贵英用电孵小鸡的时候，洒在满屋子的光，是曹贵英的梦想和希望，她试图抓住一束光，可是最后，光明到来的时候，她却走了。

他们自立自强，不依附别人，不抱怨生活。两个人辛苦盖房子，在雨中护泥坯，却互相打趣逗乐；无意间抓到一条小鱼，野外用火烤熟，彼此依偎着，吃着手里发烫的小鱼；躺在炕上感受满足带来的幸福感，生活虽然很苦，有你就很快乐。

"一码归一码"是男主人公的口头禅。信守承诺，不以自己的卑微去换取别人的同情；活在底层，依然有自己的人生信条，活得铁骨铮铮；自己已经落入底层还想着献血帮助乡亲们，不以自己的渺小而躺平，依然尽自己的微薄之力来帮助别人；不欠别人的人情，承诺的一定要做到，春天赊下的种子化肥钱，借得十个鸡蛋要还掉，让自己干干净净地来去，活得很有骨气，这是一种传统农民的良好精神。

看完电影，我的感受还有关于爱情。爱情是什么？是彼此的疼惜，是两个人的惺惺相惜，而不是一句我爱你，或者一场盛大的婚礼。

这部剧里没有爱情的誓言，只有默默的相互依偎；没有说一句我爱你，但全篇都在演绎我爱你。从给她吃一个热乎乎的馍馍开始，到给他拿来一杯又一杯热乎乎的开水等他在黑夜的路口；从我懂得你的难给你买一件大衣，到我知道你的苦给你养一窝小鸡以贴补家用……细节的演绎，唯美如油画的镜头，都在诠释着生活很美，爱情很美。

　　我在你的手腕上用麦粒按下一朵梅花的印记，你今生就是我的；我把你拴在裤腰带里，你今生就跑不了。男主人公马有铁也是这样做的，等曹贵英去世以后，他本来经济条件好转了，可以再娶一个媳妇，但是他没有，而是放弃所有，让尘归尘，土归土，一切恢复原来的模样。真的是"曾经沧海难为水，除却巫山不是云"，再换了谁，也不及你懂我，我们是来自一个星球的，我们彼此懂得，这一份懂得，除了你，世上再无别人！

　　你如刹那绽放的烟花，虽然短暂，却够我受用一生，爱情不是因为你容颜的美丽，而是你曾温暖过我，照亮过我，让我一生能依着这光温暖余生。

　　你是我生命中刹那绽放的烟花，你消逝了，我的生活便没有了光。影片结尾，贵英为了给有铁送饭，跌入河里淹死了，有铁生命中的光也就消失了，贵英梦想的光也没有了。

　　也许他们之间没有怦然心动的爱情，但是两个同病相怜的人走在一起，感受温暖，彼此依偎，这就是爱情。正如一位大学教授所说，中国人表达爱情最好的方式不是叫一句"亲爱的"，而是"那个挨千刀的"，这是爱的中国式表现。这部电影里就是中国式的爱情，我不说我爱你，但是每一个细节我都告诉你我爱你。因而，女主人公曹贵英感受到了从生下来以后的幸福，男主人公也感受到了生活的乐趣。

可是，一屋两人三餐四季的美好，随着贵英的离去而结束。

鲁迅说，悲剧是把美好的东西毁灭给人看，《隐入尘烟》就是这样的悲剧，开始给观众画了一个美好的圆，后来又归为零。而且是画风突然急转直下，让观众唏嘘不已。这也凸显了《隐入尘烟》的主题，我们都从尘土中来，渺小如尘土，最终归入尘土，一切烟消云散，唯有过程是实实在在体验了美好。

这部影片还好在它的真实，因而引起观众的共鸣。真实的生活场景，真实的情感，真实的故事情节，没有粉饰，如同我小时候看到的辘轳和井、土坯房和驴、馍馍和麦子，一幅生活的真实画卷，两位身边人的故事。

我们追求真实，这样活着才不会浮夸；我们呼吁真实，这样才不至于迷失自己。

我们都是尘土，活好自己的内心。我们的生活与别人无关，不要虚荣攀比，把自己活得很累，最曼妙的风景在于我们自己内心的淡定和从容。别人看有铁和贵英是一地鸡毛的生活，他们却是幸福和美满的感受，拥有一段无与伦比的爱情，用自己的双手建设自己的生活，爱护弱小，尽己所能帮助别人，内心是充实的，他们在认清生活的本质后依然能热爱生活，懂得爱情，这是可贵的！

变味元宵节

自儿子出生以后，我就没有看到过元宵节的扭秧歌，以至于前些天有秧歌队上门拜年，儿子问那是什么？为什么穿成那样。我突然觉得应该给他看一下传统的扭秧歌，也就是我们说的玩意儿。

正月十四在网上看了直播的老杆儿，儿子很兴奋，于是决定正月十五回老家山阴看"玩意儿"。来朔州二十年了，对老城依然不熟悉，不知道"玩意儿"在哪儿看，还是觉得回山阴看好，我至少知道在哪里看。

早早吃过晚饭，天刚黑下来的时候，我们就驱车出发了。一路沿着三级公路疾驰前行，路两边黑漆漆的，竟生出后悔之意，但爱人说再过十几分钟就到，也就期待着看到光明。

果然不一会儿一片光明出现在眼前，彩灯绚烂，烟花漫天，"哇！"儿子激动地喊。我的心也敞亮起来了。

道路拥堵，车子慢慢前行，直到走不了了，找个地方停车，步行前往。走了几步，前面就是锣鼓喧天的秧歌队了。这里可能是个集中表演点，人太多，根本看不上，我们挤过人群决定去政府门前的表演点看。

我们的前面是一组舞狮子的锣鼓队，虽然他们松松垮垮地在走，并未表演，但是对于没见过舞狮子的儿子和对童年有太多美好回忆的我来说依然是兴奋的。我们三个人手拉手开始跑起来，灯光、烟花、锣鼓声、舞狮子瞬间把我带回到曾经的时光，那些记忆叠加起来，在我心里扬起一片欢乐的海洋。

走在小吃街，买了糖葫芦，想起父亲最后一个正月十五给我买了雪糕，第二年的正月十五就没有父亲的陪伴了，不觉潸然泪下，更想把这美好的瞬间记住。

走过小吃街，来到政府门口，人山人海，可以用里三层外三层来形容了。拥挤的人流瞬间把我们淹没，儿子高举起糖葫芦快乐地笑着，我也回到了童年被人流拥挤的记忆里。

好不容易挤过人群依然看不到表演点的表演，只能在路上看一组组排队等候表演的花车，这些车上放着DJ音乐，没有人表演，儿子说不好看，再往前走，依然是DJ音乐，再往前走依然是DJ音乐，我顿时觉得正月十五的元宵节已经变味了，不复从前。

虽然年是回来了，混玩意儿变成了表演，挤不到表演点前面是看不到秧歌队的，而秧歌队也不扭秧歌了，都是清一色的花车，清一色的DJ音乐。那些高跷、扛个人、大头人都不见了。看一家和十家一样，这已经不是给儿童过的节日了，也不是给老年人过的节日了，而是给年轻人过的节日了。

年轻人从城市的迪厅出来，又走进了街边的迪厅而已。他们未必觉得新鲜，而我却觉得失落。

儿子看不到我口里描述的快乐，我找不到我记忆中的快乐。

沿着街慢慢走，从前的记忆回不来了。

不知何时，混玩意变成了表演，对于一个民间艺术没有多少技术含量，表演有什么意义？为了表演，就短短的一段路都不会给扭一下，失去了大众娱乐的意义。

传统节日就是要传承，传承我们古老的文化可以有变革，融入一些现代元素但是不能被现代元素全部代替。

我不喜欢花车，看惯了城市的霓虹闪烁，不稀罕在元宵节再看一次；听久了现代歌曲，不稀罕在元宵节再听一些。

我怀念那曾经的扭秧歌乐曲，我努力找寻那些记忆中的美好。可是，我的眼前是一个个花车，我的耳边是一首首流行歌曲。

儿子吵着要回去。走过街角，突然看见梁山村的传统秧歌队，看见拿着烟袋锅的媒婆，吊着裤子的邋遢老婆，我不觉一阵欣喜，拉起儿子跑过去看。儿子也被逗笑了。然后过来了我们一开始见到的舞狮子，原来这还是兰园村的传统项目。儿子摸了摸头，又笑了。我说看那边有个大头人，虽然不是我小时候所看到的那种材质的大头人，但是也是货真价实的大头人，他好像掉队了不知道是哪组的，但是他扶着大头四顾茫然的样子逗得儿子哈哈大笑。终于不虚此行，看到了我童年的玩意儿，儿子看到我说的玩意儿，他感受到了快乐。

我想也许只有以前的几个村里还在坚持着一些东西，保持着传统不变。几十年，梁山村的秧歌队，兰园村的舞龙灯。带着我记忆的温度重复上演，在一代又一代的人记忆里把传统保留。他们没有跟风放个流行音乐，而是独领风骚，在这喧闹的正月十五，像一股清流，把传统的喜庆的秧歌队音乐送到我耳边，让我感受传统文化的魅力。临走我不觉回头看他们，对他们肃然起敬。

总算不虚此行，在变味的元宵节里看到传统节目。

我不觉思考，元宵节是给谁过的？我认为是给儿童过的，长大的儿童因为这段记忆而怀念过往。也是给老年人过的，让我们回忆起童年的美好。而不是给年轻人过的，他们丰富的生活不稀罕这重复的节奏。

人生其实都是活在记忆和感觉里的，元宵节又是传统的节日，是为了传承古老的文化。有点变味的元宵节我是不喜欢的。我怀念从前的混玩意儿，秧歌队走一路扭一路，不管你在哪儿都能看到；我怀念以前的混玩意儿，人和玩意儿是混在一起的；听过了太多的流行歌曲，总想在元宵节听一下不一样的音乐。

带着遗憾，带着欣喜，我在鞭炮声中离开山阴。遗憾的是，元宵节变味了；欣喜的是，总有一些人不跟风，坚守初心。

午后的闲暇时光

终于有了一个小院，如同幼年时，可以坐在偌大的落地窗玻璃前，于午后的阳光下，暖暖地晒着，皮肤发烫，如同要燃起来一般，眼睛迷离地望向窗外。

窗外有自家养的两只土猫和一只小狗。小猫也如我一般喜欢这午后的阳光，暖暖地晒着。它们滚在地下室的玻璃房顶上的泡沫纸板上打斗玩闹，我坐在一楼客厅的窗台上，正好能近距离地看到。

倏忽，一只猫跳开，跳下玻璃房顶，另一只猫比较胆小，不敢跳下去，趴在房顶上向下看。那只跳不上房顶的孤独的小狗兴奋了，迈着它的小短腿，跳下入户门前的台阶，追逐着小猫，并把小猫按在身下，舔舐。

由于冬季的缘故，许久没给小狗理发了，不便宜的羽绒服也已经是油腻腻的了，头发蓬乱着，活像一个流浪汉。

它把小猫按住的时候，我担心小猫害怕，于是，我喊它的名字，"嘟嘟"！它抬头看我时，小猫忽地起身逃跑，等小狗反应过来，小猫已经轻巧地跳上房顶，以胜利者的姿态向下看狗。狗，披着它那件油腻的外衣，顶着凌乱的头发，无助地跳着它的小短腿，"咿咿"地叫着，我便笑起来了。

小猫打累了，趴在泡沫纸板上，一只枕着另一只，暖暖地睡去。

小猫睡觉的样子极可爱，小狗扫兴离去，依旧迈着它的小短腿，爬上入户的台阶，把肚皮朝下，四肢舒展开来，无聊地咬着门前放着的地垫，活像一个小娃娃般可爱。我不觉起了怜悯之心，明天，或者后天，该给它洗个澡，理个发，换件衣服了。

若不是随地大小便，其实，抱在怀里是最好的，清新的洗毛香波的味道，暖暖的小身体，还有撒娇的"咿咿呀呀"声，是极治愈的。

猫儿狗儿都于这午后的阳光赐予的温暖下安静了。这安静，就像幼时，爸妈上班不在家，我午觉醒来，不见一个人，也是这般安静，我一个人趴在窗户玻璃上向外看。

也如幼年时，我这时看到了一只鸟，停在我家篱笆墙的木桩上，在休息，另外两只大一点的鸟忽地飞过头顶，落在对面的房顶上，房顶已经有了一群大鸟，有秩序又零落地散在房顶上，不失为一幅精美的图画。

向往鸟儿的自由，但是我还是看累了，把目光移到了院子里。院子里不大的地方，是几畦菜地，去年的夏天，种了黄瓜、茄子、辣椒和西红柿。菜园子不大，结的果实不少，爱吃黄瓜的儿子尽情地吃了个饱；西红柿是我爱吃的，也是吃了个痛快。辣椒结得更是丰满，密密麻麻，层层叠叠，翠翠绿绿，煞是喜人，就是没人吃，浪费了。今年就别种了吧！茄子因为面积小，不能好好授粉，结了没几个，长的都坠到土里了，让鸭子啄了个烂。今年也不种了吧。就种西红柿和黄瓜吧，想着就兴奋起来了，春耕泥土的香气，更多是庄稼粪土的香气，买回小苗的喜悦，看一天天小苗长大的成就感，看浇地的水哗哗地流，都是一种幸福的画面。

看得久了，想得也远了，回过神，已是下午四点钟的光景了，练琴时间到了。

这闲暇的时光幼时常有，大把大把，以为永远都用不完了。然后，不知何时，这闲暇的时光就不见了。时间如白驹过隙，一点一点溜去，竟不觉察。

许是老了，特别喜欢安静、神游，单位也没事干了，我突然又有了大把的闲暇时光，可以坐在窗前，被太阳暖暖地晒着，一如幼时的光景。这种感受，如同妈妈的味道、阳光的味道，总是带着某种神秘的气味，夹杂着幸福扑面而来，于人生中，多了一种幸福感。

人生的感受有很多，眼泪，喜悦，悲伤，还有一种是闲暇时光的暖意。

一条红裙子

十年前，我买了一条红裙子，是个半裙，红色的厚布裙子，上面有规则的黑条纹，腰处很收，下摆很大，犹如英国贵族小姐的裙子，我很喜欢，所以没有多考虑就买上了，我想上面配一件紧身的黑色高领半袖衫或者白色高领半袖衫。多好看呀！满足了我从小对公主的向往。那年，我还很苗条。

后来我一直没有穿这条裙子，因为我一直没买上我想象的上衣。裙子很厚，要是冷的时候穿，上面配件毛线衫，也要高领紧身，这样才显出裙子的大摆，但是天冷穿布裙子好像不太合时宜。要是天热了穿，上面也是配半袖紧身高领好，但是不管厚的还是薄的上衣，我都没有买到，不是我不想买，而是每年春秋季节我就拿出这件裙子，爱不释手，着急去逛街买可以配得上的上衣，却一直没买到。

那年，终于买到一件，回来一穿，腰像糖葫芦，紧身的薄毛衣把我腰身的糖葫芦形状尽显，我才发现，我的腰身已经不再纤细，岁月不会只对我网开一面。

所以，那件红裙子一直挂在衣柜，我也不再去买可以配的上衣了。以后买衣服，吸取教训，没有看得上的可搭的衣服，再喜欢也不买。

又是一年春分时，天气转暖，我又想穿这件红裙子了，尽管这个季节我有很多新买的衣服，但是贼心不死，我又拿出来它，穿在身上时发现，拉链根本就拉不上了。

朋友圈常去看的衣服店发出一张张高领半袖紧身上衣，白色的，黑色的，咖色的，蓝色的，我又动心了，我要立刻马上出去买这件上衣。当我换衣服要出去买的时候，看见衣柜里那件鲜艳的红裙子，才突然想起，我已经穿不上它了。

失望之余，我抚摸它光滑的面料，尽管我没有穿过它几次，但是它也还是被岁月氧化了，一看就是件过时的旧衣服了。

我不由得伤心、感叹，我爱了它十年，却没有穿着它在春风里翩跹。

本来，我该有一双白色的高跟鞋，一件黑色的高领紧身衣，然后穿着我的红裙子，走在春光里的。

白皮鞋今年也正好买了一双，黑色紧身衣今年正好看到有卖，只是我的红裙子已经老了，我也老得不能穿了！

肆 行走在路上

『世界那么大，我想去看看。』是每个人的愿望。生在这个世界总要看看这个世界的模样吧！于是，一有时间，我就出发了，去看星辰大海，去踏山河，赏日月。

黄花梁上"丰收节"

黄花梁，一个美丽的名字。今天，我出发去那里，参加中国农民丰收节。

路旁的庄稼已经泛黄，路边有枫叶般红色的一丛丛花儿，有清风吹过耳畔，有一排排倒退着的树木，有泛着太阳光波光粼粼的池塘，车里循环播放着歌曲，我的心情是极好的。

远远看见气球升腾在半空，我知道庆祝丰收节的场地快到了。拐进一条干净的乡间小路，两旁彩旗迎风飞舞，一派欢乐的景象，远处的舞台，书写十四个大字：长城脚下庆丰收，雁门关外迎盛会。

鲜红的字迹里也透着丰收的喜庆。场地对面的庄稼地里，如狼尾巴一般沉甸甸的谷穗弯下了腰，在风里摆动，也像欢迎我的到来，共庆丰收佳节。

下午将举办庆丰收文艺演出，这时才是中午，我下车在山西农科院有机旱作晋北工作站里吃饭，富硒小米稀饭，吃出了童年的味道，油糕、烂腌菜、烧山药、南瓜、玉米棒、羊杂，一顿丰盛的农家饭，这是幼时的味道，是久违的家常饭。

山野村夫，文人墨客，齐聚于此。下午时分，一辆辆汽车驶入，山阴县第五届中国农民丰收节在这里拉开了帷幕，一曲由陈永和作词的《黄花梁》响彻田野的上空，把演出推向了高潮。这是我在现场观看过的盛况空前的一场演出，它是开在田野里，有谷穗、玉米伴着，有田野的风伴着，有暖阳伴着，有生于斯、长于斯的农民伴着，这是一场生活气息浓郁的演出，是一场庆丰收的盛会。

黄花梁，在大同南百里怀仁、应县、山阴之间，东西南北皆二十多里。战国称黄华，北魏、北齐名黄瓜堆，隋唐以后称黄花堆、黄花岭，今称黄花梁。

黄花梁在古代，是一个森林世界，绿色王国，北魏郦道元所著之《水经注》上的雁北是这样的："大山乔木，连跨数郡，万里林集，茂林荫翳。"而黄花梁一带是："层松饰岩，列柏绮望。"可见，山西曾经是原始森林茂密生长的地方，即使到了北魏孝文帝建都平城（今大同），这里依然是北魏皇族狩猎的地方，拓跋珪就曾逮捕过大熊、小熊等猎物。可见，这个地方在北魏依然树木茂盛、动物品种繁多。

此地盛产黄花松，所以这里就有了一个好听的名字——黄花梁。

可是，我小时候听过的黄花梁已经是个凄凉悲伤的代名词了，"站在黄花梁，两眼泪汪汪""哥哥你走西口，小妹妹我实在难留"。

过去的晋商过雁门关后再走上两天的路程，就到了一个村庄叫作歧道地，爬上这个村子附近的黄花岭，他们可以看到两条路，一条通往杀虎口，一条通往张家口。这两条路都可以到达蒙古草原，但是哪条路上不会丢掉性命还能赚点钱呢？这些赶脚汉们不能不感到惆怅，因为两条路上都死过无数的人，也有人活着走回来。

再后来，山西人出口谋生也必经黄花梁的歧道地。此时，我站在演出现场依然能看见那个圪梁梁的歧道口，出了黄花梁，就是内蒙古了，那些背井离乡的人不觉怅意袭来，一首首凄苦的民歌因此诞生。此去千里路遥遥，与君一别再难见。

让我们不禁要想，黄花梁在历史的两头，似乎是：一头是无边绿色，一头却是满目苍凉，回荡着声声心碎的民歌，流淌着背井离乡的人们失望的泪水。这中间到底发生了什么？

回望历史，历史上的山西曾山青水绿，后来这些树木去了哪里？

一种说法是辽代修建应县木塔，全部木材均取材于金沙滩黄花梁茂密的森林，北京故宫里许多大殿的巨柱就来自山西的代县，山西有多少值得采伐的森林？当地有这样一句民谚："砍尽黄花梁，修建应县塔。"但是，一个木塔能用多少木头？

我认为更可信的说法是战争。

这里是各民族南下交融汇合的地方，曾经连年战争，黄花梁下的金沙滩古战场，曾经铁马冰河，狼烟滚滚，数不清的马蹄践踏，望不尽的烽烟滚滚，黄花梁的绿色在褪去，成了一片萧瑟之境，加上又是近代山西人出口的必经之地，黄花梁成了一个悲伤凄惨的代名词。

如今，黄花梁上旧貌换新颜，一派丰收景象。山阴县中国农民丰收节主会场设在这里，让黄花梁的名字家喻户晓。

黄花梁重现往日的风采，这要得益于陈永和。

陈永和，1955年生于山阴黄花梁东双山村，二十四岁当村支书，带领全村人致富。四十多岁辞去支书职务，干起了合作社，因为他说："好狗护三邻，好汉护三村。一村富不算富，全部黄花梁的村民富才算富。"

黄花梁横跨山阴、怀仁、应县，这里曾经是火山活跃区，火山土灰富含矿物质，使得这里的小米富硒，而且合作社养牛的粪肥可以直接作为耕地的肥料，让这里的小米不仅富硒且成了有机农产品。这里处于半干旱区，又处于圪梁梁的坡上，"坡上的米好吃"，是这里的俗语。黄花梁占尽了得天独厚的自然条件，使得这里的小米家喻户晓。

今年雨水充足，又一个丰收年。在黄花梁这片土地上，你看那红着脸的高粱，你看那低着头的谷穗，你看那挺胸抬头的玉米，在这个秋收的季节，傲然挺立在田间地头，无不诉说着丰收的喜悦。

走进展览馆，发现这里不仅有富硒小米、绿豆、黄豆、荞面，还有人工黄酱、富硒醋，品种齐全，使得这片被人们遗忘很久的地方——黄花梁，重新走进人们的视野。

在这个金秋时节，在黄花梁的这片土地上，举办的中国农民丰收节圆满结束。我们回望历史，展望未来，黄花梁重新以焕发出的勃勃生机展现在大众的视野，不负它美丽的名字。

我祝愿黄花梁的未来更美好！

水峪口——我的姥姥家

水峪口是我的姥姥家，也是我童年的乐园。

每年放暑假去姥姥家，是最期盼的事情。

水峪口是雁门关十八隘之一，位于山西省山阴县后所乡，离县城八十里。

小时候去姥姥家，母亲总是说太远，要八十里路呢！每次暑假去的时候，我兴高采烈得像鸟儿已经飞出院子了，母亲却又拖着大包小包的东西返回堂屋，趴在大红的柜子上，踌躇着到底去不去，我就跟着跑回去，心提到了嗓子眼，害怕母亲突然反悔不去了。

母亲反悔不去姥姥家是常有的事情，我常常不知道她为啥总是在临行的时候又后悔。母亲可能考虑的事情多：路远、放不下家、拖家带口打扰孤寡的姥姥。而我，只有一个想法，去姥姥家玩。

母亲又常常在我们期待的眼神中拿定主意，背上行囊，坐上三舅、四舅的自行车。小孩子侧身坐在自行车前面的横梁上，大人坐在后座上，一路骑行，去姥姥家。

我初始的激动，一会儿就被自行车的颠簸、大太阳的炙烤、口干舌燥的难耐变得沉默不语。而等到眼前一片开阔，就立刻心旷神怡，顿觉清醒，一路的疲惫瞬间消失殆尽！

开始上路后两旁绿树成荫，庄稼地成片成片地在路旁整齐地后退，让我想一路高歌，后来被太阳晒得发蔫了，身子伏在自行车上迷糊地打盹，直到到了苏庄，眼前便是一片开阔地，仿佛进入仙境。

站在苏庄的村口，我的眼前就是仙境一般的水峪口了。从一路上狭窄的林荫小道走来。终于看见了水峪口。

一片碎山石形成的河滩，漫着浅浅的河水，前面是连绵起伏的青山，最高的山峰在大山的云雾里若隐若现露出巨人般的山头，我常常觉得那个山头就像一个巨人老爷爷的头像，留着眉毛胡须，慈祥地迎接我的到来。每次看到山头，我就知道姥姥家快到了。

山头上面是一块有五间房大的平地，四舅上去过，我也很想上去。但是，看见山头就算到了姥姥家了，走过山前的一大片石子河滩，爬上半山腰，就是姥姥的家了。

过了苏庄，必须步行了，坐在河滩的大石头上，赤脚泡在浅浅的河水里，太阳晒得河水都是热的，脚丫子触摸着光滑的鹅卵石，就如按摩一般，一会儿的工夫，就把一路压得发麻的腿缓过来了。从上午出发，八十里的路程，到了苏庄，差不多就是下午光景了，坐在大石头上，鹅卵石按摩着脚，吃几个煮鸡蛋，彻底消除了一路风尘。山风习习，吹去一路的燥热，眼前的宽阔和重峦叠嶂，令人精神抖擞，光脚踩着鹅卵石跑着去姥姥家，小河水溅起来，湿了衣衫，乐了心怀。

狂野又不失温柔的山风吹过，清爽宜人，带着山草的香气。吹着吹着，鼓起的衣裳，灌满了山风，嘴里也是山风，呼吸都要费劲，却也乐此不疲。山风在八月的季节吹啊吹，绿了门楣，红了杏花。

满山的绿里，红艳艳的山丹丹花，远远就能望见。爬上人工的堤坝，走在火热的堤坝上，走到无从考证的石碑前，走近两狼山口。向里，一路山水一路绿意，穿行在峭壁之间，探索水的源头。本来在山下走，沿着一条窄窄的羊道，不觉就走在了山上。山涧水哗哗地流，半山腰突然会有水冒出来。一股清泉倾斜而下，似天女泼水。水花四溅，风吹来，吹起水珠，溅了一脸清凉。走过天外飞来的小瀑布，前面豁然开朗，一片碧草青青，顿感峰回路转，柳暗花明。这里开阔平整，如世外桃源，据说这是杨六郎曾经打仗安营扎寨的地方。休息片刻，继续向前，是一个深渊。深渊边有小小的山洞，传说是神仙居住的地方，要想过去，需要扒紧山石、踩好草根、侧身过去。过去后会有密林，攀缘上去就能爬上最高的山顶，直接穿过去就到了代县。后面的传说我都是听说的，我一般走到深渊就会折返。

折返出来在沟口找一块大石头，眯着睡一会儿。山风轻拂，鸟儿啁啾，有人在河边洗衣服，木槌捶着衣服的"咚咚"声有节奏地响起，山上放羊人"嗷嗷"地吆喝他的羊群，羊儿"咩咩"顺从地回应。

有时也会去山口的另一边，钻进一个石头砌好的山洞门，进去一直往里走，走不动了，找一块大石头坐着休息。我会问带路的小表弟，前面还有什么？表弟神情凝重地说："石头。"是啊，除了石头还是石头，大大小小的石头铺满沟底，我一直在沟里行，两面巨石嶙峋，压迫在你头顶炫耀它的自然和原始，让你感觉在大自然面前的渺小。因为沟里石头太多，脚上起了泡，不得不返回。一般下雨天不允许进到这个山沟，会有洪水暴发。所以，我一般去爬离姥姥家村口最近的那座小山，上面有烽火台。

那座小山圆融秀美，不似沟里的山怪石嶙峋，原始神秘。它向阳的一面朝着山里小村庄，阳光洒满山坡，坡道平缓，手足并用，踩好草根，不太用力就能登上去。

登山的过程，不忘摘一朵身边红艳艳的山丹丹花，也可以摘一个绿茵茵的乔瓜瓜吃，还可以采摘各种草药，下雨天也可以捡拾地皮菜。

爬上山顶，站在古老的烽火台边，登高望远，望一下我的家乡灯火万家，望一下神头电厂，万家灯火。

我家所在的县城尽收眼底，小得一眼就能望到头。山下的村落炊烟袅袅，鸡犬相闻，羊儿成群地散落在村边、山上、沟里。家家户户的杏树点缀得村庄绿油油、红彤彤，简直就是一块风水宝地。

烽火台历史悠久，属于古长城的一部分，战火纷飞的年代，它起着重要的作用。一个土堆建在山顶，燃起的烽火穿越历史，依然在我的想象里。

站着山上往下看水峪口，两狼山夹道，更显狭隘。真可谓一夫当关，万夫莫开。

山的这边阳光晴好，山的那边却是绿油油的幽暗，太阳背着它，人迹罕至，草木茂盛。太阳的阴影照在上面，如一只大怪兽的阴影，山更显得吓人，不敢前去！曾经，这里有狼出没，现在蛇是一定有的。

雁门关十八隘之一的水峪口是我的姥姥家。山势连绵，巍峨耸立，是家乡独一份的美景，不仅有山有水，而且秀美磅礴；不仅山势险要，而且山前开阔；不仅重峦叠嶂，还有小溪潺潺。是我童年的乐园！

夏有青翠入目，山鸡出没，冬有一望无际的白雪皑皑，野兔飞奔。

夏夜去地里浇地，月光下，青蛙在田间唱歌，农人们扛着铁锹嬉笑怒骂。夜凉如水，清风拂面，知了在叫，花儿在静静地开，可以玩乐，可以怀想。

下雨的时候，可以坐在家里感受山雨欲来风满楼，可以倾听雨打芭蕉闲听雨，道是有愁又无愁。

水峪口，水流出山口的地方，滋养了世代农人，青山碧水，山清水秀的好地方！

这里是怀仁

一

这里是怀仁!

我行进在怀仁的街道,被高楼林立、碧水蓝天所吸引,一度恍惚以为自己是在市里,看见的是七里河畔,又猛然醒悟,我是行走在怀仁的大街上。

怀仁,塞外名邑,文明古都,今朝新城,位于山西省北部,东挽桑干河,西依洪涛山,南望雁门关,北抵杀虎口,总面积123.2 平方公里,人口总数 43 万人。

我与怀仁是有一段情缘的,记得刚上班的时候,我就被分配在了怀仁,工作单位在当时最繁华的新华街。如今,过去了三十年,重新踏上这片故土,心潮澎湃,情感激荡。看着全新面貌的第二故土,我不觉眼睛湿润了,我从模糊的泪眼中看着这座蓬勃发展的城市,感叹她的变化。

三十年前,怀仁已经走在了山西朔州六区县的前头。还记得那年我刚刚入职,欣喜于她的繁华、水幕电影、怀仁公园,引得同学朋友都来我宿舍小住,以观怀仁的风姿。

如今,怀仁更是走在了山西省的前头,犹记得当年退休老干部们坐在我单位对面的十字路口商议怀仁建市的事情,我当时只觉得是不可能的事情，如今怀仁真的成了国务院审批通过的县级市了。

而且，她"中国德乡，天下怀仁"的时代赞誉实至名归。

怀仁是如何一路走来？我带着好奇和疑问随众人走进怀仁展览馆。

"古韵怀仁，仁世仁人，今朝德乡，德照天下。"随着画外音我看到电子屏上徐徐展开的一幅图画，恢宏大气，气势磅礴，高楼耸立，绿色葱茏，一个美丽的新世界在我眼前打开，我热血沸腾！又听着身边怀仁同人的曾经我熟悉的乡音解说，我再一次热泪盈眶，我的脑海瞬间回顾了我刚刚上班在怀仁的美好生活。我对怀仁有如此强烈的好感，就是源于当年的怀仁人善待了我这个刚刚踏入社会的新人。怀仁，它的确是"怀想仁人，德照天下"。让我一生难忘这片土地！

怀想仁人、怀德怀礼、怀山怀义的人文特质历久弥坚，怀仁不仅是这样宣传的，而且也是这样做的。当我再次踏上这片热土，乡音都倍感亲切，几次热泪盈眶！在怀仁工作的短暂两年，是我一生幸福回忆的片段。

怀仁以德立足，是明智的，自古厚德方能载物，于人如此，于一个县级市更是如此。怀仁前进的步伐已经证明，以德服人、以德治市是正确的，德永远是做人做事摆在第一位的东西。

怀仁，一个以真诚缔造的塞上新城，一片以绿色召唤未来的创业沃土。一万年前的旧石器时期，在怀仁鹅毛口的地方，就有了人类活动轨迹，唐尧开始，王朝更迭，她像一双眼睛在岁月的长河中若隐若现。辽代置县，金代置州，历经岁月的洗礼，从远古款款走来，走向新生，走向繁荣，走在时代前列！是谁，让她稳步前进，走向如今的繁荣昌盛？

我轻移脚步，在怀仁展览馆一个一个的展台前慢慢走过。岁月如歌，浅唱低吟，鹅毛口的旧石器时期，灿烂的怀仁窑彩，金戈铁马的金沙滩古战场，非遗的怀仁耍孩儿地方戏，民谣谚语，古窑古轿，我中华一绝火树银花的怀仁大旺火。我仿佛置身无人之境，脚踏着这方故土，手摸着这些古韵，心灵宁静，我在与远古对话，与怀仁的发展一起走过。

一面状元墙引起人群骚动，拉回我的思绪。满满一墙的状元，让人羡慕！怀仁的教育走在全省的前列已是多年不争的事实了。以前只是耳闻，今日得见，一面墙，一群人，个个都是清华北大等名校的骄子，怎能不令人羡慕与感叹！怀仁最先让教育走在了前面。

十年树木，百年树人，教育先行，知识带头，永远是颠扑不破的真理。怀仁仁义，她的学子遍及全省，有怀仁、容人、纳人的气度，为一方土地培养出众多优秀学子，走出家乡，服务全国。

出了展览馆，我看到展览馆前的广场上绿树成荫，老年广场舞队员穿红着绿地在扭秧歌，对面的图书馆静谧肃穆得鸦雀无声，年轻人在里面安静读书，墙上鳞次栉比排开的书法作品，安静写字的老人，无不在诉说着这是一座幸福城。

"怀仁梦，幸福城"，一切为了人民，怀仁做到了，就如老百姓过日子一样，都要有规划的，没有规矩，不能成方圆，人生不规划会是一团糟，日子不规划会有捉襟见肘的困境，县城不规划就会如一盘散沙，凌乱拥挤。

站在图书馆前，眼见的是蓝天如碧玺，白云悠悠，闲人踱步。球场上是矫健的年轻人，路边是唱歌的歌者。一派生机盎然、舒适宜人的景象。我虽没有进一步了解怀仁，单从眼里看到的就知道怀仁的确很好，管窥见豹。兴奋中，众人合影留念，在美丽的怀仁，留下我再次来过的足迹。

二

历史的车轮滚滚向前，离不开民族的每一次大融合。每一次民族融合，使时代就向前迈进一大步！我们从长袍短褂发展到短衣长裤，是学习了游牧民族的服饰，这样更方便于耕种，包括我们从席地而坐改为高桌大椅，包括彰显女性柔美的旗袍，都是民族融合的结果。

怀仁地处大同盆地，是古代匈奴人、鲜卑人、契丹人等南下与汉族会合交融的地方。"怀仁"，因辽太祖耶律阿保机与晋王李克用会盟于此而得名。李克用是沙陀人，耶律阿保机是契丹人，可见民族融合在怀仁历史悠久。

怀仁草原肥美，适合牧羊。游牧文明与农耕文明的故事在这片土地滋生出一片葱茏！怀仁又属于北温带大陆性季风气候，适合长草，羊文化便因此而生。

在早上微雨蒙蒙中，我们驱车半小时来到了怀仁金沙滩羔羊肉生产厂家。进去就被一股扑鼻的羊肉味吸引，一路前行，生产车间干净整洁，工人们低头忙碌着，在款款前行中，领略早已闻名的金沙滩羔羊肉生产工序。

在这片青草肥美的地方，养殖羊儿，是自古就有的。在北方，羊肉素有美名，属于冬季大补的上品。如今，引进了现代化技术，把怀仁色泽均匀、有光泽、有韧性、膻味小、肉质鲜嫩、保水性好、瘦肉率高、味道清香的羔羊肉用先进的技术冷冻、切片，制成熟食，包装，运往全国各地，让全国的人们都能吃到优质羊肉，不仅减少了在家加工的烦琐程序，也为不会做羊肉的人提供了快捷方便的熟肉制品。诸如怀仁特产羊杂、八大碗、紫花羊排、一口香。也有羊腿肉、羊排等羊的不同部位分割下的生鲜肉，排去膻味，可以满足不同人群的需求。

悠久的养羊历史和现代化技术结合，是不忘古老的文明，亦能对现代技术合理引进运用的怀仁人承古纳新的变通思想，使金沙滩羔羊肉远近闻名。

走过金沙滩羔羊肉生产厂家，便是金沙滩古战场。肃穆庄严的城门让我不敢多语，怕惊了这里的忠魂。这里曾经是杨家将战死沙场的地方，空旷的旅游区里，仿佛依然能听到当年的厮杀！走近天门阵，听当年穆桂英挂帅大破天门阵的故事，心潮澎湃，敬畏之心油然升起。看天门八卦阵的布局，感叹古人的智慧。进地宫，体会当年血战沙场的将士们蛰伏其中的艰辛；出地宫，看百里青松苍翠，默然于古战场的忠魂不眠，浩气长存。

前进的路上，怀仁不忘历史，不忘先驱，建设了金沙滩4A级景区，为的是记住杨家将保家卫国的英勇故事！

一座城市必须不忘历史，方能鉴古知今，不断改进，才能稳步前行。怀仁做到了！

三

陶瓷，在中国历史悠久，中国的制瓷技术比欧洲早了一千多年。明朝郑和下西洋的时候，把中国的瓷器传到了欧洲和东南亚等地，因为它的细腻优雅和好清洗等特点被外国人所喜爱，难怪英文中，"中国"与"瓷器"是同一个英文单词。

怀仁境内高岭土储量丰富，达到3136万吨，其品质洁白细腻松软，可塑性和耐火性强，是优质高岭土。所以，怀仁陶瓷应运而生，历史悠久，闻名三晋的大同九龙壁主体琉璃瓷是由怀仁吴家窑赵氏兄弟烧制的，后来怀仁陶瓷又蓬勃发展，现在更是成了山西日用瓷器的生产出口基地。我家用的盘碗都是怀仁陶瓷厂生产的。

走进位于怀仁的朔州陶瓷职业技术学院，感受是比我见过的一般省级大学更大，更美。走进陶瓷生产厂家，看到各个生产车间的工人师傅在嘈杂的车间低头工作，震耳欲聋的机器声让我感受到制作每一个精美的瓷器都是如此不易。在陶瓷的展台只看到琳琅满目、精妙绝伦的各种瓷器，惊叹于它们的美轮美奂、精致典雅，却不想如此制作不易。感恩工人师傅，感恩怀仁陶瓷厂，让我不出家门，就能用上如此精美的瓷器。

农业是国之根本，发展的道路上怀仁不忘重视农业，农业亦在开拓前进。

我们一路前行，来到了怀仁亿诚农业园区，一路的疲惫因眼前的一片绿地而神清气爽起来。众人纷纷下车，奔向绿地，有席地而坐的，有奔跑放飞的，有合影留念的。山风微微，绿草盈盈，远黛青山，近水喷灌，如在世外桃源，画中世界。

导游的喇叭催促继续前行，恋恋不舍出发。我们又在一片绿地处停下，绿色的草坪前一排桌椅板凳上的白色桌布，浪漫而温情，桌上早已摆好了各种瓜果，个个都是童年的味道。纯正美味，我有生以来吃过的最甜的哈密瓜，是在山西这片黄土高原上的怀仁，而不是在新疆。

亿诚农业的负责人秦赓，人狠话不多。他坐在我的对面，戴一副宽边眼镜，嘴唇厚厚的，让我想起"嘴唇厚的人厚道"的俚语。

我从身旁怀仁同人的嘴里知道秦赓大学学的就是与种植业相关的专业，从北京回来，建设自己的家乡。通过同人对秦赓的采访，才知道了很多农业知识。

这瓜和小西红柿虽然小，但并不是我们认知里的转基因，让我们放心地吃。顺便解决了我们日常对一些蔬菜粮食是不是转基因的困惑，专业人士给予解答后，放心了不少。也同时了解到了立体种植，一片地里可以种植多种瓜果蔬菜！见识也长了不少。

亿诚的瓜如此的甜，是故意不常浇水，增加温差，才得以在塞北种下比从新疆运过来的哈密瓜还要甜的哈密瓜。

我想新疆的哈密瓜闻名全国，一定也很甜，只是运送到山西，需要在没成熟的时候摘下，养熟的瓜自然不如在地里熟透的瓜甜。而亿诚做到了，让家乡人吃上自然熟的哈密瓜。

问及如何销售，秦赓说在本地就已经供不应求了。问，我们如何能吃到？答，可以网上下单，快递发货，当天到货！

最好的广告是产品，秦赓虽然不会夸夸其谈。他用他的产品直接开口说话，他把瓜果的甜住在你记忆的深处，时刻召唤你记起亿诚，不怕你想不起来亿诚的好。

从以前只知道亿诚的名字，到今天走近了它，了解了它，吃到了它的产品，因而感佩它的存在。

在塞北的土地上，吃到甜美熟透的哈密瓜，是怎样神奇的一件事情。从此，我的心里有了它。

感谢秦赓长居田野的付出，让我不出家乡能吃到味道甜美的瓜果。

四

夕阳西下，挥手作别，路上沉思，是什么原因让怀仁在方方面面都做得这么好？就像一个好学生，他不会偏科，门门都优秀！怀仁就是一个好学生，从农业、工业、畜牧业到教育、城市建设、历史古迹的维护，包括羊杂、糖干炉等小吃，都能发展得很好。

回来的几日里，我还想着那道在陶瓷职业技术学院吃的羔羊杂的香，怀念羊杂的味道，有点到了不食不快的地步，那缕留于唇齿的香好像永生难忘了。让我总是忽然想起，又忽然无奈地放下。又突然想起金沙滩羔羊肉的产品里就有怀仁羊杂熟食，网上下单买来就可以吃，好像望梅止渴间突然真的有梅就可以吃到了一样。

怀仁兔头不是特产，是最近几年流行起来的小吃，引得邻县人都慕名而来，店家依然是小店经营，为的是保证质量。是什么定力可以只顾质量，不考虑挣钱的呢？

"怀想仁人，中国德乡"，这样的基调决定了怀仁人的品质，以德立人，以德治县，我为人人，人人为我。言而有信，信达天下。

我想，怀仁的好，不是一个人、一个领导的事情，是一群人、一批人的事情。

展望未来，怀仁会更美好！

一座城

我的家乡山西省朔州市山阴县境内的张家庄乡，有一座城，它的名字叫旧广武村，是一座有着两千多年历史的古城，也是迄今为止中国保护最完整的辽代古城。

从县城出发开车向南行驶约 40 公里，到达古城脚下。

站在古城墙下，我理解了真正意义上的城。四面青砖砌成的城墙，整齐地圈成一座长方形的城。在蓝天白云映衬下，古城显得庄严而肃穆。

城墙高约 7.35 米，下面是三层石头砌成的底座，上面是青砖砌成的城墙。城墙顶部有整齐的垛口，古城的韵味通过垛口彰显出来。墙四周有 21 座马面（城墩），威武霸气，护卫着这座古城。

在东城门外，我拜谒了关公庙遗址。看详情介绍，知道这里曾经是一个瓮城，里面盖有关公庙，如今瓮城已不见，关公庙也已坍塌。看着厚实的黄土墙，我能想象出这里曾经香火旺盛的景象，如今，这里是那么的安静，安静之下仿佛涌动着历史的诉说。

抚摸着斑驳的古老木门，走过厚实高大而威严的城门，我看见一个建筑整齐有序的村落。东西向是一条干净的石板路，一眼望去就看见了西城门。原来这个古城并不大，东西长约 340

米，南北长约 508 米，是一个长方形的小城，总面积也就 17 万平方米。但是，小城布局整齐，东西为主街道，南北向有几条整齐的小巷。

村里人不多，遇到一对从湖北来旅游的夫妇，他们说："你看，这古城，多么安静；这民居，多么质朴，我们真想住下不走了。"看着他们兴奋移动的脚步，我在安静里却听到了战马嘶鸣，看到了战旗猎猎。这里，是雁门关外的古战场，大小战役曾经历过 4700 多次，从汉逐匈奴、唐御突厥，到宋抗契丹、明击瓦剌。可以说有文明的历史开始，这里就有了不文明的战争。战争让这里曾经狼烟四起，生灵涂炭，短暂的和平也迎来了农耕文明与北方游牧文明的碰撞、融合，促进了农业技术和其他文化的发展。

东城门口有王家大院遗址，始建年代不详，院子已经坍塌成一堆黄土，但院落很大，应该当年也是几进几出的大院子，屋顶上掉落泥土的瓦片也显示着这里曾经的富贵。王家大院虽然几次易主，已经没落，但是当年王家人乐善好施的品格却一直为后人津津乐道。

再往前走，"广武豆腐"的招牌赫然入眼，早知道广武豆腐好吃，在朔州市，我买豆腐也是慕名去买广武豆腐，今日看见了设在旧广武的豆腐坊。

在上午的恬淡时光里，慢悠悠的牛车从我面前走过，农人朴素的装扮仿佛让我回到了旧时光，回到在离广武不远的我的姥姥家。我在路边的石台上，与豆腐坊的掌柜攀谈起来。他说："我是第十五代了，我的豆腐做得好，朔州市的好几个大饭店隔天就过来拉我的豆腐。"我问为什么广武的豆腐好吃，他说主要是水好。一方水土养一方人，才做出这卤水点的嫩豆腐，软而不烂，白色细腻的广武特色豆腐。这也是广武的一大特色和一大景观。

走过豆腐坊没几步就到了西城门，登上城门边的台阶，拾级而上，很快就到达了城门顶楼。有风微微吹来，酷热一下消散不少，极目远眺，对面的古长城蜿蜒绵亘，著名的"月亮门"景点形似月亮，立于山头，这山叫勾注山，不远处就是"中华第一关"——雁门关。

一层山一层林，是远处的景，原始、苍茫、厚重，仿佛历史的记录者，默默无言，守护着过去的故事。近处，城门附近，是现代的高速公路，汽车一辆辆快速驶过，也有村镇修的公路，拉煤的大货车喧嚣而过，扬起阵阵灰尘，与安静的旧广武古城形成了鲜明对比。再低头看旧广武城，它整齐，古老而安静，我问它古往今来，经历过那么多战争，痛吗？它依然以安静的姿态面对我，它不语，是不得言说，不能言说，不必言说。

此时无声胜有声，它好像也在说："一切都过去了，我终于等来这和平年代，各族不再纷争，看过满目疮痍的眼睛终于看到了绿水青山，遍体鳞伤的身躯终于得到修复，可以有尊严地安静地挺立了。"

这是一座安静的城，我为什么一直用安静这个词，这就是它的语言。很奇怪，不管外面施工绿化带的工程产生多么大的噪声，也不管外面公路上的车发出多么响的声音，它始终给你安静的感觉。也许它真的太累了，需要这安静，需要把这安静传达给你，让你从远古的纷争中，从现代的内卷中，来感受它所带给你的平静、祥和。

在南城门边，有一所小学，小学里有两棵柏树，已有千年历史了，村里人称它们为"雌雄双柏"，说它们是爱情的化身，也是当地村民对于和平美好的一种向往吧！

出了西城门，来到城墙外北门的位置，这里并没有设置城门，有很多种说法，并不知道哪种说法更准确，我不去追究，我只看到这里的大石头上写着"旧广武"三个字。我想，它的前世到底叫什么？好像已无从考证。在古代中国北方边陲城市，有很多以广武命名的地方，这是一个汉族人的名字吧，"广布武德"之意吗？后来它作为一个兵站，与明洪武年间修建的新广武兵站并存，为了区别而把它叫了旧广武。它几经易主，从辽到明，终于安定下来，有了自己的名字，有了自己的安静。

它是一座城，一座古城，城的本义就是环绕都市的防御墙。《释名》有曰："城，成也。一成而不可毁也。"它是真正意义上的城，有四堵高大厚实的城墙护卫，百姓生活其中很有安全感，它也是现代意义上的城，方便人们的生活，人们在此安居乐业，耕田养羊。

城墙外，大片大片的杏树，已经结满了杏子，杏子也已经红了脸，它们以它们生命的绿色与盎然装扮着广武古城。

初见沙漠

在八月微凉的天气里，我突发兴致，去看了内蒙古的沙漠。

在著名的响沙湾风景区，我随着拥挤嘈杂的人流，进入景区。瞬间，我被眼前浩瀚无垠的沙漠惊呆了！这是我首次看见沙漠。起伏连绵的沙丘好似通向遥远的天边，将天地的界限模糊，虽然景区边人工造作的痕迹破坏了它的美感，但我亦能感觉到它的炙热和苍茫。

坐着缆车去一个以儿童玩乐为主的景区。坐在缆车上往下看，真正原始的沙漠才呈现眼前。大漠沙如金，在阳光的炙烤下，泛着金色的光。

沙漠越野车呼啸而过，卷起的风沙吹打我的脸庞，眯了我的双眼。这沙漠越野车，虽然一时破坏了沙漠无边的美感，但同时又带来大漠粗犷的野味，让我于高高的缆车上呼吸着狂野的风，感受日常所没有感受过的大漠的雄浑和壮美。

头上盘旋的无人机轰鸣。抬头看湛蓝的天空，一碧如洗，似蓝色的湖面，平静而深远。飞机白色的双翼似飞鸟掠过长空，又像个调皮的孩子，搅乱了这一池碧蓝。

飞机以它的动感，制衡这静美的长空万里。若说蓝天静若处子，那飞机就好似脱兔。

缆车到达目的地。下去后，秀美的沙漠被如织的游人消融了它的苍凉，这里此刻就是个热闹的集市。入口处，如天空一样的蓝色的牌子竖立在木板路的尽头，"响沙湾"三个歪歪扭扭的字让荒凉的沙漠多了一分情趣。

走过木板铺成的小路，前面就是漫漫沙漠了。各种娱乐项目散落在太阳炙烤的沙海里，让我感受与游乐场不一样的风情。

儿子独喜欢玩沙。于是，我们避开热闹的人群，找了一个高高的沙堆。我坐在沙堆上，看连绵起伏的沙丘如海浪的形状，遐想着沙漠的前世，该是一片大海，它便以浪花的形态来记忆自己的曾经。

儿子费力地拉着滑沙板爬上来，又滑下去，乐此不疲，笑声在无边的沙漠回响。远处有一队骆驼，驼铃声清脆悠长，目之所及，皆是苍凉。无数道沙石涌起的皱褶如凝固的浪涛，一直延伸到远方金色的地平线，骆驼的身影是点缀其间的生机。

看着黄沙漠，突然有了一粒沙的感悟。捧起一把沙子，看细沙流过指缝，落入沙海，感受一粒沙的渺小，如我在这大千世界，自己的悲喜谁人能看到？

长风吹过，吹乱了我的头发，发丝随风乱舞，我的眼睛什么都看不见，用手几次拨弄也不能现出我的眼睛，任它在风中凌乱。

太阳快要落山，夕阳把沙漠涂抹成铁锈般的红色，我们启程返回。深一脚浅一脚走出沙漠，鞋里灌满了沙子，就且让我带回去，留作纪念，连同脸上的沙粒，证明沙漠我曾来过。

出了沙漠的入口，我们坐上了沙漠小火车，一路呼啸走过，更感到沙漠的无边无际，渺无人迹，沙柳不时出现在连绵如脊的山丘中，有沙柳的地方还有绿色的小草，星星点点，让你惊叹生命的奇迹。

火车走远，遥看身后的沙漠，那沙柳突兀，夕阳如血，更增加了沙漠的苍凉与壮美！

茫茫大漠，绵绵沙丘，在我身后逐渐消失。我带着一身的疲惫与感慨，离开了初次见到的沙漠。

"人生若只如初见"，这初见的美好，愿记忆永远留存。

黄花沟

　　小时候就常听长辈们说黄花沟，爱幻想的我就想黄花沟一定很美，沟里长满黄色的金针花。

　　长辈们说起的黄花沟都是凄凉之情："出了黄花沟，两眼泪汪汪。"黄花沟是口外了，那些年月，吃不饱饭的山西人背井离乡，出口内蒙古，走过黄花沟，就到了朔风浩浩的荒蛮之地了。黄花沟是个风口，西伯利亚的寒流在此吹入山西，更增加了出口的凄凉。

　　尽管听多了黄花沟的悲情故事，但是我依然想象那里是个黄花遍地的美丽地方。终于，得以去看一看我梦中的黄花沟。

　　驱车四小时，一路向北，走过大同，路上的车就变少了。仿佛一路就我一辆车，走着还有点害怕，两旁的山如土堆一样平坦地躺在无边的草原上，缓缓而起，又缓缓而落，如大大的馒头圆润秀美，散落在一望无际的绿草地上，让我理解了地理书上的内蒙古草原，真是读万卷书，不如行万里路。

　　风力发电机转动在宽广的草原上、平缓的山丘上，是白色的，与草原的绿互为映衬，显出了童话世界的情调，就如《天线宝宝》里的美丽画面。走着走着，突然感觉天空高远肃穆起来，天空着上冷色调的蓝，显得高远和清冷。空气中混合着马尿的味道，让我脑子里冒出"草原的味道"。星星点点的蒙古包和游人安置的帐篷映入眼帘，马儿成群地在绿色的草原上走，牵马的牧民装扮朴素，一如我见到爷爷般亲切。

车速变慢了，前面开始堵车，原来在我一路欣赏美景中，不觉已到黄花沟。

风柔柔吹来，草原的绿，天空的高远，一望无际的宽阔平坦的草原，让我突然激动，想下车去走走。我带着儿子下车，脚踩在绵软的绿草上，有一种不踏实的感觉，总怕一脚踩空。小心翼翼地走，不料踩到了马粪，一大摊，好在是干的，素来喜欢干净的我竟然没觉得脏，反而嗅着马粪味，仿佛回到了童年去姥姥家玩的情境。

抬眼望去，遍地黄花、粉花、红花，不高也不大的各色不知名的小花，还有紫色的薰衣草花，摇曳在微风里，仿佛欢迎我的到来。我突然想起那句歌词"草原最美的花，火红的萨日朗"，我哼着这首《火红的萨日朗》，就想扑进那片花海中！快步前进才发现，远看遍野挤得密密麻麻的花朵，走近看其实很稀疏。我摘一朵不知名的小红花，如大海拾贝一般，觉得很美。不远处又有一些不知名的小黄花，还有紫色的、纯蓝色的、粉色的小花在风中颤抖着，小得让人生怜。这花都不知名，在粗犷遍野的牛粪中，娇弱地开放，让我想起《野花》那首歌，"山上的野花为谁开又为谁败，静静地等待是否能有人采摘。"摇摇摆摆的花，让我陡生怜悯之心。那花如此娇小美丽，低低地开放在北风里。默默绽放，又默默枯萎。生命力的顽强，不惧朔风，尽力绽放，美化着荒凉的"天苍苍野茫茫"的内蒙古草原。

我步行在草原花海中，不觉手里已经是满满一束花了。第一次短时间摘到这么多的花。开心中，发现竟比车先到了黄花沟风景区。

没想到一入景区门，眼前如黛青山把我惊呆了，如峭壁耸立在我眼前，天高地远，山色清冷，仿佛进入仙境，幽暗中透着神秘。那黛色，还是发灰的那种，里面也比外面冷多了。儿子直往我怀里钻，很多游人租了军大衣。在这炎热的夏季，这里仿佛就是别有洞天。

这景让我体会到了幽雅和引人入胜，诱惑我前去一探究竟。

进去景区里面，人工造作的痕迹依然掩饰不了她的特别之美。山比较陡峭，不似路上看到的馒头一样的小山，四面环山的沟里，平坦如江南平原，还有山涧水清清。谷底便是游乐区，我对此没有多大兴趣，只是对玻璃栈道感了兴趣。第一次双脚凌空起来，不敢低头看下去，唯恐玻璃烂掉，掉下万丈深渊。我眼睛只是看前面，如履薄冰般终于走到对面，又从水上滑下去，来到谷底，看见了骆驼队。我虽好奇骆驼，但也不敢走近，因为幼时就听过骆驼发脾气是很厉害的，只是驻足观看了一些骆驼蹄子。小时候常听人骂"脚大得像骆驼蹄子"，今天才知道骆驼蹄子还真是大而丑陋。

沿着一条柏油路往前走，据说是出口的地方，我赶紧放慢脚步，欣赏路两旁的绿草覆盖的山。用绿草如海形容也不过分，因为全部是绿色覆盖，毛茸茸的，没有一处裸露的山石，风吹起来还似海浪翻滚。

走出柏油路，又让我眼前一亮，一望无际的草原平整地展现在眼前，青翠入目，令人心旷神怡，心顿时舒展开来。草原的辽阔，让我的心儿想放飞，是一种天高皇帝远、任我去高飞的畅快。想在此处安家，了却平生。

沿着草原中间人工铺成的石子路，再往前走，竟然是上坡，上去以后，又一幅美景展现眼前，错落有致散落的蒙古包，成群的马儿，还有那些只有电视里看到过的石堆，一幅异域风情的图画在我眼前徐徐展开。

那些石头堆原来就是敖包，上面飘着的小旗子，透着古老和神秘的气息，让我觉得不虚此行，见到了歌中的敖包。

骑上马儿感受马背上的摇篮，一摇一晃地走在夕阳西下的余晖里，前面竟然是一个深沟，如武打小说里写的闭关修炼的地方，我想梅超风会不会从下面飞上来？

坐在马背上遥望夕阳里的草原，夜风吹来。我如出征归来的勇士，自豪感油然升起，古道苍茫，我有班师归来的豪气！

黄花沟由我一见到的美丽到她突然的神秘，还有那个关于窝阔台的历史传说，让我第一次感受草原的别样世界，也改变了我最初对黄花沟的错误印象。

黄花沟，她真的很美！

我在如血的残阳里与她告别，挥手说再见！

重游雁门关

一座雁门关，半部华夏史。

行走在雁门关弯曲的山路上，天高云淡，仿佛跨越了时空。身边是连绵不断的青山，眼前是巨石嶙峋、山沟乱石，仿佛来到了另一个世界，原始，宁静，古朴。

这个五一，我来到了离家很近的"中华第一关"——雁门关。

雁门关虽然离我家很近，可是我远游过很多地方，看过名山大川，却没有好好看过雁门关。

我曾经来过一次雁门关，那时我正上高二，在老师的带领下，我们全班骑自行车来雁门关。那时的雁门关还是很原始的模样，我们把车放在了广武的旅店里，步行走进山沟里，走了一上午才到达雁门关口。那时的雁门关口只有一座古老的城楼，一方青石铺就的宽阔地，是杨六郎的点将台，还有两根旗杆。旗杆是我记忆最深的，我们坐在杨六郎的点将台上拍照，两根高高细细的旗杆就在眼前。当时我除了觉得这两根旗杆有点例外，其他就如我姥姥家的山沟一样，那里已经远去了鼓角争鸣，暗淡了刀光剑影，只有年轻活泼的笑声在山间荡漾。

今日在朋友的提议下，我又来到了雁门关。雁门关已经被修建得豪气万分，远远就看到了古城楼。走进古城门，宽阔的广场有一排白色的雕塑，杨家将骑着清一色高头大马，背着刀剑，胸前挂着大红花，一副凯旋的模样。

我走近挨个看，读着雕塑底座上面的字，不觉泪流满面，几度哽咽。满门忠烈，泣血陈列，内心涌动着不尽的情思。如果没有战争，他们是不是能骨肉团聚，颐养天年。

走进雁门关，这里已经不似当年原始淳朴，已经建成一座雄伟的古城。仿古的建筑，林立的店铺，伴随着小贩的叫卖声，摩肩接踵的人们，繁华如北宋的闹市，也如战后民族大融合的互市。

走过繁华的古镇，走在雁门关古朴的城楼里，一股凉意袭来，这真是避暑胜地。摸着厚厚的城墙，我才明白以前老师骂"脸皮厚得像城墙"的意思了。如此厚重的城墙，打仗的时候，的确可以抵御外侵，只是，打造这样一面厚实的城墙，在这大雁都难飞的崇山峻岭里，是怎样的艰难。

传说雁门关名字的来历就是大雁都飞不过的崇山峻岭里，只有这里的山沟可以飞过，故名"雁门关"。我们就是顺着这个沟走进来的。

狭窄的山沟位于崇山峻岭之间，真是一夫当关、万夫莫开，可见其地理位置的优越。

上了城楼，古代兵器——陈列：有投石车、火箭炮，体现着古人的智慧。站在城楼，望向射击孔，山下是郁郁葱葱的绿，哪还见古人厮杀的场面。

远去了那些鼓角争鸣，黯淡了那些刀光剑影。这大好河山，不是用来争夺的，安居乐业的今人终于在先人无谓的争夺战后，享受着安宁平和的岁月，能在此边关平静地瞭望满目葱茏的绿色。

从赵武灵王胡服骑射，到李牧驻守雁门关败匈奴，蒙恬抵御匈奴和修筑长城，刘邦困白登，卫青、霍去病、飞将军李广驰骋关内外，杨六郎镇守雁门关，一箭射到大青山，逼退辽兵无数，这些古老的故事永远在此传唱。

极目远眺，山顶崎岖的长城，雄伟而壮观，只是，这因此牺牲过多少工匠。

来雁门关，感叹古人智慧的同时，也庆幸一切都成为历史。

希望战争永远不要再发生，我们安居乐业，把有限的精力投身到现代化建设上。

暮色苍茫的时候，我们离开雁门关，眼前是一条玉带般的路，弯弯曲曲向前延伸，好似没有尽头，如同仙女甩出的一条玉带，我的车在上面潇洒地前行，一直从远古的思想中穿越万重山，回到城市高速公路，仿佛经历了一次穿越。

车子疾驰前进，我走进城市的霓虹灯里，雁门关的历史消失在我身后。

夏游颐和园

　　初见颐和园，是小时候在画里看见过美丽的十七孔桥；再见颐和园，是在女儿八岁的时候，陪母亲在 309 医院做手术，偷闲游了半日，并不知道其中的妙处，也不知道它的典故。

　　这次游颐和园是在骄阳似火的七月，为了让八岁的儿子领略一下古迹，骗他说那里有一个美丽的昆明湖，可以玩划船。

　　出租车司机很热心，他说他以前就在颐和园门口做生意，建议我从北宫门进，于是，把我们拉到了北宫门。

　　我汗如雨下地跟着游人进了北宫门，进去就被一座山挡住了视线，突然就不明白起来，怎么门前会是一座山呢？

　　过了苏州街，爬上万寿山旁边的崎岖山路往前走了一会儿，儿子就不给走了，他说并未见到湖水。我也大汗淋漓，索性坐在路边的石台阶上休息休息。

　　天是真热，坐下也是汗水直流。我摇着一把扇子，正想从哪个方向走才能尽快到达昆明湖时，过来一个家庭妇女模样的人说："需要导游吗？你们从北宫门进来一眼看到的是山，寓意为开门见山。"噢，原来如此，我突然觉得大开眼界，决定雇个导游，而且导游说她会带我们到昆明湖，收费二百八，我觉得可行，也让儿子在游园的时候学一些知识。

　　在导游的解说下，儿子也来了兴致，跟着导游开始兴致勃勃游园。

这颐和园是皇家园林，是乾隆为他母亲修建的，因为乾隆爱下江南，几次都带着母亲。乾隆母亲由于晚年身体原因，不能再下江南，但留恋江南美景，乾隆便为母亲照着江南园林的样子修了这座皇家园林，还仿照江南集市的繁华建了苏州街，让太监宫女扮成生意人叫卖，王爷格格们来游玩购买。

身边的这座万寿山是取"寿比南山"之意，是乾隆在母亲六十大寿时修建，以寓意万寿无疆、长命百岁。英法联军入侵时烧毁了大半，慈禧太后又加以修建，成为现在的模样。

颐和园最出名的景点就是万寿山和昆明湖，乾隆皇帝选取汉武帝开凿昆明池操演水战的故事，将瓮山水泊命名为昆明湖，总面积有 3000 亩之阔，拓宽水面、挖出来的土又修建了万寿山。

从万寿山走向昆明湖的小路上，两旁树木遮天蔽日，都是百年老树。挂红牌子的是一级老树，约有四百年的历史；挂绿牌子的是二级老树，约有二百年的历史。这些树身苍老斑驳，显示着历史沧桑，也见证着古代皇宫的繁华与衰落。树虽不语，却默默守护这片土地。紧贴路旁边是丁香花，我第一次见丁香花，惊喜地凑过去仔细观看，脑子里闪过的是"逢着一个丁香一样的结着愁怨的姑娘。"这条小路便像一条雨巷那样浪漫了。那些紫色的、米白色的丁香花密集的花絮，一簇簇怒放，勃勃向上，却与愁怨结缘，许是那些交叉纠缠的枝条，抑或是那些细碎柔弱的花朵，还是古人那些"青鸟不传云外信，丁香空结雨中愁"。总之，来到梦中的丁香树前，我女性的柔弱愁怨骤然升腾，我也还想做一个丁香一样的女子了。

闻着淡淡的丁香花香，我突然就年轻起来，脚步轻盈地踩在石子路上，别小看这脚下的石子路，其实是古代石匠们精心打造的只有皇宫才能有的石子路，每隔一段，就有一个"寿"字，寿有一百种写法，这路上便有一百个"寿"字，因为古代皇宫的人不愁吃穿，最缺的便是这"寿"了，所以这也是寄托着他们的美好愿望。

石子路的旁边，有一座废弃的书房，断壁残垣，荒凉凄惨，不忍直视，也与眼前美丽的丁香、参天的树木、鼎沸的人声不相匹配。

这个书房是乾隆皇帝的"味闲斋"，被英法联军烧毁后便不再重建，以铭记这段耻辱。

走过丁香花，绕过石头堆，眼前是万寿山上的一座亭台楼阁，雅号"画中游"。据说在建造这处地方的时候，没有满意的方案，偏巧这时乾隆皇帝梦到一白须老者，带着两个侍女，各持一卷画轴，画上风景美妙绝伦，老者还带乾隆进画中一游，那真是一步一景，看得乾隆龙心大悦。画中游之名出自唐王维《周庄河》："清风拂绿柳，白水映红桃。舟行碧波上，人在画中游。"

不愧为画中游，亭、台、楼、阁、廊、堂错落有致，松柏、翠竹相植其间，美如画境。我们转过山洞，爬上亭台，云水万景收，昆明太空阔，一眼万里，碧波微荡。原来，只有站在这儿，才能体会到颐和园昆明湖的美，颐和园亭台楼阁的美。

一看到昆明湖，儿子就兴奋起来，我们随即走出画中游，沿着颐和园的长廊，我们漫步。廊上雕刻的都是中国民间故事、历史文化传说，惟妙惟肖。如果没有导游，我不会看出其中的奥妙。

廊下清凉，真是一个避暑胜地，暑热渐退，穿过长廊，导游说给我们买游湖的门票。上船后，泛舟湖上，凉风习习，群鸭戏水，眼界辽阔，神清气爽。

随着船的缓缓移动，十七孔桥就慢慢闯入眼帘了。我让儿子数着桥洞，悠悠驶过十七孔桥，我童年记忆里的十七孔桥，我青年时所见的十七孔桥，像电影画面一样闪过。这一闪，人生的半辈子就过去了，这也将是八岁儿子的童年记忆吧！

上岸后，已经到了颐和园的出口，我又感到了天气的炽热，汗流浃背，无心再逛，匆匆随人流出了颐和园。回头望去，竟有些不舍，北京离山西不算远，来北京的次数也不算少，但是游颐和园却仅有两次，再来还不知道是什么时候。人生，就是在这样的回望中倏忽而过。

北京旅游笔记

七月流火，八月未央，我出发去北京。

北京的酷热我第一次体会，出门就是一股热浪扑面而来，我们藏在空调房里哪儿也不想去，白白浪费着珍贵的时光。真希望来一场大雨，浇湿这如蒸笼一般的天气，来点些许凉意。果然，在立秋的这一天，小雨淅淅沥沥下了起来，我们顿时觉得凉爽，儿子开心地说，可以出去玩了。

于是，我们一家四口驾车来到了北京的环球影城！

进去以后，往里走，去了哈利·波特的城堡。教堂般的尖顶房子，狭窄的街道，拥挤的人流，穿梭而过的穿着黑色斗篷的人们，恰好天上又下起淅淅沥沥的小雨，让城堡雾蒙蒙起来，更添了些神秘的味道，仿佛真的到了中世纪的欧洲。

这个园区不一般，每一个教堂般尖顶的房子前只有一个小门，没有中文介绍，都是外国字，我看了半天也不知道这里有什么娱乐项目或者表演节目，工作人员也很少，无处去问。游客忙着拍照，站在路中间，造成了拥堵。

我们只得在一条很长的队伍后面停下，想着随便排队看个节目。排了十几分钟，才知道这里是商店，人们排队是买魔法棒的！

我有些懊恼，雨中排队十几分钟，排到的竟然不是娱乐表演，而是一个卖魔法棒的商店！

我们于是离开这群买魔法棒的激情高涨的人们，又挨个去挂着外国字的房子前问忙着的工作人员，终于决定在一处地方停下来，说里面是魔法表演。儿子的兴致就又来了，他说他喜欢看魔法表演，我们就去这里。

蜿蜒曲折的队伍弯弯绕，我们忍耐着超热和雨淋跟着游人一寸一寸挪动脚步，汗水直流，虽然有空调，奈何人多，依然是热得难受。弯弯绕了四十分钟，终于才在一间逼仄的房间门口停下来。

工作人员让我们二十几个人进去一间黑暗的屋子里，房间小得大约五平方米，墙上整齐地摆放着满满的如扑克牌样子的纸盒子，因为都是外国字，我也不认得是什么，房子中间是一位外国老人，用外国话介绍着什么。我站在人群后面，第一看不见，第二听不懂。我就开始观察墙上的通到房顶的扑克牌一样的盒子，感觉神秘原始，大约就是外国人古老的房间布置，我想到了小时候看到的童话故事。十几分钟过去了，我一直听老人说着我听不懂的外国话，偶然听到一句中国话，因为和外国话衔接不上，我也理解不了意思，只见工作人员拿了说是魔法棒的东西（我站得远，光线也暗，看不清魔法棒长什么样子），她让一个小女孩随便指墙上，房间就变亮了，又指一下，房间的墙上就冒出一股火来。当我正在饶有兴致地观看的时候，表演就结束了，工作人员让我们从另一个门出去。

我有些诧异！没想到，表演刚刚开始就结束了，不得不被人潮推着来到房间的出口，来到另一间屋子。

这间屋子也不大，也就十多平方米，挤得水泄不通，墙上也是密密麻麻放着扑克牌样的纸盒子。我移动不了脚步，只得站住看墙上放着的密密麻麻的纸盒子，顺手从身边的墙上取下一个纸盒子，打开精致的纸盒子，里面是一根小木棍，再打开一个，里面是一根雕刻精美的小木棍，接连打开好几个，发现每个木棍子图案还不一样，不得不咨询旁边的工作人员，问这是什么？

工作人员热情地介绍说这是魔法棒。原来墙上放着的就是我远观到的魔法棒，儿子就要买一根，可是每一根都不一样，买哪个呢？每一根都有什么不一样的功能呢？

工作人员说每一根魔法棒名字寓意不一样，功能都一样。我问有什么功能？他说可以站在房间外面的橱窗外，用魔法棒点一下玻璃，橱窗的东西就会动起来。我说买回家还有什么功能呢？比如有点声光电之类的效应，工作人员说没有，拿回家就是一根棍子。我问多少钱？他说三百五十九元，我说那就是我花三百多元买了一根木棍子回去？他诚实地说还不如一根木棍子，这个魔法棒只是用树脂做的。花这么多钱买一根连木棍子也不如的棍子回去，那我买它干什么？工作人员笑笑，说："想买的人很多，看，全屋子挤得满满的人都是在买魔法棒！"

我真的有点不可思议了，不知道别人怎么想的，我是不会因为它是外国哈利·波特电影里的一根魔法棒花三百多元去买的。我不可思议地要挤出去，才八岁的儿子竟然也明白这个道理，不需要我和他专门做解释，他就摇着头说："不买了，不买了。"拉着我要挤出去。

我们终于挤出了满是魔法棒的小屋子。我感谢那个工作人员的诚实，也欣慰儿子的懂事。我们离开城堡去往别的地方游玩。

　　外面宽阔了不少，不似城堡狭窄拥挤，我游走在异域风情的环球影城，心里却还在想为什么那么多人买魔法棒？

　　看着不断从我身边走过的穿着黑色斗篷、拿着魔法棒的人们，我不知道这些好在哪里？那黑色的斗篷穿着不热吗？还有小孩子竟然骑着扫帚在跑。

　　我想这是一种情缘吧！也许从哈利·波特电影汲取的一种滋养了孩子们心灵的养料，让他们如此痴迷电影里的道具，这是根植于他们内心的东西，是他们神往的一种美丽，是他们从小被输入的一种文化，一种他们认为神奇的东西，因而向往痴迷，这是他们童年的梦吧！

　　关键是先有哈利·波特的电影，后有魔法棒的风靡世界！

　　我的女儿和儿子都是看着迪士尼动画片长大的，正如我的女儿说，她看见迪士尼动画片里的人物就会有一种安静舒服的感觉。小时候我上班把她锁家里，就是那些动画片陪着她，她每每学习生活中遇到压力，就想看一部迪士尼动画片，来舒缓情绪。

　　而我想起我的小时候，是小人书陪我度过的，我现在对小人书也有一种美好的情结，只是再难寻觅到了。陪过我的还有中国古典四大名著、上海美术电影制片厂的动画电影《哪吒闹海》和《崂山道士》等，我对那些优美的动画和吸引人的情节也有一种依恋。一看到它们就像回到了幼年时代的无忧无虑。

可是，小人书已经成为历史，上海美术电影制片厂很少出经典动画了，让我很是遗憾！如果我们的历史故事也拍成经典动画片，是不是我们的孩子们也会迷恋金箍棒，而不是魔法棒！

一队花车过来，是功夫熊猫团队。花车前面是几个男孩子表演功夫，儿子这几天看了几部中国功夫片，正迷恋武打，兴奋地拉我挤进前面去看。我挤进去，看到的依然是统一的又矮又瘦的小眼睛男孩子在表演武打。我更加狐疑了，曾记得十年前去深圳欢乐谷，花街表演的男孩子都是很高大威猛的帅气小伙子，怎么现在人们的欣赏品位变了？这个还是不看为好，不希望对儿子有误导，于是我们穿过花街巡演车队，去往别处。

今天的雨是下一会儿，停一会儿，此刻已是下午时分，因为不认得外国字，也不知道还有什么项目没玩，无目的地乱走。着实累了，想找一处安静的所在避避毒太阳，可是不知道哪里能有这样一处胜景。

儿子跑在前面，跑进一个山洞，我跟过去，看到了一个别样唯美的世界。

山洞幽奇，蓝色的天幕繁星点点。我仿佛看到了童年的夜空，星星是金色的，在蓝色的天幕上眨眼睛，入口处大红的灯笼挂满了青青翠竹，正面是一个如古时候热气球的游乐设施，旁边是一个大大的树洞、竹林、吊脚楼，古时候的闺房、高耸入云的青山，挂着一道从天而降的瀑布，小桥，石儿，七上八下的水桶，一个遥远的梦的世界在我的眼前出现。游人如织，静谧优雅，我仿佛来到了宋朝的夜市，又感觉是来到了唐朝的元宵节，三三两两的人漫步其中，一派祥和安静！

山洞凉爽宜人，我不想走了，坐在仿佛是用整根木头做成的木椅子上，感受古时候的意境美。

这里原来是《功夫熊猫》的娱乐场地，全是中国元素。我在这里心灵得到了宁静，比起哈利·波特城堡的拥挤和燥热，这里就是人间的天堂。

儿子早已开心地跑去玩耍了，我在这诗意的世界里，想起来很多古诗、很多中国古老的传说故事、很多寓言故事。比如，我的对面，那道耸入云端的青山上挂下来的白色瀑布，让我想起"飞流直下三千尺，疑是银河落九天"的诗句；想起《马兰花》的电影，老猫就住在山的上面；还想起老爷爷和葫芦娃智斗妖精的故事。我还看见那个闺房外的竹子栏杆里，抛绣球的少女；看见那处竹林，有虎虎生风的武功高手飞跃而来；我还看见那座小桥上，关于过桥米线的美好的爱情故事。

这里安静、优美，可以让我遐思、休息。

可惜，这样的感觉只有像我这代被中国文化熏陶过的"70后"喜欢，现在的孩子估计更喜欢那些声光电刺激下的视觉享受，而我却觉得那些东西只是一时满足了五官的享受，没有直抵心灵，不能触及灵魂、震撼灵魂，看过后反而会是空虚和落寞。

如果多一些中国元素的景点，是不是也很好呢？可以有赛龙舟，过独木桥；可以有水帘洞，桃花源；可以有诗词接龙，戏剧表演。这样我想我们的孩子也会慢慢喜欢上这样的游乐园的。

休息后元气满满，出了山洞，天已经黑了！八月的北京，晚风都不凉爽，我们一路回到了住处。

　　晚上，我虽然睡得很好，但还是感觉游园太累，不想动弹，慵懒地躺到第二天中午。女儿提议去看相声，她觉得又可以消遣，又不用太累，不然白浪费了这大好休假时光。

　　相声我小时候很痴迷，近几年，相声不火了，我也早已忘却了听相声的感觉，也没有了那个激动，而且，我也担心八岁的儿子根本坐不住。但是，女儿坚持说相声会给你不一样的体验，我就将信将疑地去了。

　　下午，我们来到了位于五棵松的嘻哈包袱铺。进去后我的眼前就一亮，老舍的茶馆我好像看到了，一个空阔的大房间，摆着几十张方桌，每个方桌配有四把太师椅。我们买了第二排的票，我一边新奇地环顾四周，一边坐下，女儿早已给要来瓜子和茶水。我突然心头一热，有泪迷蒙了我的眼睛，一种久违的感觉，在小时候读过的书里浸染过的灵魂，一种熟悉的味道，那些关于中国文化的记忆好像复苏了，那些曾经读过的古文场景好像再现了，鲁迅笔下的孔乙己也站在了我的眼前……此时，灯光暗下来了，台上已经站上了穿着长袍的相声演员，醒木一拍，表演开始了。表演者口若悬河，声情并茂，为的是博得大家开怀一笑。我眼泪都笑出来了，先生安然悠闲地品着茶，也眯眼笑，这是我这么多年很少见到他惬意悠闲的神态，这些年他一直为家奔波，难得这份清闲。儿子更是笑得前仰后合，一会儿站起来和演员互动，一会儿又笑得蹲在地上。整个场子，气氛特别好。儿子欢笑得肆无忌惮，几次笑得喘不上气来，反而把相声演员逗笑了。两个小时的表演不知不觉就结束了，时间咋过得这么快？我笑得浑身舒畅，每个毛孔都是欢乐舒展的。

最后，全体演员上台谢幕，他们每个人拿一个乐器，一名演员弹着吉他，唱了一首深情悠扬又略带伤感的《台上青年》：

我穿着长衫，
站在舞台中间，
一张方桌，
摆着两把折扇，
醒木一拍，
谈笑人间，
时尚的包袱，
看你露出笑脸。
台下十年功，
台上一分钟，
…………
多少酸甜苦辣，
换来掌声笑声。
…………
漫长旅途中，
愿朝夕与共，
感谢有你相伴，
我会坚持一生。

我听着听着联想到他们苦练本事的艰辛，想到了那根三百多元的魔法棒，就泪流满面了！

　　他们从四岁学艺，说学逗唱，晨起练功，不论寒暑，一辈子也许都是小人物，不会成为大腕。他们一场下来也许挣不到一根魔法棒的钱，却把欢乐带给大家。说相声期间的唐诗宋词、文学典故、民间故事穿插其中，十八般武艺样样精通。这短暂的台上一分钟，台下十年功啊！其中的辛酸谁知道？却不及一根小小的魔法棒的威力！看相声的人并不多，虽然是周末，场子也没有坐满。

　　感谢女儿带我在京城看了这场相声，儿子因此也喜欢上了看相声，连续三天，再哪儿也不去了。我提议去石景山游乐园吧，儿子说："那没意思，我还要看相声。"

　　因此，我们挨着听了三天的相声，再次感受了传统文化的美。

　　这三天的娱乐我身心是愉快的，没有游乐园的累，也舒缓了神经，养足了精神，坐着喝茶嗑瓜子，被逗得笑出了眼泪。这样的笑好多年没有了。

　　从北京回来，儿子问："我们这里有相声吗？"我说："现在没有，将来会有的，因为好的东西是经典，即使被遗忘一段时间，也不会被遗忘很久，我们总会在蓦然回首里，想起它的好。"

　　真正的艺术，是演员都下过苦功的，是可以带给人心灵滋养的，不只是满足视觉享受，而是一场文化盛宴，陶冶你的情操，滋养你的灵魂，还会让你从中学到很多东西，文化的、做人的，这才是艺术，才值得去追捧，去享受，去发扬光大。

西安行

　　西安是一座历史名城，被誉为"十三朝古都"。西安的大唐不夜城是我向往去的地方，想看看西安的曾经和现在的繁华，感受一下大唐文化的魅力。

　　西安离山西很近，此前我却一次没来过。当年在太原读书，有同学去西安玩，晕车的我考虑要坐十几个小时的火车，一直没成行。如今有了动车，五个小时我和儿子就穿过山西省，到达了西安。

　　西安与我老家同属黄土高原，气候和风俗差异不大，感觉还是很亲切的，没有异域来风的不适感。下火车后，坐地铁很快到达酒店，安顿下来，出去在酒店门口吃了清真饭店的炒面，美味而价廉。吃西安小吃也是我此行的目的。

　　第二天，我们去了大雁塔。大雁塔离我们住的部队招待所不远，我和儿子步行半小时就可以到达。我们一路走一路看路边的风景，虽然各地建筑几乎是一样的，有时竟然分不清是在家乡的街道还是在西安的街道，但也是要感受一下西安的夏风和热浪。

　　大雁塔高耸入云般挺立，远远就能看见，在大雁塔前空旷干净的广场上稍作逗留，我们进入大雁塔所在的大慈恩寺。幽静、古朴、清凉的寺院环境仿佛一下将我们与外面的繁华隔断，听着导游的讲解，我的思绪久久陷入大唐的故事里。

我的眼前是一张唐代的西安城市布局图，和历史书上的无二。整齐严谨的布局，让我感叹先人的智慧与敬业。皇城南面是太常寺，左骑卫等大臣办公的地方，《木兰辞》里的东市买骏马，西市买鞍鞯，南市买辔头，北市买长鞭，仿佛就是在长安的东市西市，虽然它早于唐朝就创作了。

大雁塔建在晋昌坊，是以前长安穷人居住的地方，是唐三藏为了保存从天竺取回长安的佛经、佛像及舍利，而主持修建的，他在这里潜心研究翻译佛经。

我们跟着拥挤的人流，气喘吁吁爬上大雁塔顶层，观看了贝叶经等经文，又一览了塔下绿油油的园林和古朴建筑。站在塔顶，有风吹过，酷热全消。

第三天休息了一天，傍晚步行去了大雁塔对面的大唐不夜城。穿过古诗词街，瞬间就被热闹的人流吞没。奢华的仿古建筑，流光溢彩的灯光，不断从我身边走过的穿着唐服的小姑娘们，马路中间有舞台上鼓乐齐鸣的大唐舞蹈表演，以及小吃街上的各色美食，仿佛我穿越回了大唐的盛景，歌舞升平，祥和喜乐。

大唐不夜城的小吃街，各色美食令我目不暇接，买了一份又买一份，于拥挤的人流中，儿子自顾自低头吃着他手里的美食，肉夹馍、红柳羊肉串、烤猪蹄、面皮，还有儿子认为的最好喝的酸梅汤。他后来去了成都、云南，每次吃饭必点酸梅汤，却说哪里的也没有西安的好喝。

走在大唐不夜城的繁华里，穿汉服成了名正言顺、稀松平常的事情，只有在这里，姑娘们绾起发髻，穿着轻盈的罗纱，步履轻快地穿行，我仿佛也回到了大唐的长安。此时，彼时，都是如此繁华。

如果说逛大唐不夜城有今夕的影子，那么看兵马俑完全就是沉浸在过去的历史中了。

第四天，我约了网约车，上午十点出发，一个半小时后抵达兵马俑景区，与我预先约好的导游相见。她是一个朴素亲和的女子，虽然我约的是六人团，但是那一家四口赶不过来了，导游便带我和儿子两个人观看兵马俑，选择在中午进入景区，人少，可以近距离观看兵马俑。

我们首先到达一号坑，选择了一个可以正面观看兵马俑的位置，我和儿子趴在栏杆上，看着书上无数次看到的兵马俑，近距离呈现在我的面前，仿佛做梦一般。用了半生，我与我梦想中的兵马俑面对面交谈了。他们虽然站立无言，但神态仿佛活着一般。我听着导游口齿清楚流利的讲解，我与这段历史交融，是我走进了秦国，或者是他们走出了秦国。

这是一段悲壮的历史，秦统一六国的壮观留下他们不朽的身姿。他们出土的时候唇红齿白，衣服色泽艳丽，但是一见空气，便很快失了颜色，是他们羞于看见现代的人，还是他们不愿意再次看见阳光，不愿尘封地下多年的故事被永远带走。但是，在出土的几封书信里，这段历史还是被后人记起，感动得令人热泪盈眶。在下午观看的《复活的军团》表演中，宏大壮观的剧场和豪迈大气的实景演出重现了统一六国时普通人们家人分离、悲壮牺牲的历史。

我们跟着导游的思路，轻移脚步，身边的人很多，我一直安静地看着兵马俑。兵马俑默默无言表述着当年的故事，母亲做的千层底清晰可见，那是母亲对儿子爱的寄托，随着战死永远没入黄土。大腹便便的将领站着开会，他的鞋前趾很高，这便是成语"趾高气扬"的来历。二号坑里出土的马车的碎片记录着当年的战马厮杀。秦始皇帝陵铜车马博物馆的铜车马做工精美，技艺精湛，一个华盖可以当伞也可以当枪，可以随着太阳的角度而倾斜45度，以遮挡不断移动的太阳光。马车的后室，堪比现在的空调房，凉爽宜人。车窗设计奇妙，里面的人可以看见外面，而外面的人却看不到里面的人。皇帝的宠妃上下马车的后门便是词语"走后门"的来历。一把秦朝将士的剑一剑可以划破十二张纸……越看越叹服古人的智慧。

看过兵马俑再看秦始皇陵墓，郁郁葱葱的绿呈半圆盖满了一座山，好多的青松陪伴着这位伟大的君主。

儿子在家里读过了《山海经》和《中国上下五千年》，所以这次跟着导游的讲解，他进一步了解了这段历史。在次日华清池的游览中，儿子静静地坐在回廊的板凳上，陷入了沉思。

有人说华清池就是一个水泥池子，有什么好看的，我在骊山脚下，却感受到了皇家园林的美和几段历史故事。

烽火戏诸侯原来就发生在骊山上，儿子远远注视着那里，思想进入到那段"千金一笑"的历史中。跟着导游走在如画的景色中，旁边有大唐皇帝选妃的表演，鼓乐声声，霓裳羽衣，荷叶田田，流水轻轻，雕梁画栋，飞鸟鸣叫，好一个世外桃源般的景致。陶渊明的"悠然见南山"写的就是这一带，南山便是秦岭中段。

秦岭作为我国地理南北的分界线，挡住了北下的寒流和南上的热浪，让这里气候多变，风景秀丽，成了历代皇帝和道士追逐养生的地方。李商隐的《锦瑟》一诗中的"蓝田日暖玉生烟"中所写的蓝田玉也在这里。杨贵妃洗澡看似貌不惊人的水池底其实是蓝田玉，作为一种软玉，据说它具有改善气色，护肤养颜的功效。

不出门不知道书中所说的世界在哪里，耳听的不如眼见的。站在一个亭子里，脚下头顶都是蓝田玉，蓝田日暖玉生烟、烟雾缭绕的景象仿佛已经出现。骊山的美，贵妃的美，贵妃在长生殿月下和唐玄宗立下的"在天愿做比翼鸟，在地愿为连理枝"誓言的美，木质回廊的美，绿树成荫荷花粉红立于池塘的美，美丽美好，美不胜收！

重温历史故事，内心充实了很多，身也很累，坐地铁回到西安市区的招待所，休息了一天，傍晚时分，我和儿子步行去了陕西省歌舞剧院。穿过狭窄的旧街道，走过老旧的小楼房，到达陕西歌剧院，看了非遗剧种皮影戏、木偶戏以及《大秦腔》。

作为陕西的剧种，《大秦腔》自有它独特的魅力，我喜欢那种粗犷的表演，把压抑心底的情绪都发出来、吼出去，就像黄土高原肆虐而过的风，把心中的郁闷喊出去。

儿子第一次看真人表演，他很是安静，静静地看华美的舞台上一招一式的表演，字正腔圆的唱功。我想，他一定在想这个和电视动画片不一样，这个竟然是真人现场表演。

演出结束后，我们还和演员合影留念，这个表演真的是真功夫，可惜来看的人并不多。让儿子了解各地的剧种，感受古老戏曲的魅力，也是我此行的目的。

看完演出出来，就看到西安的古城墙，原来它离我住的地方并不远。趁着晚风凉爽，正好登一下古城墙。

在城墙下，看到了西安碑林博物院。碑林博物院旁边的小巷里，翰墨飘香，儿子边走边看，竟然突然喜欢上了书法，买了纸墨笔砚，回酒店就开始练习。这就是旅行的意义，打开眼界，激发兴趣。

在傍晚的彩霞里，我们登上古城墙，没有租自行车，用脚步丈量不了古时的宏伟的城墙，只走了一小段，用手触摸厚实的城墙，用心去体味战争年代城墙所给人的保护，踏实，厚重。如今城墙已经没有了实际意义，成了游览和回望历史的建筑。在城墙上吹吹晚来的风，看看表演，有一种登高望远的空阔和放松。看着城墙下来来往往的车流、步履匆匆的人们，想想古今人物生活的不同，感叹时光演变、时代发展。更觉自己的渺小，居于一隅，烦恼不值。

站在古城墙，告别有着大唐风韵的西安，有些恋恋不舍，儿子说还没有看够西安，不想走。而我已经预先买好了去成都的动车票，改签和退订损失都很大，我说华山也没去，等他长大了，再来西安，爬爬五岳之一的华山，现在先走马观花看一下各地的风景，看看他喜欢哪座城市，以后再来。

再见，西安！

旅行之茶马古道

拉市海茶马古道是古代茶马古道的重要节点之一。拉市海离丽江城不远，开车大约半小时。我们这次来了丽江，决定去走一下茶马古道，重温历史的厚重与沧桑，体会当年马帮人的艰辛，感受马帮文化。

我们先到了拉市海的湿地公园，这里有一个大的湖泊，名叫"拉市海"，拉市海的地名就是以此湖泊命名的，表达了当地人对大海的向往。

湿地公园只取了拉市海一片，却也视野辽阔，一碧万顷了。我坐在湖面的小船上，看着蓝天白云下的一带远山，感受着山的宁静与伟大。湖泊是很多候鸟的栖息地，它像一位母亲袒露着怀抱，迎接着各种扑棱棱飞来的小鸟。在水中，不时游出各种不知名的鸟儿，有的探头看一下，旋即钻入水中，有的在头顶飞过，又快速落入湖边的水草中。高原的天空总是那么蔚蓝，像我小时候见过的天空；高原的白云总是那么白，像我小时候看到的白云。蓝天与湖水成一色，白云倒映在水中，青山无限好，候鸟展翅飞，亭子上的东巴文优美地呈现，这是一个远离尘嚣的童话般的世界。

划船过后，我们去骑马。戴上白手套，骑上矮脚马，在当地人的护卫下，我们开始沿着当年的茶马古道，重温那段历史。

矮脚马也叫滇马，以其稳健的耐力和适应险路的能力而闻名。滇马是茶马古道上最重要的运输工具，其特征是矮小且具有长久的耐力，特别适合走山路险路。我骑在矮脚马一路颠簸的背上，探索拉市海的源头，感受古道的韵味。

脚下是泥泞的山路，如同我小时候下雨过后的巷道。矮脚马深一脚浅一脚地踩在泥泞崎岖不平的山路上，好几次我都心疼这些马，在上不去的矮坡，它们试探地踩几下，然后费力地登上去。在下坡的时候，小心翼翼地俯身向前。当地人告诉我们，下坡的时候身体要向后仰，上坡的时候身体要前倾抓紧缰绳。就这样，我在颠簸的马背上摇晃着身体，紧张而小心。

茶马古道基本保持了原貌，古道很窄，而且崎岖不平，两边是茂密的森林，幽深而原始，令我不敢细看。在路中，有一块石碑，写着"茶马古道"四个大字。

茶马古道，西风瘦马，夕阳西下，断肠人在天涯。在这个黄昏，遥望历史，多少个马帮人离妻别子，用脚步丈量山路，在这泥泞的山路上，一走就是半年。用他们的艰辛换来妻儿的幸福，繁荣了西南地区的经济，也促进了民族文化交流。

骑在矮脚马上，听耳边呼呼穿过林间的风，又想起了《茶马古道》那首歌："茶马古道的岁月沉淀了多少真情，一双双脚印量过了多少山顶。茶马古道的风铃穿越了几世人在聆听，饮一口岁月的陈酿，闭上眼任往事悠悠。"

耳边回荡着《茶马古道》的歌声，脑海浮现的是大型歌舞剧《丽江千古情》的画面。穿着红衣的新娘悲戚地送别穿着马褂的汉子，依依惜别，挥手再见，牵起滇马，盘曲而上，一步一步，费力前行。风来了，雨来了，他们与风雨搏击；列强想卖茶叶到西藏，堵了他们的道路，他们奋力还击。当雨过天晴时，他们的人所剩无几。风雨战胜了，商道保住了，人却牺牲了不少。在这条古老的商道上，虽然总有伤亡，但是总有人完好回来，留下马帮的传奇故事。

走出茶马古道，走出茶马古道的故事，眼前豁然开朗。三层木结构的特色民宿优美地排列在眼前，民宿里放着悠扬的歌声，马儿慢悠悠地行走在了水泥路上。茶香随风飘来，嘈杂的旅人在一处民宿前停下，朴实的纳西族人民请我们进去喝茶。

安静的茶室里，当地人用流利的普通话介绍着他们的茶叶，洗茶、斟茶、喝茶，行云流水，一气呵成，一股甘甜沁人心脾，消除了旅途的疲劳。

现在有了滇藏铁路，马帮人该休息了。茶马古道的故事会源远流长，马帮精神会激励一代代人们，不畏艰险，勇于向前。

茶马古道，穿过风雨，传来远行的马铃声……天边夕阳正红，古道、西风、瘦马，拍照留念，在茶马古道。

成都行

心里哼着喜欢的歌《成都》，坐上高铁，沿途看到了传说中的云蒸霞蔚、白云袅袅、雾气升腾、雾霭沉沉。在一座又一座的青山之间，如同置身仙境，品味着祖国的山川秀丽，很快就到达了成都。

成都的站前广场宽阔而美丽，给了我耳目一新的感觉。在恰好下起细细的太阳雨下，成都清新、自然、辽阔，令人心旷神怡，这是座美丽的城市，梦想了千百回，以为她很遥远，原来，只要抬起脚步，她就在我的眼前。

三十多岁的时候，特别喜欢吃辣，于是向往成都小吃，常常和同事畅聊什么时候去成都吃小吃。我想象成都小吃在狭窄的小巷，南国风情的古街上，弥漫着诱人的辣香味。想象成都到底是怎样一座城市？时隔二十年，我来了，虽然已经过了爱吃辣的年纪。晚上在酒店对面的街道吃小吃，已经没有了当年畅想的感觉。不觉感叹，有梦想就要去追寻，不要等错过了年纪才去实现，此时已非彼时。

来四川，不能不看大熊猫。第一天，我们就直奔成都熊猫基地。在这个美丽的南方园林里，我看到了竹子、竹林，看到了苔藓，看到了松鼠……看到了小熊猫和大熊猫。看到了书本上所讲到的植物、动物。在这里感受了童话般的美好王国。

第二天，我们去了杜甫草堂。天公不作美，细雨再一次飘起，打了专车，我们钻进了幽深古朴的杜甫草堂。雨一直下，越下越大，整个杜甫草堂沐浴在淅淅沥沥的阴雨中。那份凄美，让我想起"南村群童欺我老无力，忍能对面为盗贼，公然抱茅入竹去"的悲凉；看见"雨打芭蕉闲听雨，道是有愁又无愁"的意境。我北方人不懂南方雨说下就下的天气，竟然没有带伞，只得沿着回廊，听着雨打荷叶的声音，一边走一边感受杜甫当年的悲凉。

唐肃宗乾元二年（759 年），杜甫为避"安史之乱"，携家带口辗转来到成都。第二年，在友人的帮助下，杜甫在成都西郊风景如画的浣花溪畔修建茅屋居住。

来杜甫草堂主要想看杜甫所作的《茅屋为秋风所破歌》里的茅屋，既然大雨不能让我细细游览杜甫草堂的一草一木，那就只看看那座茅屋吧。沿着窄窄的小径，淋着密密的小雨，手扶着木质栏杆，脚踩溅起一朵朵白色水花的石板路，曲曲折折，从各种不知名的树边走过，终于到达茅屋。

眼前的茅屋是我所想象的茅屋，低矮、细长，在雨中更觉得它就是当年杜甫所建的茅屋。茅草密密，雨水顺着屋檐流下，滴答有声。茅屋在雨中仿佛立于寂静无声中，如诗如画，古朴典雅诗意。游客都默不作声地观看，我也随着进入堂屋，看到了当年杜甫的居所。虽是茅屋，但有客厅有卧室，有厨房有茅厕。"布衾多年冷似铁"似乎我也感受到了，"娇儿恶卧踏里裂"似乎我也感受到了当年的温情场景。纵然是中国唐代大诗人杜甫流寓成都所居，纵然条件简陋，但是有娇儿，就是一幅生机勃勃的生活画卷。

看过杜甫草堂，走过千诗碑，此地一游草草结束。在雨中打不到车，我只好向前走，走到了浣花溪公园，不觉又看了一景。杜甫的《江畔独步寻花》里描绘的"黄四娘家花满蹊，千朵万朵压枝低。留连戏蝶时时舞，自在娇莺恰恰啼"，便是春日里浣花溪畔的美丽景色。我趴在浣花溪边的栏杆上，在微雨蒙蒙中想象百花烂漫的春日，黄四娘怎样在花中流连，蝴蝶怎样绕她身边飞舞。真是一幅美丽的人间图画，从诗里走到现场，竟用了半生。

打车去了武侯祠，本想今天下雨，武侯祠也观赏不成，没想到到了武侯祠已是中午，天已放晴，大太阳出来了。在这里，感受了三国故事，看了草船借箭的演示。

出了武侯祠，到了成都小吃著名的锦里街，吃到了正宗的成都小吃，儿子吃得津津有味。

在雨中，我们所穿的运动鞋已经湿透，一晚上都没有干，不得不去买鞋了，自然想到了成都的太古里。

第三天，我们去了太古里，又逢下雨，在雨中闲逛，没买到我需要的运动鞋。傍晚雨停的时候，走进春熙路，买到了运动鞋。旅行，还能逛商场，这便是自由行的好处。在这里，还吃到了正宗重庆火锅。

漫步街头，享受异地的烟火气，于熙熙攘攘的人群中，见天地，见众生，从而见自己，感受生命本有的美好。我很开心。这也是旅行的意义吧！见世面，走出去，感受、体会、突破自己，愉悦心灵。

第四天，步行去了文殊院，看了川剧表演，喝了大碗茶。儿子不尽兴，晚上又去了四川川剧院，看了正规的川剧表演。了解了中国文化瑰宝，重温了童年看戏的场景，想起了我的奶奶，时光倒流，回忆漫溢，温情温馨充溢心间。戏台子，戏班子，戏园子，幕布，人流，铿锵声……泪水盈眶。走出剧院，在阳光下我才清醒，我在 2024 年的成都。

最后一站，三星堆。由于三星堆买票困难，我在到达成都的当晚买票，有幸买到了最后一天的票，打车前往三星堆。

三星堆的人工讲解已无票，只得购买了机器讲解。

走进这座神秘的展厅，"沉睡数千年，一醒惊天下"的古老蜀国，展现在世人眼前。对于三星堆有很多神秘的说法，我在讲解器里听到这个遥远的古蜀国辉煌的历史，精湛的技艺，以及那些不老的铜像、铜器、银器。在有些黑暗的展厅，硕大的器皿、头像在幽暗的光里，默默讲述着古蜀国的故事。从哪里来，到哪里去，我是谁的问题会突然冒出，我们对历史、对人类的起源到底知道多少？人生啊，天天为柴米油盐，或者人事烦恼的时候，走进历史，突然觉得以前的烦恼不是烦恼，展开悠悠大国的历史，看着那些匪夷所思高大的器皿，神思，怀想，揣测，感叹，仿佛穿越了千年的历史，自己的思想也在升华、净化。走出展厅，阳光下的绿树，瞬间把我带出历史。回归到成都这座活力四射的现代城市。

感受历史，感受文化。成都行结束。

旅行之玉龙雪山

在云南丽江，有一座神奇的山，它叫玉龙雪山。它还有一个神奇的传说，传说玉龙雪山是纳西族的保护神三多的化身，他穿白甲、戴白盔、执白矛、跨白马，打仗时，他带领兵马助战；有火灾，他从云雾里降雪灭火；瘟疫流行，他乘风驱散瘴气；发生水患，他在夜间带着白衣人来疏导。于是，三多神也成了纳西族的最高保护神和战神。

这个传说我是相信的。

随着络绎不绝的人们来临，玉龙雪山以它神秘的雪山姿态迎来送往一批批游人，繁荣了当地经济。

清晨出发，打车去玉龙雪山要一个多小时，司机是位纳西族的中年男人，他用不太标准的普通话和我们介绍着神秘的令人敬仰的玉龙雪山。

慕名而来的都是外地人。我们的车沿着公路飞驰，两旁的草坪碧绿到一望无际，高远的蓝天，悠闲的白云，演绎着云贵高原独有的风情。在这个炎热的夏季，风吹过来都有点冷。路边的草原也逐渐陷入一种清冷的境界，我感觉到了异域的风景。

司机说去玉龙雪山很冷的，等一会儿拉你们去租衣服的地方。我虽然感到了清晨的微凉，但是我不相信会很冷，毕竟上山的时候已近中午，所以坚持不租衣服。

他说你们上去就知道有多冷了，租的衣服防风防水。但我还是坚信自己的看法，毕竟这是夏天。

进入景区，一片碧绿的草坪，泛着清冷的晨光，让我感到了冷色调。吹起的凉风，瞬间使我的胳膊起了鸡皮疙瘩，看到其他游人着厚厚的衣服，真想靠上去。我后悔没有租衣服了，好在上山的入口处有卖衣服的，如获至宝，我买了一件披肩，感觉够用了，而且洋气。很早就喜欢披披肩，一直没机会披，今天就它了，温度与风度都有了。儿子则买了一件加绒的冲锋衣，他穿上后说好暖和呀。

这么厚的衣服穿上一点也不热了，不知山上该有多冷。

坐着景区大巴弯弯绕绕，走过密密的松林，汽车盘旋而上，天气越来越冷，车窗外面是雾气蒙蒙的清冷的白色世界，不知是雨是雪还是霰。我感觉就是霰，这个我没见过的东西，仿佛此刻见到了。

下车后，周围空气都是湿漉漉雾蒙蒙的，有雨，但不大，细如牛毛，却把整个空气都弥漫上了雨雪的味道，连山下的松林，都是一股清冷的味道。此刻，我的披肩还管用，我觉得热乎乎的。

坐着缆车上山的时候，山下是无底的悬崖和挺立的山峰，山上密密麻麻站着高耸的松树，让我不敢细看，等到了玉龙雪山，我开始感到了寒冷。

登上玉龙雪山，整个雪山都弥漫在雨雾里，白茫茫一片，似晨雾，又似仙境里的云雾缭绕。一个石梯通向山顶，我们随着游人开始拾级而上。我感到缺氧，开始拼命吸氧，一刻也不敢停止，再往上走，我冻得牙打战，我穿着裙子，小腿裸露在外面，开始抽筋，而且，小腿发软，气喘吁吁，每登一个台阶都感到吃力。走几步停一下，观赏一下玉龙雪山的风姿。在石头路两旁的木栏杆下，是玉龙雪山完全裸露的身姿，这个季节没有雪，也没有草，更没有绿植，只有光秃秃的大石头泛着清冷的白光躺在那里，我看到了孤独，千年，冷寂。在这四千七百多米的高处，它是否不胜寒？它孤独地屹立千年，如今默默接待着一群群的游客。我想，这里就是神仙居住的地方，整个山间都是雾霭沉沉，霾的感觉，空气是白的，石头是白的，哈出的气是白的，游人在我眼里是影影绰绰的，没有喧嚣，只有低头走路的喘气声，苍茫辽远，神仙之景。

我又想，如果要在这里离去，那该是多么安静，多么圣洁。只要缺氧就能离去，想着才知道自己缺氧了，再抬头看，还有三百多米。我想，上去看的也是这样的大石头，不如下去吧，腿软得抬不起来了，儿子也感到头晕，他说不上去了。于是我们折返。下来后才知道山顶有积雪，那里有不一样的风景，为了三百多米留下遗憾，真应该爬也爬上去。

下缆车的时候，我感到窒息、恶心、难受，才想起是缺氧厉害了。我的氧气瓶已经没氧了，赶紧抢过儿子的氧气瓶，猛吸了几口，才觉得神清气爽起来。

终于下山了，山下却没有雨，坐车再去蓝月谷，谷底却是艳阳高照。我疑惑是天晴了还是山上有雨，山下无雨，抬头看山上依然雾气蒙蒙，应了地理书上有讲："一山有四季，十里不同天。"这里就是这样的，山上积雪皑皑，半山腰松树碧绿，而山下花红柳绿。蓝月湖像一颗宝石从天上掉入人间，美得令人心醉。

我没见过这么蓝的湖水，就如一滴蓝墨水滴入一盆水中化开来，蓝得迷人，和天空一个色调却比天空灵动，微波荡漾。我没见过这么清澈的湖水，湖里的小鱼游动我都能清晰地看到。这是一泊湖水，是高山积雪融化的水汇集而成。它远离城市，没被污染，才蓝得这么美，清澈得如此透明。

真像一轮月亮落入了人间，也像一块碧玉呈现在人眼前，于是理解了诗句"春来江水绿如蓝"的意思。

人类啊，不遗余力去寻找大地上的珍宝，即使在这深山老林里也能找到。玉龙雪山、蓝月谷不就是大地上的珍宝吗？它们那么美，藏在哪里都能被找到。

旅行就是寻找珍宝的过程，跋涉千里，就为一睹这珍宝的颜容，让我知道什么是美。世界上是有美好的东西存在的，我们来世上一遭，总要看一看，走一走，知道自己所在的地球有什么，有多美！

蓝月谷有四个湖，镜潭湖、玉液湖、蓝月湖、听涛湖。镜潭湖平静如镜，波澜不惊。玉液湖非常清澈，一眼就能看到湖底的白泥，像一壶清酒。而听涛湖却有涛声阵阵，宽大的瀑布奔流而下，急匆匆的，不知道要去哪里，与上面的蓝月湖的清雅、玉液湖的澄明、镜潭湖的安静形成了鲜明的对比。

这真是一个好的去处！抬头望，玉龙雪山像一条蜿蜒的巨龙，山上松树茂密，山下泉水潺潺，呼吸一口，身心愉悦！

由于要去观看《印象丽江》，于是在下午三点赶到《印象丽江》大型实景演出剧场，在这里观看了一场声势浩大的史诗般的实景演出。看到了真实的矮脚马，看到了马帮文化，看到了纳西族的风土人情。

演出结束后，儿子还要去蓝月谷，于是我们又去了蓝月谷。在《印象丽江》剧场，大太阳毒辣辣地照着，想去了蓝月谷再安心地玩一会儿，到傍晚再回去。没想到景区大巴行驶在半路，天空就下起了大雨，雨大到窗外弥漫着雨气，看不清外面的风景，这不是六月的天说变就变，而是十里不同天的自然现象。

雨中的蓝月湖被雨水浇散了，仿佛一池平静的湖水被雨点打乱了，湖水也不那么蓝了，泛白了，也不那么美了，但是雨中的蓝月湖还是有一份极致的美，比如雾气蒙蒙的松林，比如这一池乱了的湖水，比如雨点打在木板路上溅起的水花如跳跃的小精灵，比如雨里那块石板上阿来的诗句，都是那么美，那么美！

来一次蓝月谷，看了它两种不同的容颜。

赶到公交站，已经是末班车了，没有座位了，上车后一位年轻人把他的座位让给了我们，让我感受到纳西族人民的淳朴善良。这份感激一直存在心里，我记得他的容颜，记得他笔直的身躯。纳西族人民和玉龙雪山一样美。正是玉龙雪山的圣洁，滋养了这样一群淳朴的人们。

到达丽江镇的时候，天空又下起了瓢泼大雨，儿子真正见识到了大雨如注。不知山上是否有雨，这十里不同天的境界在这一天被演绎得淋漓尽致。

路上还是晴空万里，一入小镇就突然下起大雨，瞬间路上的积水如滔滔江河奔腾，公交车没办法停下，只能一路徐行，透过倾盆大雨浇灌冲洗下的窗玻璃，看到大雨中奔驰而过的外卖人员，儿子说外卖无处不在。我却看到了外卖小哥努力的样子，真美。

大雨如注，倾盆大雨，积水成河，儿子明白了这些词语的意思，说："古人创造的词语都有来历，我第一次见这么大的雨。"

大雨不停歇，街上的霓虹灯开始闪烁，我们终于在晚上九点下了车。雨还在下，路上有积水还不能行走，只能躲在商店里看南方的暴雨如何倾泻而下。直到晚上十点多，雨小了积水也很快退去，我们才步行去了一家腊排骨店，吃了晚饭。

美丽的大理

终于来到我向往已久的大理了！

大理是一座美丽的白色小城，宽阔干净的街道，宽大碧绿的树叶，微微而来的凉风，以及远处若隐若现的苍山。大理，果然不一样，清爽美丽，安静诗意。

大理酒店，像一座城堡般美丽，在洱海边，她似一座宫殿巍峨而立。

在房间，落地窗前，洱海静静地流动。儿子蹲在窗前，不再叽叽喳喳地说话，安静地看如带的洱海静静地流淌。白色的、斑斓不惊的、安详的洱海，她果然美丽。特别在此刻夕阳的照射下，泛着暖暖的光，岁月静好是此时的感觉吧！

当清晨的第一缕阳光照进来的时候，我便迫切地起来，出去租了辆敞篷车，开始环洱海行。

环洱海行是我此生最浪漫的事情，也是青年时期就向往的事情。一辆宝蓝色的敞篷车行进在泛着白色浪花的洱海边，海风拂面，路旁有美丽的白色房子，唱歌的人，行走的美女，还有卖花环的老人。老人向我招手示意，我停车买了一顶鲜花花环，戴在头上，一下就成了伊甸园里的美女，成了《五朵金花》里的金花，成了我小时候幻想成为的样子。鲜红的花朵，温润的手感，散发着淡淡的花香，给这场浪漫之旅更增加了几分浪漫。

人生得在柴米油盐之外有一点浪漫吧，这次就是，心中无数次的浪漫幻想在这一刻实现了。在行驶的车里看洱海，洱海静静流淌，云仿佛长在海里，从海里伸展到天空，海的四周一片湛蓝，与海水相映成趣，天空冷清，透着神秘。我仿佛置身仙境。

站在洱海边，海水微微激荡，海水清澈见底，她是海却不是海浪翻滚；她似江却比江宽阔；她是水，却与云海相接；她是云，却掉落在人间，一大团，静静漂浮。

她就是有一种别样的美，不是家乡桑干河大太阳炙烤下的流淌，也不是海南海边大浪翻滚，而是静谧原始的美，有一种安静的力量，并散发着柔和的光，给人沉思，让人治愈。

尽管游人不断，她却安静得出奇，树旁的歪脖子树也静默不语，供游人拍照留念。站在洱海边，心旷神怡，心身放松。七月的洱海不热不燥，有风吹拂，有海浪声入耳。

洱海很大，走走停停，一天的时间就过去了。我们从早晨走到傍晚，先在洱海边看了荷花，又去浅水边捞了小鱼，又到了双廊镇吃了云南特色美食，到了蝴蝶泉却没有看到蝴蝶。我给儿子放了《蝴蝶泉边》插曲，感受了一下童年电影里看到的情形，"大理三月好风光，蝴蝶泉边好梳妆"。清脆的歌声伴着童年时的记忆在脑海流淌，优美的旋律荡出车外，在洱海边回荡。等到了崇圣寺三塔，已是霞光四起的时候了，景区已经关门，只能在门前夕阳下留影，留下些许遗憾。传说这里是为镇压洱海的水妖而建，也是大理国时期的皇家寺庙。崇圣寺三塔玲珑清秀，巍峨耸立，在远山的呼应下，显得异常秀美和立体，仿佛是山前的一幅画，在霞光中，在灯火灿烂中熠熠生辉，比地理书上的插图更为秀美。离开三塔，天黑的时候，终于到达大理古城，辉煌的不夜城人来人往，无处停车落脚，只能远远看看大理古城辉煌明亮的城楼，穿越古城，从另一城门出来，沿着夜色里美丽的街道，返回酒店。

第二天，我们出发去苍山。

我们要去苍山了，心情无比激动。南方的山总要和北方的山不一样吧，南方的山要秀丽一些、低矮一些、水要多一些吧。想着，汽车已经走在了上坡的山路。原来南方的山也是这么雄伟壮观，汽车在山里行走，大山树木苍翠，直插云霄，密密麻麻，遮天蔽日，给道路打上了一把大伞。道路狭窄，路旁就是深沟，有白色的溪水潺潺流过，过山石，绕树木，曲曲折折，凌空而下，形成一个个小瀑布，汇成一条条小河流。原来，南方的山也有这么野性的美，美得让我想下去走走，但是有提示牌显示未开发区域，禁止下去。车多了，汽车的行走速度很慢，我们便能一路走一路看看原始山林的风景。幽深的神秘一眼望不到头，仿佛花妖随时会从里面走出来，美丽得如同一幅浓墨重彩的油画，打开来就苍翠欲滴了。

如此欣赏着、感叹着、想着，书里诚不我欺，大自然真的很美。在这里，我看到了幼年看过的童话故事书里的场景，看到了地理书上的描述，看到了油画里的世界。我们生在这个世界，总要看看这个世界的模样，不枉来世上一遭。我跨越千山万水，终于看到了和我日常生活不一样的世界，这是一次灵魂的洗礼，是一次眼睛的沐浴。这山、这水、这气候，无不以一种我没有感知过的味道侵袭着我，冲击着我，沐浴着我。在这享受中，我们的车到达了苍山之下。

苍山，我来了，不远万里奔你而来，只为青年时的梦想，想一睹你的盛世容颜。但是，来看你的人太多了，我望着一圈又一圈的要进入景区的人们，望而却步了。正值中午，山口的太阳太炙热，预估排队得两小时，如果旅行变成煎熬，那不如不看。我们于是反其道而行之，走入反方向的一条小道。

南方的树木总是这么苍翠，把大太阳堵了个严严实实。此处仿佛终年不见太阳，地上湿漉漉的泥土，仿佛一场一场的透雨从未干过一般；树木上墨绿的苔藓像一层层厚厚的绒毯，覆盖着大树；小鸟永远在不知何处鸣叫，抬头却看不到它的踪影，只有直入云霄的树梢把你的目光带向一线的天空，神秘而自然。我们仿佛就在原始森林，但路上的行人不少，提示着我们是在景区。人们络绎不绝，不言不语气喘吁吁地攀登，只为看一看山顶的寺庙。

既然有寺庙，就该去看一看寺庙里庄严的佛像，听一听千年的暮鼓晨钟。我脚发软，气喘吁吁，走了好久才到了寺庙。寺庙不大，却也是千年古寺。南方的寺庙一样是郁郁葱葱的绿，多了些北方寺庙没有的幽深秀美。

出了寺庙，下了山，已是下午两三点光景，上苍山索道排队的人少了，我们坐着索道上山。从缆车上向下看，看到了茂密的森林和密密麻麻结在树顶的松子。

山上有水，这是我不曾想到的，峡谷流淌的水我以为只在山涧，而在苍山之顶，有哗哗流淌的清泉，泉水湍急，沿着硕大的乱石曲曲折折奔流而下，不知要奔向哪里，是刚才我上山时候看到的泉水吗？我想往下走走，已经没有路了，郁郁葱葱的树木凌乱地生长，挡住了前面的地方。人走多了才有路，这里没人走。原来只在山顶上开发出这么一片。游人太多，无立锥之地，只能坐在水边靠山木的一块小石头上把脚伸进水里，感受夏日的一袭清凉。

这是个神奇的地方，夏日如此炎热的南国，泉水却冰凉刺骨，少许时间就得把脚拿出来。儿子却不顾及冰凉，则穿着凉鞋站在水里肆意地玩乐。他在洱海边买的渔网发挥了作用，把水花打得四下乱溅，溅湿了他的头发，溅湿了他的眼睛，溅湿了他的衣服。他头发上淌着水滴，眯着眼睛，笑声在山顶飞扬。这是童年的乐趣，这是北方孩子第一次畅快地玩水、与水亲密接触，这是一个肆意的快乐，会珍藏在他心里。

下了苍山，已是傍晚时分。回到酒店，儿子想去游泳，无奈酒店游泳馆游泳的人太多，露天游泳池又有点凉，我们只能站在大理酒店露天游泳池前面，看晚霞漫天。暮色四合下，眺望夜幕降临的洱海，洱海如一团白雾，在这美丽的景色中朦胧迷离。这样的感觉，就像小时候傍晚放学的感觉，只是没有炊烟四起，只有湿漉漉的空气和微微的凉风，以及身边随风而动的椰子树和树下裙袂飞扬的剪影。

这不就是我从来就想向往的邂逅吗？终于如愿以偿！

"这想你的风还是吹到了大理。"大理，美丽的大理，从少年到中年，我终于走到了你这里！

一路向南，回家过年

家是什么？一家人聚在一起的地方就是家，无论南北。

因众所周知的原因，三年了，没有去海南的家过年了。

在大雪来临之际，我们驱车前往机场。一路上，天和地灰蒙蒙连接成一片，我们仿佛在雾霾里行走，落光叶子的树，突兀地挺立在黄土高原灰黄色的旷野，没有一点多余的颜色，在白蒙蒙的空气中如一个个怪物张牙舞爪在风里。这终究是北方的天啊！

飞机起飞了，透过圆形的小窗户，我看到了云，白色的大朵大朵犹如棉花的云朵；我又看到了，如白色的浪花一层一层翻滚整齐排列的云海；我又看到了如北极消融的冰山，在一碧如洗的海面上漂移；我又看到了，如仙境一般的云雾缭绕，白色的云团在金色阳光的照射下，高处成堆的云如琼楼玉宇，低处的云连绵一片，没有形状的白色的一片，如仙气飘飘；我又看到了，如蓝色大海里漂着的几艘白色的帆船。然后，我感到了浑身的热，看到了地面上真的海。我到了南方！

出了机场，一股热浪如刚打开的蒸笼一般扑面而来。南方啊，南方，我又回来了！

咳嗽了一路的我开始感觉到湿润的舒服，海边潮湿柔软的风把空气轻轻送入我的喉咙。

路边的绿树、花海、椰子果，如水洗过的马路，穿梭不息的全国各地的车牌，我感受到了夏天的味道。从北向南，从冬到夏，只是几小时的时间，祖国啊！是如此的幅员辽阔。

回家了，打开房门看到久违的家已经面目全非。门锁坏了，房间到处都是霉点，电热水器坏了，洗衣机坏了。三年了啊，离开这个家有三年之久。

毕竟是家，温馨依旧在，窗花还鲜艳着。回来了，我的家，我回来过年，但愿一切犹如从前，继续我快乐的行程。

依然是出门购物，安顿过年的必需品。是家就要有柴米油盐酱醋茶。

急急忙忙，兴高采烈，我感受着南国的好风光，心情都是放飞的，远处的海，路边的树，不远处的河，以及温暖舒适的风，我把羽绒服换成半袖，大汗淋漓地行走在海南岛上。买了各种海鲜，买了喜庆的窗花，买了过年的鞭炮。

晚上，小区的大厅有新疆人在教新疆舞，在海南感受异域风情，小儿子在大厅外跑来跑去，和小朋友一起放鞭炮玩耍，儿子兴奋地大叫，终于可以让他也感受一下我小时候过年的快乐。

又是一年年来到！久违的家我回来了，一家人在一起，就是温暖的家，无论南北！

海　边

　　大海的边上，有一所房子，名曰海边小屋，住着一对从澳大利亚回来的夫妻。在海边，卖一些椰子、咖啡、果汁、烧烤。不忙的时候，或者清晨，或者傍晚，男人会去海里玩滑板，那是他的爱好。女人会坐在海边的房子弹钢琴，屋内，海边的日光照进来，洒满女人乌黑的秀发，长长的睫毛在日光的照射下，形成一道美丽的长睫毛的剪影。悠扬的琴声，安静的时光，优雅的女人，窗户边铺着花布的桌上，放着精致的咖啡杯，还有一束不知名的野花。远处的海边，男人乘风破浪，潇洒回旋在浪里，如一条白色的小鲨鱼。

　　我喜欢这样的海边，我喜欢这样的生活。

　　冬月的下午，我坐在海边小屋外的白色的圈椅上，眯着眼看向大海，看海上帆船点点，看沙滩戏耍的孩童，耳畔是不断传来悠扬的钢琴声，身边的游泳池，有人们跳下去溅起的水花声，有哗哗的轻微的游动声，有老人坐在游泳池边的躺椅上悄声低语。

　　安静的时光，海风不时吹来，海南冬天的海边，气温刚刚好，不冷也不热，如同山西的春天。

　　我的孩子在海边的沙滩上玩沙子，一遍又一遍，不厌其烦地把沙子挖坑，然后又埋起来。他很专注，皱着小眉头，长长的睫毛在日光下也有美丽的剪影。一个穿着粉色公主裙，戴着粉色凉帽的小女孩跑过来，说："我们一起玩吧。"她向前探着她的小身子，脸蛋鼓鼓的，在她的大礼帽下只露出两个脸蛋，显得分外可爱，粗粗的小腿也显得可亲。我的儿子没有说话，显然，他不喜欢别人参与，他喜欢独自挖坑。我想他一定是有自己的想法，尽管在我的眼里，他是瞎玩，也许，在他的脑海，是一项伟大的工程。

又跑过来一个穿蓝色公主裙的小女孩，她戴着蓝色礼帽，手里拿着铲子，一边跑一边帽子后面的带子随风飘。她跑过来一边说着一起挖沙子，一边已经把铲子铲进沙滩。儿子停止手里的动作，无奈地皱着眉头，看着小女孩捣毁了他的"工程"。他默默起身，朝我这边走来，眼里满是泪花。

我抱住他，轻轻替他擦拭流出的晶莹的几滴泪珠，说我们去挖扇贝。我站起来拉起他的小手，他拿起我身边的小桶，跟着我跑起来，小桶里的铲子开始叮叮当当地晃荡，如同快乐的音符。风吹起我的发丝，清爽宜人。

我们下海，脚浸在温热的海水里，在海边的浅水里挖扇贝。我来挖，儿子负责拿桶，我挖着挖着，突然看见一个大扇贝，如同捡到什么宝贝一样开心，把它放入桶中，儿子小心地弯腰在海里舀了半桶水，他看着桶里的扇贝，笑了。我继续挖，有时挖了一个大坑，没有看到一个扇贝，正在失望的时候，突然发现就在沙的表面赫然就有一个扇贝，像捡了珍珠一般开心。

如此挖下去，不觉半桶了。还是想挖，就像上瘾一般，我也才理解为什么叫艺海拾贝，在一片海域里，在一堆沙子里，突然发现一个异类，感觉是惊喜的，这也是消磨时光的最好办法。

挖着挖着，不觉时光流逝，不觉走进深一点海里。一个浪花打过来，送过来一群鱼儿，浪花退去，那些小鱼儿密密麻麻如蝌蚪一般在金光闪闪的清澈的海水里游动，五颜六色的，精灵般活泼。我不觉想逮它们，蹑手蹑脚走过去，没到跟前，那些鱼儿就机灵地一下游走了，没有声音，但你感觉它们就是"哗"一下就都不见了。你追逐着它们的身影看去时，阳光下波光粼粼的海水里有好多鱼，没待你走近，就又"哗"的一下游走了，几次都让我扑空，一条都没有逮到。我惊奇鱼儿的灵敏度，它们怎么知道我在靠近它们。

儿子喊我："不可以往前走了，前面是大海了。"稚嫩的童音满是关心。抬头看，前面就是大海了，一望无垠，浪花一层一层打过来，又退回去，在我的脚踝处堆起来，又退下去。一会儿我看不到我的脚踝了，一会儿我的脚踝又出来了。这时，天边出现了彩霞，火烧一般，弥漫在天际。

我往回走，走上沙滩。海风阵阵，吹来些许凉意，牵着儿子的小手，我的心里暖暖的，即使在天涯海角，身边有最亲的人陪着，心里都是暖的。

走过沙滩，来到海边小屋外，住在海边小屋的那对夫妻在做烧烤，诱人的香味弥漫在海边的空气里，一股烟火人间的味道。人群里都是邻居，喊我一起去吃。我放下小桶，坐在白色的圈椅上，接过来一根羊肉串，品着家乡的味道，看海上的晚霞已经变成铁锈红，大海也变得黑黢黢了。天黑得太快了，一会儿的工夫，大海就在暮色里了，那些浪花不再迷人，变得有些让人害怕，大海也不再静谧，晚风吹动，大海有些波涛汹涌的感觉，哗哗的，让人害怕。千变万化的海呀！

儿子和小朋友们追逐玩耍，银铃般的笑声在晚风里回荡。三三两两的邻人陆续从我身边走过，他们要去海边散步，邀我一同前去，去到海边有白塔的地方，看一场晚会。我此刻却喜欢安静地坐着，听邻居聊天。

谢绝他们的好意，我听着各地方言，微笑着和他们攀谈，聊天，不觉华灯初上，耀眼的灯照在海边的每一个角落。那些绿树，仿佛着了金光，沐浴在一片祥和里，暖暖的灯光打在树冠上，神圣而静谧，温暖而祥和。

这人间美景，这人间情调，这烟火人间！

穿越呼吸之间

马邑，是一座古城，坐落在塞北大地上的雁门关外。她是朔州市的前身，是古时的军事要塞，秦始皇为抵御匈奴入侵，派大将蒙恬统率三十万士卒，在此围地养马。邑，古时县的别称，小城市，故称"马邑"，几经历史演变，马邑古城更名为朔州。

千百年来，人们只要提到朔州，都会想到马邑，甚至在不少人眼里，马邑就是朔州的一个文化代名词。唐太宗的《饮马长城窟行》里有一句是："都尉反龙堆，将军旋马邑。"说的就是我们朔州古城马邑。能进入一代帝王的诗里，可见马邑的不同凡响。

在这片朔风茫茫的边塞之地上，马邑"虽僻在一隅，实边陲要害。"这里，农耕文化和游牧文化碰撞出独特的边塞文化，其中就有四月八的庙会。

农历四月初八，俗称"四月八"，是我国的一个重要节令，也是一个重要节日。当地有俗语称："不过四月八，皮袄皮裤不敢脱。"只有过了四月八这个节令，塞北的天气才会趋于稳定。因此，"四月八"也象征着温暖的夏天即将要到来。同时，四月八也是一个节日，俗称"庙会"。庙会其实是由远古时期的祭祀演变而来。1980年版的《辞海》这样解释庙会："庙会亦称庙市，中国市集形式之一，在寺庙节日或规定日期举行。一般设在寺庙内或其附近，故称'庙会'。"庙会起源于寺庙周围，所以叫"庙"；又由于小商小贩们看到烧香拜佛者多，在庙外摆起各式小摊赚钱，渐渐地成为定期活动，所以叫"会"。久而久之，"庙会"演变成了如今人们节日期间的娱乐活动。庙会也就成了中国民间广为流传的一种传统民俗活动。后来，加入了舞蹈、戏剧、出巡等节目，渐渐形成一种以娱乐为主的节日。

立于千年烟雨中的崇福寺，是镶嵌在塞外大地上的艺术明珠。寺院始建于唐高宗麟德二年（665 年），由鄂国公尉迟敬德奉敕监造，金熙宗年间（1138—1149 年）扩建，经元、明、清各代局部修缮，始成现有规模。崇福寺位于朔州老城，红砖青瓦，宝殿金阁，绘画彩塑、晨钟暮鼓，彰显出朔州文化和历史的厚重与博大，是第三批全国重点文物保护单位，也是山西省第一批省级文物保护单位。

在朔州老城的崇福寺，每年四月八就成了群众祈福的日子，也是小商小贩集中贩卖的日子，也是后来演变成的物资交流大会的日子。经过千年演变，庙会把寺庙节日变成了地方的节日，把宗教节日变成了民俗节日。在我小时候的认知里，四月八就是个物资交流大会。这一天，街上商贩云集，各种平时没见过的吃的、穿的、用的都会集中在广场上，加上天气转暖，游人如织，这是个欢乐的节日。

2024 年的四月八又来到了，在朔州老城的崇福寺旁边，盛大的节日再一次开启。我们把这次的庙会定为"马邑文化旅游季"，用一个季节尽力展示这座古城悠久的历史文化魅力。

回望时光，凝视历史，马邑这座古城蕴含了无数独特的文化，我们有必要也有责任把她发扬光大。借着这个机会，我们重回过去，挖掘传统文化，祈福未来，让朔州变得更美好！

　　这是一个晴好的日子，仿佛夏日早早到来。拐进老城崇福寺旁，仿佛一下穿越到了另一段时光里，单衣凉衫的人们拥挤着进入崇福寺，千年古寺庄严肃穆却也热情地迎接着来往的香客。寺院外，各种小贩云集，人头攒动，密密麻麻，来来往往。停车场已经停满了汽车，我只能绕道对面老城的别墅区，把车停在了别墅区里。一座座古朴典雅的仿古民居，仿佛已站立千年，我仿佛也穿越历史看到了曾经的马邑古城，青砖绿瓦，飞檐画栋。老城尽量恢复着马邑古城的旧貌，无言诉说着历史的沧桑与厚重。

　　同一片天下，两种格局，两个格调，仿佛时光一下静下来，又慢下来了。绿树成荫，小鸟啁啾，因匆忙赶赴老城而燥热的我突然感到了清凉、心静。我遥想当年，马邑古城，战马嘶鸣，将军豪气，商贩络绎不绝，人们穿越其间，那时场面也是一派繁华，只不过经过时间与历史沉淀，她以不语的姿态默默讲述千百年来的历史文化。那么，我们将怎样读懂她，把她讲述出来，说与后代子孙听呢？

　　转过古城别墅区，老城的街道繁华如故，锣鼓声声，酒旗飘飘，这里的店面都是仿古建筑，雕梁画栋，灯光辉煌，人声鼎沸，仿佛又一次穿越，不在古代，也不在现代，而是古今场景交融的地方。我愣愣神，继而明白过来，我已置身在四月八的老城庙会里。童年的记忆，旧时的光阴，新奇的场景交相撞击我的脑海，我不觉兴奋起来。

随着人流我慢慢移动脚步，路旁的烧烤、火锅、大龙虾店铺窗明几净、灯火辉煌，客人挤满了餐厅。路边摊的小酒里，盛装着年轻人惬意的灵魂，他们悠闲地靠在椅背上，旁若无人地闲散在如水的夜色中。匆匆跑过的孩童，释放着天性的魅力。漫步街头的人们循着鼓乐声探头探脑地来回搜寻。匆匆而过的人们彼此擦肩，诠释着千百年来擦肩而过的缘分。我回眸看见古城中心文昌阁的台上，梅花灯绽放处，锣鼓队气势磅礴地开场，我浑身的血液开始急速流动。久违了，锣鼓声声！

接下来是河北沧县的舞狮队上场，我的目光越过层层黑发，看见舞狮子和杂技。传统的东西再现在这个四月八的庙会里。

朔州歌舞团的郝丽云团长和我说他咨询了很多老人，以前的四月八庙会有什么，我们尽量恢复再现。听老年人讲，以前的四月八庙会主要是舞狮子、杂技、耍猴等活动。舞狮子古时称"太平乐"，中国古时开展的体育项目，也是中国优秀的民间艺术，同时还是一种祝福活动。狮子自古以来被视为吉祥的瑞兽，象征着祛邪避害和带来好运。

在流光溢彩的舞台上，久违的唢呐声也响起了，由朔州歌舞团自己创作的《诗瓷》，欢快地穿透天空，久久萦绕在老城的上空，在人们的心里激荡。

民族的就是世界的，只有属于自己独特的文化才会具备独特的魅力，成为世界的经典。民俗是一个国家或民族中被广大民众所创造、享用和传承的生活方式，它的产生、存在和演变都与老百姓的生活息息相关，它已经根植于老百姓的心中。我们再次把它拿出来，把传统文化传承下去。唢呐文化在人们心中有着不可替代的力量。在民间，唢呐有着深厚的根基。

当我沉浸在唢呐的欢快的节奏中，"飞龙在天"，亮瞎了我的眼睛，只听"吱"的一声，犹如烟花点燃的声音穿过耳边，抬头看，一条五彩的飞龙"呲溜"一下划过夜空。"飞龙在天"，有人在喊。龙，吉祥的象征，中国龙是农耕文明的产物，寓意风调雨顺、勇敢奋进、活力无穷、吉祥如意等美好愿望。

四月八的庙会本意就是祈福，祈福风调雨顺、国泰民安！

国风元素很多，有飞天，有白蛇传，但现代元素的舞蹈也如一股清流出现在舞台上。这场视觉盛宴洗礼着我的脑海，我从小储存的知识复活起来，跟着舞台节目来回切换着。

目不暇接中，"快乐朔城"音乐巴士巡游走过，激烈欢快的歌声，轻松愉快的氛围，把观众的热情再次点燃。孩子们开始和演员互动，观众的热情点燃了这座老城。

巡游本就是庙会的一种形式，也是现在大型游乐场的必有项目，而这次浩荡出现在这座古老小城，不得不说是一项创新。巡游不仅气氛热烈，也更能关注到街道两旁的观众，更显亲民。这次的巡游活动除了音乐巴士，还有舞蹈巡游、小丑巡游。盛装华丽的汉唐风舞蹈，喜庆热闹；色彩斑斓的小丑队伍，亮丽欢快。一座老城，一城红火。

南城门与文昌阁中间的小舞台上，传统杂技轮番上演，天上一个月亮，地上一个月亮，形体杂技精妙绝伦。杂技是一门古老的表演艺术，在四月八的庙会上得以重现。杂技艺术中的很多节目是生活技能和劳动技术、武术技巧的提炼和艺术化。

在四月初八的下午，我到崇福广场大戏台，观看了山西晋剧团的"八音会"表演。开场一曲《大德胜》，抑扬顿挫、铿锵有力、裂石流云、荡气回肠。唢呐的音色独特而高亢，当它吹起，就像是历史的声音在回响，让人不禁为之动容。唢呐音乐既能表达民间的真情实感，又能反映中国传统文化的气韵和审美趣味。

想起父亲生前很喜欢看"八音会"，可惜在他生前的很长一段时间里，周围并没有"八音会"的表演。如今，斯人已逝，"八音会"依然以它独特的魅力存在。看看身边都是老人，想起父亲说的话："这可都是真功夫！不可失传呀，要传承下去。"

八音会的主要乐器是鼓、锣、钹、笙、唢呐、笛、管等，都是中国本土传统乐器，它承载了丰富的传统音乐文化内涵，需要一代一代人传承下去。吹唢呐的年轻人技艺超群，让我倍感欣慰！

走过崇福寺旁的街道，各种小吃琳琅满目，已经不似我小时候只有凉粉和羊杂了。这里的各地名吃一字排开，各种香味汇集在一起，满满的人间烟火气。

人们都说，今年可真红火了，半个朔州的人都去老城了，现在传到哪里了？有人说已经传出省了，有人说朔州人在天津看到了，有人说新疆收到，有人说他已经带到了广东……看着人们的评论，我想这次的庙会倾注了组织者很多心血。不仅分设了三个会场，还邀请了马戏、福建游神、沧州杂技。还在老城会场开设了十个点，有"朔城有戏"、"盛世鼓乐"、"老城味道"、"相约老城嘉年华"活动、"玉见美好·石来运转"的玉石产品展示，还有促消费惠民生的地方名优企业产品展销活动等。

马邑文化艺术季，用一个季节的热情召唤远方的朋友，来家坐坐，就如我拿出我的珍馐美馔，时刻准备招待远方来客。以马邑古城的厚重，以朔州新城的热情，以传统文化的魅力，以现代嘉年华的豪华，热情欢迎远方朋友驻足品味。

第五届马邑文化旅游季老城四月八庙会暨 2024 年群众文化活动的开启，丰富了群众生活，推动了文旅融合发展，激发了消费活力，这是主要的。

在最忆马邑城市歌舞秀的开城仪式上，一句"开城了"，走出英武帅气的尉迟恭和多才美丽的班婕妤，同时，大开城门欢迎各方仁人志士、爱好旅游的人们来朔州投资兴业、观光旅游。

下午回去的路上，我走上了七里河大桥，猛一回头，发现一幅美丽的风景画：七里河的水清澈如镜，一条栈道长长地伸入河水中，河边，绿树成荫，儿童游乐园颜色鲜艳，如同给这单色的河水一点点缀；远处的高楼高低有序，错落有致立于河畔，尉迟恭雕塑屹立在不远处严肃地守望。我不禁感叹：我的城市真的很美啊！她安静、干净，既有悠久的历史文化，又有现代的开拓创新精神。就如这次的马邑文化旅游季，保存了原有的项目，也创新了新的项目，使它成为最热闹的庙会。有人说就如大唐不夜城的辉煌，有人说朔州真真实实在发展！

我穿越在呼吸之间，从历史中，从人群中，看到了美丽的朔州前世、今生、未来……

深情地热爱着这片土地

新时代的山乡，有很多故事需要讲述，有很多人物值得呈现，他们深情地热爱着这片土地，让曾经贫瘠的土地变成美丽的地方。

七月塞北的黄花梁上，阳光炙热，我再次见到了刘宇和陈永和。

初识刘宇，是在"土里"，再识刘宇，是在"水上"。

第一次见到刘宇，是在去年的中国农民丰收节的大会上。第一眼见到刘宇，是在黄花梁的土地上，盘腿席地而坐的刘宇一脸憨厚地和我招手打招呼，让我惊讶于一个乡长的姿态。黄花梁惠牧源农业合作社的总经理陈永和让采访一下刘宇，我在丰收节演出活动结束后的现场看到匆匆向我走来的刘宇乡长。他有些局促和腼腆，双手合于胸前，不好意思地和我解释说太忙了，安顿好后去找我。在我眼中他就是一个憨厚拘谨，不善言谈的大男孩。

而这次再见到刘宇，是在位于黄花梁上的合盛堡乡的展厅里，第一篇"水上篇"展示牌的前面。他一改我初次认识他的印象，气宇轩昂，铿锵有力，如数家珍地给我们介绍他所在的合盛堡乡的前世今生，未来规划。使我惊奇于他的变化，渴望走近他，了解他。

刘宇，1982年生，山西医科大毕业，山西朔州山阴县合盛堡乡党委副书记，乡长，大学毕业后分配在乡里，在乡里一待就是十七年。他是"80后"，却与我认知的"80后"不一般，他成熟稳健，朴实亲和。他拿着话筒，神采飞扬，面对一众采风人，精神抖擞，眼里有光，声如洪钟，侃侃而谈，历数他的合盛堡乡。

　　作为合盛堡乡的乡长，他对合盛堡乡是了如指掌的，他对合盛堡乡的一草一木、文化故事全部知悉。我惊奇于此刻看到的刘宇，我想，他一定是深爱着这片土地，才不会被城市的灯红酒绿诱惑，扎根农村十七年，把他的青春和热血洒在了这片土地上；他一定是深情地热爱着这片土地，才会对合盛堡乡的一切都熟稔于心，信手拈来，才会表现出如此精神饱满的状态。

　　他说，合盛堡乡早在新石器时代就有了人类居住，合盛堡乡称为"水上"，因为它曾经是一片泽国，后经过地壳变动，湖水经桑干河流入东海，渐渐形成田地，故名"水上"。因此，这片土地曾经也是工业产地，熬盐文化在此盛行，熬盐是主要的手工业。

　　这里曾是一片汪洋，紧紧依偎在黄花梁的身旁，松桃、芦荡、岸柳、阳光，这里曾经那么美丽，赵武灵王胡服骑射，挽弓千里，驰骋山岗。这里曾经留下很多文化和传说，壁画、寺庙、佛像、大虫堡，这些历史遗迹证明着这里曾经的唯美。刘宇的讲述把我带回到一个美丽的世界。

　　这里也曾是民族融合的地方。历史上，在这里上演的战争有几千次，有过三次大的民族融合，这里曾先后归属于北魏、后唐、辽、金，从而产生了独特的边塞文化、游牧文化、农耕文化，在这里留下了很多宝贵的财富，从而挖掘出了"和合文化"。

合盛堡乡，有和合、强盛之意。和，和谐、和平、中和；合，汇合、融合、联合。和合文化的基础是"真"。

刘宇说："和平则兴盛，合作则兴盛。"天地和合则兴，万物和合则盛，人人和合则善，社会和合则安，国家和合则强。在这样的和合文化引领下，合盛堡乡走出了一条康庄大道，并且基于本地气候和富含火山土的特点，发展了有机旱作农业，有惠牧源农业合作社、雁门关生态畜牧区瓜果蔬菜协会等。

走出展厅，刘宇带我们来到夏日的田野，眼前是一片金黄的麦地。在塞北雁门关外的夏季里，这里的小麦丰收在望，金黄的颜色与田埂的绿草遥相呼应，一片特别的美景。刘宇说这是冬小麦试播基地，冬天播种，现在已经成熟，马上收割后，又会种上玉米等作物。我弯腰看着夏日里这独有的金色，它们虽然不高，却颗粒饱满，微风到处，轻轻摇摆，沉甸甸的麦穗，仿佛饱含热情地在欢迎我们。我感叹这样的奇景，如今，在我们塞北，农作物竟然也实现了一年两熟。我想，是怎样一群热爱土地的人才会播种下这史诗一般的冬小麦？是怎样的大胆设想和怎样的践行历程才让冬小麦在夏天的塞北成熟呢？

我感叹这样一群人，是刘宇乡长们的带领，是陈永和们这样的践行，才使黄花梁从美丽的"水上"变成丰收的麦田！

来到三界碑，站在高高的梁头上，他意气风发，让我们看梁下碧绿万顷的树林，绿色浩荡，洋洋千里。有风吹来，掀开记忆，那里曾是一片黄花松的故土，原始森林郁郁葱葱；是北魏皇族的后花园，后来几经战火焚烧，人为砍伐，曾经黄花松遍地的黄花梁成了沙土一堆，成了走西口的必经之地，多少凄凉的分别故事在此上演。如今的黄花梁再以绿色的姿态展现在大家眼前。这里有多少热爱这片土地的人们在背后默默地付出与坚守？才让昔日的黄花梁盛景重现。

刘宇说，走，进去看看，当我们要进入树林的时候，他回头招呼我们说："不要抽烟，小心着火。"如同爱护自己的家一样，他嘱咐着我们。

站在这片林海里，他满眼的欣赏。而于我，仿佛看到了书里的挪威的森林，它郁郁葱葱，参天蔽日，林木粗壮，整齐干净，仿佛置身于一个童话的世界，我看到了印象中不一样的乡村。

爬上圪梁梁，来到泰虎寺人工湖，这里是一碧千里的湖水，蓝得如雨后的天空，仿佛天池落入了人间。这里哪里是农村，这里分明是一个旅游区。

刘宇说："我们就是要走山水田园、农旅一体的路子。要建设生态环境，发展农旅产业。""绿水青山就是金山银山"，我们建设好美丽乡村，就要吸引大家来参观、旅游、采摘。中国要想强，农业必须强；中国要想美，农村必须美，美丽的新农村值得你去看一看。

站在"天湖"，遥看黄花梁，黄花曾不见，碧绿满眼见。远处的杏林、瓜田、玉米、高粱，绿意盎然，与蓝天白云互为衬托。风从林中来，呼呼在耳边，裙裾飘飘，秀发飘飘，不在景区，胜在景区。我想黄花梁的明天，不仅以富硒旱作农业出名，也会以旅游名胜吸引人来旅游度假。

乡土文明是一切文明的根基。作家陈仓说，这个世界上，无论城里人还是乡下人，我们的吃穿用度莫不都是从土地里长出来。热爱可以重新点燃乡土文明之光，热爱让我们不仅能回得去、留得下、守得住、活得好，还可以安得了心魂。热爱就是乡村振兴的关键。

深情地热爱着这片土地啊，像刘宇乡长们，十七年坚守在乡村，没有应付，没有躺平，没有抱怨，而是了解这片土地的前世今生，思考规划发展这片土地的未来；像陈永和们，坚守农村一辈子，把脸色晒成大地的颜色，用脚步丈量每一寸土地，才有了眼前这美丽的黄花梁。

看，微风到处，阳光下，黄花梁上极目远眺，有机旱作农业红色的牌子如一道美丽的彩虹横跨在这绿色的田野上，富硒小米、富硒香瓜、富硒大黄杏儿已经打出了名气，这些都离不开惠牧源合作社总经理陈永和几十年如一日的艰辛付出。他已经七十多岁高龄，出生在黄花梁上，二十几岁当支书，带领黄花梁上的农民探索发展。在中国农大学习期间，邀请专家来到黄花梁指导时发现黄花梁原来是一个聚宝盆，这里曾经火山喷发，土地里富含硒元素，因此大力发展富硒产业，使黄花梁成了远近闻名的富硒小米之乡，又开发了富硒大黄杏，引进十几个品种，听说富硒香瓜就要成熟了。这些年他一路走来，不觉已经七十多岁高龄，却依然坚守在这片土地上，不断开发、试验新的品种。他一定也是深情地热爱着这片土地，才会不遗余力地奋斗躬耕在这片土地上，不离开这片土地，带领黄花梁的人民脱贫致富，才有了黄花梁这美丽的今天。

故乡如此辽阔，为何还要远行？城市的楼再高，高不出家乡的山，河水天天流向海里，海水又要流向哪里去呢？

乡村振兴离不开乡村文化，乡村文化离不开人才，现在的合盛堡乡已经有了历史文化、知青文化、乡贤文化。期待更多人才的加入，如刘宇、陈永和一样，深情地热爱这片土地，坚守这片土地，发展美丽乡村。

归来吧，游子！乡村正在变革，美丽乡村期待你的加入，一起来热爱这片土地，深情地热爱着这片土地吧！